Sie möchten keine Neuerscheinung verpassen?
Dann tragen Sie sich jetzt für unseren Newsletter ein!

www.ylva-verlag.de

Aus dem Englischen
von Vanessa Tockner

A.L. Brooks

ZU ZWEIT UNTER EINEM DACH

Kapitel 1

Rumms!

Lena schrak auf und ließ ihr Buch zu Boden fallen. Die beiden Katzen machten einen Buckel und flohen in Panik mit erhobenen Schwänzen unter den niedrigen Tisch. Es klang so, als sei etwas Großes gegen ihre Wohnungstür gestoßen. Lenas Herz schlug schneller und sie hatte Angst. Brach gerade jemand bei ihr ein? Es war elf Uhr an einem Samstagvormittag – waren Einbrecher so dreist? Bevor sie überhaupt aufstehen konnte, hörte sie einen weiteren dumpfen Schlag, und dann … Gelächter?

»Du musst es höher heben.«

»Mach's doch selber.«

Die heiteren und lauten Stimmen von zwei Frauen waren zu hören.

Ein drittes Mal stieß etwas an ihre Tür, begleitet von noch mehr Gelächter.

»Schieb an, du Schussel.«

»Halt die Klappe, ich tue, was ich kann.«

Inzwischen war Lena mehr neugierig als alarmiert. Sie stand auf, durchquerte den Raum und stieg die Wendeltreppe hinab, die zu ihrer Eingangstür führte. Ihr Herz hämmerte immer noch wild, trotz des Lachens, das auf der anderen Seite erklang. Sie schaute durch das Guckloch und sah den Rücken einer Frau, die sich über das Ende eines Sofas beugte. Ein verführerischer Anblick. Am anderen Ende des Möbelstücks entdeckte Lena eine weitere Frau. Die Beiden schnaubten vor Lachen, während sie versuchten, das Sofa über einen Absatz im Treppenhaus zu hieven.

Typisch für viktorianische Häuser in London hatte das Gebäude, in dem sich Lenas Wohnung befand, ein sehr enges Treppenhaus. Auch der Absatz vor ihrer Eingangstür war sehr eng. Überhaupt war das Besondere an diesem Haus, dass hinter ihrer Wohnungstür eine weitere Treppe in ihre eigentliche Dachgeschosswohnung führte. Ihr Eingang lag also direkt neben dem der Wohnung unter ihr. Offensichtlich wollten die Frauen das Sofa in die Nachbarwohnung bugsieren und stießen dabei immer wieder gegen Lenas Tür.

Der Lärm störte Lena zwar, aber sie freute sich, dass endlich wieder jemand einzog. Die Wohnung stand schon seit ein paar Monaten leer. Obwohl Lena nicht oft die Gesellschaft anderer Leute suchte, beruhigte es sie, dass sie nun nicht mehr allein war – vor allem bei Nacht. Zufrieden, weil sie nicht in Gefahr war, drehte sie sich um und wollte die schmale Treppe zu ihrer Wohnung gerade wieder hochsteigen, als ein ganz anderes Geräusch sie erstarren ließ.

Krrrk!

Das klang unmissverständlich danach, als würde etwas über ihre Wohnungstür schrammen. Dann hörte sie ein Keuchen und eine Frauenstimme sagte laut »O Scheiße.«

Lena drehte sich verärgert um, atmete tief durch und öffnete die Tür. Vor ihr standen zwei Frauen mit entsetzten Gesichtern und einem eingeklemmten Sofa. Lena folgte ihren Blicken und entdeckte den tiefen Kratzer, der sich etwa dreißig Zentimeter lang über ihre Tür zog. Die abgeblätterte Farbe lag auf dem Boden wie Schneeflocken.

Lena starrte einen Moment lang sprachlos auf die Tür. Sie kochte vor Wut. Sie sah die Frau an, die ihr am nächsten stand. Sie war groß und sportlich – ein stabil gebautes Mädchen, wie Dorothy aus der Erdgeschosswohnung sagen würde. Sie hatte lange blonde Haare, die zu einem Pferdeschwanz gebunden waren, und eine blasse, fast durchscheinende Haut. Ihre außergewöhnlich blauen Augen waren vor Schreck weit aufgerissen. Sie trug ein T-Shirt mit einem ausgefallenen, wilden Muster und schrillen Farben, von dem Lena bestimmt Kopfschmerzen bekommen würde, wenn sie es länger als ein paar Augenblicke betrachtete. Ihre Jeans wurde von einem nietenbesetzten Gürtel gehalten – offenbar der Ursache des Schadens an ihrer Tür.

Lena sah kurz auf den Gürtel und dann wieder auf die Frau. »Das tut mir so leid«, flüsterte die Blonde. »Ich war eingeklemmt, und als ich versucht habe, irgendwie zur Seite zu gehen …«

Lena hob die Hand, um sie zum Schweigen zu bringen.

»Wir bezahlen dafür!«, sagte die Frau schnell und sah zu ihrer Begleiterin, die lebhaft nickte.

Diese war ebenso groß, aber sehr schlank mit kurzen Haaren und tiefbrauner Haut, um einiges dunkler als Lenas indischer Teint. Sie trug Jeans und ein schwarzes T-Shirt, Kleidung die ihren schlanken Körper und ihre flache Brust betonte. Auf ihrem T-Shirt stand *You're next.*

Lena atmete langsam aus und sah der blonden Frau in die Augen.

»Ja, das werdet ihr«, sagte sie knapp und sehr deutlich.

»Entschuldige«, sagte die Blondine. »Das ist nicht gerade der beste Moment, um sich vorzustellen, aber …« Sie balancierte das Sofa auf einem Oberschenkel und streckte die Hand aus. »Ich bin Megan, deine neue Nachbarin. Und das ist Jen.«

Lena schluckte. Sie mochte es nicht, Fremde zu berühren. Man konnte nie wissen, was sie vorher angefasst hatten. Da sie nicht unhöflich sein wollte, nahm sie trotz ihres Widerwillens schnell Megans warme Hand und schüttelte sie ein paar Sekunden lang. Megans Griff war fest und Lena schaffte es gerade so, bei dem Anblick von Megans gut geformten Bizeps, der sich bei jeder Bewegung anspannte, nicht zu erröten.

»Lena«, sagte sie und wandte den Blick von Megans hypnotisierenden Augen ab.

»Ich verspreche, dass ich für die Reparatur aufkommen werde. Es ist kein großer Schaden, also sollte es nicht allzu schwierig zu richten sein.« Megan deutete auf Lenas Wohnungstür.

Es machte Lena wütend, dass Megan die tiefe Schramme an ihrer Wohnungstür so beiläufig kleinredete. Während sie gegen den starken Impuls ankämpfte, sich die Hand an ihrer Jeans abzuwischen, zwang sie sich zu einem Lächeln, wenn auch nur, um diese Konfrontation nicht noch unangenehmer zu machen, als sie ohnehin schon war.

»Ich werde ein paar Kostenvoranschläge einholen und dann darauf zurückkommen«, sagte sie und drehte sich um.

»Äh, entschuldige bitte, aber könnte ich dich noch um einen Gefallen bitten?«

Lena seufzte und sah über die Schulter zu Megan zurück, die Augenbrauen fragend erhoben.

»Also, ähm, es ist nur … Ich glaube, dieses ganze Manöver wäre viel einfacher, wenn du deine Tür kurz offenlassen könntest. Dann haben wir etwas mehr Platz, um das Ding um die Kurve zu kriegen, wenn du verstehst.«

Lena starrte sie an. »Wenn ihr noch mehr beschädigt –«

»Das werden wir nicht! Versprochen. Wir sind ganz vorsichtig, oder, Jen?« Megan sah vielsagend zu ihrer Freundin, die erneut lebhaft nickte.

Dann schnallte Megan mit einer Hand ihren Gürtel auf.

»Was tust du da?«, fragte Lena mit großen Augen, als die attraktive Frau ihren Gürtel aus den Schlaufen ihrer Jeans zog.

Megan lächelte. »Ich bin nur vorsichtig.« Sie warf den Gürtel auf das Sofa.

Lachend schüttelte Jen den Kopf. »Deine Hüften sind wenigstens breit genug, um die Hose zu halten. Anders als meine.« Sie deutete auf ihre deutlich schmalere Figur. Megan grinste.

Lena spürte, wie sie rot wurde, als sie den verlockenden Streifen Bauch sah, der sich zeigte, weil Megans Hose ein klein wenig heruntergerutscht war. Eine Aussicht, die noch verlockender wurde, als Megan sich umdrehte, um das Sofa anzuheben, und der obere Rand eines großzügig mit Spitze besetzten Höschens deutlich sichtbar wurde.

Lena blinzelte, trat einen Schritt in ihre Wohnung zurück und setzte sich auf die Treppe, um die beiden Frauen mit skeptischer Miene dabei zu beobachten, wie sie das Sofa – nun vorsichtig – um die Ecke manövrierten und dabei den Platz in Lenas offenem Eingangsbereich voll ausnutzten. Sie musste zugeben, dass sie diesmal wirklich sorgsam vorgingen.

Schließlich hatten sie das Sofa um die Kurve bugsiert und Megan steckte den Kopf durch die offene Tür zu Lena herein.

»Danke. Wir sind fertig. Wie gesagt, es tut mir wirklich leid – sag Bescheid, wenn du die Kostenvoranschläge hast, und ich kümmere mich darum.«

»Danke«, sagte Lena steif und schloss ohne ein weiteres Wort die Tür. Sie atmete tief durch, während die Gedanken an die beiden Frauen in ihrem Kopf wild durcheinanderwirbelten. Ihre Hände zitterten leicht und plötzlich fiel ihr wieder das Händeschütteln ein. Mit einem unterdrückten Aufschrei sprintete sie die Stufen hinauf und rannte ins Badezimmer.

Nachdem sie ihre Hände dreimal eingeseift hatte – einmal mehr als sonst, denn wer wusste schon, was Megan beim Umzug ihres Hab und Guts noch alles angefasst hatte –, konnte sie sich endlich wieder entspannen. Sie brühte sich eine frische Tasse Earl GreyTee auf und kehrte zu ihrem Buch zurück. Die Katzen hatten ihre Abwesenheit genutzt, um es sich auf dem Sofa gemütlich zu machen. Sie scheuchte sie davon. Sie starrten Lena finster an, bevor sie sich zu ihren Körbchen in der Ecke trollten.

Nachdem sie die Katzenhaare vom Sofa gebürstet hatte, holte sie ihren Inhalator aus der Tasche und nahm einen schnellen Atemzug. Seufzend setzte sie sich. Die Unterbrechung hatte sie aus dem Gleichgewicht gebracht, aber wenn sie schnell zu ihrer Routine zurückkehrte, sollte alles in Ordnung sein. Routine war wichtig. Ohne sie war das Leben zu … chaotisch. Und chaotisch war nichts für Lena.

Megan starrte noch ein paar Sekunden auf die geschlossene Tür, bevor sie sich wieder Jen zuwandte.

»Wow«, formte Jen mit den Lippen.

Megan nickte nur. Der ganze Vorfall mit Lena hatte sie auf eine Art und Weise beunruhigt, die sie nicht richtig deuten konnte. Jedenfalls nicht, solange sie ein Sofa zu schleppen hatte, das mit jeder Minute schwerer wurde.

»Komm schon.« Sie ächzte, als sie das Sofa anhob. »Bringen wir das Ding rein.«

Jen nickte und Megan schlurfte rückwärts den engen Gang entlang. Sie verzog das Gesicht, als das Sofa die Wände streifte.

»Alles gut«, sagte Jen schnell. »Keine Spuren.«

»Gott sei Dank.«

Schließlich hatten sie es in Megans neue Wohnung geschafft. Diese bestand aus einem großen offenen Wohnbereich mit einer kleinen Küche in der Ecke. Daneben führte eine Tür ins Badezimmer und zwei weitere zu den Schlafzimmern. Es war bei weitem die größte Wohnung, in der Megan je gewohnt hatte, und sie freute sich auf den zusätzlichen Platz. Ihre letzte war ein enges Studio gewesen, daher fühlte sich der Umzug himmlisch an, auch wenn die Miete ihr Budget ein wenig strapazierte.

Nachdem sie das Sofa dort abgestellt hatten, wo Megan es haben wollte, streckten sie sich keuchend.

»Wenigstens haben wir den schlimmsten Teil zuerst erledigt«, sagte Jen, während sie sich den Rücken hielt und im Zimmer umsah.

»Absolut«, stimmte Megan zu. »Jetzt sind die Kartons ein Kinderspiel.« Sie dehnte ihre Arme, um das leichte Brennen in ihrem Bizeps zu beseitigen. Als Fitnesstrainerin hatte sie den Vorteil, keine professionelle Hilfe beim Umzug zu brauchen. Sie und Jen, die sich von der jahrelangen Arbeit in Bars und dem Schleppen von Bierfässern ebenso beeindruckende Muskeln antrainiert hatte, waren ein eindrucksvolles Team.

»Das ist ja ein riesiger Raum.« Jen schlenderte zum vorderen Fenster, um auf die Straße hinauszusehen.

»Willst du eine Sightseeingtour, bevor wir wieder zum Umzugswagen runtergehen?«

Jen nickte lächelnd. »Klar. Zeig mir deinen Palast.«

Megan seufzte. »Das wohl kaum. Aber ja«, sagte sie, bevor Jen sie unterbrechen konnte, »ich weiß, sie ist größer als deine Wohnung.«

»Nur ein kleines bisschen!« Jen lachte.

Megan war froh, dass sie so gelassen reagierte – Jens Wohnung war winzig und ziemlich schäbig. Sie wusste, dass Jen sie um den Umzug beneidete. Außerdem hatte sie subtil angedeutet, dass sie ja im zweiten Zimmer zur Untermiete einziehen könnte. Etwas, dem Megan ebenso subtil widerstanden hatte. Der Vorteil einer größeren Wohnung bestand gerade darin, mehr Platz zu haben, und sie wollte nicht, dass ihr jemand diesen Raum wieder nahm. Nicht einmal ihre beste Freundin.

Die Besichtigung dauerte ein paar Minuten, da sie gleich noch Megans Einrichtungspläne diskutierten.

»Und natürlich«, sagte Jen, »weißt du jetzt, dass du auch eine heiße Nachbarin hast. Könnte gar nicht besser sein.« Sie grinste.

Megan schüttelte den Kopf. »Typisch, dass du das trotz der ganzen Peinlichkeit bemerkt hast.«

Allerdings – wenn sie ehrlich war, hatte sie auch selbst Lenas dezente Schönheit bemerkt, obwohl ihr Aufeinandertreffen eher eisig ausgefallen war. Tiefbraune Augen mit langen Wimpern und ein niedliches Gesicht mit goldbrauner Haut, die auf ihre indische Abstammung hindeutete. Die schulterlangen dunklen Haare hatte Lena zum Teil am Hinterkopf aufgesteckt gehabt. wodurch ein paar Strähnen verlockend über ihre Ohren und Wangen gefallen waren.

Megan hatte nur einen kurzen Blick auf Lenas Körper gewagt, aber die Proportionen hatten ihr Herz höher schlagen lassen: üppige Brüste, noch üppigere Hüften und Schenkel, und außerdem war Lena ein paar Zentimeter kleiner als sie selbst mit ihren ein Meter fünfundsiebzig. Megan hatte eine Schwäche für kleinere Frauen – am liebsten wäre ihr eine, deren Kopf genau unter ihr Kinn passte, wenn sie sie in die Arme nahm.

»Willst du mir ernsthaft weißmachen, dass du nicht gesehen hast, wie sexy sie ist?«

Megan verfluchte ihre blasse Haut, als sie spürte, wie sie rot wurde. »Nein«, murmelte sie. »Natürlich habe ich das bemerkt. Allerdings finde ich es mal wieder typisch, dass deine Libido wie üblich *nur* das mitbekommen hat, egal, was sonst noch los war.«

Jen lachte. »Und deine auch, nehme ich an.«

Megan lief tiefrot an und gab Jen einen Klaps auf den Arm, aber ihre Freundin lachte nur noch lauter.

»Ja, sie ist sehr attraktiv. Aber wahrscheinlich ist sie hetero. Und vermutlich ein wenig verklemmt, so wie sie sich benommen hat. Also, vergessen wir die Augenweide und räumen endlich den Rest aus dem Wagen, ja?«

»Na gut, Megs. Wie du meinst. Aber ich wäre mir nicht so sicher, dass sie hetero ist«, sagte Jen lächelnd und ging zur Tür. »Ich bin ziemlich sicher, dass sie eine von uns ist – sie hat mich *angestarrt.*«

Ja, das hat sie. Wie üblich zeigen die Hübschen immer ein größeres Interesse an dir als an mir.

Zu Beginn ihrer Freundschaft hatte es Megan sehr zu schaffen gemacht, dass Jen andere Frauen so sehr anzog. Mehr als einmal hatte sie sich wie eine Statistin im Hintergrund eines Hollywood-Blockbusters gefühlt. Sie hatte nur wenig Selbstvertrauen und Jens strahlende Persönlichkeit und die – wie manche sagen würden – Arroganz, mit der sie anderen Frauen begegnete, machte ihr das immer wieder bewusst. Aber mit der Zeit ihrer Freundschaft hatte Megan gelernt, sich zu öffnen und ihre Gefühle zu zeigen, und Jen gab sich seitdem große Mühe, dies zu respektieren und Rücksicht zu nehmen. Meistens wenigstens.

Manchmal konnte sie allerdings nicht anders, und Megan wünschte sich nicht zum ersten Mal, wenigstens einen Bruchteil von Jens Persönlichkeit und Selbstbewusstsein zu besitzen.

Sie versuchte, sich das Bild der wunderschönen Frau, die über ihr wohnte und scheinbar nur Augen für Jen hatte, aus dem Kopf zu schlagen. Seufzend folgte sie ihrer Freundin auf den Flur hinaus.

Kapitel 2

Lena schloss die schwere Haustür auf und trat ein. Im Flur ging automatisch das Licht an, dank des Bewegungssensors, den der Vermieter letztes Jahr hatte installieren lassen. Wie üblich hatte Mr. Jarvis einen gewissen Widerwillen an den Tag gelegt, Geld für das Gebäude auszugeben. Mehrere Briefe von Lena und Dorothy aus dem Erdgeschoss hatten ihn schließlich überzeugt. Bis dahin war die einzige Lichtquelle im Hausflur eine einzelne, nackte Glühbirne gewesen. Den Schalter hatte man an einer sehr ungünstigen Stelle angebracht, was zu vielen angestoßenen Fußzehen und blauen Flecken geführt hatte.

Wie gewohnt lag Lenas Post bereits ordentlich sortiert auf der Fensterbank im Treppenhaus für sie bereit. Ihre Nachbarin mochte viele Fehler haben, doch Lena war ihr dankbar, dass sie jeden Tag den Briefkasten für sie leerte. Dorothy war Rentnerin und es schien ihr ein großes Vergnügen zu bereiten.

Müde stapfte Lena die Stufen hinauf und verzog missbilligend das Gesicht, als sie ihre zerkratzte Tür sah. Es war eine lange Woche gewesen und sie hatte immer noch nicht die Zeit gefunden, Kostenvoranschläge einzuholen. Ihre Arbeit als Buchhalterin war gerade sehr anstrengend. Das Quartalsende war nahe, und da eine neue Prognose anstand, forderte die Zentrale mehrmals täglich aktualisierte Geschäftszahlen.

Dankbar für den Feierabend betrat sie ihre Wohnung und schloss hinter sich ab. Sie schaltete das Deckenlicht ein und stutzte. Da war wieder dieser kleine feuchte Fleck auf der vierten Stufe von unten. Sie schaute nach oben und suchte nach der Ursache. Das Dachfenster musste undicht sein. Doch sie hatte die Stelle noch nicht entdeckt. Lena liebte das Dachfenster, es zauberte ein wunderschönes Lichtspiel auf die Treppe – doch es nervte sie zunehmend, dass nach jedem Regenschauer dieser Fleck auftauchte. Schweren Herzens beschloss sie, sich eine Stufenleiter zu leihen, um einen genaueren Blick auf das Fenster zu werfen. Dorothy besaß eine solche Leiter.

Doch das konnte noch einen Tag warten. Lena hatte in den letzten Jahren zwar gelernt, mutiger zu sein – schließlich war es nichts für schwache Nerven, sich in einer indischen Familie als Lesbe zu outen –, aber es gab immer noch gewisse Situationen, vor denen sie zurückscheute. Der Umgang mit Dorothy zum Beispiel. Nein, was sie jetzt brauchte war eine heiße Suppe, um sich an diesem eiskalten Oktoberabend aufzuwärmen, und ihr Buch, in das sie flüchten konnte.

Als sie den oberen Treppenabsatz erreichte, begrüßten sie die Katzen ihrer Ex-Freundin miauend, und ihre Stimmung verdüsterte sich. Noch etwas, um das sie sich kümmern sollte, für das sie aber noch keine Zeit gefunden hatte. Ihre letzten zwei SMS an Chris waren unbeantwortet geblieben. Mit gerunzelter Stirn starrte sie in die rundlichen Katzengesichter. Die kläglichen Rufe hätten jedes Herz erweichen können, doch Lena war wütend, weil sie in ihrer Wohnung lebten. Sie ging in die Küche, warf etwas Futter in die Schalen und füllte das Wasser auf, während sie die ganze Zeit den Katzen auswich, die geschmeidig um ihre Beine strichen.

Die Katzen trugen keine Schuld, das wusste sie. Aber Chris war weg und sie waren hier, also bekamen sie den Großteil ihrer Unzufriedenheit über die Situation zu spüren. Midnight, der schwarze Kater, sah zu ihr hoch, als sie ihm ein weiteres Mal auswich, und sie seufzte. Er war wirklich schön. Sie beugte sich hinab und strich mit der Fingerspitze sanft über seinen Kopf. Sein Schnurren ließ sie unwillkürlich lächeln, und als die weiße Katze, Snow, näherkam, um auch etwas von den Zärtlichkeiten abzubekommen, gab Lena nach und kraulte auch sie. Sie verwöhnte die beiden – und sich selbst – noch ein paar Minuten, bevor sie sich aufrichtete und ins Badezimmer eilte, um sich die Hände zu waschen.

Nachdem sie im Schlafzimmer ihren Hosenanzug ausgezogen hatte, schlüpfte sie mit einem seligen Seufzer in ihre bequemste Pyjamahose und ihren Hogwarts-Kapuzenpulli. Die flauschigen Socken, die ihre Schwester Madhu ihr letztes Jahr zum Geburtstag geschenkt hatte, vervollständigten das Faulenzer-Outfit. Die Socken waren schon ein bisschen fusselig, aber Lena mochte sie sehr. Sie taten ihren müden Füßen gut, und Lena musste immer an Madhu denken, wenn sie sie trug. Nachdem sie den Anzug aufgehängt und sich vergewissert hatte, dass die Hose genau in der Mitte des Kleiderbügels hing und die Falte akkurat war, nahm sie einen Zug aus ihrem Inhalator und ging in die Küche.

Mit einer Schale voll heißer, scharfer Pastinakensuppe und einem Brötchen auf dem Tablett kuschelte sie sich auf das Sofa und nahm ihr Buch in die eine Hand, den Löffel in die andere. Sie verjagte die Katzen, die wie jeden Abend versuchten, sich zu ihr zu setzen. Lena ignorierte sie, sodass sie sich beleidigt in ihr Katzenkörbchen zurückzogen. Während sie vorsichtig die Suppe aß, tauchte sie wieder in die Geschichte von Drew und Annie und ihrer ach so süßen Liebe ein. Sie las das Buch nicht zum ersten Mal, aber in stressigen Zeiten brauchte sie es wie eine weiche Decke, um sich wieder besser zu fühlen.

Nachdem sie das Kapitel beendet hatte, trug sie das Tablett in die Küche und wusch Schüssel und Löffel ab. Schmutziges Geschirr konnte Lena nicht einmal ein paar Stunden lang stehenlassen – Sauberkeit war ihr oberstes Gebot. Sie wischte die Arbeitsplatte mit einem antibakteriellen Mittel ab und warf die Krümel in den Mülleimer unter der Spüle. Dann sah sie sich zufrieden um: Alles war so, wie es sein sollte. Sie schenkte sich einen Tee ein, ging zum Sofa zurück und machte es sich im Schneidersitz bequem. Es war fast neun Uhr und sie musste bis zehn Uhr dreißig im Bett sein, um die acht Stunden Schlaf zu bekommen, die sie brauchte. Voller Behagen sah sie weiteren neunzig Minuten mit ihrem Buch entgegen. Verglichen mit dem, was sie letztes Jahr zur selben Zeit mit Chris geteilt hatte, war es nicht viel. Aber es war genug.

Meistens, sagte eine Stimme leise in ihrem Hinterkopf.

Megan stieß die Haustür auf und flüchtete so schnell sie konnte ins Haus, um der Kälte zu entkommen. Hinter ihr fiel die Tür mit einem lauten Knall ins Schloss. Sie trat ihre nassen Schuhe auf der Fußmatte ab und ging zur Treppe. Sie hatte gerade einen Schritt auf die erste Stufe gemacht, als eine Stimme herrisch durch den Flur hallte und sie zum Stolpern brachte.

»Junge Dame!«

Megan griff nach dem Geländer, dann drehte sie sich um und begegnete dem durchdringenden Blick einer kleinen, rundlichen Dame mit dunkler Haut, deren Alter sie auf etwa Mitte sechzig schätzte. Eine große runde Brille dominierte ihr Gesicht, und die Augen dahinter waren riesig, durch die dicken Gläser auf absurde Art und Weise vergrößert. Megan konnte sich unter diesem vernichtenden Blick gerade so ein Grinsen verkneifen.

»Ja?«, fragte sie in bemüht respektvollem Tonfall.

»Bisher dachte ich ja, Gott der Herr würde dir helfen, deine Fehler zu erkennen, weshalb ich nichts gesagt habe. Da dies aber nicht der Fall ist – und das lässt mich ernsthaft um deine Seele bangen, armes Kind –, muss ich das Problem wohl auf meine Art angehen.«

»Äh … Verzeihung, was?« Megan hatte keinen Schimmer, was die Frau sagen wollte. Menschen, die religiöse Floskeln von sich gaben, machten sie nervös. Ihre Tante Jean hatte da einigen Schaden angerichtet.

Die Frau stieß zeigte energisch mit dem Finger auf die Haustür hinter Megan.

»Du hast die Tür zugeknallt, Mädchen! Das ganze Haus wackelt und die Fenster klirren, sodass ich Angst habe, sie könnten aus dem Rahmen fallen. Jedes Mal bete ich zum Herrn Jesus, dass heute nicht der Tag ist, an dem mir das Dach auf den Kopf fällt.« Jetzt bebte die Frau und faltete die Hände beschwörend vor der Brust.

Megan schluckte. »Das tut mir sehr leid. Ich … ich wusste gar nicht, dass ich das mache.«

Die Frau schnaubte und schaute ein wenig freundlicher. »Na, jetzt weißt du es. Merk es dir einfach für das nächste Mal.« Damit drehte sie sich um und verschwand in ihre Wohnung. Die Tür fiel mit einem leisen Klicken ins Schloss und Megan atmete tief durch.

Hinter ihr ging die Haustür auf und Lena trat ein, vorsichtig die Tür hinter sich schließend. Als sie Megan auf der ersten Stufe stehen sah, zuckte sie zusammen und neigte den Kopf leicht zur Seite.

»Alles in Ordnung?« Ihre Stimme klang angespannt, die Augen hatte sie zusammengekniffen; offenbar hatte sie den Vorfall mit der zerkratzten Tür nicht vergessen. Oder vergeben.

Megan schüttelte den Kopf und deutete auf die Tür zur Erdgeschosswohnung. »Wer … wer war das?«, fragte sie.

Lena grinste freudlos.

»Das ist Dorothy. Was hast du getan?«

»Die Tür zugeknallt. Anscheinend einmal zu oft.«

Lena verdrehte die Augen und verschränkte die Arme vor der Brust. »Wunderbar. Einfach wunderbar. Na, ich hoffe du hast heute Abend nicht mit Ruhe und Frieden gerechnet.«

»Was?« Megan war zunehmend verwirrt. Was zum Teufel war in diesem Haus los?

»Wie wütend war sie?« Lena sammelte ihre Post auf und bedeutete Megan ungeduldig, die Treppe hinaufzusteigen, damit sie ihr folgen konnte.

»Na ja, ziemlich wütend, schätze ich«, sagte Megan über die Schulter, und versuchte Lena nicht zu sehr anzustarren, aber sie sah einfach so … wunderschön aus mit ihrem finsteren Gesichtsausdruck.

»Hat sie Gott erwähnt?«

»Das hat sie tatsächlich. Woher wusstest du …«

Lenas seufzte schwer. »Dann werden wir heute definitiv keinen Frieden mehr haben. Vielen Dank auch.«

Damit steckte sie den Schlüssel ins Schloss, öffnete ihre Tür und verschwand.

Megan stand vor der geschlossenen Tür und gab sich eine Ohrfeige. Nein, sie war definitiv wach. Was um alles in der Welt –

Die Orgelmusik war laut. Unglaublich laut. Megan war trotz Tante Jeans bester Bemühungen nicht religiös erzogen worden, aber selbst sie erkannte *Vorwärts, Christi Streiter*, wenn es mit solcher Lautstärke gespielt wurde. Das Glas im Treppenhausfenster klirrte leicht. Die Erschütterung unter ihren Füßen lieferte ihr einen realistischen Eindruck davon, wie sich ein Erdbeben anfühlen musste. Benommen ging sie in ihre Wohnung, aber da war der Lärm noch schlimmer. Offenbar kam die Musik genau aus dem Stockwerk unter ihr. Jetzt war auch Gesang zu hören, und Megan musste widerwillig zugeben, dass Dorothy, wenn sie tatsächlich die Sängerin war, eine bemerkenswert gute Stimme hatte. Zwar eine laute Stimme, aber nichtsdestotrotz eine gute.

Kopfschüttelnd über das, was seit ihrer Rückkehr passiert war, ging sie in ihr karg eingerichtetes Schlafzimmer. Bisher besaß sie nicht mehr als ein Bett. Doch ein weiterer Einkauf war für den kommenden Samstag geplant. Sie wollte mit ihrem Vater in dessen Lieferwagen zu IKEA fahren, um ein paar Schränke und Kleinigkeiten zu besorgen. Eine unmöblierte Wohnung zu mieten bedeutete erst einmal weitere Ausgaben für Anschaffungen, aber Megan machte es Spaß, sich ganz nach ihrem eigenen Geschmack einzurichten. Und trotz des unglücklichen Starts mit ihren Nachbarinnen gefiel ihr das Gebäude, in dem sie wohnte. Dank der hohen Decken und den Altbauelementen in allen Räumen wirkte die Wohnung sehr elegant und großzügig. Dadurch, dass die Möbel fehlten, wurde der Eindruck noch verstärkt. Megan wollte sich noch ein paar Sachen anschaffen, ihr neues Heim aber auch nicht überfüllen.

Sie ging in die Küche, um sich ihr Abendessen zu kochen. Unter ihr ertönte *Bleib bei mir, Herr*. Wie lange würde das unerwünschte Livekonzert noch weitergehen?

Kapitel 3

»Vierzig Minuten?«, rief Megans Mutter. »Das ist ja unerhört!« Entrüstet ließ sie sich auf das Sofa fallen.

»Weißt du, am Ende war es gar nicht so schlimm.« Megan lachte. »Ich meine, die meiste Zeit habe ich gekocht, und als ich mich dann hinsetzen und fernsehen wollte, war es schon vorbei.«

»Und tut sie das jeden Abend?« Ihr Vater grinste.

»Bisher nicht. Nur an dem einen. Ich glaube, das war meine Strafe oder so.«

»Das ist eine verdammte Verrückte«, sagte Jimmy.

»Sowas sagt man nicht!« Ihre Mutter beugte sich vor, um Jimmy einen Klaps auf den Arm zu geben. Er verzog kaum das Gesicht. Jimmy, ihr jüngster Bruder, arbeitete genau wie Megan als Fitnesstrainer und seine Muskeln waren hart wie Stahl.

»Fertig!« Callums Stimme drang aus dem zweiten Schlafzimmer. Er war der älteste Spross der Familie und vier Jahre älter als Megan. Als gelernter Handwerker hatte Callum darauf bestanden, die Möbel, die sie am Vortag gekauft hatten, selbst aufzustellen. Daniel, ihr zwei Jahre älterer Bruder, half ihm dabei, obwohl er im Allgemeinen kein Interesse an körperlicher Arbeit zeigte. Callums Bestechung mit einem Zwanziger und ein paar Gläsern Bier in ihrer Stammkneipe schien allerdings Wunder gewirkt zu haben.

Callum steckte den Kopf zur Tür herein und winkte Megan zu sich. Sie sprang vom Sofa auf, stieß dabei mit dem Schienbein an die Bücherkiste, die als provisorischer Wohnzimmertisch diente, und stöhnte auf, als drei Teetassen zur Seite glitten und auf den Boden fielen. Callum und ihr Vater lachten. Jimmy fing Megans gequälten Blick auf und schenkte ihr ein mitfühlendes Lächeln.

»Ich mache das schon«, sagte ihre Mutter amüsiert und erhob sich.

»Tut mir leid, Mum.« Megan seufzte.

Ihre Mutter kicherte. »Es ist gut zu sehen, dass manche Dinge sich nie ändern.« Sie ging zur Spüle und kehrte mit einem feuchten Lappen sowie Kehrblech und Schaufel zurück.

Megans Tollpatschigkeit war in der Familie Palmer legendär. Bei großen Familienzusammenkünften amüsierte man sich immer wieder gerne über ihre größten Patzer. Für jeden anderen mochten diese Geschichten unterhaltsam sein, doch Megan waren sie unangenehm. Insgeheim wand sie sich immer vor Scham, wenn sie wegen ihrer Unbeholfenheit im Mittelpunkt der Aufmerksamkeit stand.

Nachdem die verschüttete Flüssigkeit aufgewischt war und Megan ihre Mutter zum Dank umarmt hatte, ging die ganze Familie in das Nebenzimmer, um das Ergebnis der Arbeit ihrer Brüder zu begutachten.

Megan strahlte. Alles war genau so, wie sie es sich vorgestellt hatte. Eine ausziehbare Schlafcouch stand an der Wand, die dem Fenster gegenüberlag, ein großer Schreibtisch nahm die andere Hälfte des Zimmers ein. Megan hatte versucht, den Raum so flexibel wie möglich einzurichten. Sie wollte Jen zwar nicht den Eindruck geben, dass sie einziehen könnte, ihr aber dennoch die Möglichkeit bieten, gelegentlich zu übernachten. Vor allem, wenn Megan wieder anfing Partys zu feiern. Außerdem wollte sie einen separaten Arbeitsraum für ihren Schreibtisch und ihren Computer, da diese nicht im Wohnzimmer stehen sollten. Dieser war ein gemütlicher Ort zum Entspannen, und mit den großen Sitzkissen, den Bücherregalen, die ihre Brüder vorhin zusammengeschraubt hatten, und dem großen Flachbildschirm an der Wand bereits gut eingerichtet.

»Gute Arbeit, meine lieben Brüder.« Begeistert klopfte sie den beiden auf den Rücken und musste grinsen, als Daniel das Gesicht verzog. Sie selbst, Jimmy und Callum waren kräftig gebaut wie ihr Vater, Daniel dagegen kam nach ihrer Mutter und war wesentlich zierlicher. Er mochte ihre herzhaften Begrüßungen und Gesten nicht sonderlich.

»Gut, das schreit nach Bier«, sagte sie und lachte, als ihre gesamte Familie laut jubelte. Damit war der Umzug abgeschlossen – die Schränke in ihren Zimmern standen, der Tisch, die Stühle, und die Bücherregale waren aufgestellt. Der Fernseher musste noch angeschlossen werden und Megan die restlichen Kisten auspacken. Dann war sie endlich fertig.

Sie holte das Bier aus dem Kühlschrank und alle tranken direkt aus den Flaschen, auch ihre Mutter. Solange Megan zurückdenken konnte, hatte ihre Mutter nur zu gerne alles getan, um den Abwasch zu vermeiden. Für Rosie Palmer war es völlig überflüssig, Biergläser zu benutzen.

Megan betrachtete lächelnd ihre Familie. Ihr Vater unterhielt sich gerade mit Callum – sie glichen wie ein Ei dem anderen, bis hin zum spärlichen Haarwuchs. Beide waren über einen Meter achtzig groß und hatten breite Schultern, mit denen sie jeden Raum dominierten. Ihr Vater hatte in letzter Zeit einen deutlichen Bierbauch bekommen, und sie wusste, dass ihre Mutter ihm deswegen in den Ohren lag.

Sie sah zu ihrer Mutter hinüber, die die Kissen auf dem Sofa ordnete. Sie war dreißig Zentimeter kleiner als ihr Mann und von schlanker Statur – der Kontrast zwischen den beiden hätte nicht größer sein können. Allerdings hatte sie in der Beziehung definitiv die Hosen an, was viele bei ihrem Aussehen nicht erwartet hätten. Sie führte den Haushalt mit harter Hand und einem Geschirrtuch als bevorzugter Waffe, wenn die Dinge außer Kontrolle gerieten.

Jimmy und Daniel saßen auf dem Boden und versuchten, den Fernseher anzuschließen. Megan lächelte. Daniel war bestimmt in seinem Element. Er war der Mann für alles, was irgendwie mit Elektronik oder Technik zu tun hatte. Er war immer der Stillste in der Familie gewesen, hatte sich als Kind in dem Zimmer verschanzt, das er mit seinem Bruder geteilt hatte, und auf dem Tisch, der seine Elektronikwerkstatt gewesen war, an allen möglichen Projekten gebastelt. Sie musste kichern, als Daniel Jimmys große Hände von den Kabeln wegschlug. Jimmy war vielleicht ein Schrank, aber Daniel ließ sich von ihm nicht einschüchtern. Obwohl fast vier Jahre jünger, war er seinem scheuen Bruder in ihrer Schulzeit mehr als einmal zur Rettung geeilt. Daniel hatte eine große Hochachtung vor seinem kleinen Bruder, doch er ließ ihm trotzdem nicht alles durchgehen. Jimmy nahm grinsend einen Schluck Bier.

»Hey, Pummelchen!« Megans Miene verfinsterte sich, als ihr Vater sie mit ihrem alten Spitznamen aufzog, den sie so sehr verabscheute und den sie zu ihrem Leidwesen nie losgeworden war. Das Gelächter ihrer Familie verstärkte ihren Ärger nur.

»Was?« Es fiel ihr schwer, nicht wütend zu klingen.

»Wie wäre es mit etwas Musik?« Ihr Vater lächelte breit.

Während sie ihren Ärger runterschluckte, aktivierte sie die Lautsprecher und scrollte auf ihrem iPod zu der Playlist, die sie vor einer Weile für eine Party zusammengestellt hatte. Es war zwar noch mitten an einem Sonntagnachmittag und sie saß nur mit ihrer Familie zusammen, aber sie war trotzdem in Feierlaune. Darin waren die Palmers immer gut gewesen: Sie fanden immer eine Ausrede, um zu lachen und zu trinken. Als sie sah, wie Callum im Takt mit dem Kopf nickte, drehte sie die Musik etwas lauter und lächelte, als er sie angrinste. Sie waren eben auf einer Wellenlänge.

Lena knallte ihr Buch auf das Sofa. Sie bereute es bereits, sich darüber gefreut zu haben, dass nun wieder jemand unter ihr wohnte. Zum dritten Mal innerhalb von zwei Wochen dröhnte laute Musik aus Megans Wohnung. Lena hatte genug. Es spielte für sie keine Rolle, dass Samstagabend war; ein Abend, an dem sich die meisten Leute vergnügen wollten. Es ging hier um gute Manieren – oder in diesem Fall um das Fehlen derselben.

Ohne zu zögern marschierte sie zur Treppe und stampfte die Stufen hinab. Nachdem sie die Tür aufgesperrt hatte, ging sie schnellen Schrittes zu Megans Wohnungstür und klopfte heftig.

Sie wartete.

Und wartete.

Sie klopfte noch einmal deutlich fester, bis ihre Knöchel schmerzten.

Ein paar Augenblicke später wurde die Musik leiser und die Tür schwang auf. Sie erwartete Megan und wollte gerade mit ihrer Beschwerde loslegen, hielt jedoch inne, als sie sah, dass die andere Frau – Jen, wie sie sich vage erinnerte – mit einem breiten Grinsen vor ihr stand.

»Hallo«, sagte Jen und fuhr sich mit der Hand über die sehr kurzen Haare. Widerwillig gestand Lena sich ein, dass sie diese Geste extrem attraktiv fand. »Wie schön, dich zu sehen.« Jen lächelte.

Lena war empört. Versuchte diese Frau wirklich, mit ihr zu flirten? Jetzt?

»Wo ist Megan?«, zischte sie.

Jens Augen verloren etwas von ihrem Glanz und sie trat einen kleinen Schritt zurück. »Ähm, irgendwo da drin. Willst du reinkommen?« Sie deutete hinter sich und Lena warf einen Blick in das spärlich beleuchtete Wohnzimmer. Der Raum war voller Leute, die sich zur Musik bewegten und unentwegt an ihren Drinks nippten, als gäbe es kein Morgen.

»Bitte hol sie her«, sagte Lena mit zusammengebissenen Zähnen. Als ob sie sich zu – was auch immer es war – gesellen wollen würde.

Jen zuckte mit den Schultern und ihr Lächeln verschwand gänzlich. »Na gut, wie du willst. Bin gleich wieder da.«

Lean sah sie davongehen und trat unruhig von einem Fuß auf den anderen. Sie war sich plötzlich nur allzu bewusst, wie sie aussah. Die anderen trugen Glitzertops und enge Jeans, und sie stand im Pyjama im Treppenhaus und hatte – *o nein* – Häschenschlappen mit abstehenden Öhrchen an. Vielleicht sollte sie gehen, bevor Megan auftauchte, und die Konfrontation auf den nächsten Tag verschieben. Sie trat einen Schritt zurück, aber die Bommel und die Blume an den Fersen ihrer Hausschuhe behinderten sie. Im nächsten Moment war sie auch schon gestolpert und fand sich auf ihrem Hinterteil wieder. Bevor sie sich aufrappeln konnte, erschien Megan in der offenen Tür. Als sie besorgt vorstürzte, um Lena auf die Füße zu helfen, schwappte ihr Drink, den sie in der Hand hielt, in einem hohen Bogen direkt auf Lena zu. Sie sah es wie in Zeitlupe, und doch konnte Lena nicht ausweichen. Und schon klebte eine erhebliche Menge von etwas Orangem – und Kaltem – auf ihrem Körper.

»O Mist!« Megan errötete und ließ das leere Glas schnell zu Boden fallen. »Lena, es tut mir *so leid.*«

Lena starrte Megan an. Beiläufig bemerkte sie, dass diese ein leuchtend violettes T-Shirt trug, auf dem die Worte *Bite me* in silberner Schrift prangten. Megans langes, weißblondes Haar fiel ihr über die Schultern, was Lena unerklärlich reizvoll fand. Sie fragte sich, wie weich es wohl war. Es sah aus, als würde es sich unglaublich seidig anfühlen, wenn sie mit den Fingern hindurchfuhr und –

Ihre Brust war kalt. Sehr kalt. Sie zupfte an ihrem Pyjamaoberteil und ihre Wangen brannten. Ihr wurde klar, wie sehr sie sich hatte ablenken lassen, und darüber komplett vergessen, in welcher Situation sie sich befand. Sie lag noch immer mit ausgestreckten Beinen auf dem Rücken und ihr nasses Shirt klebte auf eine Weise an ihrem Körper, die nur wenig Raum für Fantasie ließ. Vor Scham wäre sie am liebsten in Tränen ausgebrochen.

Sie ignorierte Megans hilfsbereit ausgestreckte Hand, stand auf und versuchte dabei ihr Oberteil so weit wie möglich vom Körper wegzuziehen. Sie atmete tief durch und dachte nur noch an ihren Ärger.

»Alles in Ordnung?«, fragte Megan mit einem vorsichtigen Lächeln. Ihr Gesicht war nur eine Schattierung von Roter Bete entfernt. »Es tut mir so leid«, wiederholte sie. »Soll ich dir ein Handtuch holen?« Sie wollte gerade in die Wohnung zurückgehen, aber Lena hob die Hand und hielt sie zurück.

»Mir geht es … gut«, log sie und wünschte, ihre eigene Röte würde so schnell verschwinden, wie sie aufgetaucht war. »Ich kümmere mich darum«, sie zeigte auf ihre nasse Brust, »wenn ich zurück in meiner Wohnung bin. Ich bin nur heruntergekommen, weil die Musik so laut ist.«

Megan schaute überrascht »O Gott, entschuldige. Ich hab nicht nachgedacht. Haben wir dich aufgeweckt?«

Lena runzelte verärgert die Stirn. »Es ist erst neun. Ich war nicht im Bett.«

»Oh«, sagte Megan und deutete auf Lenas Pyjama. »Ich habe wohl einfach angenommen –«

»Tja, gut. Egal.« Warum verschwand ihre Röte nicht endlich? »Ich wollte lesen und deine Musik ist zu laut. Ich lese. Am Abend. Und du störst mich dabei.«

Megan hob beschwichtigend die Hände. »Wie gesagt, es tut mir leid. Ich hinterlasse keinen sehr guten Eindruck bei dir, oder? Seit ich eingezogen bin, meine ich.«

Lena schloss kurz die Augen. »Es ist … na ja, ich schätze, wir müssen uns einfach aneinander gewöhnen. An die Situation, meine ich. Dass du jetzt hier wohnst.« Sie verstummte. Warum brachte sie keinen ganzen Satz heraus? Ja, Megans helle Augen lenkten sie so sehr ab, dass es beinahe lächerlich war. Aber Lena war auch sauer auf Megan, weil sie ihre Routine störte, und weil sie ein Glas mit einer undefinierbaren Flüssigkeit über ihr ausgeleert hatte. Sie musste sich allein darauf konzentrieren. »Wie auch immer. Die Musik. Stell sie leiser. Bitte.«

Bevor Megan antworten konnte, drehte Lena sich um und ging zu ihrer Wohnung zurück, wobei sie diesmal sorgfältig darauf achtete, nicht über die Öhrchen an ihren Hausschuhen zu stolpern. Ihr klammes Pyjamaoberteil hielt sie dabei so weit wie möglich von ihrer Haut weg.

»Mache ich«, rief Megan. »Und wenn du den Pyjama in die Reinigung schicken musst, gib mir bitte die Rechnung. Ich bezahle natürlich.«

»Ich bin sicher das wird nicht nötig sein«, fauchte Lena über die Schulter zurück.

»Okay.« Megan machte eine Pause. »Übrigens – nette Schlappen.«

Mit flammend roten Wangen öffnete Lena ihre Wohnungstür.

Kapitel 4

»Hör auf, mich zu ignorieren, Leelawati.«

In Madhus Stimme lag mehr als nur eine Spur Frustration. Die Sprachnachricht war die dritte, die sie Lena in ebenso vielen Tagen hinterlassen hatte. Lena seufzte, als sie sie löschte, doch sie wusste auch, dass sie ihrer Schwester nicht ewig aus dem Weg gehen konnte. Madhu war eine wahre Naturgewalt, wenn sie aufgebracht genug war. So wie es klang – und vor allem da sie Lenas richtigen Vornamen benutzte –, war sie jetzt an diesem Punkt angekommen.

Lena wusste, dass es besser war, es schnell hinter sich zu bringen, und suchte in der Liste der verpassten Anrufe nach Madhus Nummer.

»Lebst du noch?«, begrüßte ihre jüngere Schwester sie schnippisch.

»Madhu, bitte.«

Am anderen Ende der Leitung wurde laut geseufzt. »Tut mir leid.« Eine Pause. »Wie geht es dir?«

Lena lehnte sich auf ihrem Sofa zurück. »Ganz gut«, sagte sie schnell und dann, bevor Madhu nachfragen konnte: »Wie geht es Jay? Und dem Baby?«

Madhu kicherte. »Jay geht es gut. Natürlich arbeitet er rund um die Uhr. Das Baby tritt mich viel und ich kann dir sagen, das ist nicht mal ansatzweise so spaßig, wie Mutter es mir weißmachen wollte.«

Dieser Satz löste eine Reihe verschiedenster Emotionen in Lena aus, und sie schluckte bevor sie antwortete. »Hilft sie dir?«

Madhu seufzte. »Ja und nein. Sie meint es gut, aber … Ach, das sind alles so altmodische Ratschläge. Und ich kann gar nicht mehr zählen, wie viele Tanten mich angerufen haben, seit sie die Neuigkeit verbreitet hat, und alle geben mir Tipps für eine gute Schwangerschaft und ein gesundes Baby. Und von den Namensvorschlägen fange ich gar nicht erst an.« Sie stöhnte. »Aber ich weiß, dass sie es nur gut meinen, daher beiße ich mir auf die Zunge und lasse sie reden, während ich Bestellungen einpacke.«

Es war gut zu hören, dass Madhu immer noch glücklich darüber klang, ihr eigener Boss zu sein, indem sie Kosmetik und Henna-Zubehör auf *eBay* verkaufte. Lena war ein wenig neidisch, weil ihre Schwester mit dem Segen ihres Mannes Jay von zu Hause aus arbeiten konnte. Jetzt, da das Baby unterwegs war, bot sich das auch an. Der Nachteil bestand darin, dass Jay im Callcenter der Bank Extraschichten einlegen musste, um genügend Geld für die wachsende Familie zu verdienen. Lena konnte sich vorstellen, wie Madhu von ihren Waren umgeben in dem kleinen Zimmer saß, und fragte sich, was mit all dem geschehen würde, wenn der Raum zum Kinderzimmer wurde.

»Laufen die Geschäfte gut?«, fragte sie.

»Momentan ja. Der Sommer war verrückt, mit den vielen Hochzeiten und den Feiertagen.«

»Das kann ich mir vorstellen.«

»Nun aber mal ernsthaft, Lena. Wie geht es dir?« Wenn Madhu eines war, dann beharrlich.

»Wie gesagt, es geht mir gut.«

»Das klingt aber nicht gut.«

»Es ist alles in Ordnung.«

»Das ist nicht besser.«

»O Madhu, bitte!«

»Lena, ich frage doch nur, weil du mir wichtig bist. Ich mache mir Sorgen um dich. So allein wie du bist.«

»Jetzt klingst du schon wie Mutter.«

»Wie kannst du es wagen?« Madhu klang entsetzt. Aber dann begann sie zu kichern und plötzlich war die Anspannung verschwunden.

»Es geht mir gut, Madhu. Ja, ich bin allein, aber das ist meine eigene Entscheidung. Meine Arbeit hält mich beschäftigt und … na ja, alles andere wird sich ergeben, wenn das Universum bereit für mich ist.«

Madhu schnaubte verächtlich. »Ich nehme an, du hast die Katzen immer noch? Hat diese Frau irgendetwas organisiert, um –«

»Nein.« Lena schnitt ihr das Wort ab. Ihre Schwester hatte tatsächlich nur drei Minuten gebraucht, um zu ihrer monatlichen Tirade über die Katzen, Chris und Lenas allgemeine Situation auszuholen.

Lena schloss kurz die Augen und zwang sich zu einem ruhigen Tonfall: »Nein, und ich weiß, dass ich das Problem lösen muss, aber ich hatte bei der Arbeit sehr viel zu tun. Ich werde mich darum kümmern.«

Ihre Schwester schwieg bedeutungsvoll.

»Das werde ich!«

»Lena, die Frau hat dich *betrogen*, ist ohne Vorwarnung ausgezogen, hat dich mit *ihren Katzen* zurückgelassen, gegen die du *allergisch* bist, und du hast sechs Monate lang nichts dagegen unternommen. Wann genau wirst du dich endlich kümmern?«

Lena wusste, dass Madhu nicht mit Absicht so grob klang. Ihre Schwester sorgte sich um sie, aber in diesem Moment wünschte sie sich wirklich, dass Madhu den Mund hielt.

»Madhu, ich werde es tun. Das ist meine Schlacht, also lass sie mich auch schlagen.«

»Aber –«

»Das reicht!«

Stille breitete sich zwischen ihnen aus. Dann sagte Madhu leise: »Tut mir leid.«

Lena akzeptierte die Entschuldigung großzügig.

Madhu fuhr fort: »Lena, ich will wirklich nicht wie Mutter klingen, aber es gefällt mir nicht, dass du allein wohnst. Ich weiß, dass du nicht oft ausgehst, und du vergräbst dich in deiner Arbeit und diesen Büchern, aber –«

»Ich weiß. Madhu, ich … ich will nicht für immer allein bleiben. Wirklich nicht. Ich brauche nur etwas Zeit. Chris war –«

»Chris war eine betrügerische Schlange«, unterbrach Madhu sie.

»Ja, stimmt. Das war sie.«

»Hat sie es dir vermiest? Du weißt schon, lesbisch zu sein. Ich meine, sie war deine erste richtige Freundin.«

»So funktioniert das nicht.« Lena musste kichern. So sehr Madhu sie auch unterstützt hatte, als Lena vor vier Jahren endlich den Sprung gewagt und sich vor ihrer Familie geoutet hatte, schien sie immer noch zu denken, dass Lena eine bewusste Entscheidung getroffen hatte. Als könnte sie ihre Gefühle irgendwie kontrollieren und folglich auch nach Lust und Laune abschalten. Als wäre dieses intensive Verlangen nach Frauen etwas, das sich ignorieren ließe …

»Also«, sagte Madhu nach ein paar Momenten der Stille. »Wie läuft's bei der Arbeit?«

Dankbar über den Themenwechsel erzählte Lena von ihrem Job und den Fortschritten, die sie in ihrer Position machte. Sie war inzwischen etwas über acht Monate bei der Firma. Der Jobwechsel war damals leider ausgerechnet mit der Entdeckung von Chris' Affäre zusammengefallen. Zwei Jahre lang waren sie ein Paar gewesen und in den letzten beiden Monaten hatte Chris sie betrogen. Lena war immer noch erstaunt darüber, dass sie den Job behalten hatte, wenn sie daran dachte, wie hoffnungslos überfordert sie sich in den ersten Wochen mit der Doppelbelastung gefühlt hatte.

Die Trennung war scheußlich gewesen. Es hatte Chris offensichtlich frustriert, dass Lena sich auf ihre Karriere konzentriert und Überstunden eingelegt hatte, um sich im Bereich der Unternehmenssteuer fortzubilden. Anstatt jedoch mit Lena darüber zu reden und mehr Aufmerksamkeit zu verlangen, hatte sie sich diese woanders gesucht. Und war nach jedem ihrer … Treffen … mit dieser Frau abends zu Lena zurückgekommen. Belinda, die Diamantenhändlerin – Chris hatte sie offenbar auf einer Veranstaltung kennengelernt, die ihre Firma in Hatton Garden ausgerichtet hatte. Lena wurde immer noch rot vor Scham, weil sie nicht bemerkt hatte, was los gewesen war. Sie hatte es erst herausgefunden, als sie eine Nachricht von Chris bekommen hatte, die offensichtlich für Belinda bestimmt war. Der Streit an jenem Abend war kurz und heftig gewesen. Am Ende hatte Lena die Wohnung für sich gehabt, und Chris war mit ihrem ganzen Kram verschwunden gewesen.

Abgesehen von den Katzen natürlich.

»Oh, und es ist endlich jemand in die Wohnung unter mir eingezogen.«

»Ach ja? Hast du die Person schon getroffen? Mann oder Frau?«

»Eine Frau. Megan.« Sie hatte erwartet, Ärger zu verspüren, sobald sie den Namen aussprach. Doch statt an all die Aufregung zu denken, die Megans Einzug verursacht hatte, sah sie nur deren hellblaue Augen vor sich. Lena schob den Gedanken beiseite. »Sie ist … Na ja, sie ist laut. Und tollpatschig. An dem Tag, als sie eingezogen ist, hat sie meine Tür zerkratzt. Und sie veranstaltet viele laute Partys.«

Madhu kicherte. »O nein. Das wird nicht gut enden, oder? Ich weiß, wie sehr du deinen Frieden liebst und dass du keine Störung in deinen kleinen Routinen ertragen kannst.«

Lena war empört. Ihre Routinen waren ihre Freunde. Zuverlässig. Sicher. Beruhigend. Ihre Familie hatte sie als Kind endlos gehänselt und die anderen Kinder in der Schule hatten sie mehr als nur seltsam gefunden. Lena mochte es einfach, wenn Dinge auf eine bestimmte Art getan wurden, vorzugsweise jeden Tag zur selben Zeit und idealerweise ohne Unterbrechungen. Was war daran so falsch? Ja, auch Chris hatte sie verspottet, weil sie so von Ordnung und Sauberkeit besessen war. Als Chris in den letzten Monaten ihrer Beziehung absichtlich versucht hatte, Lena herauszufordern, hätten ihre Alarmglocken schrillen sollen.

»Madhu, du lässt es so klingen, als würde etwas mit mir nicht stimmen«, sagte sie in leicht gereiztem Tonfall. »Aber ich kann nun mal nicht aus meiner Haut.«

»Ich weiß, ich weiß«, sagte Madhu besänftigend. »Aber jetzt mal was anderes. Willst du uns nicht endlich mal wieder besuchen?«

Von einem heiklen Thema zum anderen, dachte Lena seufzend. Ihre Schwester hatte heute einen Lauf. »Lass mich erst das mit den Katzen lösen, dann sehen wir weiter.«

Sie verabschiedeten sich und Lena machte sich daran, ihr Mittagessen zu kochen. Das Gemüse für das Thai-Curry lag schon in der Reihenfolge bereit, in der es in den Topf musste. Sie hatte es direkt nach der Rückkehr vom Supermarkt sauber geschrubbt und musste es jetzt nur noch einmal abspülen. Das Schneidebrett lag exakt in der Mitte der Arbeitsfläche und das Messer, mit dem sie den Salat schneiden würde, in bequemer Reichweite daneben. Die Dose Kokosmilch hatte sie zusammen mit einem Dosenöffner neben den Herd gestellt, und der Kochtopf stand frisch gespült auf der größten Herdplatte. Gerade als sie nach der Reispackung im Küchenschrank griff, klopfte es an der Tür.

Nachdem sie sich schnell die Hände abgewischt hatte, schob sie die Katzen mit den Füßen beiseite und ging die Treppe hinab. Durch das Guckloch sah sie Dorothy mit ängstlich geweiteten Augen vor der Tür stehen. Das konnte nur eines bedeuten.

Sie öffnete und fragte: »Wie groß und wo?«

Dorothy gestikulierte wild. »O Lena, danke! So groß wie meine Hand und in meinem Badezimmer.«

Lena ging lächelnd an Dorothy vorbei. »Ich rufe, wenn Sie gefahrlos zurückkommen können«, sagte sie und stieg die Stufen hinab.

Sie öffnete Dorothys Wohnungstür und nahm ein Glas aus dem Küchenschrank und ein Blatt von den Werbeprospekten, die Dorothy auf ihrem Tisch sammelte. Was immer es war, das Dorothy heute kochte, es roch verlockend. Sie musste nachher fragen, ob sie das Rezept bekommen konnte …

Das Badezimmer lag ganz hinten in der Wohnung und war ebenso klein wie ihr eigenes, aber aufgrund des Südfensters über der Badewanne fiel Licht herein. Und so war es hell genug für Lena, um das Monster zu sehen, das Dorothy so sehr erschreckt hatte. Wie erwartet war die Spinne nicht einmal ansatzweise so groß wie eine Hand, aber sie wusste, dass Dorothys Arachnophobie ihren Erzfeind immer maßlos vergrößern würde.

»Na, du hast dir wirklich den falschen Tag ausgesucht, um ins Haus zu kommen, hm?«, murmelte sie, während sie das Glas über die Spinne stülpte und sie einfing, indem sie das Papier unter den Rand schob. Dann ging sie aus der Wohnung und zur Haustür, die sie mit einer Hand öffnete, während sie mit der anderen Glas und Papier fest zusammenhielt. Die Spinne bekam ihre Freiheit in einer Hecke, die an das Nachbargrundstück grenzte. Wenige Augenblicke später stellte Lena das Glas in Dorothys Spüle ab und entsorgte den Prospekt im Recyclingbehälter neben der Hintertür.

»Sie ist weg«, rief sie ins Treppenhaus, während sie Dorothys Wohnungstür bis auf einen Spalt hinter sich zuzog, damit an diesem kalten Tag nicht allzu viel Wärme entkommen konnte.

»Oh, Gott segne dich, Lena«, sagte Dorothy, als sie auf der Treppe aneinander vorbeigingen. »Du bist ein Engel, den der Herr mir geschickt hat. Ich weiß nicht, warum Er mir diese Prüfungen auferlegt, aber ich danke Ihm, dass Er dich zu mir geschickt hat.«

Lena errötete. »Jederzeit, Dorothy, das wissen Sie doch.« Sie lächelte immer noch, als sie ihre Wohnung betrat. Eine weitere erfolgreiche Rettungsaktion – sowohl für die Spinne als auch für Dorothy.

Kapitel 5

Lena steckte ihren Schlüssel ins Schloss und hielt inne. Sie sah auf die makellose neue Wohnungstür und seufzte zufrieden. Zwei Wochen hatte sie gebraucht, um alles zu organisieren. Die Reparatur war vor drei Tagen beendet worden, und sie war immer noch glücklich über das Ergebnis. Der Handwerker, den Megans Bruder empfohlen hatte, hatte gute Arbeit geleistet; niemand würde die Reparatur erkennen können. Die gesamte Tür war neu gestrichen worden, und das blanke Weiß strahlte im hellen Licht des Treppenhauses. Und Megan hatte ihr Wort gehalten und die ganze Rechnung bezahlt.

Lena musste zugeben, dass sie angenehm von Megan überrascht war. Sie hatte nicht nur angeboten den Schaden zu bezahlen, um Lena zu beruhigen, sondern hatte ihr das Geld noch am selben Tag und in bar gegeben, nachdem sie die Rechnung erhalten hatte. Lena empfand Respekt für ihre laute und ungeschickte Nachbarin.

Lena schloss auf und betrat die Wohnung. Midnight und Snow saßen auf der untersten Treppenstufe und schauten zu ihr hoch. Es machte sie nervös, so angestarrt zu werden, denn die Katzenaugen hatten etwas Unheimliches an sich, als wären sie damit beschäftigt, Pläne für Lenas Ruin zu schmieden. Ihre Beziehung zu den Tieren war angespannt, aber wenigstens hatte sie sie nach der Trennung nicht einfach hinausgeworfen. Lena fand, dass sie ihr dafür schon ein wenig dankbarer sein könnten, anstatt ihr bei jeder Gelegenheit aufzulauern.

Sie schob sich an den Katzen vorbei und seufzte, als die beiden hinter ihr die Stufen hinaufschlichen und sich geschmeidig an ihren Beinen rieben. Nachdem sie ihnen Futter und Wasser gegeben hatte, machte sie sich an die ekligste Aufgabe, die mit ihren adoptierten Haustieren einherging: das Katzenklo. Für jemanden wie Lena, die Sauberkeit über alle Maßen schätzte, war das eine Herausforderung, die sie jedes Mal kaum ertragen konnte. Und es spielte keine Rolle, dass sie sie während der letzten sechs Monate jeden Tag angenommen hatte; sie würde sich niemals daran gewöhnen können. Während sie die Hinterlassenschaften in Zeitungspapier wickelte, verfluchte sie Chris zum millionsten Mal dafür, dass sie sie in diese Situation gebracht hatte Und sie verfluchte ihre eigene Schwäche, weil sie es zugelassen hatte.

»Aber Süße, ich liebe meine kleinen Kätzchen. Ja, ich weiß, du bist allergisch, aber es wird immer gesagt, je mehr man der Allergie ausgesetzt ist, desto eher gewöhnt man sich daran. Deshalb glaube ich, dass das schon klappen wird. Bitte, Süße.«

Chris hatte diesen süßen, schmeichelnden Tonfall perfektioniert, mit dem sie Lena um den kleinen Finger wickeln konnte, und Lena hatte kapituliert. Gut, sie hatte auch wirklich gedacht, dass sie eine gewisse Immunität gegen die Katzen aufbauen könnte, wenn sie rund um die Uhr in ihrer Wohnung wären, also hatte sie nachgegeben und Chris erlaubt, sie bei ihrem Einzug mitzubringen.

Unglücklicherweise gab es mehr als zwei Jahre später immer noch kein Anzeichen für eine Immunität. Lena hatte ein laufendes Rezept in der örtlichen Apotheke für ihren Inhalator, und eine Antihistamintablette war zum Bestandteil ihres Frühstücks geworden. Zum Glück hatte sie es geschafft, die Katzen aus dem Schlafzimmer herauszuhalten, nachdem Chris ausgezogen war, und nach einer gründlichen Teppichreinigung und einer Runde mit dem Staubsauger war wenigstens dieser Raum relativ frei von Tierhaaren.

Nachdem sie den Abfall beseitigt hatte, hockte sie sich neben die Katzen, um sie beim Fressen zu beobachten. Sie waren wirklich wunderschön, aber sie mussten weg. Sie konnte sich nicht mehr um sie kümmern. Wenn Chris' ach so tolle Freundin keine Katzen mochte, dann war das ihr Problem, nicht Lenas.

Es war Zeit für ein Ultimatum.

Megan lief schnellen Schrittes die Treppe hinauf und stellte die ersten beiden Werkzeugtüten vor ihrer Wohnungstür ab. Sie war aufgeregt – heute würde sie anfangen, das Badezimmer zu streichen. Der Vermieter hatte ihr freie Hand gegeben, mit jedem Raum zu tun, was sie wollte. Tatsächlich schien es ihn gar nicht zu kümmern, und das hatte durchaus eine kleine Alarmglocke in ihrem Hinterkopf schrillen lassen, allerdings war die Begeisterung größer als ihre Zweifel. Sie hatte sich den Samstag kurzfristig freinehmen können und war schon früh aufgestanden, um mit dem Renovieren zu beginnen. Ihre Befürchtung, dass es noch Monate dauern würde, bis sie mit dem Verschönern ihrer Wohnung weitermachen konnte, hatte sich trotz der strapazierten Kreditkarte nicht bewahrheitet. Callum hatte von einem Job noch einige Materialien übrig, die er ihr zur Verfügung stellte.

»Ehrlich, Schwesterchen, es ist in Ordnung. Der Kerl hat die Farbe schon bezahlt und mich ausgelacht, als ich gefragt habe, ob er den Rest behalten will. Wenn du sie nicht willst, entsorge ich sie sowieso nur.«

»Und es ist in Ordnung, damit ein Badezimmer zu streichen?«

»Ja, absolut. Es ist ein kühler Blauton. Passt dir das?«

Alles war besser als das hässliche Braun, das im Moment die Wände ihres Badezimmers zierte, hatte sie gedacht, und Callums Angebot dankbar angenommen.

Sie hüpfte die Treppe wieder hinab, um die beiden Dosen mit Farbe zu holen. Sie waren angebrochen, aber jeweils noch halbvoll, weshalb sie wahrscheinlich gerade für den ganzen Raum reichen würden. Es würde mindestens zwei Schichten brauchen, um das Braun darunter zu begraben, möglicherweise drei.

Ganz in Gedanken über diese Kalkulation war sie gerade am oberen Treppenabsatz angekommen, als das plötzliche Dröhnen der Orgel aus der Erdgeschosswohnung sie zusammenzucken ließ. Bevor sie es verhindern konnte, rutschte ihr eine der Dosen aus der linken Hand und segelte in hohem Bogen durch die Luft. Es dauerte genau eins Komma sechs Sekunden, bis sie landete.

An Lenas Wohnungstür.

An der frisch reparierten Wohnungstür, die bis vor eins Komma sechs Sekunden noch strahlend weiß gewesen war.

Beim Aufprall auf das Holz war der Deckel abgesprungen – und jetzt war die Tür zweifarbig, oben weiß, unten mit einem kühlen Blau besprenkelt.

Entsetzt und ganz benommen starrte Megan auf das Gemetzel. Ihr Herz hämmerte wild. *Mein. Gott.*

»*All things bright and beautiful*«, erklang Dorothys laute Stimme von irgendwo unter ihr. »*All creatures great and small.*«

Megan schloss die Augen und hoffte verzweifelt, dass alles wieder strahlend weiß wäre, sobald sie sie öffnete.

Was natürlich nicht der Fall war.

Sie starrte auf die Farbpfütze, die sich auf dem Teppich direkt vor Lenas Wohnungstür ausbreitete, und zwang ihr Gehirn, sich *irgendetwas* einfallen zu lassen, um die Situation zu retten. Und versuchte, sich gleichzeitig mit dem Gedanken zu trösten, dass es diesmal wirklich nicht ihre Schuld war. Diesmal lag es nicht an ihrer

Tollpatschigkeit. Nicht wirklich. Aber irgendetwas sagte ihr, dass Lena das nicht so sehen würde.

In diesem Moment hörte sie, wie ein Schlüssel in Lenas Türschloss gedreht wurde. Megan rutschte das Herz in die Hose. Sie wollte gerade noch eine Warnung rufen, doch die Tür wurde so abrupt aufgerissen, dass die nasse Farbe wild in alle Richtungen spritzte. Sie flog auf die gegenüberliegende Wand, traf Lenas Kleider und ihre Schuhe.

Lena starrte Megan einen Moment fassungslos an, sah dann an sich herab, dann auf die Tür, dann wieder zu Megan.

»Ich … ich kann das erklären«, begann Megan, aber Lenas finsterer Blick und eine Handbewegung brachten sie zum Schweigen.

»Das … du … *aaah*!« Der Schrei war schockierend laut für so eine kleine Person wie Lena und ließ Megan zurücktaumeln, sodass sie beinahe rückwärts die Treppe hinabgestürzt wäre.

Unter ihnen verstummten der Gesang und die Orgelmusik, und ein paar Augenblicke später ging Dorothys Tür auf.

»Was im Namen des Herrn geht dort oben vor sich?«, rief sie.

Megan sah über das Geländer zu ihr hinab.

»Verzeihung, Dorothy. Nur ein … ein kleiner Unfall. Nichts, worüber Sie sich Sorgen machen müssten.«

»Früher war es so ruhig in diesem Haus«, murmelte Dorothy und ging wieder in ihre Wohnung zurück. »Alles ist anders, seit *sie* eingezogen ist. Gott helfe mir.« Die Tür knallte zu.

Megan schloss die Augen und atmete tief durch. *Bitte lass das einen bösen Traum sein. Bitte lass mich aufwachen.*

»Also?« Lenas Stimme hätte nicht eisiger sein können, wenn sie mitten in der Antarktis gestanden hätte.

Megan hob beschwichtigend beide Hände, in der rechten immer noch die zweite Farbdose. »Ich schwöre, ich werde das in Ordnung bringen. Es tut mir so leid. Ich hab nicht gemerkt, dass der Deckel –«

Lenas erhobene Hand ließ sie verstummen. »Ist. Mir. Egal.«

Megan sah Tränen in Lenas Augen schimmern und spürte einen Stich in ihrem Herzen. Sie ging einen Schritt auf Lena zu. »Gott, Lena, es tut mir so –«

»Nicht«, flüsterte Lena und wich zurück. »Bitte … lass es sein.« Ohne ein weiteres Wort fiel leise die Tür zu ihrer Wohnung ins Schloss.

»Jen, hör auf zu lachen. Das war wirklich nicht lustig.« Megan schloss die Augen, drückte das Handy fest ans Ohr und zwang sich, ruhig zu bleiben. Es geschah nur selten, dass sie wütend wurde; grundsätzlich war sie ein glücklicher und sorgloser Mensch, aber der Anblick von Lenas Tränen hatte sie tief getroffen und es tat ihr weh, dass sich Jen darüber lustig machte.

»Oh, *komm schon*, Megs.« Jen konnte sich kaum fassen. »Das ist unbezahlbar! Gerade als die Tür nach dem Kratzer repariert ist, wird sie sogar neu gestrichen und dann …«

»Schluss jetzt!«, fauchte Megan. Sie hörte, wie Jen erschrocken den Atem anhielt, entschuldigte sich jedoch nicht für ihren Tonfall. »Ich meine es ernst, Jen. Ich weiß, wir haben über die Jahre hinweg oft genug über meine ständigen Missgeschicke gelacht, aber dabei ist nie jemand zu Schaden gekommen. Diesmal … diesmal habe ich jemanden verletzt, und das bringt mich schier um.«

Es wurde still in der Leitung. Dann sagte Jen leise: »Entschuldige.«

»Ich weiß, alle finden es zum Schreien, dass ich zu Hause so ungeschickt bin und bei der Arbeit so koordiniert. Aber weißt du was? Das ist langsam nicht mehr lustig. Je öfter etwas passiert, desto peinlicher wird es für mich. Ich fühle mich wie eine riesige, tapsige Idiotin –«

»Hey«, unterbrach Jen sie, »das bist du doch überhaupt nicht. Du bist manchmal etwas … übereifrig und überstürzt die Dinge. Aber niemand hält dich für eine Idiotin. Ganz sicher nicht.«

»Na ja«, murmelte Megan, »ich mich schon.«

»Okay, ich glaube, es wird Zeit für ein paar Drinks, um dich wieder locker zu machen. Was sagst du dazu?«

»Der Plan könnte mir gefallen«, meinte Megan lächelnd und rollte die Schultern, um wieder in eine entspanntere Stimmung zu kommen.

»Gut! Also, bis wann arbeitest du heute Abend?«

Megan ging zu ihrem Schreibtisch und öffnete den Kalender auf ihrem Computer. »Der letzte Kunde wird um halb neun weg sein.«

»Cool. Dann komm nach der Arbeit direkt in die Bar, ja?«

»Ich versuche es. Meine Chefin liegt mir mit diesem Papierkram in den Ohren, den ich immer wieder vergesse auszufüllen. Wenn ich es vermeiden kann, ihr über den Weg zu laufen, bin ich bis neun bei dir.«

»Welche Chefin? Die mit den BDSM-High Heels oder die andere?«

Megan kicherte. »Die mit den High Heels.«

Jen pfiff anerkennend. »Hm, eines Tages wirst du mich ihr vorstellen müssen. Das ist dir doch hoffentlich klar, oder? Dafür sind beste Freundinnen schließlich da.«

Megan lachte und merkte, wie ihre Niedergeschlagenheit verschwand. Seltsam, wie leicht das ging, wenn sie mit Jen redete.

»Wir werden sehen«, sagte sie. »Wie auch immer, ich muss los. Bis heute Abend.«

»Bis dann.«

Megan legte auf, steckte das Handy in ihre Hosentasche und machte sich auf die Suche nach ihren Lieblings-Sneakern. Sie wusste noch, dass sie sie einfach von den Füßen getreten hatte, aber nicht, wo sie gelandet waren. Sie stieg über den Haufen schmutziger Handtücher in ihrem Schlafzimmer – sie durfte nicht vergessen, am Wochenende zu waschen – und ging weiter ins Wohnzimmer.

Sie verschob einen Stapel Bücher und Zeitungen neben dem Sofa, umrundete das Möbel und fand die Sneakers mitten im Raum auf dem Teppich liegend, neben einer leeren Kaffeetasse und der zerknüllten Verpackung eines Proteinriegels. Sie hob den Müll und die Tasse auf und machte sich im Geiste eine Notiz, dass etwas Hausarbeit am Wochenende nicht schaden könnte. Schließlich trug sie den Anfall in die Küche und zog die Sneakers an, ehe sie ihre Tasche mit der Sportkleidung packte. Sie hatte einen vollen Terminkalender mit Privatkunden, aber keine Kurse. Also blieb ihr Zeit, um zwischendurch selbst zu trainieren. Beschwingt ging sie zur Tür.

Das Fitnessstudio war gut besucht als sie eintrat. An Dienstagen war es immer voll. Montags konnten sich die meisten Leute nicht aufraffen, wenn sie nach dem Wochenende noch erschöpft oder verkatert waren, aber am Dienstag setzte das schlechte Gewissen ein und die Massen strömten heran. Der Spinning-Kurs war voll und sie hörte, wie Jason seine Befehle brüllte und alle dazu animierte, über ihre Grenzen zu gehen. Auch das Zirkeltraining war in vollem Gang und sie blieb einen Moment stehen, um Kimberly bei der Arbeit zu bewundern. Kimberly, die komplett unerreichbar, aber doch einen Blick wert war. Sie entdeckte Megan und winkte, woraufhin diese sich ertappt fühlte und sofort einen roten Kopf bekam. Dass

Kimberly von Megans Schwärmerei wusste, half überhaupt nicht. Aber wenigstens hatte sie im Gegensatz zu vielen anderen heterosexuellen Frauen kein Problem damit.

Megan ging in die Garderobe und warf ihre Tasche in einen Spind. Sie hatte zwei Kunden in der für Büroangestellte üblichen Mittagspausenzeit von zwölf bis zwei, dann würde sie selbst die Geräte nutzen können. Sie nahm ihre Bürste, kämmte sich damit durch die langen Locken und band sie zu einem Pferdeschwanz. Sie hatte gelegentlich mit der Idee geliebäugelt, sich die Haare abzuschneiden, da sie bei der Arbeit oft schwitzte und sie ständig waschen musste. Aber sie war immer wieder vor dieser großen Entscheidung zurückgescheut – sie bekam auch mit langen Haaren schon genug Kommentare über ihre »maskuline Figur«. Sie lächelte, als sie an den ängstlichen Ausdruck im Gesicht ihrer Mutter dachte, als sie endlich den Mut aufgebracht hatte, sich zu outen.

»Bedeutet … bedeutet das, du schneidest dir die Haare ab und wirst eine von diesen … Butches?«, hatte ihre Mutter mit bebender Stimme gefragt.

»Mum, bei einer Butch geht es nicht nur um die Frisur«, sagte sie sanft. »Aber nein, ich schneide mir die Haare nicht ab.«

Ihre Mutter hatte erleichtert aufgeatmet, und das war alles gewesen – Megan hatte sich geoutet und ihre Mutter war glücklich.

Als sie die Garderobe verließ, hörte sie hinter sich das Klackern von Absätzen und atmete tief durch. Das konnte nur Alisha sein. Die Chefin mit den BDSM-High Heels, wie Jen sie getauft hatte, als Megan ihr zum ersten Mal von Alisha erzählt hatte. Groß, schlank, mit vollen Brüsten, trug sie immer einen engen Rock, eine enge Bluse und High Heels – und obwohl sie eigentlich nicht Megans Typ war, löste Alisha trotzdem jedes Mal, wenn sie sprach, ein kleines Flattern in ihrem Magen aus. Sie hatte etwas Sinnliches an sich, das schwer zu ignorieren war.

»Megan«, rief sie und ihre samtige Stimme war gerade noch so über der basslastigen Musik aus den Lautsprechern zu hören.

Megan drehte sich zu ihr um. »Hi, Alisha.«

Alisha lächelte, und ihr pflaumenfarbener Lippenstift, der fantastisch zu ihrer braunen Haut passte, schimmerte auf ihren Lippen. Megan blinzelte, um den Blick von diesem einladenden Mund loszureißen.

»Ich brauche immer noch diese Feedback-Formulare, die du mir versprochen hast«, sagte Alisha.

Unter der Spur des Tadels in der Stimme ihrer Chefin begann Megan sich zu winden wie eine Schülerin, die von der Direktorin ausgeschimpft wurde. *Träum weiter, Perverse.*

»Ja, tut mir leid. Ist es in Ordnung, wenn ich sie dir gleich morgen bringe? Ich habe heute Abend etwas vor und –«

»Gleich morgen früh?«

Megan schluckte. »Auf jeden Fall.«

»Ich brauche sie. Enttäusch mich nicht.« Alishas Grinsen war raubtierhaft und Megans Körper machte sehr deutlich, dass es ihm gefiel – die Hitze, die bis zu einer ganz bestimmten Stelle zwischen ihren Beinen wanderte, war intensiv. Sie verlagerte das Gewicht von einem Bein auf das andere, um das plötzliche Pochen zwischen ihren Schenkeln zu mildern. Bildete sie sich das ein oder war es plötzlich sehr heiß auf dem Gang?

»Niemals«, sagte sie atemlos, drehte sich auf dem Absatz um und lief schnell zum Trainingsraum. Es war Zeit, sich auf die Kunden zu konzentrieren.

Kapitel 6

Lena starrte ihre blaugesprenkelte Tür an, als sie den Absatz der Treppe erreichte. Megan hatte sich am Sonntag zwar mehrmals entschuldigt – als Lena endlich nachgegeben und auf ihr wiederholtes Klopfen hin geöffnet hatte –, aber allein beim Anblick des neuerlichen Schadens verfinsterte sich ihre Stimmung schlagartig. Und was den ruinierten Teppich davor betraf …

Früher hatte sie es geliebt, in diesem Gebäude und vor allem in ihrer Wohnung zu leben. Jetzt, da Chris weg war, das Problem mit den Katzen ungelöst und sie eine große, unbeholfene Bärin zur Nachbarin hatte, verlor das Leben in der Jackson Road Nummer 7 allmählich an Reiz. Allerdings wollte sie auch nicht ausziehen. Ein Umzug bedeutete Veränderung. Und Lena hasste Veränderung.

Sie trat in die Wohnung, ohne einen weiteren Blick auf die Tür zu werfen, und hängte ihren Mantel an den Haken auf der Innenseite. Als sie sich zur Treppe wandte, fiel ihr wieder die feuchte Stelle auf der Stufe auf. In der letzten Nacht und am Morgen hatte es ziemlich stark geregnet, und für die nächste Woche war eine Reihe von Stürmen vorhergesagt worden. Sie sah auf ihre Uhr: sieben Uhr abends. Zu spät, um Dorothy um ihre Leiter zu bitten. Vielleicht konnte sie das am Samstagmorgen erledigen, bevor Dorothy zu ihrer Kirchenorgelstunde ging.

Lena seufzte. Der Vorfall mit der Farbe hatte auch den Umgang mit Dorothy erschwert. Ihr frustrierter, geradezu animalischer Schrei hatte Dorothy dazu veranlasst, nach dem Rechten zu sehen, und nur mit Mühe und Not war es Lena gelungen, die Situation aufzuklären. Aber am Montag hatte Dorothy Lenas »Guten Morgen« ignoriert, als sie sie auf dem Weg zur Arbeit im Treppenhaus getroffen hatte, und diese Art von Unhöflichkeit passte nicht zu der religiösen Nachbarin. Zu müde, um sich damit auseinanderzusetzen, hatte Lena ohne ein weiteres Wort das Haus verlassen und sich auf dem Weg zur Arbeit große Mühe gegeben, alle Gedanken an ihr Heim beiseitezuschieben.

Wenn sie ehrlich war, bestand genau darin ihr Problem – sagte sie sich, als sie die feuchte Stelle umging und oben auf der schmalen Treppe die Katzen antraf –, dass ihr Zuhause ihr Zufluchtsort war. Sie wollte die Gedanken daran nicht verdrängen müssen. Jeden Abend heimzukommen, vor allem seit sie die Wohnung wieder für sich allein hatte, und sofort mit ihrer abendlichen Routine aus Essen, Putzen, Lesen und Schlafen zu beginnen, hielt sie im Gleichgewicht. Hielt sie davon ab zuzugeben, dass sie einsam war.

Sie sah auf Midnight und Snow hinab, die zu ihren Füßen saßen und mit großen Augen zu ihr hochsahen. Irgendwie wirkten sie heute gar nicht beängstigend. Nur … süß. Sie beugte sich hinab, streichelte beiden eine Weile die Köpfe und lächelte unwillkürlich über das Schnurren, das sie dafür erntete. Sie hatte Chris angerufen und eine Sprachnachricht hinterlassen, in der sie verlangte, dass sie die Katzen abholte, da Lena sie sonst ins Battersea Dogs and Cats Home bringen würde.

»Das würde ich nie tun«, flüsterte sie den Katzen zu, die sie ausdruckslos anstarrten. »Nur dass ihr es wisst. Ihr seid mir zwar lästig, aber das ist nicht eure Schuld.«

Plötzlich merkte sie, dass sie mit zwei Katzen redete, richtete sich auf und schüttelte den Kopf. Sie musste in eines ihrer Bücher flüchten, um der Realität zu entkommen.

Sie ging in die Küche, um sich zunächst die Hände zu waschen und dann die Katzen zu füttern. Und dann noch einmal die Hände zu waschen. Danach durchquerte sie ihr makelloses Wohnzimmer und betrat ihr ebenso makelloses Schlafzimmer. In dieser Wohnung war kein Gegenstand nicht an seinem angestammten Platz. Selbst die Bücher in den zwei großen Bücherregalen waren so angeordnet, dass die Rücken eine perfekte Linie bildeten. Und natürlich waren sie alphabetisch nach den Autoren sortiert. Die Kissen auf dem Sofa wurden jeden Tag aufgeschüttelt, bevor das Sofa selbst unter eine Schutzhülle kam, die verhinderte, dass es in Katzenhaaren versank. Die zwei Katzenkörbchen wurden jeden Abend mit dem Staubsauger gereinigt, die Fotos und Andenken auf dem breiten Fensterbrett zweimal die Woche abgestaubt. Im Schlafzimmer lagen keine Kleider herum, alles war entweder aufgehängt, weggeräumt oder lag im Wäschekorb. Das Bett wurde wie in einem Hotel jeden Morgen neu gemacht, und das angrenzende Badezimmer direkt, nachdem sie sich zurechtgemacht hatte, gewischt, bevor sie zur Arbeit ging.

Lena wusste, dass das für die meisten Leute kein normales Verhalten mehr war, aber sie war schon immer so gewesen. Für sie *war* es normal. Sie konnte sich nicht ändern und wollte es auch nicht.

Das Handy klingelte, als sie gerade ihre Nudeln aß. Sie sah auf das Display und ihr Puls begann zu rasen.

»Hallo, Chris.«

»Hey, Lena.« Chris klang nervös und das gab Lena einen kleinen zufriedenen Kick, zur Abwechslung hielt sie die Fäden in der Hand. »Ich hab deine Nachricht bekommen«, fuhr Chris fort, als Lena schwieg.

»Ja?«

»Ja. Also. Ähm. Die Sache ist die –«

»Nein! Keine weiteren Ausreden, Chris. Das meine ich ernst«, sagte Lena mit einem entschuldigenden Blick zu den zwei Katzen. »Hol sie ab oder sie wandern ins Tierheim.«

Kurz herrschte Stille. »Lena, ich … Wow, dass du meine Katzen für so etwas benutzt …«

Lena spürte, wie sie wütend wurde und atmete einige Male tief durch, bevor sie antwortete. »Diese erbärmliche emotionale Erpressung funktioniert nicht, Chris. Es sind deine Katzen. Dein Problem. Nicht meins.« Es war verlockend zu flehen und an Chris' bessere Seite zu appellieren, aber Lena wusste, dass ihr das nichts nutzen würde. Das hatte seit sechs Monaten nicht gewirkt und daran würde sich auch jetzt nichts ändern. Entschiedenheit und Stärke waren nötig, also biss sie die Zähne zusammen und sprach weiter. »Du hast bis Samstagvormittag Zeit. Wenn du bis zehn Uhr nicht da bist, fahre ich nach Battersea. Verstanden?«

Chris atmete hörbar aus. »Ich komme am Freitagabend nach der Arbeit«, sagte sie kleinlaut und legte auf.

Lena ließ das Handy neben sich auf das Sofa fallen und betrachtete mit großen Augen ihre zitternden Hände. Ihr Magen war ganz verkrampft und sie musste erst einmal tief durchatmen. Sie hatte gar nicht gewusst, dass sie es in sich hatte, so bestimmt aufzutreten.

Es fühlte sich … wundervoll an. Beängstigend, aber wundervoll.

Als es am Freitagabend kurz nach acht Uhr klingelte, zuckte Lena zusammen, obwohl sie darauf gewartet hatte. Zwar ging ihr Plan auf, doch sie hatte nicht bedacht, dass sie Chris wiedersehen würde. Das war erst das zweite Mal, seit Chris vor sechs Monaten ausgezogen war. Etwa vier Wochen, nachdem sie getrennt waren, hatte

Chris angerufen und gefragt, ob sie die Katzen sehen könnte, und Lena hatte sie in die Wohnung gelassen. Es war ihr unangenehm gewesen, geradezu erschreckend. Lena hatte sich nach dreißig Minuten mit einem Buch in ihr Schlafzimmer zurückgezogen, während Chris ein großes Theater um die Tiere veranstaltet hatte. Lena hatte die leise Hoffnung gehabt, dass der Besuch dazu führen würde, dass Chris die Katzen mitnimmt, aber das war im Sande verlaufen. Belinda hatte sich vehement geweigert, die Tiere in ihre Wohnung zu lassen, in der Chris jetzt lebte, und ihre neue Partnerin war Chris offensichtlich wichtiger als ihre Katzen.

Widerwillig ging Lena zur Gegensprechanlage, um die Haustür zu öffnen. Durch die geschlossene Wohnungstür hörte sie zwei Stimmen und Wut loderte in ihr auf.

Sie riss die Tür auf und betrachtete die zwei Frauen, die vor ihr standen. Chris, deren kurze dunkle Haare in diesem *out of bed style* zerzaust waren, den sie schon immer gemocht hatte, trat verlegen von einem Fuß auf den anderen. Sie sah anders aus und Lena brauchte eine Weile, bevor sie erkannte, dass Chris Make-up trug – etwas, das sie nie getan hatte, als sie noch ein Paar gewesen waren. Lenas innere Zicke war nicht sicher, ob es zu Chris passte. Überhaupt nicht sicher. Aber dann wanderte ihre Aufmerksamkeit zu der großen Frau, die etwas hinter Chris stand. Das konnte nur Belinda sein. Sie war hinreißend, keine Frage, mit ihren schulterlangen blonden Haaren, den stechend blauen Augen und ihren endlos langen Beinen. Sie war alles, was Lena nicht war, und der Kontrast zwischen ihnen hätte nicht größer und schmerzhafter sein können.

Lena sträubten sich die Haare.

»Wer ist das?«, fragte sie statt einer Begrüßung. Sie verspürte eine leichte Befriedigung, als Chris gequält das Gesicht verzog.

»Hi, Lena. Das … ist Belinda. Sie ist gekommen, um –«

»Nein. Sie wartet draußen. Sie kommt mir nicht in die Wohnung.« Lenas Stimme zitterte, war aber alles andere als leise.

Chris trat einen kleinen Schritt zurück und Lena staunte, welche Wirkung diese starke Version ihrer selbst auf ihre Ex-Freundin hatte. Irgendwo tief im Inneren fragte sie sich, wie es wohl zwischen ihnen gelaufen wäre, wenn sie in ihrer Beziehung etwas öfter für sich selbst eingetreten wäre.

»Äh, okay. Klingt vernünftig«, sagte Chris und kratzte sich ratlos am Hinterkopf. Belinda seufzte entnervt, aber als Lena ihren finsteren Blick auf sie richtete, machte auch sie einen Schritt zurück.

»Ich warte … draußen«, sagte Belinda. und im nächsten Moment wirbelte sie herum und eilte die Treppe hinab. Als sie die Haustür hinter sich zuknallte, runzelte Lena die Stirn. War Dorothy zu Hause? Würde sie eine –

Ihre Frage wurde sofort beantwortet. Dorothys Wohnungstür ging auf und sie rief: »Hör auf, mit der Tür zu knallen!«

Lena trat an Chris vorbei, um über das Geländer zu sehen. Dorothy starrte finster zu ihr hoch.

»Entschuldige, Dorothy. Es wird nicht wieder passieren.«

Chris spähte ebenfalls über das Geländer. »Ja, entschuldige, Dorothy.«

Dorothys erboster Blick fixierte Chris. »Du?«, sagte sie und Lena war erstaunt, wieviel Gift in diesem einzelnen Wort lag. »Was machst *du* denn wieder hier?«

Chris zuckte zusammen. »Ich … ich hole nur meine Katzen.«

Dorothy schnaubte. »Wurde auch Zeit«, fauchte sie. Sie richtete den Blick wieder auf Lena und fragte in deutlich sanfterem Ton: »Brauchst du Hilfe?«

Lena war so überrascht über Dorothys Verhalten, dass sie nicht gleich die richtigen Worte fand. Schließlich sagte sie hastig: »Nein, es ist alles in Ordnung. Danke.«

»Na, sag Bescheid wenn doch. Ich bin den ganzen Abend zu Hause.« Dorothy starrte Chris eindringlich an und zeigte mit dem Finger auf sie. »Ich werde für dich beten, junge Dame.« Und dann war sie weg und die Tür fiel laut hinter ihr zu.

Chris lachte unsicher, aber es klang nervös und freudlos. Lena dagegen strahlte. Wer hätte gedacht, dass Dorothy so … großartig sein konnte?

Sie drehte sich zu ihrer Ex um. »Komm schon. Bringen wir es hinter uns.« Sie wartete keine Antwort ab, sondern ging zurück in ihre Wohnung und die Treppe hoch.

Chris musste dreimal laufen, um das gesamte Zubehör und das Spielzeug der Katzen zu Belinda herunterzutragen, dann kam sie ein letztes Mal zurück, um die Katzen selbst zu holen. Anstatt der verhassten Transportkäfige hatte sie zwei Tragetücher mitgebracht, die sie sich mit jeweils einer Katze darin umbinden würde. Sie hatte dieses System schon früher angewandt, um die Katzen zum Tierarzt zu bringen, und es schien zu funktionieren.

Lena stand mitten im Wohnzimmer und beobachtete, wie Chris die Katzen zu sich auf das Sofa lockte. Die Armen glaubten wahrscheinlich, sie würden endlich auf dem Sofa kuscheln dürfen, dachte Lena. Plötzlich überflutete sie Trauer. Die Katzen würden gehen. Sie hatten sie unzählige Male krank gemacht und allergische

Reaktionen hervorgerufen, seit sie in der Wohnung waren, doch nun würde Lena sie vermissen. Die beiden waren zwei Persönlichkeiten gewesen, zu denen sie jeden Abend nach Hause gekommen war – zwei warme, atmende Wesen, die trotz Lenas Ablehnung immer glücklich gewesen waren, sie zu sehen. Vor allem, weil sie sie gefüttert hatte, vermutete sie. Aber vielleicht auch, weil sie sie liebten. Die Tränen, die ihr in die Augen stiegen, waren ihr peinlich und sie wischte sie weg.

Innerhalb weniger Minuten hatte Chris beide Katzen in die Tragetücher gewickelt und sich eine über jede Schulter gehängt. Midnight und Snow wirkten eher belustigt als panisch und das erleichterte Lena. Sie wünschte ihnen nichts Böses oder ein Leid.

Zögernd durchquerte sie den Raum, bis sie vor Chris stand, und streckte vorsichtig die Hand aus. Sie streichelte jede Katze einige Male an der Stirn und lächelte, als sie sich nach mehr reckten.

»Okay«, sagte Chris und räusperte sich. »Ich bin fertig.«

Lena nickte und ging wortlos einen Schritt zurück. Es war alles gesagt, was gesagt werden musste.

»Danke, dass du dich die ganze Zeit um sie gekümmert hast.«

Lena schnaubte verächtlich. Als hätte sie eine Wahl gehabt.

Chris verzog das Gesicht. »Ja, na ja«, sagte sie, während sie zur Treppe ging. »Ich … ich gehe jetzt.«

Lena nickte wieder. »Mach die Tür hinter dir zu.« Es war ihr egal, dass sie kalt klang. Sie konnte keine Wärme für Chris empfinden nach dem, was sie ihr angetan hatte.

Wenige Augenblicke später fiel die Eingangstür ins Schloss und sie hatte die Wohnung wieder für sich. Sie atmete einige Male tief durch und sah dann auf die Uhr. Exzellentes Timing – sie hatte den restlichen Abend, um die Möbel zu verrücken und alles vorzubereiten, bevor am Samstagmorgen die Teppichreiniger kommen würden, die sie für eine Tiefenreinigung der Wohnung bestellt hatte. Zum ersten Mal seit über zwei Jahren würde ihre Wohnung frei von Katzenhaaren sein.

Perfekt.

Kapitel 7

Hi Lena, nur damit du Bescheid weißt, mein Bruder wird deine Tür nächste Woche ersetzen können. Bitte lass mich wissen, welcher Tag dir am besten passt. Wochenende ist auch in Ordnung, falls das leichter für dich ist. Und ich veranstalte Samstag, also heute, wieder eine Party. Du bist herzlich eingeladen und ich würde mich sehr freuen, wenn du zu uns runterkommst, aber wenn nicht, wollte ich dich wenigstens vorwarnen, dass es laut wird. Megan.

Lena fand den Zettel unter ihrer Wohnungstür hindurchgeschoben, als sie vom Supermarkt zurückkam. Die Teppichreiniger hatten großartige Arbeit geleistet. Sie konnte schwören, dass sie bereits freier atmete. Der einzig beunruhigende Vorfall an diesem Morgen war die Entdeckung eines dunklen – möglicherweise feuchten – Flecks an der Wand, dort, wo einmal der Kamin gewesen sein musste. Der Fleck war neu. Zumindest dachte Lena das, obwohl sie es nicht mit Sicherheit sagen konnte. Vielleicht war er ihr auch aufgrund der Aufregung der letzten Wochen einfach entgangen … So oder so musste sie etwas deswegen unternehmen. Wahrscheinlich würde sie den Vermieter kontaktieren müssen.

Sie seufzte und sah auf den Zettel in ihrer Hand hinab, während die unterschiedlichsten Emotionen in ihr miteinander konkurrierten. Einerseits war es nett, dass Megan sie vor der Party warnte und die neue Tür so schnell organisiert hatte. Offenbar lohnte es sich, einen Bruder im Baugewerbe zu haben. Andererseits waren ein paar Stunden Vorlauf ziemlich kurzfristig, um sich auf die Party vorzubereiten. Wenn sie früher davon gewusst hätte, hätte sie Vorkehrungen treffen können, um an dem Abend nicht im Haus zu sein.

Sie schloss die Augen. Wem wollte sie etwas vormachen? Wohin würde sie denn gehen? Vor vier Jahren war sie nach London gezogen, fest entschlossen, ein anderes Leben zu führen als es ihre Eltern für sie vorgesehen hatten. Doch sie hatte sich schwer damit getan, Anschluss zu finden. Klar, sie verstand sich gut mit einigen ihrer Kollegen und ging gelegentlich mit ihnen etwas trinken. Aber es war deutlich schwieriger, sich außerhalb des Arbeitsplatzes mit anderen Menschen anzufreunden. Chris war sie auf einem Seminar begegnet, an dem sie beide teilgenommen hatten – Chris war ebenfalls Buchhalterin –, und nachdem sie einander nähergekommen waren, hatte Lena gedacht, dass sie nicht mehr brauchte, um glücklich zu sein.

Jetzt wusste sie natürlich, wie dumm diese Denkweise gewesen war. Vor allem, da sie all die Leute verloren hatte, die sie in Bolton ihre Freunde genannt hatte. Ihre Eltern waren nicht die einzigen gewesen, die ein Problem mit ihrer Sexualität gehabt hatten. Es war erstaunlich, wie viele ihrer sogenannten Freunde aus ihrem Umfeld verschwunden waren, nachdem sie sich geoutet hatte. Alle außer Madhu natürlich, die Lena wirklich bedingungslos liebte.

Da sie wusste, dass sie jetzt nichts mehr planen konnte, stellte sie sich auf einen Abend voller Lärm und Ausgelassenheit ein, die sie beim Lesen stören würden. Schon wieder.

Es dauerte nicht lange, bis die Party anfing – um sieben Uhr konnte sie hören, wie die ersten Gäste eintrafen –, und Lena kuschelte sich mit ihrem Buch grimmig unter die Decke auf dem Sofa. Die Musik wurde lauter, ebenso die Stimmen und Rufe. Sie fragte sich, was Dorothy davon hielt – hatte Megan sie auch vorgewarnt? Hatte Dorothy andere Orte, an die sie gehen konnte, um der Party zu entkommen? Lena hätte es nicht überrascht, wenn es so wäre. Dorothy schien eine zentrale Rolle in ihrer Kirchengemeinde zu spielen, und hatte dadurch wahrscheinlich viele Freunde.

Um neun Uhr schrak Lena auf, als es fest an ihrer Tür klopfte. Sie wartete ab. Vielleicht hatten Megans Freunde die falsche Tür erwischt, obwohl sie alle mit unterschiedlichen Buchstaben versehen waren. Lenas war C, Megans war B.

Es klopfte noch einmal etwas lauter.

Widerwillig schlug Lena die Decke zurück, zog den Kapuzenpulli fester um sich, und stieg die Treppe hinab. Sie sah durch den Spion und war überrascht Megan im Treppenhaus stehen zu sehen.

Sie sperrte auf und öffnete die Tür einen Spalt, um Megan anzustarren, die mit einem breiten Grinsen auf den Fußballen wippte.

»Hey, Lena!«, sagte Megan gedehnt und Lena hörte, dass sie bereits recht betrunken sein musste.

»Hallo«, sagte Lena vorsichtig.

»Wie geht's dir?«

»Gut. Was kann ich für dich tun, Megan?« Was um alles in der Welt hatte Megan auf ihrer Türschwelle verloren, wenn ihre eigene Party nur wenige Meter entfernt in vollem Gange war?

»Ich wollte … Also, die Sache ist die.« Megan trat von einem Fuß auf den anderen und ihre Wangen wurden rot. »Na ja, ich hab mich gefragt, ob du gerne auf die Party kommen würdest. Ich weiß, dass wir dich stören, also dachte ich … na ja, ich dachte, wenn du dazukommen würdest, wäre es vielleicht netter für dich.«

Lena schaute sie verblüfft an. Aufgrund ihrer Größe wirkte Megan etwas einschüchternd, aber jetzt war sie hier, stotterte sich nervös durch eine persönliche Einladung und wirkte … verlegen. Das erschien ihr seltsam und – wie Lena zugeben musste – liebenswert.

»Ich … ich bin nicht sicher, ob das eine gute Idee ist«, sagte Lena automatisch, obwohl ein Teil ihres Gehirns sich gleichzeitig fragte *Warum? Warum nicht auf eine Party gehen? Warum nicht mal an einem Samstagabend etwas Spaß haben?*

»Ach, wirklich? Komm schon«, drängte Megan. »Es wird bestimmt lustig.«

»Ähm, danke. Wirklich. Es ist nur …« Lena hielt inne, fragte sich insgeheim, wie viel sie zugeben konnte, und sprach es im nächsten Moment auch schon leise aus. »Ich komme nicht gut mit fremden Leuten zurecht.«

Megan neigte den Kopf zur Seite. »Aber ich bin keine Fremde«, sagte sie und ihr Grinsen wurde breiter.

»Nein, das bist du nicht. Wirklich, es ist lieb von dir zu fragen, aber … ich kann nicht.« Es war zu viel. Der Gedanke, von einer Menge fröhlicher Leute umgeben zu sein, die sich alle kannten, mit lauter Musik und großzügig fließendem Alkohol – das war zu erschreckend. *Vielleicht ein anderes Mal …*

Megans Lächeln schwand und sie schob die Hände in die Taschen ihrer Jeans. Sie sah zu Boden und dann mit einem Seufzer wieder auf. »Okay, wie du meinst. Man sieht sich«, sagte sie und ging zu ihrer Wohnung zurück.

Lena schloss langsam ihre Tür und lehnte sich dagegen. Es war richtig so. Wirklich.

Und als ihr Boden drei Stunden später vom Bass der Musik vibrierte und ihr die Ohren von den Rufen summten, die jeden Song begleiteten, wusste sie, dass sie die richtige Entscheidung getroffen hatte. Sie hätte derartige Überschwänglichkeit gehasst. Sie hätte sich wie eine Außenseiterin gefühlt, wie das Mauerblümchen, mit dem niemand reden wollte. Wie die Spinnerin, die alle mieden.

Ja, nicht zu gehen war definitiv die richtige Entscheidung gewesen.

Aber warum fühlte sie sich dann so leer?

»O mein Gott, wie viel Tequila haben wir vernichtet?« Megan warf eine weitere leere Flasche in die Recyclingkiste und starrte Jen finster an, die auf dem riesigen Sofa zusammengesunken war. Jen konnte kaum die Augen öffnen und verzog das Gesicht, als Megan sprach.

»Bitte, ich flehe dich an. Nicht so laut.« Jen brachte nicht mehr als ein Flüstern zustande.

»Ich rede normal«, sagte Megan und zuckte zusammen, als ihr eigener Kopf zur Antwort dröhnte. »Aber vielleicht wäre leiser doch gut«, sagte sie mit gesenkter Stimme.

Jen lachte schwach. »Glaub mir, als diese heiße Braut dir gestern Salz vom Bauch geleckt hat, hast du dich nicht über den Tequila beschwert.«

Megan stöhnte und rieb sich die Stelle, an der sie die Zunge der besagten heißen Braut gespürt hatte. Ja, das war definitiv ein Höhepunkt gewesen. Später waren allerdings Salzkörner an Stellen aufgetaucht, an denen sie nichts verloren hatten.

»Wer war das überhaupt?«, fragte Jen.

»Keine Ahnung. Ich dachte, du kennst sie?«

Jen schüttelte den Kopf. »Nein. Aber ich würde gerne.«

Megan war da anderer Meinung. So sehr sie ihre Partys auch liebte, auf eine Partylöwin wie diese würde sie sich nie ernsthaft einlassen können. Sie hatte das schon mehrere Male getan und war von der Erfahrung enttäuscht worden. Jeden Abend zu feiern und bis in die frühen Morgenstunden zu tanzen, war sehr schnell sehr langweilig geworden. Sie hatte bald erkannt, dass die beiden Frauen, mit denen sie ausgegangen war, kein Interesse an etwas Ernstem hatten. Ihr Interesse hatte lediglich der nächsten Party gegolten. Megan war zwar noch nicht wieder bereit, eine so ernste Beziehung einzugehen, wie sie sie mit Julie geführt hatte, doch sie wollte mehr als die frivole Oberflächlichkeit, die diese beiden Frauen ihr geboten hatten.

Kopfschüttelnd räumte sie die Küche auf. Besser, sie verbannte alle Gedanken an Julie aus ihrem schmerzenden Schädel – es war schon schlimm genug, sich an sie zu erinnern, wenn sie nüchtern und hellwach war. Mit einem Kater waren die Erinnerungen bestimmt zehnmal schmerzhafter.

Zehn Minuten später war Megan damit fertig, die Recyclingkiste mit leeren Flaschen und Dosen zu füllen, und stellte sie neben der Wohnungstür ab. Sie drehte sich um und inspizierte die Wohnung. Es sah aus, als hätte eine Bombe eingeschlagen. Leere Pizzakartons lagen überall im Wohnzimmer verstreut, Kleider, die ganz sicher nicht ihr oder Jen gehörten, waren über Sitzkissen und das Sofa geworfen, und ihr Entertainmentsystem verschwand unter leeren CD-Hüllen und etwas, das aussah wie Erdnüsse. Sie inspizierte es genauer. Ja, es waren Erdnüsse, und sie hatte keine Ahnung, wie die dorthin gekommen waren.

Die Hände auf die Hüften gestützt überlegte sie, ob sie im Moment die Energie hatte, sich damit zu befassen. Es dauerte nicht lange, bevor sie beschloss, dass das nicht der Fall war.

»Hast du Lust auf einen Brunch?«, fragte sie Jen, die breit lächelnd nickte.

Später – viel später, nach einem langen Brunch, der ein paar Katerdrinks eingeschlossen hatte – begann Megan endlich, den Müll der vorherigen Nacht zu sortieren. Sie hatte bereits zwei Anrufe von Leuten bekommen, die Kleidungsstücke vermissten, und diese Teile zur Abholung am Montagabend beiseitegelegt. Die übrigen lagen gefaltet und in einer Ecke gestapelt. Den Müll hatte Megan in die Tonnen vor dem Haus geworfen und darauf geachtet, Dorothy nicht zu stören, denn mit ihrem Kater hätte sie sich nicht mit ihrer religiösen Nachbarin herumschlagen können. Von Lena hatte sie keinen Mucks gehört, und der Gedanke an die wunderschöne, aber ach so scheue Frau, die über ihr wohnte, machte sie traurig.

Lena war ihr ein Rätsel. Auf den ersten Blick wirkte sie stets reizbar und bissig. Aber da war etwas in ihren Augen, etwas, das verriet, dass unter dieser Fassade eine ganz andere Person steckte, die verzweifelt herauskommen wollte. Deshalb hatte Megan sie zu ihrer Party eingeladen. Sie hatte gedacht, es würde Lena guttun, sich einmal locker zu machen. Aber sie war wieder sehr verschlossen gewesen und hatte die Einladung prompt abgewiesen. Nur … er war schon wieder da gewesen. In ihren Augen. Der gequälte Wunsch nach Befreiung.

Megan schüttelte den Kopf. Nicht ihr Problem. Sie war im Moment nicht gerade Lenas Lieblingsmensch, nach all den Albträumen, die sie ihr bereitet hatte.

Warum konnte Megan also nicht aufhören, an diese goldbraune Haut und die hinreißenden braunen Augen mit den üppigen Wimpern zu denken?

»Aaah!« Der Schrei kam gedämpft aus ihr heraus, da ihr Kopf immer noch nicht bereit für die volle Lautstärke war, aber sie legte all ihren Frust, den sie in Bezug auf Lena empfand, hinein.

Sie ließ sich auf das Sofa fallen und schaltete den Fernseher ein. BBC News lief gerade und sie sah die Wettervorhersage für die kommende Woche.

»… und es wird böse, so viel können wir schon sagen.« Die Ansagerin zeigte auf die Karte von Großbritannien hinter sich. »Wir rechnen mit heftigem Wind und Regenschauern, die in vielen Gebieten zu Überschwemmungen führen werden. Für viele Teile Großbritanniens wurde Warnstufe gelb ausgegeben und für den Großteil der Ostküste Warnstufe rot. Und wenn Sie sich in einer Stadt befinden, insbesondere in London, sollten Sie nicht darauf hoffen, dass das Unwetter an Ihnen vorbeizieht.« Die Ansagerin klickte auf ihre Fernbedienung und die Karte verwandelte sich in eine detailliertere Abbildung des südlichen Englands. »Wie Sie sehen können, liegen London und der gesamte Südosten direkt im Einzugsbereich des Sturms, und Meteorologen raten dringend zu angemessenen Vorbereitungen.«

Megan stellte den Ton ab und sah zu ihren Fenstern. Sie hoffte, dass sie wetterfest genug für einen starken Sturm waren. Sie stand auf, rüttelte ein wenig an den alten Flügeln und war sich da nicht mehr so sicher. Manche Fenster fühlten sich schrecklich lose an und es zog definitiv aus einer Ecke, da der Flügel nicht ganz so in den Rahmen passte, wie er sollte. Sie fand etwas breites Klebeband und flickte das Loch provisorisch. Wenn der Sturm vorbei war, würde sie Callum um Hilfe bitten.

Lena kämpfte sich die Jackson Road hinauf, während der Wind durch ihre Haare peitschte und kalter Regen über ihr Gesicht lief. Sie hatte ihren Regenschirm aufgegeben, sobald sie die U-Bahn-Station verlassen hatte, da er ihr fast aus den Händen geflogen war. Der Wind war stark und drückte sie gelegentlich zur Seite. In den Nachrichten hatte es Berichte von umgestürzten Bäumen und Mauern überall in London gegeben, also war sie wenigstens auf den mühsamen Heimweg vorbereitet gewesen. Das war der letzte Rest des Sturms, der kurz vor dem Morgengrauen begonnen hatte – die ersten Windstöße gegen ihre Fenster hatten sie abrupt geweckt, und danach hatte sie nicht mehr richtig einschlafen können. Letztendlich hatte sie aufgegeben und war eine Stunde früher als sonst an ihrem Schreibtisch erschienen, denn es war leichter, den Tag einfach zu beginnen, als bei dem Lärm zu schlafen.

Dankbar, dass die Jackson Road nur einen fünfminütigen Fußweg von der U-Bahn entfernt war, seufzte sie erleichtert, als Nummer 7 in Sicht kam. Sie öffnete das kleine, schwarze Metalltor und schob es fest hinter sich zu – das Letzte, was sie brauchte, war, dass es die ganze Nacht lang im Wind lärmend hin- und herschwang. Sie ging schnell zur Haustür und schnappte im Schutz des Eingangs auf der Türschwelle kurz nach Luft. Dann steckte sie den Schlüssel ins Schloss, schob die Haustür auf und stolperte in einen Sturm ganz anderer Art.

»... und das den ganzen Nachmittag lang! Ich bin es gründlich leid, dieses Gespräch mit dir zu führen, junge Dame.«

Lena schloss die Haustür hinter sich und lauschte dem Gespräch. Dorothy stand auf dem unteren Treppenabsatz und wedelte mit einem Finger vor Megan herum, die aussah, als wäre sie lieber an einem weit entfernten Ort.

»Aber Dorothy, ich war den ganzen Tag unterwegs. Ich bin gerade erst nach Hause gekommen.« Megan klang verzweifelt.

»Was ist los?«, fragte Lena, während das Wasser von ihrem Mantel auf die Matte unter ihren Füßen tropfte.

Dorothy wirbelte herum. »Ein großes Getöse! Heute Nachmittag!« Ihre Augen waren geweitet, ihr Finger zeigte immer noch auf Megan. »Seit sie eingezogen ist, ist es hier andauernd so laut, Gott steh mir bei.«

Lena neigte den Kopf zur Seite und sah Dorothy an. »Was für ein Geräusch war es genau?«

Dorothy warf die Arme in die Luft. »Ein großes Getöse!«

Lena hielt beruhigend die Hände vor sich und atmete tief ein. »Okay, Dorothy. Warte ...« Sie hielt inne, als ihr plötzlich ein Gedanke kam. Was, wenn das Geräusch von Einbrechern verursacht wurde? Entweder in Megans oder – sie keuchte – in ihrer eigenen Wohnung?

»Was?«, fragten Megan und Dorothy zugleich.

»Was, wenn ... wenn es Einbrecher sind?«, flüsterte Lena, bevor sie ängstlich eine Hand vor den Mund schlug.

Dorothy japste und griff sich an die Brust. Megan blickte sie mit großen Augen an, aber im nächsten Augenblick richtete sich noch größer auf und straffte die Schultern.

»Dorothy, bitte gehen Sie in Ihre Wohnung und halten Sie sich bereit, die Polizei zu rufen, wenn ich rufe, ja?«

Dorothy starrte sie an, aber die Befehlsgewalt in Megans Stimme war so deutlich, dass nicht einmal sie widersprechen konnte. Lena beobachtete, wie Dorothy sich ohne ein weiteres Wort langsam umdrehte und auf ihre Tür zuging. Nachdem sie in ihre Wohnung getreten war, zögerte sie und starrte Megan mit so etwas wie … Respekt an.

Lena wandte sich Megan zu. »Was …was wirst du tun?«

Megan lächelte grimmig. »Ich werde herausfinden, was hier los ist.« Sie drehte sich um, aber Lena lief ihr nach, packte sie am Arm und hielt sie fest. Ganz nebenbei bemerkte sie, wie stark dieser Arm war.

»Was?«, fragte Megan mit gerunzelter Stirn.

»Aber … aber ist das nicht gefährlich?« Lenas Stimme bebte vor Angst. Sie befürchtete das Schlimmste – was, wenn Megan dort oben wirklich jemanden erwischte? Was würde dann mit ihr geschehen? Diese Gedanken durchfluteten sie wie eine kalte Welle.

Megan lächelte und zog Lenas Hand sanft von ihrem Arm weg. »Keine Sorge. Ich kann mich verteidigen.«

Lena betrachtete die selbstbewusste Frau, die vor ihr stand, und zweifelte nicht einen Moment daran. »Okay«, sagte sie leise und ging ins Erdgeschoss zurück.

Megan nickte, drehte sich um und stieg die Treppe hoch.

Megan ignorierte das panische Flattern in ihrer Magengegend und marschierte die Stufen hinauf, während sie die Hände zu Fäusten ballte und wieder entspannte. Sie war zwar stark und hatte über die Jahre von verschiedenen Fitnesstrainern einige Kampfkunsttechniken gelernt, aber in dieser Situation musste sie komplett improvisieren. Es war ihr richtig erschienen, Selbstsicherheit und Stärke zu zeigen, damit Lena und Dorothy nicht in Hysterie verfielen. Aber als sie sich jetzt dem oberen Treppenabsatz näherte, wünschte sie sich, ihre spontane Reaktion wäre anders ausgefallen. Sie hätte zum Beispiel die verdammte Polizei rufen und in Dorothys Wohnung warten können, bis sie eintraf. Aber jetzt war sie nun einmal hier und unterwegs, sich ihrem Schicksal zu stellen, wie auch immer es aussehen mochte.

Oben angekommen sah sie, dass ihre eigene Wohnungstür unberührt wirkte, ebenso Lenas, an der ebenfalls kein Schaden zu erkennen war. Sie dachte einen Moment nach. Wenn es wirklich Einbrecher waren, mussten sie sich irgendwie Zugang verschafft und die Tür seelenruhig wieder hinter sich geschlossen haben. Oder sie waren durch das Fenster gestiegen. Sie schnaubte leise. *Ja, klar, Megs.* Wie hätten sie das ohne Leiter anstellen sollen?

Sie entspannte sich ein wenig, da ihr Instinkt ihr sagte, dass Einbrecher vermutlich nicht das Problem waren. Sie ging zu ihrer Wohnungstür und legte das Ohr dagegen. Es war nicht leicht sich zu konzentrieren, denn der Wind rüttelte heftig an den großen Fenstern im Treppenhaus. Aber zwischen den einzelnen Windstößen lauschte sie auf jedes Geräusch aus ihrer Wohnung.

Nichts.

Noch eine Minute.

Immer noch nichts.

Sie nahm ihre Schlüssel aus der Tasche. Dann lehnte sie sich über das Geländer und fing Lenas besorgten Blick auf.

»Aus meiner Wohnung kommt kein Laut und beide Türen sind unberührt und geschlossen. Ich glaube nicht, dass es Einbrecher sind«, raunte sie.

»Warum flüsterst du dann?«, fragte Lena leise zurück.

Megan errötete. »Entschuldige«, sagte sie in normaler Lautstärke. »Ich gehe kurz zu mir hinein und sehe mich um, dann nehmen wir uns deine Wohnung vor, okay?«

Lena nickte.

Megan brauchte weniger als zwei Minuten, um sich zu vergewissern, dass alles in Ordnung war und es keine Spur irgendeiner Störung gab. Danach ging sie wieder in das Treppenhaus und lehnte sich über das Geländer.

»Willst du hochkommen?« Sie sah, wie Lena ängstlich große Augen machte. »Oder willst du mir deine Schlüssel geben und ich sehe nach?«

Lena nickte heftig und errötete gleichzeitig.

»Hey«, sagte Megan sanft. »Das muss dir nicht peinlich sein. Es ist in Ordnung, sich zu fürchten.«

Lena errötete noch tiefer, während sie die Treppe gerade weit genug hochging, um Megan über das Geländer hinweg ihre Schlüssel zu reichen. Bevor Megan noch etwas sagen konnte, drehte Lena sich bereits wieder um. Und Megan beschloss, dass jetzt nicht die richtige Zeit war, um Lena zu drängen.

Sie schloss Lenas Tür auf, wobei ihr Blick automatisch zu der blauen Farbe wanderte, und öffnete sie.

Als erstes bemerkte sie die Kälte. Dann den Geruch – feucht und modrig und erdig, fast etwas rauchig. Verdutzt stieg sie langsam die Treppe hoch, aber sie war gerade erst vier Stufen weit gekommen, als Wasser auf ihren Kopf tropfte. Megan sah nach oben und schnappte entsetzt nach Luft. Wo früher ein Fenster gewesen war – sie konnte den Rahmen sehen, der gerade noch an einer Ecke festhing –, war jetzt nichts mehr. Darunter hing ein alter, brüchiger Dachbalken im Raum. Dort, wo er eigentlich hätte sein sollen, klaffte ein riesiges Loch im Dach, durch das Megan in den stürmischen Himmel sehen konnte. Zerbrochene Dachziegel und Trümmer bedeckten die oberen Treppenstufen.

Megan schloss kurz die Augen. Arme Lena. Bei dem Gedanken daran, was sie ihrer Nachbarin zeigen musste, krampfte sich ihr Magen zusammen und sie wünschte, sie könnte es noch ein wenig aufschieben. Zumindest wollte sie sich erst vergewissern, wie schlimm der Schaden war, bevor sie Lena rufen würde. Auch fürchtete sie, dass es gefährlich sein könnte unter dem zerstörten Dach, und sie lauschte einen Moment aufmerksam darauf, ob weitere Teile des Dachs herunterzufallen drohten. Doch sie hörte lediglich den Sturm, der über ihr wütete, und das einzige was fiel, waren die Regentropfen, die sie auf ihrem Gesicht spüren konnte.

Vorsichtig stieg sie die Treppe hinauf, wobei sie jedes Mal darauf achtete, dass ihr Fuß sicher stand, bevor sie den nächsten Schritt tat. Auf den letzten paar Stufen kam Lenas Wohnzimmer in Sicht, ein offener Wohnbereich mit einer Küche, die Megans ähnelte, aber kleiner war. Megan blieb auf der letzten Stufe stehen. Ihr Mitleid mit Lena war grenzenlos.

Die Wohnung sah aus, als wäre eine Bombe eingeschlagen. Ein Teil des Wohnzimmers war unter einem zerbrochenen Dachbalken begraben, darüber verstreut lagen zerbrochene, rußgeschwärzte Ziegel, die verrieten, woher sie stammten.

Das konnte nur der Schornstein sein.

Oder – Megan korrigierte sich sofort – ein Teil davon, denn für den ganzen Schornstein war dieser Schaden, so entsetzlich er auch war, noch zu gering.

Über all dem Durcheinander klaffte ein weiteres riesiges Loch im Dach, durch das der Regen unnachgiebig auf die in der ganzen Wohnung verstreuten Überreste von Lenas Habseligkeiten niederprasselte. Es schienen größtenteils Bücher zu sein, die unter Steinen und Ziegeln begraben lagen und mit jeder Minute mehr aufweichten. Manche waren bereits völlig mit Wasser vollgesogen. Das andere Ende des Dachbalkens war zu allem Überfluss auf die Arbeitsfläche in Lenas Küche geschlagen und als Megan vorsichtig weiter in den Raum trat, sah sie auf dem Boden die Überreste einer Mikrowelle und eines Wasserkochers. Das Sofa, das offenbar einmal pfirsichfarben gewesen war, war jetzt größtenteils schmutziggrau, und sie konnte nicht einmal mehr erraten, welche Farbe der Teppich unter ihren Füßen einmal gehabt hatte.

Mist.

Reflexartig nahm sie ihr Handy aus der Hosentasche.

»Hey, Megs«, dröhnte Callums Stimme. »Was gibt's?«

»Bruder, ich brauche dich. Sofort.«

Kapitel 8

Was dauerte denn nur so lange? Lena ging unruhig im Flur auf und ab und knabberte nervös an ihren Fingernägeln. Was tat Megan dort oben nur?

»Beruhige dich, Lena.«

Ruckartig hob Lena den Kopf, sie hatte fast vergessen, dass Dorothy auch noch da war. Ihre Nachbarin hatte sich unbemerkt an sie herangeschlichen. Sie sah Lena an, die Hände vor dem runden Bauch gefaltet, und ein warmes Lächeln umspielte ihre Lippen.

»Sie wird es uns schon sagen, wenn sie fertig ist.« Dorothy legte ihre Hand auf Lenas Schulter. »Sie weiß, was sie tut. Gott segne sie.« Sie schloss die Augen. »Gott segne sie«, wiederholte sie flüsternd.

»Ich … ich weiß.« Lenas Stimme zitterte, aber sie schien es nicht unterdrücken zu können. Sie hatte Angst. Angst davor, was mit ihrer Wohnung geschehen war, und – was noch überraschender war – Angst um Megan. Sie war sich nicht sicher, ob sie Megan mochte. Die Frau hatte ihr schließlich das Leben schwergemacht, seit sie letzten Monat eingezogen war. Aber das bedeutete nicht, dass Lena ihr etwas Schlechtes wünschte. Das war alles. Einfach die Sorge um ein anderes menschliches Wesen. Bei dem Gedanken verzog sie das Gesicht. Nein, eigentlich war es das nicht.

Dorothy drückte Lenas Schulter und zog so deren Aufmerksamkeit wieder auf sich und ihr warmes und freundliches Gesicht. Noch immer lächelte sie. »Hab Vertrauen, Lena«, sagte Dorothy. »Er wird Megan und uns alle beschützen.«

Lena war sich da nicht so sicher, aber sie sagte nichts. Dorothy hatte nie besonders vor ihr gepredigt, seit sie Nachbarinnen geworden waren, und dafür war sie dankbar. Sie konnte Dorothy diesen besonderen Moment lassen.

In dem Augenblick hörte sie auch schon, wie Megan die Treppe herunterkam.

Lena wusste nicht, was ihre Nachbarin beruflich machte, aber sie hoffte, dass sie nicht oft schlechte Neuigkeiten überbringen musste, denn ihr Pokerface war miserabel. Ihr war deutlich anzusehen, dass etwas Schreckliches passiert sein musste, und Lena schlug die Hände vor ihr Gesicht, bevor Megan auch nur ein Wort sagen konnte.

»Was ist los?«, fragte Dorothy stellvertretend.

»Lena, es tut mir so leid«, begann Megan, während sie langsam die letzten Stufen herabkam. »Es ist … es ist der Sturm. Er … der Schornstein ist eingebrochen.«

Dorothy keuchte und klammerte sich wieder an Lenas Schulter. »Sei stark, Kind«, murmelte sie. »Er geht geheimnisvolle Wege. Es gibt immer einen Grund.«

Lena hörte sie kaum durch das Rauschen in ihren Ohren. Der Schornstein? Was genau meinte Megan damit?

»Was?« Es war das einzige Wort, das Lena herausbrachte. Ihre Gedanken rasten nur so und hielten nicht lange genug still, um sich auf Details zu konzentrieren.

Megan blickte Lena fest in die Augen. »Ein Teil des Schornsteins … ist in dein Wohnzimmer gestürzt.«

Lena schwankte. Einzig Dorothys Hand auf ihrer Schulter hielt sie aufrecht.

»Er hat zwei Dachbalken mitgerissen und dieses Fenster, das du im Dach hast, zerstört.«

»Oberlicht«, murmelte Lena und fragte sich, warum sie Megan ausgerechnet in diesem Moment korrigieren musste.

»Genau. Das Oberlicht.« Megan rieb sich mit einer Hand über das Kinn. »Na ja, es ist … besch –« Dorothy schnalzte missbilligend mit der Zunge und Megan verzog das Gesicht. »Es ist etwas chaotisch dort oben.«

Die Bilder vor Lenas Augen verschwammen.

»O Kind, nicht weinen.« Dorothys Stimme schien aus weiter Ferne zu kommen. Lena hörte sie kaum. Weinen? Was meinte Dorothy denn? Plötzlich spürte sie die Feuchtigkeit auf ihren Wangen und ihrem Kinn und schluchzte laut auf. Dann wurde sie an eine sehr weiche und breite Brust gezogen und sanft gewiegt, während ihr Weinen heftiger und schmerzhafter wurde, aber sie konnte es einfach nicht zurückhalten.

»Die Planen halten bestimmt das Schlimmste ab, und die Jungs haben alles gut fixiert.« Callum wischte sich mit einem Geschirrtuch über das Gesicht, während Megan ihm eine Tasse Tee machte. »Aber es muss bald etwas geschehen. Ich bin kein Gutachter, aber sogar ich kann sehen, dass der Schornstein schon seit Jahren am Zerfallen ist. Er muss stabilisiert und neu aufgebaut werden und das ganze Dach muss ersetzt werden. Ich nehme an, dass es über die Jahre hinweg wahrscheinlich an sehr vielen Stellen anfällig geworden ist. Ihr habt einen Vermieter, oder?«

Megan nickte und reichte ihm den Tee.

»Danke, Megs.« Er nahm einen Schluck. »Na, dann muss sie ihn darauf ansetzen, und zwar schnell. Wie gesagt, vorerst scheint dort oben alles sicher zu sein, aber man kann nie wissen. Und wenn wir noch einen Sturm bekommen …« Er erwiderte Megans besorgten Blick und seufzte. »Ich weiß nicht. Es ist ein ziemliches Dilemma.«

Megan seufzte und rieb sich mit den Händen über das Gesicht, die Müdigkeit drohte sie zu überwältigen. Es war nach elf Uhr in der Nacht. Callum und seine Jungs waren großartig gewesen, hatten all ihre Pläne für den Abend über den Haufen geworfen und waren mit mehreren Autos und Lieferwagen angerückt. Es hatte ausgesehen, als würde eine Razzia stattfinden, wie sie mit quietschenden Reifen vor dem Haus gehalten hatten. Megan hatte sie hereingelassen und sie hatten sich sogleich an die Arbeit gemacht, riesige Planen und Leitern in Lenas Wohnung geschleppt, die eingestürzten Sparren gesichert und Stützbalken aufgestellt. Sie waren außergewöhnlich effizient und munter gewesen. Im Gegenzug hatte Megan eine Menge Pizza bestellt und zahllose Tassen Tee aufgebrüht, um sie bei Laune zu halten.

Jetzt war nur noch Callum da, und Megan konnte gar nicht sagen, wie dankbar sie ihrem Bruder war. Sein Verhalten war jedoch nicht überraschend – wenn es eines gab, das ihre Eltern ihnen schon in jungen Jahren beigebracht hatten, dann war es die Notwendigkeit, füreinander da zu sein, egal was geschah.

»Callum, ich …«

Er hob eine Hand, bevor sie weitersprechen konnte. »Nicht nötig. Du gehörst zur Familie und Familie steht immer an erster Stelle.«

Lena dagegen gehörte nicht zur Familie und Callum hatte trotzdem geholfen. Und das, nur weil eine Person betroffen war, die Megan kannte und die im selben Haus wohnte.

Sie ging zu ihrem Bruder und nahm ihn fest in die Arme. Er klopfte ihr verlegen auf den Rücken. »Schon gut, Megs. Kein Problem.«

»Danke«, sagte sie und wich zurück, um ihn anzusehen. »Du bist der Beste.«

Callum wurde rot, was Megan in ihrem ganzen Leben noch nie gesehen hatte. Da sie nicht wusste, was sie sagen sollte, wandte sie sich ab und begann das Teegeschirr wegzuräumen.

Callum räusperte sich. »Wie geht es ihr?«, fragte er leise.

Megan drehte sich wieder um. »Sie ist völlig fertig.«

Sie sahen beide zum Sofa, wo Lena in Decken gewickelt schlief. Entgegen ihrer Erwartung hatte Megan kaum Überzeugungsarbeit leisten müssen, um Lena zum Übernachten zu bewegen. Aufgrund ihres Schocks hatte sie keinen Widerstand geleistet. Es war der kommende Tag, vor dem Megan sich sorgte – Lena würde ohne ihr Hab und Gut an einem fremden Ort aufwachen und dann würde wahrscheinlich die Hölle los sein.

Aber das war erst morgen. Jetzt musste Megan selbst erst einmal ins Bett gehen. Der Adrenalinstoß war schon vor langer Zeit versiegt, und sie sehnte sich nach ihrer weichen Decke.

Callum trank den Rest seines Tees aus. »Ich sollte aufbrechen. Karen wird sich fragen wo ich stecke.«

»Klar. Sag ihr und den Kindern schöne Grüße von mir.«

Callum nickte grinsend und Megan begleitete ihn zur Wohnungstür. Nachdem sie sie leise hinter ihm geschlossen hatte, um Lena nicht zu stören, ging sie ins Wohnzimmer und sah auf die schlafende Frau hinab. Sie hatte nicht vorgehabt, Lena auf dem Sofa einschlafen zu lassen – schließlich hatte sie ein einwandfreies Gästezimmer. Aber Lena war eine Weile, nachdem Callums Team die Hauptarbeit beendet hatte, plötzlich darauf zusammensackt. Als Megan ins Zimmer gekommen war und Lena leise schnarchend vorgefunden hatte, den Kopf unbequem auf der Rückenlehne liegend, hatte Megan sie sanft in eine waagrechte Lage gebracht, ihr die Schuhe ausgezogen, einige Decken aus ihrem Gästezimmer geholt und sie damit zugedeckt.

Megan seufzte. Ja, Lena und sie hatten ihre Differenzen gehabt. Aber niemand hatte es verdient, solch einen Mist zu erleben. Sie hoffte nur, dass Lena sich bald eine andere Bleibe organisieren konnte.

Lena war innerlich hin und hergerissen. Es war zwar tröstlich, dass Megan direkt hinter ihr war, während sie die Treppe in ihre Wohnung hochstieg, aber sie hätte ihre Tränen lieber vor ihrer Nachbarin versteckt. Sie behielt ihre Verzweiflung lieber für sich. Aber Megan hatte darauf bestanden, und Lena war zu müde gewesen, um zu protestieren. Zu ihrer Überraschung hatte Megan sich an diesem Tag aufgrund eines »Notfalls« von der Arbeit entschuldigt, damit sie für Lena da sein konnte, die sich ebenfalls einen Tag freigenommen hatte, um mit diesem Albtraum fertigzuwerden.

Sie hatte unruhig geschlafen. Nicht, weil Megans Sofa unbequem war – ganz im Gegenteil. Aber sie war nicht in ihrer eigenen Wohnung, in ihrem eigenen Bett und ihrer eigenen ordentlichen Umgebung. Stattdessen war sie in Decken gewickelt, die vielleicht sauber waren, vielleicht aber auch nicht, und in einer Wohnung, die deutlich weniger aufgeräumt war als ihre eigene. Sie war zwar dankbar für alles, was die Bauarbeiter getan hatten, doch die Pizzakartons, die nun im Wohnzimmer verstreut waren, ließen sie erschaudern. Im Badezimmer hatte der nächste Schock gewartet, als sie *überall* hellblonde Haare entdeckt hatte – auf dem Boden, auf der Ablage, im Waschbecken. Tief im Inneren wusste sie, dass Megan nicht unordentlich war, nicht wirklich. Aber die fremde Wohnung, die Dinge, die nicht dort lagen, wo Lena sie hingelegt hätte, das alles zusammen verunsicherte und beunruhigte sie zutiefst.

Und jetzt musste sie sich der Realität dessen stellen, was Megan ihr gestern kurz beschrieben hatte. Beim Anblick ihres Teppichs auf der Treppe, der vor Schmutz starrte, beschleunigte sich ihr Puls und ihr Atem ging schneller. Sie wusste von dem wenigen, das Megan erzählt hatte, dass Callums Team eine Menge Trümmer weggeräumt hatte – zum Beispiel lagen keine Ziegel mehr auf den Stufen. Aber der Schmutz war da und möglicherweise noch schlimmer, nachdem er gestern Abend von so vielen Stiefelpaaren tiefer in den Teppich getrampelt worden war.

Sie atmete tief durch, als sie den Treppenabsatz erreichte und das Gemetzel sah. Sie hielt weitere Tränen zurück und zwang sich, den verwüsteten Raum zu betreten, soweit es sicher war. Sie konnte sehen, wo Callums Team Stützbalken aufgestellt hatte, hielt sich davon fern und ging stattdessen in die Küche, die scheinbar der schlimmsten Zerstörung entkommen war. Abgesehen von dem riesigen Sprung mitten in der Arbeitsfläche natürlich. Der zerbrochene Dachbalken war entfernt worden, aber die Narbe erzählte die Geschichte.

»Alles in Ordnung?«, fragte Megan leise hinter ihr. Lena sah sich um und merkte, dass sie neben der Treppe stehengeblieben war, um Lena den Platz zu lassen.

Lena zuckte mit den Schultern. »Nicht wirklich.« Sie betrachtete sich den Raum und unterdrückte ein Schluchzen. Auf einer rechteckigen Plane lagen ihre Bücher. Ihre geliebten Bücher, die jetzt ein Durcheinander aus feuchtem und beschädigtem Papier bildeten, und von denen kaum eines unversehrt geblieben war. Sie zitterte, als sie näher an den Stapel herantrat. Konnte auch nur eines gerettet werden? Sie kniete sich vor den Bücherberg, musste aber feststellen, dass die meisten Seiten zerknittert waren oder aneinanderklebten. Bei anderen waren nicht einmal mehr die Buchrücken lesbar, so groß war der Wasserschaden.

»Nach dem, was Dorothy gesagt hat, glauben wir, dass es um drei Uhr herum passiert ist. Was bedeutet, dass sie für vier, fast fünf Stunden im Regen gelegen haben, bevor Callum sie abdecken konnte. Es tut mir so leid.« Megan schien aufrichtig mit Lena zu trauern, und das half. Ein wenig.

Kopfschüttelnd wandte Lena sich ab und versuchte, das Bild des durchnässten Haufens aus dem Kopf zu bekommen. Ihr Blick fiel auf die Häschenschlappen, die fast bis zur Unkenntlichkeit ruiniert waren. Erneut war ihr zum Heulen zumute. »Was … was ist mit dem Schlafzimmer?«, fragte sie, obwohl sie sich vor der Antwort fürchtete.

»Dort ist es nicht ganz so schlimm. Dein Bett ist ein wenig beschädigt, vor allem die Bettdecke, aber ich glaube, dein Schrank und die Kommode sind unversehrt, also sollten deine Kleider in Ordnung sein.«

Das war immerhin etwas. Lena beschloss, dem deprimierenden Anblick in ihrem Wohnzimmer den Rücken zu kehren, und ging stattdessen ins Schlafzimmer. Ein schneller Blick verriet ihr, dass Megan recht hatte: Der Schaden war geringer als im Wohnbereich. Sie verkniff sich einen genaueren Blick auf das Bett, da sie schon aus dem Augenwinkel einen Dreckstreifen auf der Decke sehen konnte, öffnete den Schrank und fand saubere, unbeschädigte Kleidung vor. Sie beruhigte sich ein wenig.

»Brauchst du Hilfe beim Packen?« Megan stand in der Tür und deutete auf den offenen Schrank.

Nein, eine Fremde würde ihre Kleider auf keinen Fall anfassen. Lena verbiss sich eine entsprechende Antwort, rief sich aber ins Gedächtnis, dass Megan nur freundlich war, und schüttelte den Kopf.

»Schon gut. Ich schaffe das.« Lena reckte sich zum obersten Fach im Schrank und erkannte dann seufzend, dass sie nicht an die Koffer herankam. Ihre kleine Leiter war irgendwo im Durcheinander ihrer Küche vergraben. Sie schloss einen Moment die Augen und fragte dann: »Könntest du die bitte für mich herunterholen?«

Sie musste Megan zugutehalten, dass sie ihrer Bitte schweigend nachkam, beide Koffer herunterhob, und dann ebenso kommentarlos wieder das Zimmer verließ.

»Danke«, rief Lena ihr nach.

»Ich warte draußen«, antwortete Megan. »Sag Bescheid, wenn du etwas brauchst. Und lass dir Zeit.«

»O nein!« Madhus Stimme war wie Balsam in Lenas Ohr. Es war eine riesige Erleichterung, ihrer einzigen Vertrauten von all den belastenden Ereignissen erzählen zu können. »O Lena, es tut mir *so* leid, das zu hören. Was wirst du tun? Geht es dir gut? Bist du verletzt?«

Zum ersten Mal seit zwei Tagen lächelte Lena, während sie dem Ansturm an Fragen lauschte. »Es geht mir gut. Ich war nicht zu Hause, als es passiert ist.« Sie schauderte, als sie über die volle Bedeutung des Satzes nachdachte. Was wohl passiert wäre, wenn sie lesend auf ihrem Sofa von der Zerstörung überrascht worden wäre? Wäre sie überhaupt noch am Leben?

»Na, wenigstens etwas«, sagte Madhu. »Aber … was jetzt?«

Lena rutschte unruhig auf dem Sofa herum. Es war erst ein Tag seit dem Sturm vergangen, aber es fühlte sich an, als wäre sie schon viel länger bei ihrer Nachbarin. Megan hatte sich ins Gästezimmer zurückgezogen, um E-Mails zu beantworten – und um Lena etwas Privatsphäre für ihr Telefongespräch zu geben. Doch Lena war sich trotzdem nur allzu schmerzlich der Tatsache bewusst, dass sie sich in einer fremden Wohnung befand.

»Ich habe keine Ahnung«, sagte sie leise. »Wir haben gestern Abend den Vermieter angerufen, um den Schaden zu melden. Jetzt müssen wir darauf warten, dass der Gutachter von der Versicherung kommt, und sehen, was dabei herauskommt. Ich kann dort nicht wohnen, so viel steht fest. Ich nehme an, die Versicherung wird mir eine andere Unterkunft bezahlen, bis alles repariert ist. Aber es wird eine Weile dauern, das alles zu klären. Und –«

»Und?«

Lena schloss die Augen und senkte die Stimme zu einem Flüstern. »Das wird wahrscheinlich an irgendeinem schrecklichen Ort sein, Madhu, und du weißt, dass ich keine Veränderungen mag.«

»Ich weiß.« Madhu sprach ebenso leise. »Aber ich habe keine Ahnung, was du tun könntest. Ich meine, ich würde dir ja unser Gästezimmer anbieten, aber –«

»O Madhu, natürlich kannst du das nicht. Ich meine, wie soll das denn funktionieren? Ich kann nicht jeden Tag von Bolton aus zur Arbeit fahren. Abgesehen davon hast du ohnehin gar keinen Platz. Vor allem jetzt nicht, da das Baby unterwegs ist.«

»Ich weiß. Aber mir gefällt der Gedanken einfach nicht, dass du keinen Ort zum Bleiben hast.«

Lena schluckte. »Ich weiß. Und Megans Bruder hat gesagt, es könnte Monate dauern, bevor meine Wohnung wieder bewohnbar sein wird.«

»Monate?«, wiederholte Madhu entsetzt.

»Ja.« Lena rieb sich mit einer Hand müde über die Stirn. »Ich habe keine Ahnung, was ich tun soll.«

»Könntest du für ein paar Nächte ein Hotelzimmer bekommen? Etwas Billiges? Oder deine Arbeitskollegen fragen, ob dich jemand eine Weile aufnehmen kann?«

»Ich könnte fragen, ob jemand ein Gästezimmer hat.« Der Gedanke allein jedoch verursachte ihr schon Übelkeit. Es war schon verunsichernd genug, keinen eigenen Raum für sich zu haben, aber sich Wohnraum mit jemandem zu teilen, den sie kaum kannte, und sich an eine ganz neue Routine und einen neuen Arbeitsweg zu gewöhnen? Bei dem Gedanken lief ihr ein kalter Schauer über den Rücken.

»Hey.« Madhus Ausruf unterbrach Lenas rührselige Gedanken. »Was ist mit diesen Cousinen, weißt du noch? Die, mit denen Mutter nicht mehr spricht.« Madhu kicherte. »Das könnte bedeuten, dass du sie mögen wirst.«

Lena lachte. Es fühlte sich gut an. »Ich kann mich nicht erinnern, wo sie wohnen, du vielleicht?«

»Ich habe im Kopf, dass sie irgendwo draußen im Osten von London leben. Ich versuche es herauszufinden. Vielleicht verrät Vater es mir. Mutter frage ich auf keinen Fall.«

Sie sprachen noch ein paar Minuten miteinander, bevor Madhu auflegen musste. »Entschuldige, Lena. Es ist meine dumme Blase. Ich muss gehen.«

Lena lachte. »Ich verstehe schon.«

»Ruf mich später an. Ich bin sicher, dass Megan nichts dagegen hat, wenn du ein paar Tage bei ihr bleibst, bis wir etwas für dich gefunden haben. Ich hole die Information über die Cousinen so schnell ein, wie ich kann, ja?«

Nachdem sie aufgelegt hatte, tippte Lena sich mit dem Handy nachdenklich ans Kinn. Sie nahm an, dass es in Ordnung wäre, ein paar Tage hier zu bleiben. Aber was, wenn Madhu die Informationen über die Cousinen nicht bekommen konnte oder wenn sie keinen Platz hatten oder nicht einmal mehr in London wohnten?

Sie schloss verzweifelt die Augen. Das war unmöglich. Zum gefühlt zehnten Mal an diesem Tag kamen ihr die Tränen, aber sie hatte nicht genug Energie, um sie fließen zu lassen. Sie war es so leid zu weinen und sich selbst zu bemitleiden, aber sie hatte auch keine Ahnung, was sie dagegen tun sollte.

Kapitel 9

»Was hat der Gutachter gesagt?«, fragte Megan, während sie ihren Mantel abstreifte. Sie hatte wieder zur Arbeit gehen müssen, aber Lena hatte sich noch einen Tag freigenommen, um den Gutachter empfangen zu können. Es hatte sich seltsam angefühlt, allein in Megans Wohnung zu sein, also hatte sie am Vormittag einen langen Spaziergang gemacht, um ihr Unbehagen zu bekämpfen. Es hatte nicht viel geholfen – ihr gesamtes Leben fühlte sich komplett zerrissen an. Sie hatte die letzte Nacht in Megans Gästezimmer damit verbracht, ihre Koffer und die wenigen anderen Habseligkeiten, die sie aus dem Albtraum über ihnen hatte retten können, so ordentlich wie möglich zu verstauen. Schlaf hatte sich als eine Herausforderung erwiesen; es gab neue Geräusche, an die sie sich gewöhnen musste, ein Bett, das weniger bequem war als ihr eigenes, der Geruch eines anderen Waschmittels an der Bettwäsche.

Beim gemeinsamen Frühstück war Megan sehr vorsichtig mit ihr umgegangen. Lena war zwar dankbar für Megans Hilfe, konnte dies jedoch nicht in Worte fassen – geschweige denn ein normales Gespräch mit ihr führen. Sie war völlig durcheinander. Allerdings hatte Madhu ihr ein paar Nachrichten geschrieben, und das hatte ein wenig geholfen.

Megans Frage ließ Lenas Herz wieder heftiger schlagen, und sie spielte nervös an dem iPad Mini herum, das sie auf dem Schoß hielt. Megan setzte sich neben sie auf das Sofa.

»Es … Er hat mir gesagt, was als nächstes passiert und wie lange es vermutlich dauern wird.« Wut stieg in ihr hoch, und die nächsten Worte spuckte sie regelrecht aus. »Und er hat mir auch gesagt, dass unser Vermieter die billigste Versicherung genommen hat, die es gibt. Obwohl sie die Wohnung also für unbewohnbar erklärt haben und ich daher keine Miete zahlen muss, beinhaltet die Police keinen Zuschuss für eine vorübergehende Unterkunft für mich, solange die Reparaturen laufen. Also muss ich etwas anderes finden, und wenn ich nicht deutlich mehr zahlen will, kann ich mir auf die Schnelle nur so etwas leisten.« Sie hielt Megan das iPad hin.

Megan beugte sich vor, um das Inserat auf dem Display zu betrachten. »Igitt«, sagte sie sofort.

»Ja«, sagte Lena bitter. »Genau.«

Megan lehnte sich mit fragendem Blick zurück. »Was … was wirst du tun?«

Lena seufzte und sank neben Megan zurück in die Kissen. Es half niemandem, wenn sie Megan anfuhr. Sie atmete einige Male tief ein und aus, um sich zu beruhigen.

»Entschuldige, dass ich so barsch zu dir war«, sagte sie leise. »Diese ganze Situation ist sehr belastend.«

Megan winkte entschuldigend ab. »Natürlich«, sagte sie. »Jeder andere würde genauso reagieren.«

Lena lächelte schwach. »Tatsächlich weiß ich noch nicht, was ich tun werde. Zuerst muss ich meine Schwester zurückrufen. Es gibt zwei entfernte Cousinen irgendwo im Osten von London, die mich vielleicht aufnehmen können. Wenn daraus nichts wird, frage ich morgen auf der Arbeit herum. Ich verschwinde bald aus deiner Wohnung. Und ich bin dir sehr dankbar für das, was du für mich getan hast.«

Megans Lächeln war warm. »Hey, keine Ursache. Ich habe gerne geholfen. Es ist schrecklich, was mit deiner Wohnung passiert ist. Ich würde es hassen, so etwas durchzumachen. Eigentlich hältst du dich ziemlich gut, finde ich.«

»Danke.« Lena straffte die Schultern. Sie musste jetzt wirklich aufhören, sich selbst zu bemitleiden, und eine Lösung finden. Je schneller sie das tat, desto schneller konnte sie in ihre Routine zurückfinden. »Okay, ich rufe meine Schwester an.« Sie stand auf und ging in Richtung Gästezimmer davon.

Megan nippte an ihrem Bier und sah ungefähr zum zehnten Mal zur Tür des Gästezimmers hinüber. Lena war schon eine ganze Weile dort drinnen, wenn man bedachte, dass sie lediglich einen Anruf tätigen musste. Vielleicht brauchte sie nur etwas Zeit für sich. Etwas Ruhe. Aber sie war den ganzen Tag allein gewesen, sie musste doch genug Ruhe gehabt haben.

Hör auf, dir Sorgen zu machen. Sie ist ein erwachsener Mensch. Wenn sie reden will, wird sie es schon tun.

Aber … als Megan nach Hause gekommen war, hatte Lena völlig aufgelöst und mit leicht geröteten Wangen auf dem Sofa gesessen. Natürlich war Megan besorgt. Sie hatte in den letzten achtundvierzig Stunden schnell gemerkt, dass Lena eine sehr ängstliche Person war. Vermutlich war das einfach Lenas Art, aber die Zerstörung ihrer Wohnung verstärkte ihre Angst sicherlich hundertfach. Sie hoffte, dass Lenas Schwester helfen konnte. Seltsam, dass sie in der ganzen Sache nicht ein einziges Mal ihre Eltern erwähnt hatte …

Megan trank noch einen Schluck Bier, dann begann sie, die Zutaten für eine Gemüsepfanne kleinzuschneiden. Sie würde genug für zwei machen, falls Lena Hunger hatte, und –

Als ein Räuspern hinter ihr erklang, drehte sie sich um.

Lenas sah niedergeschlagen aus, den Mund hatte sie zu einem dünnen Strich zusammengepresst.

»Kein Glück?«, fragte Megan und war sich ziemlich sicher, dass sie die Antwort bereits kannte.

Lena schüttelte den Kopf und mied Megans Blick. Sie deutete auf das Gemüse, das auf der Arbeitsfläche aufgehäuft war. »Kann ich helfen?«

Megan starrte Lena ein paar Augenblicke lang an. Wenn Lena nicht darüber reden wollte, musste sie das respektieren. Aber sie wollte unbedingt wissen, was ihre Schwester gesagt hatte.

Lena runzelte die Stirn und Megan zwang sich, ihre Gedanken beiseitezuschieben.

»Klar«, sagte sie und nahm ein zweites Messer aus dem Block. »Ich mache eine Gemüsepfanne, falls du mit mir essen möchtest?«

»Danke«, sagte Lena leise und es war offensichtlich, dass sie nicht nur das Essen meinte.

»Gern geschehen.«

Sie aßen schnell und wortlos, während im Fernsehen die Nachrichten liefen. Als sie fertig waren, bestand Lena darauf, den Abwasch zu machen. Sie wollte sich offenbar beschäftigen und Megan ließ sie nur zu gerne – der Abwasch gehörte zu den Aufgaben, die sie am wenigsten mochte. Lenas glücklichem Summen nach zu urteilen, schien bei Megans Gast das Gegenteil der Fall zu sein. Sie beobachtete verstohlen, wie Lena methodisch alle Oberflächen abwischte, sogar die, die beim Kochen nicht einmal in der Nähe des Essens gewesen waren. Sie musste an Monica aus der Serie *Friends* denken und unterdrückte ein Lachen.

»Hast du Spaß?«, fragte sie vergnügt.

Lena wirbelte herum, das Geschirrtuch fest umklammert. »Was?« Sie kniff die Augen zusammen und bedachte sie mit einem Blick, der Megan ein wenig Angst einflößte. Na ja, eher mehr als nur ein wenig.

»Ich … ich wollte nur wissen, ob du Spaß hast. Du hast gesummt und –«

»Ich putze halt gerne, okay? Keine große Sache.« Lena hatte die Stirn so tief gerunzelt, dass Megan fürchtete, die Falten könnten sich permanent eingraben. »Also … lass mich einfach in Ruhe.« Lena drehte sich wieder um, faltete das Tuch zusammen, legte es ordentlich auf das Abtropfgestell und marschierte zum Badezimmer, bevor Megan eine Erwiderung einfiel.

Sie saß wie benommen auf dem Sofa. Was zum Teufel war gerade passiert?

Lena drückte ihr Gesicht in das Handtuch. Was hatte sie nur getan? Sie hatte Megan völlig grundlos den Kopf abgerissen. Hier und jetzt, im kühlen Badezimmer und mit noch feuchtem Gesicht, hatte sie sich wieder soweit beruhigt, dass sie einigermaßen klar denken konnte. Doch in der Küche hatte sie bei Megans Bemerkung über ihren Spaß am Putzen buchstäblich rotgesehen. Der Satz hatte Lena an all die Momente erinnert, als Chris sie geneckt hatte. Mit dem Unterschied, dass Chris' Neckereien *wehgetan* hatten – Worte wie Nadelstiche, die Lena durchlöchert hatten, bis ihr von ihrer eigenen Angst übel geworden war.

Megan tat das nicht. Das wusste Lena, und doch war sie aus der Haut gefahren. Sie nahm das Handtuch von ihrem Gesicht weg und sah sich im Spiegel an. Das Schimmern ihrer Augen war noch nicht verblasst – sie hatte immer Komplimente für ihre Augen bekommen, die von einem so intensiven Braun waren, dass sie zu leuchten schienen. Ihre Haare sahen völlig chaotisch aus, das musste sie zugeben. Sie brauchten eine Wäsche und eine gründliche Pflegespülung, um sie zu entwirren, nachdem Lena in den letzten Tagen immer wieder mit den Fingern hindurchgefahren war. Ihre Haut hatte ihren Glanz verloren, aber da sie schlecht schlief, war das auch kein Wunder. Sie sah um Jahre älter aus als zweiunddreißig, und der Gedanke deprimierte sie zusätzlich.

Sie wandte sich vom Spiegel ab und hängte das Handtuch auf. Vielleicht sollte sie sich für die Nacht zurückziehen und versuchen zu schlafen, bevor sie am nächsten Tag wieder zur Arbeit ging. Sie musste wieder ins Büro gehen, wenn auch nur, um nach möglichen Unterkünften zu fragen. Sie schauderte; das war das Letzte, was sie tun wollte, aber das Leben hatte ihr dieses Chaos nun einmal vorgesetzt, und sie musste sich damit abfinden.

Sie raffte sich auf, öffnete die Badezimmertür und ging zurück ins Wohnzimmer.

Megan saß auf dem Sofa, trank Bier aus der Flasche und sah fern. Lena und stellte sich zu ihr neben das Sofa.

»Megan«, sagte sie, erleichtert, dass ihre Nachbarin sich zu ihr umdrehte. »Es tut mir so leid, dass ich dich vorhin schon wieder so angefahren habe.«

Megan nickte, aber ihr Blick war düster, und Lena konnte sich überhaupt nicht erklären, warum sie bei diesem Anblick ein so starkes Ziehen im Bauch verspürte.

»Ich verstehe schon«, sagte Megan schulterzuckend. »Du machst eine sehr stressige Zeit durch.«

»Ja, das stimmt, aber das ist kein Grund, mich an dir abzureagieren. Vor allem, nachdem du so großzügig und … wundervoll warst, mich bei dir aufzunehmen und deinen Bruder zur Hilfe zu rufen.«

Megan zuckte erneut mit den Schultern und drehte sich zum Fernseher zurück.

»Warte bitte«, bat Lena. Megan atmete tief durch, bevor sie sich ihr wieder zuwandte. »Ich möchte mich noch einmal bei dir dafür bedanken, dass ich hier übernachten darf. Es tut mir leid, dass ich dir nicht sagen kann, wann ich weg sein werde. Ich hatte wirklich gehofft, meine Cousinen würden mich aufnehmen, aber scheinbar wollen sie nichts mit mir zu tun haben, obwohl sie genauso wie ich von meiner Mutter geächtet sind.« Das Geständnis kam ohne Warnung heraus, und Lena stockte, als sie erkannte, was sie gesagt hatte.

Die Überraschung stand Megan ins Gesicht geschrieben, und sie drehte sich etwas herum, damit sie Lena besser ansehen konnte.

»Es … es tut mir leid, das zu hören«, erwiderte sie.

Lena fragte sich, wie schwer es für sie war, nicht nach den Details zu fragen. Ihr Respekt für Megan wuchs, als diese nicht sofort nachhakte.

»Ja, na ja, das … das ist eine lange Geschichte.« Lena seufzte. »Wie auch immer, morgen werde ich wieder zur Arbeit gehen und fragen, ob irgendjemand ein freies Zimmer hat, das ich für die nächsten Monate beziehen könnte.«

»Stehst du deinen Arbeitskollegen sehr nahe?«

Lena zuckte mit den Schultern und lachte leise. »Nicht wirklich. Aber wenn ich das anbiete, was ich bisher als Miete gezahlt habe, findet sich vielleicht jemand.« Sie mied Megans Blick, da deren verblüffend schöne Augen sie wieder abzulenken drohten. »Also, ich wollte mich entschuldigen, mich bedanken und dir sagen, dass ich früh ins Bett gehe. Gute Nacht.«

Hastig ging sie davon, aber als sie gerade die Tür zum Gästezimmer erreichte; rief Megan: »Lena, warte. Bitte.«

Lena drehte sich um und sah, dass Megan sie aufmerksam betrachtete.

»Weißt du, ich habe nachgedacht«, sagte sie, stand vom Sofa auf und trat ein paar Schritte auf Lena zu, die Hände in den Taschen ihrer Jogginghose. »Vielleicht könntest du hierbleiben. Bis deine Wohnung fertig ist. Egal, wie lange es dauert.« Megans Gesicht war gerötet, aber ihre Stimme klang fest. »Ich habe ein Gästezimmer und könnte es an dich vermieten. Du hättest den gleichen Arbeitsweg und alles. Du wärst im Gebäude, um die Bauarbeiten zu verfolgen. Und ich hätte ein zusätzliches Einkommen, das mir eine Weile zugutekommen würde – ich habe mehr oder weniger meinen Kreditrahmen ausgeschöpft, als ich all die Möbel gekauft habe, also könnte ich es wirklich gut gebrauchen.« Sie grinste.

Lena schluckte. War das –? »Meinst du das *ernst*?« Ihre Stimme war deutlich schriller als sie gehofft hatte. »Ich meine«, sagte sie und räusperte sich, »wäre das wirklich in Ordnung für dich?«

Megan zuckte mit den Schultern. »Wie gesagt, es scheint mir die einfachste Lösung zu sein. Ich weiß, wir haben uns nicht wirklich …«

Lena hob die Hand. »Warte«, sagte sie. »Gib mir … nur einen Moment.«

Sie schloss die Augen. Konnte das funktionieren? Sie hatten einander definitiv schon bei ihrer ersten Begegnung auf dem falschen Fuß erwischt. Megan war schrecklich chaotisch. Und laut. Und ungestüm. Aber sie hatten unterschiedliche Arbeitszeiten, also mussten sie sich nicht unbedingt *oft* sehen. Und vielleicht konnte Lena die Wochenenden bei Madhu in Bolton verbringen, um eine Pause einzulegen. Obwohl das ganz andere Herausforderungen für ihre an Zwangsneurose grenzende Natur mit sich bringen würde, wenn sie bedachte, wie klein und vollgestopft Madhus Wohnung war. Megans Wohnung dagegen war groß genug. Das Gästezimmer war etwas klein, aber wenn man die Möbel ein wenig rücken würde, konnte Megans Bruder vielleicht ihren Schrank herunterholen und …

Sie öffnete die Augen. »Ja. Bitte.« Lena schaute genauso überrascht drein wie Megan, als die Worte aus ihr herausbrachen. »Ich meine, können wir es wenigstens versuchen?«

Megan lächelte.

Kapitel 10

»Du hast *was* getan?« Die Stimme von Megans Mutter dröhnte schrecklich laut aus dem Handy und Megan verzog das Gesicht. »Ich dachte, du wolltest eine größere Wohnung, um mehr Platz für dich zu haben? Und jetzt hast du eine nahezu Fremde einziehen lassen. Noch dazu eine Frau, die dich bis vor kurzem noch gehasst hat. Und es wahrscheinlich immer noch tut, obwohl du ihr diese Woche so sehr geholfen hast. Ach, Megan …«

»Mum, ich konnte nicht anders. Sie hat so traurig ausgesehen, und anscheinend gibt es gewisse Probleme mit ihrer Familie und –«

»Oh, warum überrascht mich das nicht? Sag nichts, sie hat dich mit einem niedlichen Welpenblick angesehen und du konntest nicht widerstehen.« Sie klang amüsiert.

»Nein, so war es nicht! Es ist nur … Sie hat eine Freundin gebraucht. Also hab ich das Angebot ausgesprochen, ohne groß nachzudenken.«

»Süße«, sagte ihre Mutter mit weicherer Stimme, »du hast doch kein Interesse an dieser Frau, oder? Ich meine, nach allem, was du uns über sie erzählt hast, mache ich mir Sorgen, dass sie eine zweite Julie sein könnte, und –«

»Nein, Mum, versprochen. Das ist es nicht. Ich will wirklich nur jemandem helfen, der gerade einige Schwierigkeiten hat. Und glaub mir, Lena ist keine Julie, egal, was sie sonst noch ist.«

Ihre Mutter seufzte, und Megan versuchte zu erraten, was hinter diesem Laut steckte. Julie war Megans einzige feste Partnerin gewesen, und hatte mit ihrer Bedürftigkeit und ihren überbordenden Stimmungsschwankungen Megans gesamte Zeit und Energie in Anspruch genommen. Als die Situation schließlich eskalierte, war es Rosie, ihre Mutter, gewesen, die Megan getröstet und ihr in der Trennungsphase für ein Paar Nächte einen Schlafplatz angeboten hatte. Es war nicht lustig gewesen damals. Megan hatte ihre Brüder mitnehmen müssen, um sicherzugehen, dass sie ihre letzten Habseligkeiten problemlos aus der Wohnung herausholen konnte, die sie sich fast zwei Jahre mit Julie geteilt hatte. Julie hatte Megan einfach nicht gehen lassen wollen, und Megan schauderte, als sie daran dachte, wie sie sich aus dieser kräftezehrenden Beziehung befreit hatte.

»Also, ich wage kaum zu fragen, aber was hält Jen von alldem, hm?«

Megan verzog wieder das Gesicht. »Tja«, sagte sie und kratzte sich im Nacken, »das ist nicht so gut gelaufen.« Das war die Untertreibung des Jahrzehnts. Jen hatte tatsächlich zum ersten Mal in den zwölf Jahren ihrer Freundschaft mitten im Gespräch aufgelegt. Megan hatte versucht zu erklären, dass es nur vorübergehend war und nichts damit zu tun hatte, wie heiß Lena war – Jens allererste Vermutung –, aber es hatte Jen dennoch verletzt. Megan konnte es verstehen, aber sie hätte nicht anders handeln können. Lena hatte niemanden und das war einfach … falsch.

»Ich schwöre, du würdest sogar dein letztes Hemd hergeben, wenn jemand anderes es braucht, oder?«

Megan seufzte. »Mum, habt ihr uns nicht eingebläut, dass wir immer für Leute da sein sollten, die Hilfe brauchen?«

Ihre Mutter lachte leise. »Jaja, schlag mich ruhig mit meinen eigenen Waffen.«

Nachdem sie wenige Minuten später das Gespräch beendet hatten, ließ sich Megan zurück in das Sofa sinken. Ihre Mutter hatte recht – Megan *würde* ihr letztes Hemd hergeben. So war sie eben erzogen worden, und die harte Realität des Erwachsenenlebens hatte ihre großzügige Natur nicht erschüttert. Es war ihr einfach richtig erschienen, Lena spontan dieses Angebot zu machen. Klar, einen Tag später zweifelte sie bereits ein wenig, aber sie würden sich aneinander gewöhnen.

Oder?

Sie sah sich in ihrem perfekt aufgeräumten Wohnzimmer um und runzelte die Stirn. Als sie am vorigen Abend um neun Uhr herum nach Hause gekommen war, hatte Lena bereits sichtbare Arbeit geleistet. Die Räume, die sie jetzt gemeinsam bewohnten, waren makellos sauber und aufgeräumt, und sie hatte eine verlegene Lena dabei erwischt, wie sie schon wieder die Oberflächen in der Küche abgewischt hatte. Megan war wortlos an ihr vorbei ins Badezimmer gegangen und hatte das Gefühl gehabt, ihre Sonnenbrille aufsetzen zu müssen, als sie dort das Licht eingeschaltet hatte. Sie hatte nicht gewusst, dass ein Badezimmer so hell strahlen konnte.

Jetzt hatte sie Angst, irgendetwas zu verrücken, und dieses Gefühl ärgerte sie. Sie war nicht schlampig, überhaupt nicht, aber sie mochte es, sich in ihrem eigenen Heim zu entspannen. Sie warf gerne ihre Jacke über eine Stuhllehne oder streifte ihre Sneakers ab, wo auch immer sie sich gerade hingesetzt hatte. Wenn sie sich jetzt in diesem hochgradig organisierten Raum umsah, fühlte sie sich wie ein Eindringling in ihrer eigenen Wohnung.

Grinsend nahm sie ein paar Zeitschriften, die ordentlich in einer Ecke des Sofatisches gestapelt waren, und ließ sie auf den Tisch fallen. Wie erwartet glitten sie auseinander und gerieten in Unordnung. Es mochte kindisch sein, doch Megan fühlte sich schon um einiges besser.

Sie sah auf die Uhr: kurz nach zehn. Sie musste erst um halb zwölf im Club sein und hatte bereits geduscht. Vielleicht würde sie sich etwas auf *Netflix* ansehen, um sich die Zeit zu vertreiben. Kaum hatte sie die Fernbedienung in ihrer Hand, als es an der Tür klingelte.

»Ich bin's.« Jens Stimme erklang gedämpft aber unmissverständlich durch die Gegensprechanlage.

Nervös drückte Megan auf den Türöffner, und kurz darauf stand Jen mit betretener Miene auf ihrer Schwelle.

»Alles in Ordnung?«, fragte sie erkennbar verlegen.

»Alles in Ordnung«, antwortete Megan und trat zur Seite, um Jen nicht länger den Weg zu versperren.

»Ich hab darauf gebaut, dass du eine spätere Schicht hast. War gerade in der Gegend. Du weißt schon.« Jen sah sich in der Wohnung um, während sie sprach, und ihre Augenbrauen wanderten langsam in die Höhe. »Scheiße«, sagte sie und drehte sich zu Megan, »was ist denn hier passiert?«

Megan errötete und schloss die Tür, bevor sie sich neben Jen stellte, um ihre Umgebung zu betrachten. »Lena. Sie putzt gerne.«

»Was du nicht sagst.« Jen pfiff anerkennend. »Das tut meinen Augen weh.«

Megan schnaubte. »Dann halt dich vom Badezimmer fern.«

Jen drehte sich mit großen Augen zu ihr um. Dann fingen sie laut an zu lachen, und alles war wieder gut.

»Stell Wasser auf, ich brauch einen Tee.« Jen ließ sich auf das Sofa fallen.

»Sehr wohl, Eure Hoheit.« Megan machte Tee für sie beide und setzte sich zu Jen. Nachdem sie einen Schluck getrunken hatte, sagte sie: »Ich wollte dich nie verletzen.«

Jen hob abwehrend eine Hand. »Vergiss es, ich hab mich richtig zickig benommen. Natürlich bietest du ihr ein Zimmer an, solange ihre Wohnung eine Baustelle ist. Absolut vernünftig.«

Megan lächelte. »Cool.«

»Also, wie sieht es aus?«

Megan stellte ihre Tasse auf dem Tisch ab. »Wir warten noch darauf, dass die Versicherung Kostenvoranschläge einholt. Ich habe versucht, Callums Firma auf die Liste zu bekommen, aber es war aussichtslos – sie haben ein paar Firmen, die sie immer nehmen, und es muss eine von denen sein. Hätte Callum den Auftrag bekommen, wüssten wir wenigstens, dass es relativ schnell erledigt wird. Jetzt müssen wir warten, bis sie all ihre Kreuzchen gemacht haben und so weiter.«

Jen seufzte. »Das ist ätzend. Und wie geht es Lena? Hast du sie schon nackt gesehen?«

Megan gab Jen einen Klaps auf das Bein. »Ach, hör auf, du Perversling.«

Jen schnaubte.

»Es geht ihr … den Umständen entsprechend. Sie redet nicht viel. Abgesehen davon, dass ich sie gestern dabei erwischt habe, wie sie die Wohnung in eine Fotostrecke für ein Lifestyle-Magazin verwandelt hat, ist sie bisher meistens in ihrem Zimmer geblieben. Sie scheint Routinen zu mögen. Wir sind uns heute früh über den Weg gelaufen und müssen uns noch abstimmen, wann wer ins Bad geht. Es sind erst zwei Tage, ich weiß, aber sie ist an beiden genau zur selben Zeit aufgestanden. Und ich meine *ganz genau* – ich war beide Male wach und es war immer Punkt sieben Uhr.«

»Unheimlich.«

»Irgendwie schon.«

»Wie viel von ihrem Kram konnte sie retten?«

Megan seufzte, als sie sich an Lenas trauriges Gesicht erinnerte, mit dem sie ihre zwei Koffer ins Gästezimmer geschleppt hatte. »Eigentlich nur ihre Kleider und das Zeug aus dem Bad. Im Wohnzimmer ist mehr oder weniger alles ruiniert. Die Sachen waren immerhin vier Stunden lang dem Sturm und dem Regen ausgesetzt.« Sie zuckte mit den Schultern. »Ich habe angeboten, nochmal hochzugehen, um zu sehen, ob noch was zu retten ist, aber sie hat gesagt, ich solle mich nicht bemühen. Sie scheint wegen der Bücher richtig niedergeschlagen zu sein. Ich meine, ihre Hausratversicherung wird sie ersetzen, aber das wird alles Zeit brauchen.« Sie warf einen Seitenblick zu Jen. »Eigentlich würde ich immer noch mal gerne hochgehen und sehen, ob es Bücher gibt, die das Ganze überstanden haben.«

»Ich wollte immer schon mal wissen, wie ein eingestürztes Dach aussieht«, sagte Jen und strich sich mit dem Daumen über das Kinn.

Ihre Blicke trafen sich und sie grinsten.

»Dann komm«, sagte Megan, »ich hab die Schlüssel.«

Zwei Minuten später standen sie in den Überresten von Lenas Wohnzimmer und rieben sich die Hände vor Kälte. Die Planen, mit denen Callums Team die Löcher abgedeckt hatte, hielten zwar den Regen ab, aber gegen die Temperatur konnten sie nichts ausrichten.

»Verdammt.« Jen machte große Augen. »Das ist nicht mal ansatzweise witzig, oder?«

Megan schüttelte den Kopf. »Ich kann mir nicht vorstellen, wie es wäre, nach Hause zu kommen und so etwas zu sehen.«

»Ich auch nicht. Fuck.«

Megan ging vorsichtig zu dem Bücherstapel. Sie kniete sich an den Rand der Plastikplane und hob vorsichtig das erste Buch an. Manche lösten sich widerwillig mit schmatzenden Geräuschen, aber die meisten ließen sich überhaupt nicht voneinander trennen. Nachdem sie den Stapel gesichtet hatte, entschied sie, dass lediglich zwei der etwa hundert Bände zu retten waren. Mit diesen beiden in der Hand stand sie auf.

»Das ist alles?« Jen lehnte mit den Händen in den Taschen an der Küchentheke.

Megan nickte und ging zu ihr hinüber. Sie hielt die Bücher hoch, damit Jen die leicht zerknitterten Exemplare sehen konnte.

»Wow«, sagte Jen grinsend, »was haben wir denn da?« Beide Cover zeigten Fotos von Frauen, die sich umarmten. Auf dem einen waren zwei Frauen in Uniformen zu sehen – eine schien Ärztin zu sein, die andere Polizistin. Auf dem zweiten waren sie halbnackt, hatten Arme und Beine umeinandergeschlungen und wollten sich gerade küssen.

Jen lachte. »Hast du nicht gesagt, dass Lena hetero wäre?«

Megan konnte nicht sagen, warum sich trotz der Kälte im Raum ein warmes Gefühl in ihrem Bauch ausbreitete.

Lena starrte auf die Bücher, die an der Tür »ihres« Zimmers lehnten. Ärger und warme Dankbarkeit wechselten einander ab. Zwar hatte sie Megan ausdrücklich darum gebeten, nicht noch einmal in die zerstörte Wohnung zu gehen und in den Überresten herumzukramen, doch Megan hatte es dennoch getan. Lena beugte sich hinunter und hob die zwei Bände beinahe ehrfürchtig auf. Megan hatte nicht auf sie gehört, aber jetzt hielt Lena zwei ihrer geliebten Bücher wieder in den Händen. Bei dem Anblick füllten sich ihre Augen mit Tränen. Wie aufmerksam von Megan diese Geste doch war. Lena war froh, dass Megan noch nicht zu Hause war; sie brauchte etwas Zeit, um sich wieder zu fangen, bevor sie sich bei ihr bedanken konnte.

Während sie die Cover anstarrte, schoss ihr ein neuer Gedanke durch den Kopf. O nein. Lena war gerade vor Megan geoutet worden. Würde das ein Problem sein? Es war zwar leicht, in Stereotypen zu denken und anzunehmen, dass Jen lesbisch war, aber bei Megan war sich Lena nicht sicher. Da sie nicht viel ausging und sich mit niemandem traf, hatte Lena nie einen Gaydar ausgebildet, von dem sie gelesen hatte. Sie seufzte. *Ich hoffe, das wird es zwischen uns nicht peinlich machen.* Sollte sie etwas sagen? Oder einfach zur Kenntnis nehmen, dass Megan jetzt davon wusste, und es dabei belassen?

Sie beschloss, dass letzteres der beste Weg war, trat schnell ins Schlafzimmer und zog ihre Arbeitskleidung aus. Seufzend holte sie ein Paar Socken aus dem Schrank und griff sofort nach einem zweiten, da zwei Lagen nötig sein würden. Nun, da ihre Häschenschlappen ruiniert waren, hatte sie nur noch ein Paar extrawarmer Socken, die Madhu ihr einmal gegeben hatte – aber die trockneten gerade auf dem Wäscheständer im Wohnzimmer. Das Trockengestell war noch etwas, das sie in Folge des Dacheinsturzes hatte kaufen müssen, vor allem da die Nächte im November nur noch kälter werden würden.

Sie durchquerte das Wohnzimmer in Richtung Küche, um etwas Suppe aufzuwärmen, und schaltete nebenbei den Fernseher ein. Der Ton war so ohrenbetäubend laut, dass sie zusammenzuckte. Hastig griff sie nach der Fernbedienung auf dem Wohnzimmertisch und stellte ihn leiser, sodass es nicht mehr so laut aus den Lautsprechern dröhnte. Megan hatte ein beeindruckendes Surround-System, und Lena war noch nicht mit der Bedienung vertraut. Wütend funkelte sie den Bildschirm an. Irgendein Sender zeigte ein Musikvideo mit halb bekleideten Teenagern, die auf einem Baugerüst tanzten. Das sah sich Megan in ihrer Freizeit an? Lena verdrehte die Augen. Widerlich.

Sie klickte sich durch das Programm, bis sie eine Heimwerkersendung fand. Mit einem glücklichen Lächeln ließ sie diese im Hintergrund laufen, während sie ihre Suppe aufwärmte und dazu ein Brötchen mit Butter bestrich.

Nachdem sie gegessen, den Abwasch gemacht und ihre Spuren in der Küche getilgt hatte, schaltete sie den Fernseher aus und kehrte in ihr Zimmer zurück. Im

Wohnzimmer fühlte sie sich unbehaglich. Alles dort gehörte Megan, und sie konnte das Gefühl nicht abschütteln zu stören. Sie würde sich damit begnügen müssen, in ihrem Zimmer zu lesen. Es war zwar ein Schlafzimmer und nicht ihr eigenes Wohnzimmer, aber so konnte sie wenigstens ihrer gewohnten Routine nachgehen. Das wiederum half ihr dabei, die Ereignisse der Woche zu verarbeiten.

Sie hatte keine Probleme gehabt, sich am Morgen und Abend an ihre neue Umgebung anzupassen, und war darüber angenehm überrascht gewesen. Das musste sie Megan hoch anrechnen. Ihre neue Mitbewohnerin war so großzügig und hilfsbereit gewesen, obwohl sie bis zum letzten Wochenende so oft aneinandergeraten waren. Schon allein Megans Wesen hatte diese schreckliche Situation erträglicher gemacht. Allerdings hatte sie recht angegriffen gewirkt, als sie am vorigen Abend nach Hause gekommen war und Lenas ausgiebige Putz- und Aufräumaktion entdeckt hatte. Es war nicht Lenas Absicht gewesen, Megan zu beleidigen, und doch schien sie so empfunden zu haben. Wer würde sich schon darüber beschweren, nach Hause zu kommen und sein eigenes Heim so wunderschön aufgeräumt vorzufinden? Lena war stolz auf ihre Leistung, und es hatte sie gekränkt, dass sie keinen Dank dafür erhalten hatte. Tatsächlich war Megan eher kalt zu ihr gewesen.

Sie sah auf das Buch in ihrer Hand, eines der beiden, die Megan aus ihrer Wohnung gerettet hatte. Es ergab einfach keinen Sinn – warum sollte sie etwas so Nettes tun, wenn sie am Abend zuvor noch so gereizt gewirkt hatte? Sie schüttelte den Kopf. Megan war ihr ein Rätsel und würde es vermutlich immer bleiben.

Sie verlagerte ihre Position auf dem Bett und stöhnte. Die Matratze auf diesem Schlafsofa war fürchterlich. Es gab kein anderes Wort dafür. An diesem Morgen war sie ganz steif aufgewacht und sah einer weiteren Nacht auf dieser Unterlage mit Widerwillen entgegen. Sie sah nach links und rechts. Das Schlafsofa hatte eine anständige Größe, war breiter als manche anderen, die sie gesehen hatte. Breit genug für eine normale Matratze? Sie stand auf und ging zurück in die Küche. Nachdem sie alle Schubladen und Ablagekörbe unter den Arbeitsflächen durchgegangen war, fand sie endlich ein Maßband. Zwei Minuten später tippte sie sich damit nachdenklich gegen das Kinn. Es würde gerade so gehen, aber der schwierige Teil würde sein, die Matratze von oben herunterzuholen. Es sei denn, sie hätte Hilfe.

»Also, ich habe eine Frage.« Jens Gesichtsausdruck war nicht zu deuten, was Megan sofort alarmierte.

»Okay«, sagte sie und dehnte das Wort in die Länge.

Jen schob einige Untersetzer auf der Theke zurecht und ihr Blick wanderte in die Ferne. »Na ja, ich hab mich gefragt …« Schließlich sah sie auf und erwiderte Megans Blick. »Was würdest du dazu sagen, wenn ich Lena auf ein Date einladen würde?«

Megan schaute erstaunt. »Was hat das mit mir zu tun?«, fragte sie, obwohl sie insgeheim eindeutig Eifersucht verspürte. Was wiederum verrückt war, denn warum sollte Lena Interesse an jemandem wie Megan haben?

Jen zuckte mit den Schultern. »Du weißt schon, ich wollte nur sichergehen, dass ich nicht in fremdes Territorium eindringe.«

Megan zwang sich zu einer entspannten, gleichgültigen Miene. Es fiel ihr weitaus schwerer, als sie erwartet hatte. »Natürlich nicht. Nur zu.«

Jen strahlte. »Cool.«

Aber als Megan später von der U-Bahn-Station nach Hause ging, das Kinn im Kragen ihrer Jacke vergraben, fühlte es sich gar nicht cool an. Es fühlte sich alles andere als cool an. Was, wenn Lena *Ja* sagte? Würden sie und Jen dann in Megans Wohnung Zeit miteinander verbringen? Würde Megan zusehen müssen, wie sie aneinander hingen? Bei dem Gedanken wurde ihr übel. Sie hatte versucht zu verdrängen, wie anziehend sie Lena fand, aber sie wusste, dass sie sich im Grunde selbst betrog. Trotz Lenas ruppigem Verhalten fand Megan sie zumindest körperlich attraktiv. Und manchmal hatte sie einen kurzen Blick auf etwas viel Sanfteres, Zugänglicheres in Lena erhascht. Allerdings *war* da die seltsame Sache mit dem Putzen, die Megan am vorherigen Abend so erschüttert hatte …

Ein paar Minuten später betrat sie tief in Gedanken versunken ihre Wohnung, warf ihre Jacke über die Rückenlehne des Sofas und ging dann zum Kühlschrank, um sich ein Bier zu holen. Sie hatte vorhin in der Bar eins mit Jen getrunken, aber jetzt brauchte sie den kleinen Alkoholrausch, den sie von einem weiteren bekommen würde.

Sie hörte, wie Lenas Zimmertür aufging, und atmete tief durch, bevor sie sich zu ihrer Mitbewohnerin umdrehte. Die hatte überhaupt kein Recht, so niedlich auszusehen in diesem Hogwarts-Kapuzenpulli und der weichen Baumwoll-Pyjamahose. Megan zwang sich zu einem Lächeln.

»Hey, Lena, alles in Ordnung?«

Lena schenkte ihr ein schwaches Lächeln, als sie herüberkam. »Ja, danke. Wie war dein Tag?«

Megan zuckte mit den Schultern und nahm einen weiteren Schluck Bier, bevor sie antwortete. Lenas leuchtende Augen warfen ihre Konzentration über den Haufen. »Gut, danke. Hatte den ganzen Tag lang Kundentermine, so wie ich es am liebsten habe.«

Lena nickte und trat leicht nervös von einem Fuß auf den anderen. »Ich wollte mich bei dir für die Bücher bedanken. Das war sehr aufmerksam von dir.« Ihre Stimme klang etwas heiser.

Megan errötete leicht. »Keine Ursache. Ich weiß, du hast gesagt, ich soll nicht hochgehen, aber du scheinst deine Bücher richtig zu vermissen, also ...«

Lena nickte. »Das tue ich. Ich liebe Lesen. Es ist eins der wichtigsten Dinge für mich. Also, zugegeben, zuerst war ich ein wenig irritiert, weil du hochgegangen bist, aber als ich erkannte warum, da ... Na ja, es war lieb von dir. Danke.«

Megans Gesicht brannte. »Jederzeit«, sagte sie und trank ihr Bier in dem Versuch, von ihren roten Wangen abzulenken, was aber nur damit endete, dass sie die Flasche zu weit anhob und sich den Inhalt über ihr Kinn und auf die Brust goss.

»Mist!« Die plötzliche Kälte auf ihrem Shirt ließ sie zurückzucken. Megan knallte die Flasche auf die Theke. Sofort schäumte der Inhalt über und tropfte sogar auf den Boden. »Mist!«, rief sie noch lauter und kniff die Augen zusammen.

»Ich mach das schon«, sagte Lena leise. Megan sah, wie sie nach dem Geschirrtuch griff, das neben dem Kühlschrank hing.

»Nein! Hey, es ist mein Chaos, ich wische es auch auf.« Megan wollte ihr das Geschirrtuch abnehmen, aber Lena zog es zurück.

»Schon gut. Du ziehst dich um«, sie grinste, was Megan zum ersten Mal sah, »und ich kümmere mich um das hier.«

Megan gab auf, nickte und eilte ins Badezimmer. Sie zog das nasse Shirt aus und wischte sich schnell mit einem feuchten Waschlappen über Hals und Brust. Nachdem sie sich abgetrocknet hatte, kam die Erkenntnis, und sie blieb stocksteif vor dem Spiegel stehen. Sie trug jetzt nur noch Jeans und ihren BH. Was bedeutete, dass sie halbnackt in ihr Schlafzimmer gehen musste. Vorbei an Lena. Nun ja, jetzt konnte sie nichts mehr dagegen tun – das von Bier durchnässte Oberteil würde sie auf keinen Fall wieder anziehen. Also nahm sie die Schultern zurück, öffnete die Badezimmertür und ging so lässig, wie sie konnte, ins Wohnzimmer hinaus.

Lena versuchte nicht zu starren. Das versuchte sie wirklich. Aber als Megan mit all ihrer nackten Haut lässig durch das Wohnzimmer marschierte, wurde ihr Mund trocken und ihr Herz pochte ziemlich laut. Chris' hervorstehende Rippen und dünne Arme hatten Lena immer ein wenig gestört, und sie hatte sich verboten, darüber näher nachzudenken. Megans großer, durchtrainierter Körper übte genau die gegensätzliche Wirkung auf Lena aus, sodass sie fast laut lachen musste.

Aus Angst, dass Megan sie beim Anstarren erwischen könnte, zwang sie ihren Blick von der Haut weg und erledigte nervös die restliche Putzarbeit. Erst als die Theke zu ihrer Zufriedenheit mit antibakteriellem Spray gereinigt war und sich das schmutzige Geschirrtuch zusammengeknüllt im Wäschekorb befand, atmete sie langsam tief durch und ging zum Sofa. Sie würde all ihren Mut brauchen, damit sie Megan um ihren großen Gefallen bitten konnte. Sie hoffte nur, dass der Vorfall mit dem verschütteten Bier ihr nicht die Laune verdorben hatte.

Megan kehrte fünf Minuten später zurück, den Oberkörper jetzt von einem leuchtend blauen, langärmligen Oberteil bedeckt. Die Farbe betonte Megans umwerfende Augen, und Lena musste sich zusammenreißen, um sie nicht unentwegt zu mustern. Was zum Teufel stimmte nicht mit ihr?

Sie holte tief Luft und sagte: »Megan, könnte ich dich vielleicht um einen Gefallen bitten?«

Megan hockte sich auf die Armlehne des Sofas, die am weitesten von Lena entfernt war. »Klar, worum geht es?«

»Na ja, die Matratze auf dem Schlafsofa ist sehr unbequem. Ich habe es abgemessen und bin ziemlich sicher, dass die von meinem Bett oben auch auf das Sofa passen würde. Ich kann sie nicht allein heruntertragen, also hatte ich gehofft, du würdest mir dabei helfen?«

Sie sah, wie Megans Miene sich verdüsterte. »Aha, ich verstehe.«

In ihrer Stimme lag nicht die übliche Wärme, und Lena neigte den Kopf. »Ist das in Ordnung?«

Megan stand auf. »Klar. Willst du es jetzt erledigen?«

»Das wäre perfekt, danke.«

»Gut.« Ohne ein weiteres Wort ging Megan zur Tür, und Lena starrte ihr verwirrt nach.

Kapitel 11

Am nächsten Morgen biss Megan wütend in ihren Toast. Bis zu diesem Zeitpunkt war ihr nicht bewusst gewesen, dass man so aggressiv eine Scheibe Toast essen konnte. Es brauchte schon eine Menge, um sie so aufzuregen. Sie wusste, dass manche Leute sie schon früher für eine Art Fußabtreter gehalten und geglaubt hatten, dass sie sich leicht von den Bedürfnissen und Meinungen anderer beeinflussen ließ. Megan selbst hatte sich immer als unkompliziert gesehen, und sich geweigert, auf das Niveau anderer Leute herabzusinken, und hatte alles an sich abperlen lassen, wie Wasser am Gefieder einer Ente.

Aber Lena Shah brachte Megan auf eine ganz neue Art und Weise auf die Palme, mit der sie nur schwer umgehen konnte.

Lena hatte eine Art, Dinge auszusprechen, die Megan nur als schroff bezeichnen konnte. So zum Beispiel ihre Beschwerde über die Matratze. Es wäre so einfach gewesen, ihre Bitte auf eine freundliche Weise zu formulieren. Megan verstand sie ja – die Matratzen von Schlafsofas waren dafür bekannt, nur eine oder zwei Nächte lang erträglich zu sein, nicht aber für längere Zeit. Aber da Megan Lena, eine nahezu Fremde, auf unbestimmte Zeit in ihrer Wohnung aufgenommen hatte, hätte sie ihren Worten wenigstens ein »Es tut mir sehr leid, aber …« voranschicken können. Und nachdem sie sich erst noch für die Bücher bedankt hatte, hatte das noch mehr wehgetan. Gerade als Megan dachte, dass endlich Ruhe einkehren würde, war Lena wieder bissig geworden.

Letztendlich war es zu zweit ziemlich einfach gewesen, die Matratze zu tragen. Und Lena hatte recht gehabt: Sie passte gerade so auf die Schlafcouch, und ihre Freude war irgendwie süß gewesen. Aber dann hatte sie nur knapp eine Gute Nacht gewünscht und Megan wenige Augenblicke später sozusagen die Tür vor der Nase zugeschlagen. Megan hatte im Wohnzimmer gestanden und ihr Blut hatte so gekocht, wie es ihr eigentlich völlig fremd war.

Neben ihr vibrierte ihr Handy mit einer Nachricht von Jen.

Hey, bist du heute Abend zu Hause? Hab endlich einen freien Samstagabend und dachte, wir könnten abhängen.

Ja, mit Jen abzuhängen war vielleicht genau das, was sie brauchte, um wieder ein Lächeln aufs Gesicht zu bekommen. Sie überprüfte ihre Kalender-App und schrieb dann zurück.

Sollte bis acht zu Hause sein. Bring Bier mit.

Jen antwortete mit einem Smiley, und Megan fühlte sich allein von diesem kurzen Austausch leichter ums Herz. Zum Teufel mit Lena.

»Megan?« Alishas Stimme drang aus dem Büro, als Megan daran vorbeiging. Sie ging zurück und streckte den Kopf zur Tür herein. Alisha saß auf ihrem Bürostuhl und hatte sich von ihrem Schreibtisch weg zu Megan umgedreht. Megan gab sich große Mühe, die Aussicht auf die langen Beine ihrer Chefin zu ignorieren. Alishas kurzer Rock sah sogar noch knapper aus, nachdem er im Sitzen hochgerutscht war. Megan schluckte, bevor sie antwortete.

»Hi, Alisha, was gibt's?«

»Hast du vielleicht eine Minute?« Alishas üblicher knapper Tonfall war weicher, und ein sanftes Lächeln umspielte ihre vollen Lippen.

»Gerade so. Ich habe in fünf Minuten einen Kunden. Kann ich kurz nachsehen, ob er schon da ist, und ihm Bescheid sagen, dass ich noch einen Moment brauche?«

Alisha nickte und Megan schlenderte den Gang entlang in den Trainingsraum. Sie sah zu dem Bereich hinüber, wo das freie Trainings stattfand; keine Spur von Geoffrey. Schnell ging sie zum Büro zurück und schloss die Tür hinter sich, wie Alisha ihr bedeutete.

»Danke«, sagte Alisha, die schon wieder lächelte. In all der Zeit, die Megan hier arbeitete, war Alisha noch nie so nett gewesen. Es war etwas verunsichernd.

Megan setzte sich auf den zweiten Stuhl und schlug die Beine übereinander. »Was gibt's?«, wiederholte sie und war froh, als ihre Stimme stark und klar herauskam, ohne etwas von ihrer Nervosität darüber zu verraten, dass sie Alisha so nahe war.

Megan zwang sich, nicht auf die roten Lackstilettos zu schauen, die Alishas Füße zierten. Es erstaunte sie immer wieder, dass Alisha etwas so Unpraktisches trug, obwohl alle anderen in Sportschuhen durch das Studio liefen. Allerdings konnte Megan sich nicht beschweren – Alisha war zwar überhaupt nicht ihr Typ, aber Megan hatte dennoch eine Schwäche für High Heels.

»Tatsächlich ist es eine gute Nachricht. Wie du weißt, haben wir vor ein paar Monaten eine Auszeichnung für den Mitarbeiter des Monats ins Leben gerufen, die anhand der Feedback-Formulare der Kunden ermittelt wird. Qualifiziert für diese Auszeichnung sind sowohl Vollzeitangestellte als auch freie Mitarbeiter, wie du. Ich wollte dir sagen, dass du die Gewinnerin im Oktober bist.«

Megan starrte sie mit offenem Mund an. »Im Ernst?«

Alisha lachte leise und der tiefe Laut jagte Megan einen Schauer über den Rücken. Sie glaubte, dahinzuschmelzen. »Absolut. Ich überreiche dir den Preis beim Personalmeeting am Montag, aber ich wollte dir schon vorher Bescheid sagen. Das mache ich immer gerne, damit die Person auch wirklich zum Meeting kommt.« Sie lächelte schuldbewusst, und Megan grinste.

»Wow, das ist toll.« Megan konnte sich nicht erinnern, je etwas gewonnen zu haben.

»Das ist es. Ich sehe dich also beim Meeting?«

»Auf jeden Fall!« Megan stand auf und wandte sich zur Tür. Die weiche und unglaublich warme Hand auf ihrem Unterarm hielt sie zurück und sie drehte sich zu Alisha um, während ihr Herz plötzlich in ihrer Brust hämmerte.

»Gut gemacht, Megan. Du hast das verdient«, sagte Alisha. Sie war so nahe, dass Megan praktisch die Wimpern zählen konnte, die ihre tiefbraunen Augen umrahmten.

»Danke«, sagte sie hastig.

Alishas Lächeln sagte Megan, dass sie *genau* wusste, welche Wirkung sie hatte, und sie drückte leicht Megans Arm, bevor sie ihn losließ.

»Bis Montag.« Sie wirbelte auf ihren schönen Absätzen herum, um zu ihrem Tisch zurückzukehren.

Megan riss die Tür auf und schoss wie der Korken einer Champagnerflasche auf den Gang. Sie konnte gerade noch so den Zusammenstoß mit Kimberly vermeiden, die im Vorbeigehen lachte und winkte.

Megan lehnte sich einen Moment lang an die Wand.

Alisha hatte gerade auf die eindeutigste Art und Weise mit ihr geflirtet. Hatte sie ernsthaft Interesse an Megan? Und wenn ja, sollte Megan ihr sagen, dass sie es nicht erwiderte? Denn das tat sie nicht, trotz der sexy Absätze. Wenn sie ehrlich war, jagte Alisha ihr Angst ein, und Megan hatte überhaupt kein Interesse an ihr. Oh, klar, oberflächlich betrachtet bewunderte sie, wie heiß Alisha war. Aber wenn Megan überlegte, mit wem sie zusammen sein wollte, dachte sie an eine Frau, die weniger einschüchternd war, mehr Kurven und goldbraune Haut hatte, die aussah, als wäre sie so weich wie Zuckerwatte …

Sie richtete sich auf. Okay, das war lächerlich. Sie war sauer auf Lena, hatte sie das schon wieder vergessen? War nicht von ihr angezogen. Nein.

Sie blinzelte heftig und ging in den Trainingsraum hinüber.

»Also, ist sie da?« Jen nickte mit einem breiten Lächeln in Richtung Lenas Zimmer, und Megan verzog das Gesicht. Sie hatte Jens Plan völlig vergessen.

»Äh, ja, ich glaube schon.«

Jen nahm einen Schluck von ihrem Bier. »Glaubst du, sie kommt mal raus, oder ist sie schon im Bett?«

Megan zuckte mit den Schultern. »Ihre übliche Routine sieht vor, dass sie bis ungefähr zehn Uhr fünfzehn dort drin bleibt, dann putzt sie sich die Zähne, schenkt sich ein großes Glas Wasser ein und geht ins Bett.«

Jen hob die Augenbrauen. »Woher weißt du jetzt schon so viel über ihren Tagesablauf?«

Die Röte stieg Megan schnell in die Wangen. Woher zum Teufel wusste sie es? Offensichtlich hatte ihr Unterbewusstsein auf Hochtouren gearbeitet. Was bizarr war, denn sie und Lena wohnten erst seit fünf Nächten zusammen.

»Ich sage nur, wie es gestern Abend war.« Die Lüge kam ihr nicht leicht über die Lippen – Megan hasste es, andere anzulügen.

Jen setzte eine zweifelnde Miene auf. »Aber ich dachte, du hättest gesagt, dass ihr gestern Abend die Matratze runtergetragen habt?«

»Na ja, schon.« Megan fühlte sich mit jeder Sekunde unbehaglicher. »Aber danach ist sie bis zehn Uhr fünfzehn in ihrem Zimmer geblieben.«

»Aha«, sagte Jen und wirkte skeptisch, aber glücklicherweise ließ sie das Thema fallen. »Na ja, dann muss ich mindestens bis zehn Uhr fünfzehn hierbleiben«, sagte sie kichernd.

Megan brachte irgendwie ein Lächeln zustande und hoffte, dass es aufrichtig aussah.

Jen begann von einem ausgeflippten Gast zu erzählen, den sie am vorherigen Abend in der Bar gehabt hatten, und Megan konnte durch die Geschichte alle anderen Gedanken verdrängen – vor allem Gedanken an Jen und Lena. Dieses Bild erschien in ihrer Vorstellung wirklich nicht richtig.

Lenas Erscheinen im Wohnzimmer um Punkt zehn Uhr fünfzehn ließ Jen grinsen und Megan wurde verlegen.

»Hey, Lena«, sagte Jen mit einem sinnlichen Unterton.

Lena erstarrte mitten auf dem Weg zwischen ihrem Zimmer und dem Badezimmer wie ein Reh im Scheinwerferlicht. Mit großen Augen und Händen, die am Saum ihres Hogwarts-Kapuzenpullis zerrten, stammelte sie: »Oh, äh, hallo. Jen.«

Jen stand auf, ging hinten um das Sofa herum, und lehnte sich lässig gegen die Rückwand. Megan schluckte schnell den letzten Rest ihres Biers, stand hastig auf, um in die Küche zu entkommen, und stieß sich das Schienbein am Sofatisch.

»O Sch –Scheibenkleister«, stieß sie hervor, während sie sich das pochende Schienbein hielt und heftig über die Stelle rieb. Sie hörte, wie Jen hinter ihr schallend lachte, und dann ein lautes Zungenschnalzen von Lena. Wunderbar, jetzt hatte sie Lena schon wieder verärgert.

»Hör auf«, zischte Lena. »Sie hätte sich verletzen können.«

Moment mal, was? Megan drehte gerade rechtzeitig den Kopf, um zu sehen, wie Lena Jen böse anfunkelte und Jens Lachen verschwand.

»Tut mir leid«, sagte Jen nervös. »Hey, Megs, alles in Ordnung?«

Megan starrte die beiden an. »Äh, ja. Alles gut.« Sie drehte sich um und ging – vorsichtig – in die Küche, um ihre leere Bierflasche zu entsorgen.

»Also, Lena«, hörte sie Jen sagen, »ich wollte dich fragen, ob du Interesse daran hättest, mit mir etwas trinken zu gehen.«

Megan riskierte einen Blick über die Schulter. Lena starrte Jen an, als wären ihr zwei Köpfe gewachsen, und Jens übliche selbstsichere Haltung welkte unter dem Druck dieses starren Blicks dahin.

»Nein danke«, sagte Lena angespannt. Sie wandte sich ab und ging weiter Richtung Badezimmer.

Megan sah schnell wieder nach vorne zum Spülbecken und tat so, als würde sie ihre Flasche ausspülen. Und gab sich große Mühe, nicht so breit zu lächeln, wie sie es eigentlich wollte.

Jen gesellte sich wenige Augenblicke später zu ihr in die Küche.

Megan setzte eine weniger zufriedene Miene auf und drehte sich zu ihrer Freundin um.

»Na«, sagte Jen mit erstauntem Blick. »Ich nehme an, du hast es gehört.« Megan nickte. »Ich glaube nicht, dass ich schon mal so gründlich abgewiesen wurde.« Jen schüttelte den Kopf.

Megan streckte die Hand aus und klopfte ihr auf die Schulter. »Tut mir leid.«

Jen zuckte mit den Schultern. »Man kann nicht immer gewinnen.« Sie kicherte. »Vielleicht ist es besser so – wäre vielleicht etwas komisch gewesen, wenn ich mit ihr ausgehe, während sie bei dir wohnt. Irgendwie eine ›Nicht-im-eigenen-Bau-jagen‹-Situation, oder?«

Megan wand sich innerlich. Ja, genau. Wie schlimm wäre es erst, wenn sie selbst ihrer Anziehung zu Lena freien Lauf lassen würde? Definitiv keine gute Idee. »Wahrscheinlich«, sagte sie. »Willst du noch ein Bier?«

Jen schüttelte den Kopf. »Nein, ich glaube ich muss los. Ich muss mir eine gute Portion Schlaf abholen – morgen schiebe ich eine Doppelschicht, weil wir zu wenig Personal haben.«

»Ach, am Sonntag?«

»Öde, ich weiß. Wie auch immer, wir sehen uns irgendwann nächste Woche, ja?«

»Klar. Pass auf dich auf.«

»Du auch.« Jen grinste. »Lass dich von der Eiskönigin nicht aus der Fassung bringen.«

Natürlich kam Lena genau in diesem Moment aus dem Badezimmer. Bei Jens Worten hielt sie inne und starrte sie finster an, bevor sie zu ihrem Zimmer marschierte.

»Mist«, formte Jen mit den Lippen.

Megan schüttelte den Kopf. »Vielen Dank auch«, murmelte sie.

»Entschuldige, ich …«

Megan winkte ab. »Na los, geh, bevor du es noch schlimmer machst.« Sie lächelte, um ihren Worten den Stachel zu nehmen, aber ihr Lächeln fühlte sich schrecklich falsch an. Gott, was für ein Chaos.

Lena lag auf ihrem Bett, starrte an die Decke und versuchte mit aller Kraft, ihre Wut zu unterdrücken und zu schlafen. Es war unmöglich. Diese … Frau. Wie konnte sie es wagen? Nur weil Lena ein Date mit ihr abgelehnt hatte, machte sie das noch lange nicht zur *Eiskönigin.* Diese Arroganz! Lena war stark versucht gewesen, ihr genau zu sagen, was sie von ihren ach so verführerischen Gesten und der eingebildeten Haltung hielt. Klar, Jen war attraktiv – Lena war ja nicht dumm. Oder blind. Aber die Arroganz, die damit einherging, sprach sie überhaupt nicht an. Lena hatte sich immer zu Leuten mit ruhigem Selbstbewusstsein hingezogen gefühlt, die nicht so übertrieben auftraten. Chris hatte das gehabt: Sie wusste, dass sie attraktiv war, stellte es aber nicht zur Schau. Sie wusste, dass sie gut in ihrem Job war, prahlte aber nicht damit. Megan war genauso, und bei dem Gedanken schlug Lenas Magen einen winzigen Salto.

Sie blinzelte in die Dunkelheit. Wo war der Gedanke denn jetzt hergekommen?

Stöhnend drehte sie sich um und drückte das Gesicht in ihr Kissen. Nein, nein, nein. Sie durfte nicht so über Megan denken. Das war in so vielerlei Hinsicht ganz verkehrt.

Das Klopfen an ihrer Tür war leise – wenn sie geschlafen hätte, hätte es sie wahrscheinlich nicht gehört.

»Lena?«, fragte Megan ebenso leise.

Einen Moment lang war es sehr verlockend, sie zu ignorieren. Aber dann griff Lena zur Nachttischlampe und schlug die Decke zurück. Sie tappte durch den Raum und öffnete die Tür einen Spalt.

»Hallo«, sagte Megan, die Arme um den Körper geschlungen. »Entschuldige, falls ich dich geweckt habe.«

Lena schüttelte den Kopf. »Was willst du?« Sie versuchte, die Schärfe aus ihrem Ton herauszuhalten, was ihr allerdings schwerfiel.

Megan seufzte hörbar. »Ich wollte mich dafür entschuldigen, was Jen gesagt hat. Es war zu grob von ihr und …«

Lena öffnete die Tür etwas weiter und hob abwehrend die Hand. »Du bist nicht diejenige, die sich dafür entschuldigen sollte«, sagte sie und ihr Ton wurde sanfter, während sie über Megan staunte. Wie konnte sie andauernd so nett sein? »Du bist nicht dafür verantwortlich, was deine Freunde denken.«

»Ich weiß«, sagte Megan, »aber, na ja, das ist jetzt auch dein Zuhause und in deinem eigenen Zuhause solltest du so etwas nicht ertragen müssen.«

Lena war überrascht, als sich ein Lächeln auf ihre Lippen schlich. »Danke. Das ist sehr … rücksichtsvoll von dir.«

»Na, das ist alles, was ich sagen wollte.« Megan sah kurz zur Seite und dann wieder zurück. »Oh, und ich wollte ankündigen, dass fast meine ganze Familie morgen Nachmittag zu Besuch kommt. Tut mir leid, in dem Stress der letzten Tage hatte ich das ganz vergessen. Sie werden um zwei herum da sein und bis in den Abend hinein bleiben, denke ich.«

Lenas gute Laune bekam einen Dämpfer. »Aha. Okay. Na, dann werde ich mich rarmachen.« Sie wollte gerade die Tür schließen, aber Megan hielt sie fest.

»Warte bitte. So habe ich das nicht gemeint. Du musst nicht weggehen. Du kannst gerne bleiben, wenn du möchtest. Callum hast du ja schon getroffen, aber du könntest die anderen kennenlernen und dir von dem Essen nehmen, das sie mitbringen werden. Du weißt schon, einfach dabeisitzen.« Megan schien sie mit ihren hellblauen Augen geradezu anzuflehen.

Lena schloss kurz die Augen und blockte die ablenkende Wirkung durch Megans Blick. Wie konnte sie erklären, dass es schon schlimm genug war, seit Montagabend einen Großteil ihrer Routine verloren zu haben und mit ihr auch das Gefühl der Ruhe und Kontrolle? Dass es sie bereits in Panik versetzt hatte, nicht ihren üblichen Samstag verbringen zu können – Frühstück mit einem Buch, Einkaufen im Supermarkt, Putzen, dann noch mehr Lesen –, und das alles ihre Angstzustände noch weiter verstärkt hatte? Jetzt musste sie einen anderen Ort finden, an dem sie ihren Sonntag verbringen konnte, damit sie nicht in einer Wohnung voller Unbekannter war.

»Ich überlege es mir«, sagte sie schließlich und schloss sanft die Tür, wobei sie Megan gerade genug Zeit gab, die Hand zurückzuziehen.

Kapitel 12

Lena schloss die Kalkulationstabelle und öffnete die Präsentation mit dem Quartalsbericht im Septemberordner. Die dreiundachtzig Folien darin waren hässlich, umständlich und vollgestopft mit Daten, die sich niemand genauer ansehen würde. Niemand hatte sie damit beauftragt, den Bericht neu zu designen, doch für Lena war es ein hervorragender Grund, um der Wohnung fernbleiben zu können.

Lena konnte nicht. Sie war noch nicht bereit, auf Megans Familie zu treffen. Sie war aufgewacht, fest entschlossen ihre Angst zu bekämpfen, und wenn sie das nicht schaffte, indem sie in Megans Wohnung soweit wie möglich an ihrer Routine festhielt, dann würde sie sich in die Arbeit flüchten. Am Wochenende darauf würde sie Madhu und Jay besuchen, und danach hätte sie vielleicht eine neue Routine gefunden, die in der veränderten Umgebung für sie funktionierte. Sie hatte es fast geschafft – die Duschzeiten waren festgelegt ebenso wie das Abendessen, da Megan an den meisten Abenden bis mindestens acht Uhr arbeitete. Das war immerhin eine gewisse Erleichterung, da ihre Wege sich meistens eher später am Abend kreuzten. Bis dahin konnte Lena fast so tun, als wäre alles normal. Allerdings war es das nicht. Sie war nicht von ihren eigenen Dingen umgeben, schlief nicht in ihrem eigenen Bett, und auch die Buchbestellung, die einen Teil ihrer verlorenen Sammlung ersetzen würde, war noch nicht angekommen.

Ihr Handy klingelte, und sie zuckte zusammen. Allein in dem stillen Büro zu sein machte sie nervös.

»Hey, Madhu«, sagte sie erleichtert.

»Hey, wie geht's dir?«

»Mir geht es halbwegs gut.« Es hatte keinen Sinn, ihre Schwester anzulügen. »Es war eine schwierige Woche.«

»Darauf wette ich! Hast du dich bei Megan gut eingerichtet? Ich finde es immer noch großartig von ihr, dass sie dir das Zimmer angeboten hat.«

Lena lächelte. Das stimmte allerdings. In dem ganzen Aufruhr durfte sie das nicht vergessen. »Mehr oder weniger. Es ist etwas gewöhnungsbedürftig.«

»Das überrascht mich nicht. Aber ich bin so stolz auf dich, dass du das Angebot angenommen hast. Es wäre leichter gewesen, kurzfristig in irgendeine kleine Wohnung zu ziehen.«

Wäre es das gewesen? Lena war sich nicht so sicher. Es hätte noch mehr Stress und eine weniger ideale Umgebung bedeutet. Sie hatte großes Glück gehabt, dass jemand wie Megan ihr dieses Angebot gemacht hatte. Jede andere Wohnsituation wäre mit Sicherheit schlimmer gewesen. Je mehr sie darüber nachdachte, desto deutlicher erkannte sie, wie glücklich sie sich eigentlich schätzen konnte. Und desto schlechter fühlte sie sich, weil sie sich mit Megan nicht größere Mühe gab.

»Bist du noch da, Lena?«

»Oh, tut mir leid. Ja, ich habe nur nachgedacht.«

»Über?«

Lenas Wangen wurden heiß, als sie leicht errötete. »Ich glaube, ich habe gerade erkannt, welches Glück ich hatte, dass Megan da ist. Dass sie so nett ist, wie sie ist. Und … na ja, ich war nicht gerade so freundlich zu ihr, wie ich hätte sein können.«

»Das ist eine Angewohnheit von dir, weißt du.«

»Was?«

Madhu seufzte. »Schrei mich nicht an, okay?«

Lena atmete langsam aus, während ihr davor graute, was wohl kommen würde. »Okay.«

»Na ja, ich weiß, du hast deine Probleme mit der Zwangsneurose und deinem Bedürfnis nach Routine. Aber … du bist auch nicht sehr gut darin, anderen Leuten zu vergeben. Du pflegst deinen Groll. Megan hat einige Dinge getan, die dich verärgert haben, und ja, bevor du irgendetwas sagst, ich kann gut verstehen, warum du sauer warst. Aber es ist ja nicht so, als hätte sie irgendetwas davon mit Absicht getan, oder?«

»Nein«, sagte Lena leise.

»Und trotzdem warst du noch genauso reserviert zu ihr, auch nachdem sie sich entschuldigt und alles wieder in Ordnung gebracht hat. Ehrlich, die Frau verdient einen Orden dafür, dass sie nach all dem immer noch so freundlich war, dir ein Zimmer anzubieten.«

Lena errötete noch tiefer, und ein schrecklich ungutes Gefühl machte sich in ihrem Bauch breit. Madhu hatte recht. Sie war richtig unversöhnlich mit

Megan umgegangen. Ihr weiterhin die kalte Schulter zu zeigen, obwohl sie jetzt zusammenwohnten, war gemein.

»Ich bin ein schrecklicher Mensch«, flüsterte Lena, während Tränen in ihren Augen brannten.

»Nein!«, rief Madhu. »Nein, das bist du nicht, glaub mir«, bekräftigte sie. »Du bist einfach ... Lena, du bist in den letzten Jahren so verbittert geworden. Zuerst Mutter und Vater, dann Chris. Ich verstehe das, wirklich, aber ...«

»Was?«

»Aber ich wünschte, du könntest es, ich weiß nicht, einfach abschütteln. Vergessen.«

Jetzt war Lena empört. »Vergessen? Vergessen, was sie zu mir gesagt haben? Vergessen, was Chris mir angetan hat?«

»Siehst du, genau das meine ich.« Madhu hielt inne. »Hör mal, du weißt, dass ich zu hundert Prozent hinter dir stehe. Und ich weiß, dass es sehr verletzend war, was unsere Eltern getan haben. Aber ehrlich, Lena, es kann dich doch nicht besonders überrascht haben, oder? Ich meine, sie sind die erste Generation. Natürlich wären sie nicht vor Freude auf- und abgesprungen, weil sie eine Lesbe in der Familie haben.«

»Ach, das heißt also, ich soll ihnen verzeihen, oder was?«

Madhu klang frustriert. »Nein, natürlich nicht. Was sie gesagt haben, vor allem Mutter, war fürchterlich. Das war es wirklich. Ich will, dass du einen Weg findest, darüber hinwegzukommen, damit du glücklich sein kannst. All diese Wut mit dir herumzuschleppen scheint dir nicht gerade gut zu tun, das ist alles, was ich sagen will.«

Lena schwieg einen Moment. Es tat weh, es zuzugeben, aber Madhu hatte recht. Trotzdem war alles so ungerecht. Und Lena glaubte nicht, dass sie das verdient hatte. Erneut stieg ihr die Galle hoch und –

Sie atmete tief durch. Sie tat es schon wieder, ließ sich von den negativen Gedanken überwältigen und wütend machen. Vielleicht war es Zeit für den Versuch, die Vergangenheit hinter sich zu lassen, damit sie das finden konnte, was sie sehr wohl verdient hatte: ein wenig Glück.

»Diese Nudeln sind köstlich, Mum«, sagte Megan strahlend, während sie sich eine weitere große Portion nahm und auf ihren Teller tat. Die Thunfischnudeln ihrer

Mutter waren eines ihrer Leibgerichte, und es hatte sie entzückt, als eine große Portion davon unter den Gerichten gewesen war, die ihre Mutter nach der Ankunft ausgepackt hatte.

Ihre Mutter grinste zurück. »Ich weiß doch, wie ich mein kleines Mädchen bei Laune halte.«

Megan funkelte sie an. »Ich bin kein kleines Mädchen mehr, Mum.«

Ihre Eltern lachten beide.

»Du wirst immer unser kleines Mädchen sein, Megs«, sagte ihr Vater. »Auch wenn du alt und grau bist.«

Ihre Brüder lachten, als sie errötete. Das einzige Mädchen in der Familie zu sein hatte sich immer schon so angefühlt, und selbst jetzt, da sie zur Frau herangewachsen war, hatte sich nichts daran geändert.

Allerdings war sie dankbar dafür, dass ihr keine weiblichen Stereotype aufgedrängt worden waren. Ihre Mutter war zufrieden damit gewesen, Megan mit ihren Brüdern spielen zu lassen, anstatt ihrer einzigen Tochter ihre Liebe fürs Kochen aufzuzwingen.

Ihre Mutter hatte sich mit dem monatlichen Familienessen wieder selbst übertroffen. Sie trafen sich jedes Mal bei einem anderen Familienmitglied, aber ihre Mutter bestand darauf, für den größten Teil der Verpflegung zu sorgen. Das Festmahl, das auf Megans Küchentheke bereitstand, hätte ausgereicht, um eine kleine Armee satt zu machen. Megan wusste, mit etwas Glück würde sie die ganze restliche Woche zufrieden von den Resten zehren können.

»Also, wo ist deine Mitbewohnerin?«, fragte Jimmy, während er sich eine große Portion Salat zu seinem Burger nahm.

Megan aß einen Bissen Pasta und trank einen Schluck Saft. Dann sah sie auf ihre Uhr. »Na ja, sie hat gesagt, dass sie definitiv bis drei Uhr außer Haus sein wird. Sie ist zur Arbeit gegangen, glaube ich.« Es war jetzt halb vier und Megan fragte sich, ob Lena wirklich zurückkommen würde. Sie hatte nicht gerade erpicht darauf gewirkt, als sie am Morgen gegangen war, und Megan hatte den Eindruck gehabt, dass sie nur zugestimmt hatte, ihre Familie zu treffen, um Megan zufriedenzustellen. Zwar wollte sie Lena nicht drängen, doch die Palmers kamen regelmäßig zu Besuch – je früher Lena sie kennenlernte und sich an sie gewöhnte, desto besser. Wenn Lena diese Meinung nicht teilte, dann war das eben so.

»Wie läuft es mit ihr?«, fragte ihre Mutter.

Megan zuckte mit den Schultern und legte ihre Gabel auf den Teller. »Es ist in Ordnung. Sie bleibt mehr oder weniger für sich. Wir sehen uns kaum.«

Ihre Mutter nickte. »Und was ist mit den Reparaturen am Dach? Wann werden die fertig sein?«

Megan schüttelte den Kopf. »Keine Ahnung. Lena wartet immer noch darauf, dass die Versicherung sich für eine Baufirma entscheidet. Zu schade, dass wir dich nicht dafür bekommen konnten«, sagte sie mit einem Blick zu Callum.

»Stimmt. Aber wenn sie eine Liste anerkannter Firmen haben, dann wird es eine gute sein – sie würden ihre Zeit ja nicht mit Amateuren verschwenden.«

»Ja, da hast du wohl recht.«

Beim Geräusch eines Schlüssels, der im Schloss gedreht wurde, wanderten alle Blicke zur Wohnungstür. Ein warmes Gefühl strömte durch Megan als sie sah, wie Lena mit ihrer Aktentasche in der einen Hand und einer Tortenschachtel in der anderen, zur Tür hereinkam.

Als sie sah, dass so viele Augenpaare auf ihr ruhten, erstarrte Lena und sie wurde rot. Megan sprang auf die Füße und fing gerade so ihren halbvollen Teller auf, bevor er von ihrem Schoß auf den Boden rutschte. Ihr Vater lachte leise und sie starrte ihn finster an, bevor sie den Teller auf den Sofatisch stellte.

»Hey, Lena. Willkommen zu Hause.« Sie zeigte ein ermutigendes Lächeln und hoffte wider alle Erwartung, dass Lena eine ihrer besseren Launen hatte. Zu ihrer großen Überraschung lächelte Lena ebenso herzlich zurück.

»Hi, Megan. Ich habe das hier für dich und deine Familie mitgebracht.« Sie hielt die Schachtel hoch. Sie bebte leicht in ihrer zitternden Hand. »Ich wusste nicht, ob ihr etwas zum Dessert geplant hattet, und, nun ja, selbst wenn doch, man kann nie genug Torte haben, oder?«

Megan starrte sie an. Wer war diese neue Lena, die da auf der Türschwelle stand? Sie war so nett. Wow – wer hätte das je für möglich gehalten?

»Oh, das ist … das ist wunderbar. Danke.« Sie nahm die Schachtel von Lena entgegen und stellte sie auf das Abtropfgestell, das dank des übermäßigen Einsatzes ihrer Mutter der einzige freie Platz in der Küche war.

»Hallo, Lena. Ich bin Rosie, Megans Mutter.« Sie umrundete das Sofa und streckte die Hand aus. »Es freut mich, dich kennenzulernen.«

Lena ließ schnell ihre Aktentasche fallen und schüttelte die dargebotene Hand.

Megans Vater kam als nächster. »Sean. Nett dich kennenzulernen.«

Dann folgte Jimmy, und Callum winkte ihr durch den Raum hindurch zu. »Schön, dich wiederzusehen, Lena.«

Lena lächelte schüchtern.

Dann ging Daniel zögernd zu ihr und wischte sich die Hände an seiner Jeans ab. »Hallo. Daniel.«

Lenas Lächeln wurde etwas breiter und Megan lachte fast laut heraus, als Daniel den Kopf senkte, die Hände in seine Taschen schob und – Moment mal, *errötete* ihr Bruder etwa?

»Möchtest du etwas essen, Lena?« Megans Mutter ging bereits in die Küche und sah über die Schulter.

»Äh, im Moment nicht, danke«, sagte Lena leise. »Vielleicht später.« Sie zog ihren Mantel aus und hängte ihn an einen der Haken hinter der Tür.

Megan beobachtete, wie Daniel Lena ansah.

Oh, oh.

Lena drehte sich wieder um und fing Megans Blick auf. »Ich gehe in mein Zimmer.«

Megan spürte, dass sie die Enttäuschung nicht verbergen konnte, war aber entzückt, als Lena hastig hinzufügte: »Ich meine, ich ziehe mich nur um. Und dann dachte ich, ich könnte eine Weile zu dir und deiner Familie kommen, wenn das in Ordnung für dich ist.«

Megan strahlte. »Das ist definitiv in Ordnung«, sagte sie.

Lenas Lächeln war fast so breit, wie ihr eigenes sich anfühlte, und die warme Stelle in Megans Brust wurde noch wärmer.

Lena gab sich Mühe. Das tat sie wirklich. Aber manche Aspekte des Nachmittags waren leichter zu ertragen als andere. Auf der positiven Seite war Megans Mutter Rosie sehr liebenswürdig. Mit ihrer redseligen und herzlichen Art bewirkte sie, dass Lena sich weitaus entspannter fühlte, als sie erwartet hatte. Sean war ein sanfter Riese mit einem entzückenden irischen Akzent in seiner Stimme, den Lena sich stundenlang anhören könnte. Callum und Jimmy sagten nicht viel zu ihr, aber das war in Ordnung – sie waren in ein Gespräch über Autorennen vertieft, von dem sie ohnehin keine Ahnung hatte.

Das Essen schmeckte köstlich, ein weiterer Vorteil, und Megan hatte ihr in der Küche zugeflüstert, dass sie alle Reste behalten konnten, was die Sache noch besser machte.

Es gab nur zwei Nachteile an dem Tag, und gegen beide konnte sie im Moment nichts tun. Erstens war peinlicherweise deutlich zu sehen, dass Daniel sich offenbar Hals über Kopf in sie verliebt hatte. Sie hatte ihn gar nicht ermutigt und ein kleiner Teil von ihr fühlte sich auch geschmeichelt, aber eigentlich war ihr die Aufmerksamkeit, die er ihr mit seinem Welpenblick schenkte, eher unangenehm. Und die verstohlenen Blicke, die Rosie und Sean teilten, während sie Daniels Konversationsversuche mit ihr beobachteten, halfen nicht gerade. Außerdem war es seltsam – und sie hatte keine Ahnung, wie sie damit umgehen sollte –, dass Megan jedes Mal finster dreinblickte, wenn Daniel ihre Aufmerksamkeit in Beschlag nahm.

Der andere Nachteil war das Chaos. Megans Familie war unglaublich unordentlich. Essen und Getränke wurden verschüttet und nicht aufgewischt. Leere Teller wurden auf den Boden gestellt anstatt in die Küche getragen. Bierflaschen, die ausgetrunken waren, wurden abgestellt, wo sie gerade Platz fanden. Die Wohnung sah aus, als wäre ein Tornado hindurchgefegt, und Lena wand sich auf ihrem Platz, während es sie in den Fingern juckte, aufzustehen und aufzuräumen.

»Also, Lena.« Rosies Stimme unterbrach ihre Verstörung. »Woher kommst du?«

Lena sah sich um, entschlossen, Rosies Blick zu erwidern, obwohl dieses Gespräch sie in unangenehme Gewässer führen könnte. »Aus Bolton. Im Norden«, sagte sie mit einem halben Lächeln.

»Ich dachte mir schon, dass du einen kleinen Akzent hast.«

Lena zuckte mit den Schultern. »Ja, er war nie besonders stark, und er hat noch etwas nachgelassen, seit ich nach London gezogen bin.«

»Wie lange bist du schon hier?«, fragte Daniel und starrte sie dabei weiterhin so intensiv an wie schon den ganzen Nachmittag.

Lena rechnete im Kopf nach. »Fast vier Jahre.«

»Bist du wegen der Arbeit hergezogen?«, fragte Rosie weiter.

»Äh, ja.« Warum nicht? Dieser Grund war ebenso gut wie jeder andere. Es war nicht die Wahrheit, nicht einmal ansatzweise, aber die würde sie heute nicht mit der Familie Palmer teilen. Wenn überhaupt. Sie rutschte auf ihrem Platz neben Megan herum.

Megan fing ihren Blick auf und hob eine Augenbraue.

Lena lächelte auf eine Art, die hoffentlich vermittelte, dass alles in Ordnung war, obwohl ihr Magen sich bei dem Gedanken an weitere persönliche Fragen verkrampfte.

»Lena ist Buchhalterin und arbeitet in der Nähe von Euston«, sagte Daniel. Sie wand sich innerlich als sie erkannte, dass er mit dem Wissen prahlen wollte, das er schneller als der Rest der Familie erworben hatte. Nur sie hörte das leise Schnauben, das Megan in diesem Moment ausstieß.

»Der Lohn ist bestimmt gut«, sagte Sean und wirkte verwirrt, als Rosie ihn auf den Arm schlug. »Was?«

»Dad, ich glaube, das ist etwas persönlich, meinst du nicht?«, sagte Megan und stand auf. »Hey, wer will etwas von der Torte, die Lena mitgebracht hat?«

In diesem Moment hätte Lena Megan drücken können – wenn sie je Rettung gebraucht hatte, dann jetzt.

Von allen Seiten erklangen »Ich«-Rufe und dann Gelächter, und die Erdbeertorte aus der Patisserie Valerie beschäftigte sie alle für die nächsten zwanzig Minuten.

»Großartige Torte«, sagte Sean, nachdem er seinen Teller praktisch saubergeleckt hatte. »Du kannst gerne bleiben.«

Lena lächelte. »Das freut mich«, sagte sie, und das tat es wirklich.

Dann stand Rosie auf und ging in die Küche. »Ich wünschte, du würdest dir einen verdammten Geschirrspüler zulegen«, sagte sie zu Megan, während sie sich die Ärmel hochkrempelte.

»Moment!« Lena sprang vom Sofa auf. Das war ihre Gelegenheit. »Lass mich das tun. Ihr habt schließlich das ganze Essen mitgebracht.«

Rosie lächelte sie an. »Ja, aber du hast den ganzen Tag gearbeitet.«

Lena trat zu ihr an die Spüle. »Nein, bitte. Rosie, lassen Sie mich. Ehrlich, es würde mich sehr glücklich machen, das zu tun.«

»Lass sie, Mum. Glaub mir, sie meint das ernst.«

Lena drehte sich zu ihr um. Die Worte hatten warm geklungen, aber sie musste Megans Augen sehen und sichergehen, dass sie es nicht gehässig gemeint hatte. Megan erwiderte ihren Blick und darin lagen lediglich sanftes Verstehen und Wärme. Die Welle des Glücks, die Lena in diesem Moment durchströmte, war lächerlich übertrieben, aber sie genoss sie trotzdem.

Megan verstand. Und das fühlte sich sehr, sehr gut an.

Kapitel 13

»Junger Mann!«

Dorothys Ruf ließ Megan innehalten, als sie mit dem Müllsack in der Hand aus ihrer Wohnung trat. Sie grinste. Zur Abwechslung war es einmal jemand anders, der Dorothys Zorn zum Opfer fiel.

»Hä?«, antwortete eine männliche Stimme.

»Diese Mauer gehört zu meinem Eigentum. Daher wirst du gut aufpassen, wenn du Gegenstände dagegen lehnst. Ist das klar?« Dorothy klang fuchsteufelswild, und Megan war erneut dankbar dafür, dass sie sich nicht in der Schusslinie befand.

Sie beugte sich vor und warf einen Blick über das Geländer, um zu sehen, wer das unglückliche Opfer des Tages war. Ah, Sanjit. Handwerker und Wasserträger der Gebrüder Patel, deren Firma für die Renovierung von Lenas Wohnung zuständig war. Der arme Sanjit, sicherlich nicht der hellste Kopf, lief wie ein kopfloses Huhn herum und schleppte verschiedenstes Werkzeug ins Haus und die Treppe hoch, seit die Firma vor zwei Tagen gekommen war, um endlich mit den Arbeiten zu beginnen. Anscheinend hatte er Zeit sparen und vor allem dem beharrlichen Nieselregen ausweichen wollen und daher Material im Erdgeschoss an der Wand gestapelt, wobei er offenbar nicht gerade leise vorgegangen war.

Und jetzt war Sanjit im Laserblick der respekteinflößenden Dorothy gefangen und sah aus, als würde er am liebsten die Flucht ergreifen. Megan stieg die Treppe hinab.

»Hey, Sanjit«, sagte sie fröhlich. »Morgen, Dorothy.«

Dorothy schnaubte, murmelte aber ebenfalls ein »Guten Morgen«.

Sanjit wirkte mächtig erleichtert über Megans Unterbrechung. »Alles in Ordnung?«, fragte er und machte ihr Platz, als sie zur Haustür ging.

Sie lächelte ihn an. »Ich habe eine Frage an dich: Könntest du mal bitte kurz mit nach draußen kommen?«

»Klar, natürlich.« Die Dankbarkeit über die Rettung war ihm deutlich anzusehen.

Hinter ihnen schnalzte Dorothy missbilligend mit der Zunge, und wenige Augenblicke später fiel klickend ihre Wohnungstür zu.

»Scheiße«, murmelte Sanjit und rieb sich mit den Händen über das Gesicht. Sein Schutzhelm saß ihm schief auf dem Kopf, und er sah aus wie ein Junge, der sich mit einer zu großen Sicherheitsweste und Arbeitshose verkleidet hatte. Er drehte sich hastig zu Megan um. »Entschuldige, was wolltest du fragen?«

Megan lächelte ihn an. »Nichts, Kumpel. Ich hab dich nur aus der Gefahrenzone geholt.«

Er starrte sie an bevor er laut loslachte. »Wahnsinn«, sagte er.

»Aber im Ernst, Sanjit, gib dir Mühe, sie nicht zu verärgern, okay? Kein Lärm, kein Schmutz, keine Schimpfwörter. Drei einfache Regeln.«

Er nickte eifrig. »Lärm, Schmutz, Schimpfwörter. Verstanden.« Er strahlte sie an und seine schiefen Zähne sahen zu groß für seinen Mund aus. »Danke.«

»Keine Ursache.« Sie lächelte ebenfalls und entsorgte den Müll, bevor sie wieder ins Haus ging.

Vorsichtig stieg Megan in den ersten Stock und achtete darauf, nicht über eine der zahlreichen Abdeckplanen zu stolpern, mit denen das Treppenhaus ausgelegt worden war.

Die Patels hatten für den Job ein sechs Mann starkes Team mitgebracht, und sie konnte mehrere Stimmen in Lenas Wohnung hören, als sie an der offenen Tür vorbeikam. Sie hatten geschätzt, dass es sechs Wochen dauern würde, bis die Wohnung wieder bewohnbar war, aber das hing auch vom Wetter ab. Es war jetzt Mitte November, über zwei Wochen waren bereits seit dem Sturm vergangen, und in dieser Zeit hatte es noch mehr geregnet, was die Überreste des Dachs noch stärker beschädigt hatte. Und nach der Vorhersage für einen kalten Dezember und bedingt durch die Pause während der Weihnachtsfeiertage, hatte der ältere Patel-Bruder Lena ausdrücklich gewarnt, dass die Bauarbeiten durchaus länger andauern konnten als ursprünglich geplant.

Megan schloss die Wohnungstür hinter sich und ging zur Küchenzeile zurück, um ihren Tee auszutrinken. Sie hatte heute eine spätere Schicht, ihr erster Kunde kam am Mittag ins Studio, der letzte aber erst um neun Uhr abends. Somit hatte sie einen recht faulen Vormittag zu Hause gehabt, den sie damit verbracht hatte, ihren Schreibtisch und den Computer einzurichten, die jetzt im Wohnzimmer standen.

Als die Patels gekommen waren, hatten sie sich bereiterklärt, Lenas Schrank und die Kommode in ihr Gästezimmer zu transportieren, und hatten dafür einiges umstellen müssen. Dadurch war Megans Wohnzimmer jetzt weniger geräumig, als sie geplant hatte, aber es war ja nur vorübergehend. Sie beschwerte sich also nicht. Es erleichterte Lena zudem das Leben in dem Zimmer, was wiederum *ihre* Stimmung deutlich anhob, sodass Megan sich auch darüber nicht allzu laut beschweren konnte.

Jetzt, da das Gästezimmer eindeutig als Lenas Bereich definiert war, hatte sie sich noch besser in ihr Leben in der gemeinsamen Wohnung eingefunden. Allerdings bedeutete das immer noch, dass sie mehr Zeit dort drinnen verbrachte, als im Rest der Wohnung, und Megan gab sich große Mühe, nicht beleidigt zu sein. Sie hatte immer eine recht klare Sicht auf die Welt gehabt und tat sich folglich mit so komplizierten und schwierigen Menschen wie Lena eher schwer.

Das war auch der Hauptgrund, weshalb die Beziehung mit Julie in die Brüche gegangen war. Letztendlich war der Versuch, Julies zahlreiche Launen und Stimmungsschwankungen zu verstehen, zu viel für Megan gewesen. Nicht, dass sie Lena als ebenso bedürftig oder launisch wie Julie empfand. Aber sie war auf jeden Fall auf ihre eigene Art komplex, und Megan würde noch viel mehr Zeit in ihrer Nähe brauchen, um zu sehen, ob sie sie jemals verstehen konnte.

Sie spülte ihre Tasse aus und ließ sie zum Trocknen neben der Spüle stehen. Zwar hatte sie verstanden, dass Lena introvertiert war, aber sie schien *überhaupt* keine Zeit mit Megan verbringen zu wollen. Mochte sie Megan nicht? Das konnte sie nicht glauben. Wenn sie sich im Laufe des Tages einmal trafen, egal wie kurz es auch war, plauderten sie durchaus entspannt darüber, was sie gerade taten, über das Wetter und über die Mahlzeiten, die sie gemeinsam einnehmen könnten. Wenn sie tatsächlich einmal eine Mahlzeit teilten, war es eine gemütliche, wenn auch nicht übermäßig gesprächige Zeit. Megan hatte nie den Eindruck, dass Lena nicht mit ihr sprechen oder gemeinsam am Tisch sitzen wollte, und doch sprintete sie gleich danach wieder in ihr Zimmer zurück und schloss leise die Tür hinter sich.

Vermutlich sollte Megan sich nicht beschweren – eine Menge Leute, die mit Mitbewohnern lebten, hassten es, wenn diese ihnen im Weg waren, ein Durcheinander verursachten und sich unmöglich benahmen. Lena tat nichts davon, und doch war Megan unwillkürlich über diese komplette Gegensätzlichkeit enttäuscht.

»Also, wenn ich fragen darf, wie funktioniert das mit dir im Fitnessstudio? Bist du dort Vollzeit angestellt?«

Lenas Frage überraschte Megan. Es war eine der längsten und persönlichsten Fragen, die sie ihr je gestellt hatte. Sie saßen gerade bei einem ihrer seltenen gemeinsamen Abendessen und Lena hatte eine köstliche Suppe mit Butternusskürbis und Karotten gekocht, von der Megan gar nicht genug bekommen konnte. Sie hatten wie üblich über belanglose Dinge geplaudert, als Lena plötzlich diese Frage gestellt hatte.

Megan schluckte ihre Suppe und legte den Löffel ab.

»Nein, ich bin eine freie Mitarbeiterin, also selbstständig. Kurz gesagt zahle ich dem Studio so etwas wie Miete, damit ich in den Räumlichkeiten meine Kunden betreuen darf. Ich könnte auch direkt Schichten für das Studio übernehmen, als eine Art der Mietzahlung, aber ich habe mich dagegen entschieden. Kimberly, eine Freundin aus dem Studio, macht es so und verbringt ihre halbe Woche damit, Kurse zu leiten, und die andere halbe mit Privatkunden. Ich habe ein paar Kunden mitgebracht, als ich zum Studio gekommen bin, und habe dann allein durch meine Anwesenheit dort noch viele mehr bekommen, sodass ich gut davon leben kann.«

»Das klingt gut, sehr unabhängig.«

Megan zuckte mit den Schultern. »Ja, es hat Vorteile und Nachteile. Ich muss natürlich meine Stammkunden gut betreuen, ansonsten könnte es passieren, dass ich plötzlich gar kein Geld mehr verdiene.«

»Aber wenn du gut in dem bist, was du tust, ist es wahrscheinlich leicht, deine Kunden zu halten.« Lena steckte sich ein kleines Stück Brot in den Mund und Megan versuchte, sich nicht von dem aufmerksamen Blick, den Lena beim Kauen auf sie gerichtet hielt, hypnotisieren zu lassen.

»Ja, das bin ich. Ich meine«, beeilte Megan sich zu sagen, als Lenas Augenbrauen in die Höhe schossen, »ich will nicht angeben oder so, aber ich bin gut darin. Ich mache das schon zehn Jahre lang und habe einen guten Ruf.«

»Gut für dich«, sagte Lena, bevor sie leicht errötete und sich wieder ihrer Suppe zuwandte.

»Ich nehme an, du bist in deinem Job Vollzeit angestellt?«

Lena nickte, hielt aber den Blick weiterhin abgewandt. »Ja«, sagte sie, nachdem sie ihr Brot geschluckt hatte. »In Bolton habe ich zuerst frei gearbeitet, nachdem ich mich als Buchhalterin qualifiziert hatte, einfach um etwas Erfahrung zu bekommen.

Dann habe ich einen Vollzeitjob bei der Gemeindevertretung bekommen und nach ein paar Monaten erkannt, dass das ein Fehler war. Es war deprimierend, dort zu arbeiten – wir haben so viel Zeit damit verschwendet, Dinge doppelt zu tun, weil die Prozesse und Systeme so veraltet waren. Und alles, von den Computern bis hin zur Ausstattung der Teeküche, war so billig. Ich klinge wahrscheinlich wie ein Snob.« Sie lachte halbherzig und sah Megan endlich wieder an.

Megan schüttelte den Kopf. »Das finde ich nicht. Die Arbeitsbedingungen sind wichtig. Und wenn die Arbeit selbst dich auch nicht begeistert hat, kann ich verstehen, warum Dinge wie ein Sprung in der Tasse dich nerven.« Sie zögerte einen Moment, bevor sie hinzufügte: »Dich ganz besonders.«

Sie war begeistert, als Lena laut und mit bebenden Schultern auflachte. »Ja, mich ganz besonders.«

»Also ist das der Grund, warum du nach London gekommen bist? Um einen besseren Job zu finden? Du hast so etwas gesagt, als meine Familie hier war.«

Plötzlich verschloss sich Lenas Gesicht und ihr Lächeln verblasste. Sie stieß einen tiefen Atemzug aus und stellte das Tablett mit der Suppenschüssel und ihrem restlichen Brot von ihrem Schoß auf den Sofatisch.

»Entschuldige, habe ich etwas Falsches gesagt?«, fragte Megan, ihre eigene Suppe vergessend.

Lena schüttelte den Kopf und stieß einen weiteren Seufzer aus. »Nein, es ist … es ist nur sehr persönlich. Und es fällt mir schwer, darüber zu reden.«

Megan hob die Hände. »Dann lass es sein, schon gut«, sagte sie sanft.

»Eigentlich würde ich es dir gerne erzählen.«

Megan wartete. Lena musste sich offensichtlich erst sammeln, und Megan fürchtete sich vor dem, was sie gleich hören würde.

»Wie du dir sicher schon anhand meiner Büchersammlung gedacht hast«, Lena sah zu ihr auf und lächelte schwach, »bin ich lesbisch. Ich habe lange gebraucht, um das zu akzeptieren und danach zu handeln. Als Inderin, na ja, sagen wir einfach, die Gemeinschaft reagiert nicht gerade einladend, wenn man sich outet. Und meine Eltern waren«, ihre Stimme brach leicht, »das komplette Gegenteil von einladend.« Da sah sie zu Megan auf. »Feindselig, gemein, so könnte man es auch beschreiben.«

»Haben sie dich rausgeworfen?«, flüsterte Megan. Der Kontrast zwischen ihrem eigenen Coming-out und Lenas hätte nicht größer sein können und es fiel ihr schwer zu verstehen, wie Eltern ihrem Kind so etwas antun konnten.

»Nicht direkt. Aber sie haben mir ein Ultimatum gestellt: diesen fürchterlichen Unsinn vom Lesbischsein vergessen und mich mit einem netten indischen Jungen niederlassen, vorzugsweise einem ihrer Wahl, oder …«

Lena brach ab und schwieg einen Moment.

»Und was hat dieses ›Oder‹ bedeutet?«, fragte Megan vorsichtig.

Lena zuckte mit den Schultern und verzog leicht den Mund. »Ich weiß nicht. Ich bin nicht lange genug geblieben, um es herauszufinden. Ich habe den nächsten Tag damit verbracht, meinen Lebenslauf zu aktualisieren und Arbeitsvermittlungen in London zu kontaktieren. Ich wusste, wenn es irgendeinen Ort gab, an dem ich angenehm leben könnte und gute Jobchancen hätte, dann wäre das London. Außerdem war es weit genug von zu Hause weg, dass meine Eltern nicht kommen und an die Tür klopfen konnten, um mich nach Hause zu schleifen. Ich meine, Manchester wäre natürlich näher gewesen, aber etwas Entfernung von ihnen schien mir eine gute Idee zu sein.«

»Mist«, hauchte Megan. »Ich habe immer gedacht, na ja, du weißt schon, dass so etwas heutzutage nicht mehr passiert.«

Lena lachte freudlos. »Das sollte man eigentlich denken, oder?« Ihre Stimme bekam einen bitteren Unterton, der ein Ziehen in Megans Bauch auslöste. »Na, wie auch immer«, fuhr Lena mit etwas weicherem Ton fort, »ich hatte Glück und habe ziemlich schnell einen Job bekommen. Ich musste sowohl bei der Arbeit als auch meinen Eltern eine Menge Lügen auftischen, um zu den Vorstellungsgesprächen nach London fahren zu können, aber ich habe es geschafft. Habe den Job bei der Gemeinde gekündigt und an einem Sonntag, als meine Eltern gerade Verwandte besucht haben, hat meine Schwester mir geholfen, meinen Kram zu packen, und mich zum Bahnhof gefahren.«

»Dann ist sie also nicht wie deine Eltern?«

Lena lächelte warm. »Nein, Madhu ist großartig. Sie hat die ganze Sache mit dem Lesbischsein nicht ganz verstanden, aber sie liebt mich trotzdem. Anders als meine Eltern …«

»Gott, Lena, das ist schrecklich. Es tut mir so leid.«

Lena zuckte mit den Schultern. »Wie Madhu gesagt hat, ich hätte wissen sollen, dass sie nicht glücklich darüber wären. Ich habe einfach nicht bedacht, *wie* unglücklich sie sein würden.«

»Und hattest du seitdem Kontakt zu ihnen? Du hast gesagt, du bist seit vier Jahren hier, also …?«

Wieder stieß Lena dieses freudlose Lachen aus. »Ich habe einmal versucht, sie zu kontaktieren. Eine Woche nach meinem Auszug habe ich zu Hause angerufen, um Bescheid zu sagen, dass ich in Sicherheit wäre, eine Wohnung hätte und so weiter. Du kannst dir gar nicht vorstellen, welche Ausdrücke meine Mutter von sich gegeben hat.«

»Mist«, sagte Megan leise.

»Danach kam eine Weile lang nichts, aber seitdem bekommt meine Mutter ungefähr einmal im Jahr den seltsamen Drang, mich anzurufen und mich zur Vernunft zu bringen. Ihre Worte, nicht meine«, sagte Lena mit einem bitteren Lächeln. »Das sind normalerweise sehr kurze Gespräche – sie kann mich einfach nicht verstehen und findet, dass ich wieder in Ordnung käme, wenn ich nur wieder zu Hause wäre.«

»Ich kann gar nicht glauben, wie verschieden deine und meine Geschichten sind. Als ich mich geoutet habe, war die größte Angst meiner Mum, dass ich mir die Haare abschneiden könnte.«

Lenas Kichern begann leise, wuchs aber bald zu einem heiteren Lachen an und verwandelte sich dann in schallendes Gelächter, bei dem sie sich die Seiten hielt und ihre Augen feucht schimmerten.

»Oh, das ist genial«, keuchte sie, »einfach herrlich!«

Megan stimmte in das Gelächter ein, aber ihr Herz war schwer. Arme Lena. Kein Wunder, dass sie so verschlossen war. Wie zum Teufel konnte man mit so etwas je fertig werden?

Lena ließ sich in ihr heißes Badewasser sinken und seufzte glücklich. Die Schaumblasen kitzelten angenehm auf ihrer Haut und ein angenehmer Duft stieg in ihre Nase. Das war genau das, was sie nach den Offenbarungen des Abends brauchte. Diese Momente mit der Suppe auf dem Sofa hatten sie weit aus ihrer Komfortzone hinausgebracht, und etwas Zeit für sich in einem beruhigenden, heißen Bad war eine perfekte Entspannungsmaßnahme.

Vor zwei Wochen hätte sie sich nicht träumen lassen, ihre Lebensgeschichte mit Megan zu teilen. Obwohl das Erzählen sie aufgewühlt hatte, war es ihr richtig erschienen. Und es hatte sich gut angefühlt, die Bestätigung von Megans eigener Sexualität zu bekommen. Mehr als gut, musste sie zugeben. Das verblüffte sie. In gewissen Momenten hatte sie zwar bewundert, wie attraktiv und rundum nett Megan war, aber es war mehr als lächerlich zu denken, dass sich je etwas zwischen ihnen entwickeln würde. Megan war sprühend vor Energie, und das war Lena nicht, nicht wirklich.

Erinnerungen an ihr Telefongespräch mit Madhu kamen ihr ins Gedächtnis, ebenso Madhus Ermahnungen, dass Lena die Wut ablegen sollte, die sie mit sich herumtrug, um zu einem glücklicheren Menschen zu werden. Es war nicht leicht, aber sie musste wenigstens einen Anfang machen. Wenn sie sich anstrengte, dann würde vielleicht, aber wirklich nur vielleicht jemand wie Megan Interesse an ihr haben. Natürlich nicht Megan selbst, denn eine Frau wie sie würde bestimmt nicht lange Single bleiben. Abgesehen davon – wer wusste schon, ob sie noch verfügbar war, wenn Lena sich bereit dazu fühlte, auch nur an Dates zu denken?

Lena schlug die Augen auf. Sie hatte gerade einen sehr voreiligen Schluss gezogen. Warum glaubte sie, dass Megan Single war? Nur weil sie keine Freundin erwähnt und nie Besuch von einer Frau bekommen hatte, musste das nicht heißen, dass sie nicht doch eine Partnerin hatte. Außerdem hatte Lena einen zweiten, sehr voreiligen Schluss gezogen: dass Megan überhaupt an einer Frau wie ihr interessiert sein könnte.

Bei diesen Gedanken wand Lena sich im Wasser und die optimistische Stimmung, in der sie vor wenigen Augenblicken gewesen war, zerplatzte wie eine Seifenblase vor ihren Augen.

Sie griff über den Rand der Badewanne nach dem Buch, das sie dort auf den Boden gelegt hatte. Das Paket von *Amazon* war an diesem Morgen geliefert worden und die Bauarbeiter in ihrer Wohnung hatten es entgegengenommen. Nur ein halbes Dutzend neuer Bücher, denn das war alles, was sie sich diesen Monat leisten konnte, bis das Geld von ihrer Versicherung für ihre verlorenen Habseligkeiten ankam. Aber der Anblick der unberührten Seiten und der glänzenden Cover hatte ihr große Freude bereitet, nachdem sie die Verpackung aufgerissen hatte. Sie hatte zwei ihrer Lieblingsbücher gewählt, da sie den Trost dieser alten Freunde brauchte und mit ihnen den begrenzten Regalraum in ihrem vorübergehenden Zuhause füllen wollte. Aber sie hatte auch vier Neuerscheinungen von Autoren gewählt, die sie gut kannte. Jetzt war nicht die richtige Zeit, um neue Autoren auszuprobieren. Sie brauchte Stabilität und Verlässlichkeit und …

Sie seufzte.

All das klang so langweilig.

Aber sicher.

Sie seufzte wieder und schlug das Buch auf der ersten Seite auf.

Als hektisches Klopfen an ihrer Wohnungstür erklang, setzte Megan sich alarmiert kerzengerade auf. Es war neun Uhr dreißig am Abend, und da sie niemand hatte zur Haustür hereinkommen hören, musste es Dorothy sein. Aber warum klopfte sie um diese Uhrzeit?

Megan ging so schnell sie konnte zur Tür, wenn auch nur um das unablässige Klopfen zum Verstummen zu bringen. Als sie öffnete, stand Dorothy mit großen Augen vor ihr, die rechte Hand noch erhoben, um erneut gegen die Tür zu schlagen. Sie atmete schwer und umklammerte mit der linken Hand ihre Weste, um sie über ihrem runden Bauch zusammenzuhalten. Sie zuckte leicht zusammen, als sie Megan sah, und blinzelte nervös.

»Wo ist Lena?« Ihre Stimme bebte und Megans Sorge wuchs.

»Was gibt es, Dorothy? Geht es Ihnen gut?«

Dorothy schaffte es nicht, ruhig zu stehen, und versuchte, an Megan vorbei in die Wohnung zu spähen. »Ist Lena nicht da?«

»Sie ist gerade im Bad.«

Dorothys riss die Augen auf und ihre Augenbrauen schossen in die Höhe.

»Ich meine, sie … sie hat gesagt, dass sie ins Bad geht«, stammelte Megan und fragte sich, wie jemand sie mit nur einem Blick zu einem stammelnden Häufchen an Unsicherheit reduzieren konnte. Dorothy war eine Meisterin darin.

Dorothy richtete ihre Aufmerksamkeit wieder auf Megan, um ihr direkt ins Gesicht zu sehen. »Na ja, wie dem auch sei, du wirst einspringen müssen. Komm mit«, sagte sie und drehte sich schneller um als Megan für möglich gehalten hatte. Sie war bereits drei Treppenstufen hinabgestiegen, bevor Megan sich genug gesammelt hatte und ihr folgen konnte. Nachdem Megan darauf geachtet hatte, ihre Tür einen Spalt offen zu lassen, um sich nicht selbst auszusperren, stolperte sie hastig hinter Dorothy her.

Die ältere Frau war auf dem unteren Treppenabsatz stehengeblieben und rang erneut die Hände, während ihr Blick zwischen ihrer eigenen Wohnungstür und der herabsteigenden Megan hin- und her huschte.

»Dorothy, bitte, was ist los?«, fragte Megan, als sie die letzte Stufe hinabsprang.

»Ein Monster!« Dorothys Stimme bebte. »Du musst dich darum kümmern. So groß wie meine Hand und an der Küchendecke.« Sie schauderte und umklammerte ihre Weste noch fester.

»Ein … was?«

»Eine Spinne!«, zischte Dorothy.

Megan trat so schnell zurück wie sie konnte. »O nein, verd – auf keinen Fall.«

»Was?«, rief Dorothy schrill.

»Nein. Ich kann nicht. Ich und Spinnen, nein. Tut mir leid, Dorothy, Sie sind auf sich allein gestellt.« Megan wollte gerade die Treppe hochgehen, als Dorothys Hand auf ihrem Unterarm sie zurückhielt.

»Aber … aber du *musst*, Kind!«, bettelte Dorothy, während ihre Augen sich mit Tränen füllten. »Ich kann da nicht wieder reingehen.«

Megan löste Dorothys Hand sanft von ihrem Arm und atmete tief durch. »Dorothy, ich kann wirklich nicht. Es tut mir leid. Ich habe panische Angst vor Spinnen, genau wie Sie.«

»Was soll ich nur tun?«, flüsterte Dorothy und ihr Blick wanderte zu ihrer Wohnungstür zurück.

Megan seufzte und fragte sich, ob sie das bereuen würde. »Ich nehme an, Lena übernimmt das normalerweise für Sie?«

Dorothy drehte sich wieder zu ihr um und nickte knapp.

»Na dann«, sagte Megan schulterzuckend, »wie wäre es, wenn ich Ihnen eine Tasse Tee mache und wir zusammen warten, bis Lena aus dem Bad kommt?«

Als Lena etwa zwanzig Minuten später aus dem Badezimmer trat, schaffte Megan es gerade noch, ihr Lachen zurückzuhalten, so komisch war es zu ansehen, wie sich Lenas Gesichtsausdruck veränderte. Sie kam heiter in das Wohnzimmer, doch der unerklärliche Anblick Dorothys, die mit einer Tasse Tee in der Hand auf Megans Sofa saß, irritierte sie so sehr, dass sie nur die Stirn runzeln konnte.

Megan war einfach nur froh, Lena zu sehen, egal in welcher Stimmung; denn es war nicht leicht gewesen, zwanzig Minuten lang mit Dorothy Smalltalk zu führen. Ganz zu schweigen davon, dass der Gedanke sie beide extrem nervös machte, wohin die Spinne mittlerweile überall hingewandert sein könnte.

»Äh, guten Abend, Dorothy«, sagte Lena und zog ihren flauschigen Bademantel enger zusammen.

»Guten Abend, Lena«, antwortete Dorothy, und Megan konnte schwören, dass ihre Augen hinter den dicken Brillengläsern aufblitzten.

Lenas Blick wanderte zu Megan. Sie sagte nichts, aber das musste sie gar nicht – ihr Gesichtsausdruck sagte genug. Sie trug einen, der nur als *Was zum Teufel?*-Ausdruck bezeichnet werden konnte, obwohl Lena nicht fluchte.

»Ähm, Lena«, begann Megan und ihre Stimme klang kratzig, so nervös machte sie dieser durchdringende Blick. »Dorothy scheint ein kleines Problem zu haben, das deine Aufmerksamkeit erfordert.«

»Ein *großes* Problem«, unterbrach Dorothy sie schnippisch. »Da ist nichts *Kleines* dabei, Kind.«

»Natürlich. Ja.« Megan räusperte sich. »Offenbar befindet sich eine große Spinne an Dorothys Küchendecke. Da ich ebenfalls ziemliche Angst vor Spinnen habe, habe ich Dorothy, ähm, Asyl angeboten, bis du hinuntergehen und, du weißt schon, dich darum kümmern kannst.«

»Asyl«, murmelte Dorothy. »Das gefällt mir.«

»Danke«, sagte Megan ohne sie anzusehen, da sie es nicht wagte, den Blick von Lena abzuwenden, und dabei hoffte, dass sie auch flehentlich genug dreinblickte.

Als Lena amüsiert loslachte, fuhren sowohl Megan als auch Dorothy zusammen. Dorothy konnte gerade so ihre Tasse festhalten. Lena ignorierte sie.

»*Du* hast Angst vor Spinnen?«, fragte Lena und ihre Hände wanderten zu ihren Hüften, die Megans bescheidener Meinung nach – genau wie Lenas restlicher Körper – in dem weiten Bademantel, den sie trug, sogar noch wunderbarer kurvig aussahen. Lena musterte Megan von Kopf bis Fuß als schätzte sie ihre Körpergröße.

»Na, warum sollte ich keine haben?«, entgegnete Megan hitzig. »Wie groß ich bin hat nichts mit solchen Phobien zu tun, weißt du.«

Da wurde Lenas Ausdruck weicher und sie hielt entschuldigend die Hände hoch. »Du hast recht, verzeih mir.« Auch ihre Stimme klang sanfter, als sie sagte: »Es ist nur, na ja, am Tag des Sturms warst du so mutig, als wir überlegt haben, ob wohl Einbrecher in der Wohnung wären.«

»Ja, das warst du«, stimmte Dorothy nickend zu und Megans Wangen wurden heiß.

»Im Ernst, ich hatte eigentlich verfl … große Angst. Ich habe es nur gut verborgen«, schloss sie und lächelte, als die beiden Frauen kicherten.

»Na gut«, sagte Lena seufzend. »Ihr zwei bleibt hier und trinkt euren Tee aus. Ich kümmere mich darum.« Sie sah an ihrem Bademantel hinab. »Aber so gehe ich nicht hinunter. Ich ziehe mir vorher etwas an. Wenn die Luft rein ist, rufe ich.«

»Sie ist ein Engel«, sagte Dorothy, als Lena ein paar Minuten später in ihrem Hogwarts-Pulli und einer Pyjamahose zur Wohnungstür hinausging.

»Ja«, hauchte Megan und vergaß dabei, auf ihren Tonfall zu achten, woraufhin Dorothy sie mit einem bohrenden Blick musterte.

»Bist du wie sie?«, fragte Dorothy in das verlegene Schweigen hinein.

Megan starrte sie an. »Wie denn?«

»Lesbisch«, flüsterte Dorothy und sah nach rechts und links, als fürchtete sie, jemand hätte gehört, wie sie das Wort laut ausgesprochen hatte.

»Ja, bin ich«, sagte Megan und setzte sich in Erwartung eines Streits kerzengerade auf.

Dorothy nickte nur. »Sei gut zu ihr«, sagte sie leise. »Nach dieser Frau braucht sie nicht noch mehr Unangenehmes.«

Megans Wangen brannten. »Ich … wir sind …«

»Fertig!«, rief Lena durch das Treppenhaus. »Sie können jetzt runterkommen, Dorothy.«

Dorothy drehte sich zu Megan und tätschelte ihren Arm. »Danke für den Tee, Kind. Und vergiss nicht, was ich gesagt habe.«

Bevor Megan an eine Antwort denken konnte, war ihre Nachbarin aus dem Erdgeschoss schon zur Tür hinausgeschlurft.

Kapitel 14

»Hey, du!« Madhu, die gerade mit dem Zug in Euston eingetroffen war, zog Lena in eine feste Umarmung – jedenfalls so gut sie das mit ihrem ausladenden Bauch schaffte.

»Madhu, du bist ja riesig! Bist du sicher, dass du reisen kannst?«

»Na, vielen Dank auch«, sagte Madhu und grinste dann, um Lena wissen zu lassen, dass sie nur Spaß machte. »Mir geht es gut. Solange ich nicht zu viel gehe.«

»Acht Wochen noch, oder?«, fragte Lena und nahm den Arm ihrer Schwester, um sie vom Bahnsteig wegzuführen.

»Ja. Ich kann mich nicht entscheiden ob ich will, dass es sich beeilt, oder überhaupt nie kommt.«

»Madhu!«

Madhu winkte ab. »Ich meine nicht, dass ich das Baby nicht will. Ich habe nur, du weißt schon, etwas Angst vor dem Gebären.«

Lena verzog das Gesicht. »Ich bin so froh, dass du das machst und nicht ich«, sagte sie.

»Danke, Schwester, du bist eine große Hilfe.« Madhu lachte und umarmte Lena erneut. »Es tut so gut, dich zu sehen.«

Lena lächelte in Madhus üppige schwarze Haaren und drückte ihre geliebte Schwester so fest, wie sie es wagte. »Ja, das ist es. Jetzt sollten wir aber zur U-Bahn und in meine Wohnung, um dir dieses Gewicht von den Füßen zu nehmen.«

»Deine Denkweise gefällt mir«, sagte Madhu amüsiert.

Es war zwar der erste Samstag im Dezember und die Menschen tätigten bereits erste Weihnachtseinkäufe, aber die U-Bahn, die in den Süden nach Clapham fuhr, war nicht besonders voll. Madhus sehr ausladender Bauch bescherte ihr sofort einen Sitzplatz, und Lena blieb die Fahrt über beschützend neben ihr stehen. Nachdem sie in Clapham North an der Haltestelle gestiegen waren, bogen sie um die Ecke in die Jackson Road ein. Der kalte Wind wehte ihnen in die Gesichter, während sie so schnell gingen, wie Madhus Bauch es erlaubte.

»Oh, das ist schon besser«, sagte Madhu und seufzte, als sie sich in der Wohnung auf das Sofa setzte und ihre Stiefel abstreifte.

»Tee?«

»Unbedingt.«

Lena brühte einen Tee in ihrer geliebten Kanne, die sie aus den Trümmern hatte retten können, und trug sie mit Tassen und einem kleinen Teller mit Zitronenscheiben auf einem Tablett zum Sofa. »Also, wie laufen die Bauarbeiten?«, fragte Madhu nach ein paar Schlucken.

Lena seufzte. »Langsam. Sie haben mich gewarnt, dass das Wetter ihnen einen Strich durch die Rechnung machen könnte, und das hat es auch, aber scheinbar sind sie auch nicht die schnellsten auf der Welt. Megan ist am Vormittag oft zu Hause und sagt, dass sie an manchen Tagen gar keinen Mucks von oben hört, also verstehe ich nicht, was los ist.«

»Du könntest beim Vermieter nachfragen?«

Lena schnaubte wenig damenhaft. »Das bezweifle ich. Er ist zu nichts zu gebrauchen. Und ein riesiger Geizhals. Solange er das Geld von der Versicherung bekommt, um meine Miete zu ersetzen, ist ihm alles egal.« Sie schüttelte nachdenklich den Kopf. »Aber vielleicht könnte ich direkt bei der Versicherung anrufen – schließlich hat sie die Baufirma ausgewählt, also ist es sicher in ihrem Interesse, dass sie nicht den Terminplan überziehen und es immer teurer wird.«

Madhu nickte. »Das klingt nach einem guten Plan.« Sie nahm Lenas Hand und drückte sie. »Es tut mir so leid, dass du das durchmachen musst und dass ich dir keine größere Hilfe dabei war, eine Unterkunft zu finden.«

Lena lächelte und winkte ab. »Vergiss es, Madhu. Das hier«, sie deutete im Zimmer umher, »funktioniert ganz gut, weißt du. Ich glaube, das wird schon gehen.«

Madhu strahlte und drückte wieder Lenas Hand. »Das ist *so* gut zu hören.«

»Wie auch immer.« Lena räusperte sich, als Madhus Zuneigung sie mit Emotionen zu überschwemmen drohte, und wollte verzweifelt das Thema wechseln. »Ich wusste nicht, was du nachher essen willst, also hab ich mal etwas Gemüse besorgt, dass wir uns kochen können, wenn du möchtest. Oder wir können auf die High Street gehen. Da gibt es viele Lokale.«

Madhu akzeptierte kommentarlos den Themenwechsel. »Irgendwelche guten?«, fragte sie über den Rand ihrer Tasse hinweg.

Lena zuckte mit den Schultern. »Ich … es ist eine Weile her, seit ich zuletzt essen war.«

»Seit Chris nicht mehr, oder?« Madhus Lächeln wich einem Stirnrunzeln. »Lena, das sind mehrere Monate! Bist du wirklich jeden Abend und jedes Wochenende zu Hause geblieben, seit sie gegangen ist?«

Lena errötete heftig. Wenn Madhu es so sagte, klang es ziemlich erbärmlich. »Ich weiß, wie das klingt. Es ist nur … ich konnte es nicht ertragen, weißt du? Zuerst war ich verletzt, und dann, na ja, dann wurde es zu einfach, immer zu Hause zu bleiben. Zu sicher«, schloss sie leise.

Madhu legte ihre warme Hand auf Lenas Arm. »Ich verstehe«, sagte sie mit sanfter und zärtlicher Stimme. »Wirklich. Aber meinst du nicht, dass du das jetzt ändern solltest? Oder bald? Ich meine, du wohnst jetzt nicht mehr alleine, also könntest du wenigstens deine Mitbewohnerin fragen, ob sie vielleicht einmal mit dir ausgehen will?«

Lena starrte ihre Schwester an, während ihre Gedanken rasten. Konnte sie? Natürlich wäre es kein Date und sie würde Megan vermitteln müssen, dass sie auch keines im Sinn hatte. Wie peinlich wäre es, wenn Megan glaubte, Lena würde sie auf ein Date einladen, und dann ablehnte? Aber wenn sie das alles umschiffen konnte, wäre es ganz nett, essen zu gehen. Mit Megan. Bei der Vorstellung verspürte sie eine Mischung aus Aufregung und Angst.

»Was?«, fragte Madhu stirnrunzelnd.

»Äh, nichts«, sagte Lena schnell. »Ich hab mich nur gefragt, ob es denn möglich wäre, weil sie so andere Arbeitszeiten hat als ich und –«

»Leelawati Shah, was verschweigst du mir?« Diesmal war Madhus Stimme fest und hart wie Stahl.

»Gar nichts!«

Madhu hob eine perfekt geformte und geschminkte Augenbraue und meinte: »Wirklich?«

Lena stöhnte und bedeckte das Gesicht mit den Händen. Zwischen ihren Fingern hindurch sagte sie: »Weißt du was, du bist gerade schlimmer als Mutter.«

Madhu lachte laut heraus. »Das macht mir tatsächlich nichts aus. Was bizarr ist.« Sie schüttelte den Kopf. »Diese Schwangerschaft hat meinen moralischen Kompass wirklich durcheinandergebracht.« Dann seufzte sie dramatisch. »Na, egal. Raus damit.«

Lena ließ die Hände wieder auf den Schoß sinken. »Ich dachte, ich könnte Megan fragen und es nicht so klingen lassen, als würde ich sie um ein Date bitten, denn so wäre es nicht. Ich will nicht, dass sie auf falsche Gedanken kommt und es dann komisch zwischen uns wird.« Sie sah zu Madhu. »Die letzten Wochen waren tatsächlich angenehm. Wir verstehen uns gut, glaube ich.«

»Das ist so gut zu hören, Liebes.« Madhu lächelte. »Aber rudere für mich bitte ein wenig zurück. Warum sollte Megan denken, dass es ein Date wäre? Sie ist hetero, oder? Und sie weiß nicht, dass du eine Lesbe bist.« Diesmal hob Madhu beide Augenbrauen und sah Lena erstaunt an. »Warte mal, ist das der Grund, warum du dir Sorgen machst? Dass sie es *doch* weiß und glaubt, du würdest sie gleich an –«

Lena wedelte lachend mit den Händen, um Madhu irgendwie zum Verstummen zu bringen, und legte schließlich die Hand auf ihren Mund.

»Hör auf!«, sagte Lena. »Hör einfach auf. Wow, wenn du einmal anfängst, bist du gar nicht mehr zu stoppen.« Sie nahm die Hand von Madhus Mund, die verlegen wirkte. »Ich muss dir ein paar Dinge erzählen. Megan ist auch lesbisch und sie weiß, dass ich es bin. Ihre Freundin Jen hat mich auf ein Date eingeladen«, Madhu schnappte überrascht nach Luft, »und ich habe abgelehnt. Zu arrogant für mich. Wie auch immer, Megan weiß auch, unter welchen Umständen ich von zu Hause ausgezogen bin und warum. Na ja, wir verstehen uns ziemlich gut, und es schien mir der richtige Zeitpunkt, es ihr zu sagen.«

»Wow«, hauchte Madhu verblüfft. Dann schüttelte sie den Kopf und sagte: »Wer bist du und was hast du mit meiner Schwester gemacht?«

Lena lächelte und errötete, dann zuckte sie zusammen, als Madhu sie in eine feste Umarmung zog.

Sie gingen auf der High Street essen. Madhu bestand darauf und Lena akzeptierte, dass sie sich ebenso gut jetzt besser mit ihrer Umgebung vertraut machen konnte. Sie landeten in einer Pizzeria mit Holzofen.

»Ich weiß, es ist wahrscheinlich ungesund, aber ich will unbedingt eine Pizza«, sagte Madhu, während sie die Tür passierte und Lena ihr grinsend folgte. Sie konnte sich nicht erinnern, wann sie zum letzten Mal Pizza gegessen hatte, und fühlte sich wie ein übereifriges Kind, als sie sich setzten und die Speisekarten aufschlugen.

»Also«, sagte Madhu, nachdem sie bestellt hatten, »ich weiß, du hast gesagt, es wäre in Ordnung, dass ich über Nacht bleibe, als wir letzte Woche darüber gesprochen haben, aber bist du sicher? Ich habe ein Ticket mit offener Rückfahrt, also kann ich auch heute zurückfahren, wenn dir das lieber ist.«

»Nein«, sagte Lena schnell. »Es ist wirklich in Ordnung, dass du bleibst. Ich lasse nicht zu, dass du an einem Tag so lange Strecken zurücklegst. Du bekommst mein Bett und ich nehme das Sofa. Ich habe Megan schon Bescheid gesagt und sie arbeitet heute bis neun, also hatte sie ohnehin nichts zu Hause geplant. Sie sagt, sie kommt direkt nach der Arbeit und achtet darauf, dass sie ins Badezimmer geht und so weiter, bevor ich mich schlafen lege.«

»Das ist lieb von ihr. Ich hoffe, ich bin wach, wenn sie nach Hause kommt, damit ich mich persönlich bei ihr bedanken kann.«

»O wow, die Pizza war so gut.« Madhu stöhnte, als sie sich auf das Sofa setzte und mit einer Hand ihren großen Bauch rieb. »Aber jetzt bin ich richtig satt.«

Lena kicherte. »Na ja, du hast ja auch noch die Ränder von meiner gegessen, also ist es keine große Überraschung, dass du satt bist.«

»Egal«, sagte Madhu grinsend. »Aber ganz ehrlich, ich muss ein paar Minuten die Augen zumachen. Mich erholen.« Ihre Stimme wurde bereits leiser und Lena beobachtete von Zärtlichkeit überwältigt, wie ihre Schwester sich auf dem großen Sofa in eine mehr oder weniger horizontale Lage kuschelte, den Kopf auf der gepolsterten Rückenlehne, und wie ihr dann langsam die Augen zufielen. Wenig später war Madhus Atmung tiefer geworden. Lena lächelte. In diesem Moment sah ihre Schwester unglaublich schön und so friedlich aus. Sie holte ihr Handy aus der Tasche und schoss ein paar Fotos, um sie Madhu später zu zeigen. Dann ging sie auf Zehenspitzen in ihr Zimmer, nahm eine Decke aus ihrem Schrank und kehrte ebenso leise ins Wohnzimmer zurück, um die warme, flauschige Decke sanft über ihre inzwischen tief schlafende Schwester zu breiten.

Danach schlich sie in ihr Zimmer zurück, stieg ins Bett und kuschelte sich unter ihre Decke, bevor sie nach ihrem Buch griff.

Madhus Stimme weckte sie. Lena setzte sich mit einem Ruck auf und merkte, dass das Buch auf ihre Brust gesunken war, da sie beim Lesen offenbar irgendwann eingeschlafen war. Ihr Nacken schmerzte und sie knetete ihn fest, um den Schmerz zu lindern, bevor sie aus dem Bett kletterte.

»Alles in Ordnung, Madhu?«, fragte sie, als sie ins Wohnzimmer kam. Madhu ging gerade langsam durch den Raum zum Badezimmer.

»Wunderbar.« Ihre Schwester winkte über die Schulter. »Sollte nur nicht auf Sofas einschlafen. Wenn ich pinkeln muss, brauche ich ewig, um aufzustehen, und jetzt habe ich auch noch Rückenschmerzen.« Sie verschwand im Badezimmer und Lena ging wieder in ihr Schlafzimmer. Irgendwo zwischen ihrem Make-up und Ersatz-Feuchtigkeitscremes musste doch … Ja, da war es. Massageöl.

Als sie ins Wohnzimmer zurückkehrte, füllte Madhu gerade den Wasserkocher. »Ich bediene mich hier selbst, ist das in Ordnung?«

Lena grinste. »Absolut. Hey, sieh mal, was ich gefunden habe – könnte ich dich für eine Rückenmassage interessieren?«

Madhu warf einen Blick auf die Flasche in Lenas Hand und strahlte. »Leelawati Shah, wenn du das für mich tust, werde ich dich für immer lieben.«

»Also«, sagte sie ein paar Minuten später, während Lenas Hände sanft ihren Rücken massierten. Sie waren auf Lenas Bett, Madhu lag auf der Seite und Lena kniete neben ihr. Für Lena war es eine unangenehme Position, aber Madhus zufriedene Seufzer verrieten ihr, dass es das wert war. »Erzähl mir von dieser Freundin von Megan, die dich um ein Date gebeten hat.«

»Ach, da gibt es wirklich nicht viel zu erzählen. Sie hat Megan beim Umzug geholfen. Jen ist … Na ja, ich muss zugeben, dass sie sehr attraktiv ist. Größer als ich, dunkelhäutig, hat sehr kurz geschnittene Haare. Sie erinnert mich irgendwie an diese Frau aus *Orange Is The New Black*, du weißt bestimmt, welche ich meine. Aber Jen ist größer.«

Madhu drehte leicht den Kopf, um Lena über die Schulter hinweg anzustarren. »Samira Wiley? Die Poussey in der Serie spielt?«

Lena nickte.

Madhu pfiff durch die Zähne. »Wow, und du hast sie abgewiesen? Sogar ich finde diese Frau heiß.«

»Madhu!«, rief Lena.

»Was? Gibt es irgendeine Regel die besagt, dass ich eine attraktive Frau nicht bewundern kann, nur weil ich hetero bin?«

Lena starrte ihre Schwester an. »Äh, nein, ich schätze nicht. Es ist nur … So etwas hast du noch nie gesagt.«

Madhu zuckte mit den Schultern. »Hey, diese Dinge sind mir nicht unangenehm. Du weißt schon, deine Sexualität, dein Leben. Ich möchte einfach, dass wir offen darüber reden können.«

Lena glaubte nicht, dass sie jemals so breit gelächelt hatte, denn tatsächlich schmerzten ihre Wangen davon. »Madhu, das ist … danke.«

Ihre Schwester lächelte. »Hör auf, sonst heule ich noch. Du weißt doch, dass meine Hormone verrücktspielen.«

Lena lachte und tippte Madhu leicht auf den nackten Rücken. »Na gut. Wie auch immer. Jen ist sehr attraktiv, aber sie ist auch ziemlich von sich überzeugt. Das kann ich nicht ausstehen. Und es ist irgendwie seltsam. Megan ähnelt ihr überhaupt nicht und ich hätte nicht gedacht, dass sie mit jemandem wie Jen befreundet sein würde.«

»Jen hat sicher auch andere Seiten. Und nur weil du das nicht magst, heißt das nicht, dass Megan genauso denkt.«

Lenas lies ihre Schultern fallen. Ja, vielleicht gefiel Megan das ja. Vielleicht hatten sie und Jen irgendwann etwas miteinander gehabt. Bei dem Gedanken wurde ihr ein wenig übel.

»Hey, alles in Ordnung?«, fragte Madhu und sah über ihre Schulter zu ihrer Schwester.

Lena merkte, dass sie mitten in der Massagebewegung gestoppt hatte. »O ja. Alles gut.«

»Hm«, sagte Madhu und drehte sich wieder um, nachdem sie Lena einen weiteren ihrer typischen bohrenden Blicke zugeworfen hatte.

Es war kurz vor zehn, als Megan nach Hause kam. Lena und Madhu sahen sich auf *Netflix* einen Film an, den Lena unterbrach, um die beiden einander vorzustellen.

»Hallo, Megan. Wie war dein Tag?«

Megan lächelte, und in Lenas Bauch regte sich das kleine Flattern, das in letzter Zeit jedes Mal kam, wenn sie dieses Lächeln sah. »Er war gut, danke.«

»Also, Megan, das ist Madhu, meine Schwester.«

Madhu wollte aufstehen, aber Megan winkte ab. »Schon gut, steh nicht auf. Hallo«, sagte sie und ging zu Madhu, um ihre Hand zu schütteln.

»Nett, dich kennenzulernen«, sagte Lenas Schwester und musterte Megan unübersehbar von Kopf bis Fuß, was Lena bis zu den Haarwurzeln erröten ließ.

»Hattet ihr einen guten Tag?«, fragte Megan. Wenn Madhus Inspektion sie störte, ließ sie es sich zumindest nicht anmerken.

Lena nickte. »Ja, einen sehr guten. Und es ist schön, ein ganzes Wochenende zu haben, da wir bald für eine Weile nicht mehr so viel Zeit miteinander verbringen können.«

Megan betrachtete Madhus Bauch. »Wann ist es soweit?«

»In acht Wochen. Allerdings wäre ich jetzt schon bereit – inzwischen wird es ein bisschen lästig, es herumzuschleppen.«

»Ja, ich erinnere mich, dass Karen, meine Schwägerin, bei jeder ihrer Schwangerschaften dasselbe gesagt hat.«, sagte Megan lachend.

»Oh, das wollte ich dich fragen«, sagte Lena. »Wie kommt es, dass ich Karen und deine Neffen letztes Mal nicht getroffen habe?«

»Ach ja. An dem Tag waren beide Jungs zu irgendeinem Kindergeburtstag eingeladen und Karen hat sie hingebracht. Außerdem dachte sie wohl, dass es keine gute Idee wäre, die zwei kleinen Racker in meiner kleinen Wohnung herumlaufen zu lassen. Wenn du mich schon tollpatschig findest, dann solltest du mal das Gemetzel sehen, das die zwei anrichten können.«

»Sie müssen schlimm sein, wenn du das sagst.« Lena lachte.

Megan grinste sie an. »Ich nehme mir ein Bier, willst du auch eins?«

Lena lehnte ab und beobachtete, wie Megan zur Küche ging.

»Sie wirkt sehr nett«, flüsterte Madhu.

Lena drehte sich zu ihrer Schwester um und lächelte. »Ja, das ist sie. Ich habe großes Glück, das habe ich jetzt begriffen.«

Madhu nickte, doch sie ihr Gesichtsausdruck war seltsam, irgendwie nachdenklich, aber noch mehr als das. »Alles in Ordnung?«, fragte Lena.

Madhu schaute an Lena vorbei zu Megan, die noch in der Küche beschäftigt war. Als sie wieder zu Lena sah, war ihre Miene noch ernster. »Bist du sicher, dass ihr nur Freunde seid?«, fragte sie leise.

Lenas sah ihre Schwester überrascht an. »Was?«, zischte sie.

Madhu zuckte mit den Schultern und lächelte dann. »Nur so. Du siehst sie genauso an, wie ich Jay angesehen habe, als mir klar wurde, dass ich ernsthaft an ihm interessiert bin.«

Kapitel 15

Megan konnte nicht genau sagen, was es war, aber irgendetwas hatte sich geändert. Es schien kurz nach Madhus Besuch am Monatsanfang begonnen zu haben. Seitdem distanzierte Lena sich wieder von Megan und war zu ihrem alten Muster zurückgekehrt, die meiste Zeit in ihrem Zimmer zu verbringen. Dabei hatte sie in den Wochen vor Madhus Besuch entspannt gewirkt und die Wohnung richtiggehend mit Megan geteilt. Einmal hatte Megan sich getraut zu fragen, ob alles in Ordnung sei, doch Lena hatte lediglich genickt und berichtet, sie sei müde von der Arbeit. Es gäbe gerade viel zu tun. Dabei war sie Megans Blick ausgewichen, und ihre Körpersprache hatte verraten, dass sie log.

Megan legte die Acht-Kilo-Hanteln auf das Gestell zurück, während sie sich weiterhin den Kopf zerbrach. Hatte sie Lena irgendwie verärgert? Oft brauchte es nicht viel, das stimmte, aber ihr fiel wirklich nicht ein, was sie falsch gemacht haben könnte. Jede Ungeschicktheit, die ihr zu Hause passiert war – und seltsamerweise waren es weniger geworden, seit Lena bei ihr wohnte –, hatte sie gleich wieder weggeräumt, ohne dass Lena etwas bemerkt hatte. Das konnte es also nicht sein. Jen kam nicht oft, wenn Lena zu Hause war, das war es also auch nicht, was sie stören konnte.

Megan setzte sich auf die Beinbeugemaschine, stellte das richtige Gewicht ein und begann, langsam gegen den Widerstand zu arbeiten. An diesem Nachmittag hatte sie eine Stunde frei zwischen zwei Kunden, und da sie am Vortag überhaupt keine Zeit für ein eigenes Workout gehabt hatte, nutzte sie diese jetzt voll aus. Es war Mitte Dezember und sie war mehr als beschäftigt. Viele ihrer Kunden, die meisten davon Frauen, steigerten ihre Arbeitsethik, um der Fressorgie vorzubeugen, mit der sie zu Weihnachten offensichtlich rechneten. Es war gutes Geld, das vor der Weihnachtssaison hereinkam, aber Megan spürte die mangelnde Bewegung auch am eigenen Leib.

Während sie ihren Rhythmus fand, drifteten ihre Gedanken wieder zu ihrer Mitbewohnerin. Das einzige, was sie beunruhigte, war, dass Lena keine Pläne für die Feiertage erwähnt hatte. Sie wusste, dass Madhu die einzige Familie war, die sie hatte – jedenfalls Familie, die mit ihr redete –, aber Lena hatte nichts davon gesagt, dass sie über Weihnachten zu ihrer Schwester fahren wollte. Und offenbar hatte Lena sehr wenige Freunde, da sie an den meisten Abenden und Wochenenden entweder arbeitete oder zu Hause war.

Daher wollte Megan Lena bitten, den ersten Weihnachtsfeiertag mit ihr und ihrer Familie zu verbringen. Dieses Jahr fuhren sie alle zu Callum, da er den Wintergarten an der Rückseite seines Hauses endlich fertiggestellt hatte. Dadurch hatten er und Karen nun gerade genug Platz, um den ganzen Palmer-Clan unterbringen zu können. Es wäre sicherlich auch für Lena lustiger, diesen Tag in Gesellschaft zu verbringen, anstatt alleine zu Hause zu sitzen. Ja, Lena war offenbar keine Christin und feierte Weihnachten daher nicht als religiöses Fest. Aber das taten die Palmers auch nicht – abgesehen von Tante Jean, und die war ohnehin nicht bei Callum eingeladen –, also wäre es einfach ein lustiger Tag mit Essen, Spielen und albernen Filmen im Fernsehen.

Allerdings hatte sich Lena in letzter Zeit so sehr distanziert, dass Megan noch nicht den Mut aufgebracht hatte, sie zu fragen. Schließlich wollte sie Lena nicht noch mehr verstimmen. Je mehr Zeit sie gemeinsam verbrachten, wenn auch nur in kurzen Schüben zwischen ihren unterschiedlichen Arbeitszeiten, desto mehr mochte sie Lena, und desto wichtiger wurde sie für Megan. Sie streckte die Beine, legte die Gewichte ab und lehnte sich zurück. *Wichtig*? Ja, Lena war ihr wirklich wichtig.

Sie dachte an die letzten Wochen und fragte sich, an welchem Punkt sich das für sie geändert hatte. Sie hatten zu Hause einen angenehmen Rhythmus gefunden, ohne diskutieren zu müssen. Lena kochte gerne, auch wenn sie nicht gemeinsam essen konnten – Megan wusste nicht mehr, wie oft sie am Abend von der Arbeit nach Hause gekommen war und irgendetwas Köstliches in einem Tupperware-Behälter im Kühlschrank vorgefunden hatte. Normalerweise, erinnerte sie sich lächelnd, mit einem süßen Klebezettel in Lenas ordentlicher Handschrift, auf dem sie erklärte, was es war und wie lange es aufgewärmt werden musste.

Im Gegenzug kümmerte Megan sich um die Wäsche, sodass sie am Morgen gewaschen wurde und fast schon an der Luft getrocknet war, wenn Lena von der Arbeit nach Hause kam. Anfangs hatte Lena sich dagegen gesträubt und war nicht glücklich mit der Vorstellung gewesen, dass Megan ihre schmutzige Kleidung anfasste, vor allem ihre Unterwäsche. Aber bald hatten sie eine Strategie ausgearbeitet, bei der

Lena alles in einen Wäschebeutel steckte, und dieser dann komplett in die Maschine kam, ohne dass Megan den Inhalt anfassen musste.

Megan kicherte, als sie sich erinnerte, wie sie darüber gesprochen hatten, und wie Lena errötet war. Zum ersten Mal war Lena so tief rot geworden, wie es sonst nur Megan konnte.

Megan ging zum Crosstrainer und stellte ihn auf fünfzehn Minuten mit Steigung ein. Während sie die Griffe umklammerte und ihre Oberschenkel sich leicht mit der simulierten Steigung abmühten, schossen ihr mehrere Bilder ihrer wunderschönen Mitbewohnerin durch den Kopf. Sie schloss kurz die Augen und stöhnte leise. Sie wusste, was passierte, und schien es doch nicht aufhalten zu können. Es war hoffnungslos – niemand, der so ernst, intelligent, komplex und herausfordernd war wie Lena, wäre an einem schlichten Trampel wie ihr interessiert. Sie sollte über diese Schwärmerei hinwegkommen und dankbar für die sanftmütige Freundin sein, die sie in Lena gefunden hatte.

Das würde sie jedoch nicht daran hindern, sie wegen Weihnachten zu fragen. Denn das war es, was Freundinnen taten, richtig?

»Du willst, dass ich den ersten Weihnachtsfeiertag mit deiner Familie verbringe?« Lena wirkte verwirrt und zugleich auch schockiert. Dabei verzog sie so süß das Gesicht, dass Megan an sich halten musste, um es nicht zu berühren. Sie schob ihre Hände in die Taschen, um der Versuchung zu widerstehen.

»Na ja«, stammelte Megan schulterzuckend und fragte sich, ob sie das doch falsch eingeschätzt hatte, »ich habe einfach angenommen … Also, du hast nicht erwähnt, dass du Pläne hättest, und ich weiß, dass du sonst nur Madhu sehen würdest, und …«

Lenas Miene verdüsterte sich schlagartig und Megan wusste, dass sie etwas Falsches gesagt hatte.

»Ich brauche kein Mitleid von dir«, fauchte Lena. »Ich bin recht glücklich damit, den Tag allein zu verbringen. Außer du willst mich an dem Tag nicht hier haben, in diesem Fall nehme ich mir etwas anderes vor.« Sie verschränkte die Arme vor der Brust und funkelte Megan an.

»Lena, nein, so habe ich das überhaupt nicht gemeint.« Sie nahm die Hände aus ihren Taschen, um sich durch die Haare zu fahren, die sie an diesem Abend offen trug. Dabei huschte ein undefinierbarer Ausdruck über Lenas Gesicht. »Es ist nicht so, dass ich glaube, du müsstest gerettet werden oder so. Ich dachte, es wäre nett, wenn du den Tag mit Leuten verbringen könntest, die gemeinsam lachen, zu viel essen und alberne Spiele spielen. Ich wollte einfach«, sie senkte den Blick und strich mit einem Fuß über den Boden, »dass du zu Weihnachten etwas Spaß hast, denn ich weiß, wie beschissen deine Familie, Madhu natürlich ausgenommen, in den letzten Jahren zu dir war. Und Dorothy hat gesagt –«

»Warte mal!« Lena hob abwehrend eine Hand. »Dorothy hat was gesagt?« Sie war sichtlich verwirrt.

Megan schluckte peinlich berührt. Das hätte ihr nicht herausrutschen sollen. »Äh, ja. Also, sie hat etwas von einer Frau gesagt, die dich schlecht behandelt hat.« Als Lena nichts sagte, fuhr Megan fort: »Es tut mir leid, wenn ich dich verärgert habe. Das war nicht meine Absicht. Ich, na ja, wir haben uns seit deinem Einzug gut verstanden, und ich wollte dich mehr miteinbeziehen. Entschuldige, vergiss einfach, dass ich gefragt habe.« Sie wandte sich von Lenas unergründlichem Blick ab. Nun ja, es war einen Versuch wert gewesen. Sie hoffte nur, dass es nicht schlimmer –

»Chris. Ihr Name war Chris«, sagte Lena leise hinter ihr und Megan drehte sich langsam wieder um. Lena erwiderte ihren Blick und seufzte. »Wir waren fast zwei Jahre lang zusammen. Den Großteil dieser Zeit hat sie hier gewohnt. Sie … sie hat mich betrogen. Ich habe es erst nach zwei Monaten herausgefunden.«

»O Lena. Das tut mir so leid.«

Lena zuckte mit den Schultern. »Es war entsetzlich, aber es ist vorbei. Sie ist im April ausgezogen.« Sie lächelte schwach. »Ich wusste, dass Dorothy sie nie gemocht hat, aber nicht, dass sie so genau mitbekommen hat, was los war.«

»Warst du in sie verliebt?« Megan hockte sich auf die Armlehne des Sofas und war erleichtert, als Lena sich nicht allzu weit entfernt von ihr an die Rückenlehne stützte.

»In wen, Dorothy?«, fragte Lena grinsend und Megan lachte. Dann seufzte Lena wieder. »Ja, ich war in Chris verliebt. Oder jedenfalls glaubte ich das damals. Sie war meine erste richtige Freundin. Vor ihr hatte ich eine, äh, Affäre mit einer Frau in Bolton. Irgendwie mein Coming-out, schätze ich. Ich glaube, die erste richtige Beziehung fühlt sich immer an wie ›die Richtige‹, oder? Man denkt gar nicht daran, dass sie einmal enden könnte.«

»Ja, ich glaube schon.«

»Na ja, rückblickend weiß ich, dass es nicht perfekt war. Ich war so darauf fixiert, in einer Beziehung mit einer Frau zu sein, dass ich nicht so genau auf all die Dinge geachtet habe, die falsch gelaufen sind.«

»Ja, das kommt mir bekannt vor.«

»Ehrlich?«

»Julie. Wir waren auch zwei Jahre lang zusammen. Gott, sie war ein ganz schönes Stück Arbeit. Am Ende musste ich sie verlassen, aber ich habe lange Zeit gebraucht, um zu diesem Entschluss zu gelangen, weil ich genau wie du in der Neuheit einer *richtigen*«, sie machte Gänsefüßchen mit den Fingern, »Beziehung gefangen war. Erstaunlich, wovon man sich selbst überzeugen kann, wenn man es nur versucht.«

»Ja, das stimmt.« Lena seufzte. »Wenn dieses Angebot für Weihnachten noch steht, dann ... na ja, dann würde ich es sehr gerne annehmen.«

Vor Überraschung klappte Megan die Kinnlade herunter und sie sprang auf. »Das würdest du?«

Lena kicherte. »Ja, das würde ich wirklich.«

»Cool.« Und da war wieder dieses Lächeln, von dem ihr die Wangen schmerzten.

Da sie in all ihrer Zeit in der Jackson Road Nummer 7 im obersten Stockwerk gewohnt hatte, hatte Lena immer noch eine andere Wohnung als Puffer zwischen sich und Dorothys Musik gehabt, egal ob es ihr Orgelspiel war oder irgendetwas anderes, das sie über ihre Anlage abspielte. Manchmal war Lena sich der Musik vage bewusst gewesen, aber sie hatte sie nie gestört.

Am Morgen des 25. Dezembers musste Lena jedoch feststellen, dass sie im Stockwerk direkt über Dorothy einem deutlich höheren Lärmpegel ausgesetzt war. Um Punkt acht Uhr schoss sie in ihrem Bett hoch, als Johnny Mathis' Stimme unter ihr ertönte und – in einer Lautstärke, die normalerweise für Live-Konzerte in der Londoner O2-Arena reserviert war – den zuckersüßen Text zu *When A Child Is Born* säuselte. Als sie ins Wohnzimmer stolperte, stieß sie mit Megan zusammen, die genau im selben Moment aus ihrem Zimmer trat. Sie prallten aneinander und konnten sich beide gerade noch fangen, bevor sie stürzten.

»Was zum ...?« Megans Haare waren zerzaust und sie wirkte erschrocken, was sie seltsam verführerisch machte. Lena blinzelte heftig, während ihr Gehirn versuchte, die zahlreichen Stimuli der Lärmstörung von unten und des wunderbaren Anblicks vor ihr zu verarbeiten. Megans T-Shirt, auf dem *Resistance Is Futile* stand, war zerknittert und hochgerutscht, sodass ein blasser, flacher Streifen Bauch zu sehen war. Ihre weit geschnittenen Shorts waren sehr kurz, und die starken, muskulösen Schenkel, die darunter zu sehen waren, verursachten fast einen Kurzschluss in Lenas Gehirn. Es war definitiv viel zu früh am Weihnachtsmorgen, um so verwirrende Gedanken zu haben.

»Dorothy«, brachte sie stockend heraus. »Musik.«

Megan sah sich um und dann nach unten. »Richtig. Okay.« Sie fuhr sich mit den Händen durch die zerzausten Haare und Lena verbiss sich gerade so ein leises Stöhnen. Diese Schwärmerei, oder was auch immer das genau war, wurde allmählich lästig. Eine Weile war es ihr gelungen, alle Gedanken dieser Art zu verbannen, doch so wie es auch schon auf Megans Shirt stand, war Widerstand tatsächlich zwecklos. Vielleicht lag es ja daran, dass sie so plötzlich aufgeweckt worden war.

Sie gingen nacheinander ins Badezimmer und trafen sich in der Küche wieder.

»Also, ich bin jetzt eindeutig wach«, sagte Megan, während sie sich mit den Händen über das Gesicht rieb. »Was ist mit dir?«

Lena nickte. »Kaffee? Frühstück?«

Megan grinste. »O ja.«

Sie setzten sich auf das Sofa und verdrückten glücklich Rührei, Kartoffelpuffer und gegrillte Tomaten und tranken dazu heißen Kaffee aus großen Bechern, während sie die ganze Zeit mit Weihnachtsliedern von Stars wie Boney M., Dean Martin und Andrea Bocelli beschallt wurden.

»Woher weißt du, wie die alle heißen?«, fragte Lena, nachdem Megan das gerade gespielte *Ave Maria* als Michael Bublés Version identifiziert hatte.

Megan lachte. »Daran ist meine Mutter schuld. Sie liebt Sänger wie Frank Sinatra und alles aus den Achtzigern und Neunzigern. Ich bin mit diesem Kram aufgewachsen.«

»Glaubst du, wir sollten runtergehen und sie bitten, die Musik leiser zu stellen?«, fragte Lena und verzog das Gesicht, als ein besonders lauter Song anlief.

Megan wirkte entgeistert. »Am ersten Weihnachtsfeiertag mit Dorothy streiten? Bist du verrückt?«

Lena seufzte. »Ja, ich schätze du hast recht. Ich würde diesen Morgen gerne überleben, um deine Familie zu sehen.«

»Eine großartige Entscheidung.« Megan grinste. »Also, hast du aufgegessen?«

»Ja, danke.« Bevor Lena noch etwas sagen konnte, stand Megan auf, nahm ihre Teller und das Besteck, und trug beides schnell in die Küche zurück. Als sie wieder zum Sofa kam, stellte sie sich vor Lena und trat mit den Händen in den Hosentaschen ihrer Shorts unsicher von einem Fuß auf den anderen. Lena gab sich große Mühe, nicht auf ihre Schenkel zu starren, die jetzt auf Augenhöhe waren, und es brauchte ihre ganze Willenskraft, um den Kopf zu heben und Megans verlegenen Blick zu erwidern.

»Also, sei nicht sauer auf mich«, begann Megan und Lena war sofort alarmiert, »aber ich … na ja, es ist Weihnachten und in meiner Familie bedeutet das immer Geschenke, und ich musste dir einfach etwas besorgen. Also habe ich das getan. Ist es in Ordnung, wenn ich es dir jetzt gebe?«

Megan hatte ein Geschenk für sie? Lena wusste nicht, was sie davon halten sollte. Sie wusste, dass sie aussah wie ein Goldfisch, als sie Megan mit offenem Mund anstarrte, aber es kamen einfach keine Worte.

»Äh, also, ich gebe es dir einfach«, sagte Megan und lief dunkelrot an, eilte aber in ihr Zimmer, bevor Lena irgendetwas sagen konnte. Das war so peinlich; sie hatte nicht eine Minute lang daran gedacht, ein Geschenk für Megan zu besorgen. Was für eine Freundin war sie denn?

Megan kam nach wenigen Sekunden mit einem mittelgroßen Päckchen in den Händen zurück. Sie legte es vorsichtig auf den Sofatisch und trat mit einem ängstlichen Ausdruck in den Augen zurück.

Lena stand auf, endlich hatte ihr Verstand sich eingeschaltet. »Megan, das ist so lieb von dir. Es … es ist mir so peinlich, aber ich habe gar nicht daran gedacht, dir etwas zu besorgen.«

Megan zuckte mit den Schultern und lächelte. »Schon okay. Es ist ja nicht so, als hätten wir darüber geredet oder –«

»Es ist nicht okay. Du … du bist meine Freundin und wir teilen uns eine Wohnung. Ich hätte daran denken sollen.« Sie fühlte sich schrecklich und die nächsten Worte purzelten ungefiltert über ihre Lippen. »Es ist keine gute Entschuldigung, aber ich bin es einfach nicht mehr gewohnt, auch an andere zu denken.« Sie schluckte den Kloß herunter, der in ihrer Kehle steckte. »Natürlich haben Chris und ich letztes Jahr Geschenke ausgetauscht, aber seit sie gegangen ist, habe ich … Na ja, um ehrlich zu sein, habe ich mich in Selbstmitleid gesuhlt und war folglich sehr egoistisch. Das heißt, es tut mir leid.«

»Ach, Lena«, sagte Megan, trat einen Schritt vor und hielt dann abrupt inne. »Das ist schon in Ordnung, ich verstehe es. Wirklich. Hör mal, ich habe dir nichts Ausgefallenes besorgt, okay? Es ist nur etwas, von dem ich wollte, dass du es hast.« Sie lächelte und errötete wieder. »Und das klingt vielleicht sehr kitschig, aber dass du mich heute zu meiner Familie begleitest, ist für mich Geschenk genug und macht mich sehr glücklich.«

Da lief auch Lenas wieder rot an. Ein Gefühl von Wärme breitete sich in ihrem ganzen Körper aus. Sie musste sich räuspern, bevor sie wieder sprach. »Es ist sehr nett von dir, das zu sagen. Danke.«

Sie starrten einander ein paar Augenblicke lang an. Zwischen ihnen lag etwas in der Luft, das Lenas Zehen kribbeln und ihr Herz schneller schlagen ließ.

»Also.« Megan riss ihren Blick los und deutet auf das Päckchen. »Mach es auf.« Ihre Stimme klang heiser und bewirkte, dass das Kribbeln sich von Lenas Zehen über jeden Zentimeter ihrer Haut ausbreitete. Sie wartete einen Moment, um sich zu fangen, bevor sie die Schachtel nahm. Das Päckchen wog nicht viel und war auch nicht gerade gut eingewickelt, was ihr ein Lächeln entlockte. Lena riss das Klebeband und dann das Papier ab und schnappte nach Luft, als sie den Deckel abhob.

Dort lag in rotem Seidenpapier und mit makellosen weißen Öhrchen an beide Seiten des ›Körpers‹ gedrückt ein brandneues Paar Häschenschlappen.

»Nein, das hast du nicht!«, rief Lena und sah zu Megan hoch, die breit grinste.

»Doch. Hab ich«, sagte Megan. »Ich hab mich in deine Wohnung geschlichen, als die Jungs die ganzen Trümmer weggeräumt hatten, und das alte Paar gerettet. Dann hab ich mir angesehen, welche Größe sie hatten, im Internet recherchiert und …«

Als Lena die Arme um Megans Körper schlang, unterbrach sie, was auch immer Megan noch hatte sagen wollen. Die Reaktion war impulsiv und völlig untypisch für sie, aber in diesem Moment hätte Lena nichts anderes tun können, als Megan zu umarmen. Geborgen von Megans Körperwärme und all den festen Muskeln, die sie an sich gedrückt spürte, hörte sie Megans leises »Oh« und dann legten sich Megans Arme um Lenas Schultern und zogen sie ein wenig näher.

Sie passten zusammen.

Perfekt.

Lenas Kopf war direkt unter Megans Kinn, das sanft auf Lenas Haaren ruhte. Megan konnte die Arme ganz um Lenas Schultern legen, was ihr ein Gefühl der Sicherheit gab, dass sie noch nie erlebt hatte. Ihre eigenen Arme lagen um Megans

Taille, und bei dem Gefühl, einen so fest gebauten Körper zu umfassen, schwirrte ihr der Kopf. Sie konnte Megans Herzschlag hören, und war sich sicher, dass ihr eigenes noch schneller schlug.

Langsam und widerstrebend, aber in dem Wissen, dass es sein musste, wich Lena zurück.

Megan lockerte die Umarmung ein wenig, ließ aber nicht los. Sie starrte Lena mit leicht gerötetem Gesicht an.

»Danke«, flüsterte Lena. »Das ist das beste Geschenk überhaupt.«

Megan nickte langsam und fast wie in Trance, dann sagte sie: »Lena, kann ich …«

Das Klingeln von Lenas Handy, das neben ihnen auf dem Sofatisch lag, brach den Bann. Lena trat wie elektrisiert zurück und griff hastig nach dem Gerät.

Auf dem Display stand Madhus Name und Lena wusste nicht, ob sie sich bei ihrer Schwester bedanken oder sie verfluchen sollte.

Kapitel 16

»Lena, bist du bald fertig? Jimmy hat geschrieben, dass er in zehn Minuten da ist.« Megan erhob die Stimme, damit sie durch die Tür in Lenas Zimmer drang. Es war seltsam, dass sie es gar nicht mehr als das Gästezimmer betrachtete; es war definitiv Lenas Zimmer. Sie hörte Lenas gedämpftes »Ja« und ging zum Sofa hinüber, um dort auf sie zu warten. Sie wippte nervös mit den Füßen, und ihre Handflächen waren leicht feucht. Sie wischte sie an ihrer Jeans ab.

Nach dem, was an diesem Morgen zwischen ihnen geschehen war, hatte ihr nur so der Kopf geschwirrt. Lena in den Armen zu halten hatte sich so gut angefühlt, dass sie sich kneifen wollte, um sicher zu gehen, dass sie nicht träumte. Aber es war nur die Umarmung einer dankbaren Freundin gewesen, mehr nicht. Oder doch? Da war … *etwas* zwischen ihnen gewesen, und definitiv hatte sie den Anflug einer finsteren Miene auf Lenas Gesicht gesehen, als der Anruf ihrer Schwester unterbrochen hatte, was auch immer sie miteinander geteilt hatten.

Megan schüttelte den Kopf. Das war dank Dorothy ohnehin schon der bizarrste Weihnachtsmorgen, an den sie sich erinnern konnte. Sie schätzte, dass auch Dorothy zum Essen irgendwohin ausgegangen war, da unten seit etwa einer halben Stunde alles still war. Megan widerstand der Versuchung, zum fünfzigsten Mal daran zurückzudenken, wie gut Lena sich in ihren Armen angefühlt hatte, hielt bewusst die Füße still und praktizierte einige Atemübungen, um sich zu entspannen. Tatsächlich war sie froh, dass sie den Tag mit ihrer Familie verbringen würden; in diesem Moment brauchte sie den Puffer in Form des lärmenden Palmer-Clans, um Abstand von ihren eskalierenden Gefühlen für ihre Mitbewohnerin zu bekommen.

Lena erschien acht Minuten später und sah wunderschön aus in dem leuchtend pinken, gemusterten Tunika-Oberteil, der schwarzen Jeans, den an den Seiten zurückgesteckten Haaren und einem Hauch Make-up, das sie um die Augen und auf den Wangen aufgetragen hatte.

»Wow, du siehst fantastisch aus«, sagte Megan, bevor sie sich zurückhalten konnte. Sie errötete heftig, als Lena sich mit einem Lächeln zu ihr drehte.

»Danke«, sagte Lena leise und ließ den Blick über Megans Körper gleiten. »Du siehst auch sehr hübsch aus.«

Megans Röte breitete sich über den Hals bis zum Dekolleté aus. Ihr Outfit war sorgfältiger zusammengestellt, als sie es sonst für einen Tag mit ihrer Familie tun würde, und sie hatte es ausgesucht, um Lena zu beeindrucken. Die weiße Bluse trug sie gerne zu besonderen Anlässen, und die tiefsitzende, dunkelblaue Jeans war immer eine ihrer liebsten gewesen. Mit den kurzen, braunen Stiefeln und dem passenden braunen Gürtel dazu hatte Megan sich besonders selbstbewusst gefühlt, als sie sich im Spiegel betrachtet hatte. Da sie ihre gesamte Kindheit und die Teenagerjahre hindurch gnadenlos für ihre Größe gehänselt worden war, brauchte es schon einiges, bis sie sich gut mit ihrem Aussehen fühlte. Aber heute tat sie das, und Lenas Bestätigung war das Sahnehäubchen.

Die Türklingel schreckte sie beide aus der gegenseitigen Bewunderung auf, und da Lena näher an der Tür stand, drückte sie auf den Knopf, um Jimmy hereinzulassen.

»Ich muss noch meine Stiefel anziehen, dann bin ich bereit«, sagte sie und drehte sich wieder zu Megan, ohne ihren Blick zu suchen.

»Keine Eile«, sagte Megan und ging an Lenas Stelle zur Wohnungstür, während Lena sich mit ihren schwarzen Stiefeln in der Hand auf das Sofa setzte. Megan zwang sich, Lena nicht länger anzusehen, während sie auf das Geräusch von Jimmys Schritten auf der Treppe wartete.

»Hey, Megs«, sagte Jimmy und nahm sie fest in die Arme, als sie die Tür öffnete. Sie wand sich unter seinem festen Griff. »Frohe Weihnachten!«

»Lass mich runter, du Klotz«, murmelte sie. Jimmy lachte und drückte sie ein letztes Mal fest, bevor er sie losließ. »Und dir auch frohe Weihnachten«, sagte er lächelnd.

»Hi, Lena.«

»Hi«, sagte Lena schüchtern und wandte sich wieder ihren Stiefeln zu.

»Hast du heute schon mit Mum oder Karen gesprochen?«, fragte Jimmy Megan, während sie ihre Jacke anzog.

»Nein, warum?«

Jimmy lehnte sich an den Türrahmen und lachte. »Karen hat ziemliche Panik. Ihr großer Herd hat heute früh den Geist aufgegeben, also hat sie den Truthahn bei ihren Nachbarn in den Ofen gesteckt, die ihr einen Schlüssel gegeben hatten, bevor sie über die Feiertage weggefahren sind.«

»Nein!«

»Ich weiß.« Er schüttelte immer noch breit grinsend den Kopf. »Sie sagt, das ganze Haus stinkt jetzt nach Braten, und sie glaubt, dass die Nachbarn Vegetarier sind. Da sie und Callum morgen zum Brunch bei ihren Eltern eingeladen sind, wird Mum also nachher zu Tesco fahren, um sechs Dosen Raumspray zu kaufen oder so, und den Vormittag damit verbringen, alle Fenster zu öffnen und das ganze Haus einzusprühen, bis sie und Dad zum Mittagessen zu Tante Jean fahren.«

»Sie ist ja komplett irre«, sagte Megan und schüttelte den Kopf. Dann bemerkte sie einen Laut, den sie noch nie gehört hatte, aus Richtung des Sofas.

Lena kicherte. Ein richtiges, ehrliches Kichern. Sie strahlte pure Heiterkeit aus.

»Alles in Ordnung dort drüben, Lena?«, fragte Megan grinsend. »Meine Familie amüsiert dich also, hm?«

Lena nickte und atmete ein paar Mal tief durch, bevor sie sagte: »O ja. Absolut. Deine Familie ist wundervoll.«

Megan sah das kurze, schmerzhafte Zucken in Lenas Gesicht, obwohl sie noch lächelte, und wusste, was es bedeutete. Sie straffte die Schultern. Lena Shah würde gleich einen der besten Familientage haben, den sie je erlebt hatte, wenn Megan Palmer dabei irgendetwas mitzureden hatte.

Lena war kaum über die Schwelle von Callums Haus getreten, als ein Geschoss aus einer Spielzeugwaffe sie mitten auf der Brust traf. Das wiederum führte dazu, dass das Spielzeug von Ben – oder war es Jake? –, dem tränenreichen Schützen, vorübergehend konfisziert wurde, und seine Mutter Karen sich überschwänglich bei ihr entschuldigte.

Lena gab ihr Bestes, um abzuwinken und so tun, als wäre es nur die Spielerei eines kleinen Jungen gewesen, aber dieses Geschoss hatte *wehgetan*. Sie fing Megans besorgten Blick auf und bemühte sich um ein Lächeln. Nachdem sie der gesamten Familie die Hand geschüttelt hatte, entschuldigte sie sich auf die Toilette. Sie brauchte wenigstens zwei Minuten, um sich zu sammeln und an den Lärmpegel im Haus zu gewöhnen.

Es war vier Jahre her, seit sie aus ihrem Elternhaus geworfen worden war, und sie hatte vergessen, wie laut ein großes Familientreffen sein konnte. Sie wollte die Palmers nicht beleidigen, aber dieses hier war noch nicht einmal besonders groß.

Sie konnte sich an Tage in Bolton erinnern, als sich mindestens dreißig Leute in das kleine Wohnzimmer und die Küche gedrängt hatten, um irgendeinen Geburtstag oder Feiertag zu begehen oder die Tatsache, dass Indien Pakistan wieder einmal im Cricket geschlagen hatte. Ein Schub von etwas, das sich wie Heimweh anfühlte, erfasste sie, aber sie unterdrückte es.

Nein, ihre Familie hatte es nicht verdient, vermisst zu werden. Sie war entschlossen, neue Familienerinnerungen in ihr Album aufzunehmen, auch wenn sie von einer Familie kamen, die nicht die ihre war. Die Palmers waren immer nur herzlich zu ihr gewesen, und sie würde sich nicht mit Gefühlsduselei bei ihnen bedanken.

Sie lächelte, während sie sich die Hände abtrocknete. Madhu wäre stolz auf sie.

Als sie aus dem Badezimmer trat, sah sie sich um. Callum und Karen wohnten in einem typischen ehemaligen sozialen Wohnungsbau-Häuschen mit drei Zimmern in Streatham. Das Erdgeschoss, an das hinten ein Wintergarten anschloss, war ziemlich geräumig und definitiv groß genug, um die Familie Palmer für eine gemeinsame Mahlzeit aufzunehmen. Sie ging ins Wohnzimmer zurück. Ja, es gab genug Platz – gerade so. Allerdings gelang ihnen das nur mit zwei Tischen; am großen in der Küche saßen die sieben Erwachsenen und an einem kleineren Tisch im Picknickstil die zwei Jungen, Ben und Jake. Sie waren sieben und fünf Jahre alt und – wie Megan sie gewarnt hatte – zwei richtige kleine Lümmel. Lena bekam schon Atemnot, wenn sie nur zusah, wie sie durch das Haus rannten, bevor sie sich zum Essen setzten. Sie hatte sich immer gefragt, ob sie selbst Kinder wollte; die Idee reizte sie nicht unbedingt, aber sie hatte sie auch nicht komplett verworfen.

Bis heute.

Megan stellte sich mit einer Tasse ihres geliebten Earl Grey neben sie und flüsterte: »Alles in Ordnung?«

Diesmal war Lenas Lächeln aufrichtig. »Ja, danke. Alles gut.«

Beim Essen saß Lena zwischen Rosie und Megan und Daniel gegenüber. Es war nett, mit Rosie zu plaudern, aber die schmachtenden Blicke, die Daniel ihr zuwarf, waren unangenehm. Sie gab ihr Bestes, um ihn zu ignorieren, ohne allzu unhöflich zu sein. Wenn sie irgendetwas aus ihrer Zeit in Megans Wohnung gelernt hatte, dann war es, sich ihre bissige und kurz angebundene Art zu verkneifen.

»Also, wie laufen die Bauarbeiten?«, fragte Callum, während sie ihre Teller leerten.

»Langsam«, sagten Lena und Megan gleichzeitig. Ihre Blicke trafen sich und sie lächelten.

»Ich habe mit der Versicherung gesprochen«, sagte Lena. »Sie haben gesagt, sie hätten keine Handhabe. Sie würden meine Situation zwar bedauern, aber es gäbe nichts, was sie dagegen tun können, weil unser Vermieter so ein Geizhals ist.«

Neben ihr schnaubte Rosie verächtlich. »Für solche Leute habe ich kein Verständnis«, sagte sie und verschränkte die Arme vor der Brust. »Warum können nicht einfach alle fair zueinander sein?«

Überall am Tisch nickten Köpfe.

»Also«, sagte Sean mit glitzernden Augen, »ist es denn schwierig, mit unserem Pummelchen zusammenzuleben?«

Verdutzt blinzelte Lena. Pummelchen? Sie drehte sich zu Megan um, die sich scheinbar große Mühe gab, ihre finstere Miene zu unterdrücken, was ihr aber nicht gänzlich gelang.

Lena wandte sich wieder Sean zu und ihre Wut kochte wie aus dem Nichts in ihr hoch. »Wie nennen Sie Ihre Tochter?« Ihr Ton war rasiermesserscharf, aber es war ihr egal. Wie konnte er es wagen?

Als eine Hand ihren Arm berührte, sah sie zu Megan. Ihre Mitbewohnerin war ganz rot im Gesicht und schüttelte leicht den Kopf, aber Lena konnte sich nicht beherrschen. Sie drehte sich wieder zu Sean. Er starrte sie an, aber seine Augen verrieten, wie sehr ihre Frage ihn getroffen hatte.

»Ich … wir … ich habe sie immer so genannt«, sagte er. »Das machen wir alle.« Er deutete über den Tisch. Lena ließ den Blick kurz über die fünf Gesichter wandern, die alle ebenso betreten aus der Wäsche schauten wie Sean.

»Das macht es nur noch schlimmer«, sagte Lena, während ihre Hände die Tischkante umklammerten.

»Lena«, sagte Megan leise, »es ist schon gut. Bitte.«

»Nein, ist es nicht!« Lena drehte sich zu Megan. »Sitz nicht da und sag mir, dass es in Ordnung ist, einen so … fürchterlichen Spitznamen zu haben.« Als Megan nichts erwiderte, fuhr Lena in sanfterem Ton fort: »Gefällt es dir, wenn sie dich so nennen?«

Megan schloss kurz die Augen und schluckte. Dann öffnete sie sie wieder und sah zu ihrem Vater hinüber. »Nein, es gefällt mir nicht.« Ihre Stimme war nur ein Flüstern, aber die Emotionen hinter den Worten waren deutlich zu hören.

»Megan, meine Liebe«, sagte Rosie und langte über Lena hinweg, um den Arm ihrer Tochter zu berühren. »Es tut mir leid. Ich hatte ja keine Ahnung. Ich meine, wie dein Vater gesagt hat, wir nennen dich schon immer so. Du hast nie etwas gesagt und –«

»Eigentlich habe ich das«, unterbrach Megan sie mit kräftigerer Stimme. »Sehr oft sogar.« Sie sah zu ihrem Vater. »Du hast es nur ignoriert.«

Es gab ein unangenehmes Schweigen. Vage kam Lena in den Sinn, dass sie das Weihnachtsfest der Familie Palmer ruiniert hatte. Aber nachdem sie diesen schrecklichen Spitznamen gehört und gesehen hatte, wie sehr er Megan wehtat, hatte sie nicht *nichts* sagen können. Auch fiel ihr auf, dass sie Megan damit nun schon zum zweiten Mal vor Leuten, die sie auslachten, verteidigt hatte. Sie konnte nicht sagen, woher dieser Drang kam, für Megan einzutreten und sie zu beschützen.

Doch es fühlte sich gut an.

Sean räusperte sich und stand auf. Langsam ging er um den Tisch herum und berührte Megans Schulter und bedeutete ihr aufzustehen. Dann zog er sie in eine sanfte Umarmung und schüttelte die ganze Zeit über betrübt den Kopf.

»Es tut mir so leid, Megan«, sagte er leise. »Bitte nimm meine Entschuldigung an.«

Lena konnte Megans Augen glitzern sehen und schluckte den Kloß in ihrer eigenen Kehle herunter. Innerhalb weniger Minuten hatten sich alle Erwachsenen nacheinander bei Megan entschuldigt.

Nachdem Rosie ihre Tochter als letzte umarmt hatte, klatschte sie in die Hände. »Gut, legen wir vor dem Nachtisch eine kleine Pause ein, ja?«

Ihr Vorschlag erntete zustimmendes Nicken von den Erwachsenen und Jubelschreie von den beiden Jungen, und alle machten sich schnell daran, das restliche Geschirr abzuräumen. Rosie berührte Lenas Arm, als sie gerade Teller auf die Küchentheke stapelte, und deutete zur Tür, die in den Garten hinausführte. Lena ging ihr nach, während ihre Angst rapide zunahm. Würde Rosie sie tadeln?

Rosie schloss die Tür hinter ihnen. Es war ein milder Tag, und die frische Luft war nach dem warmen, stickigen Haus eine willkommene Abwechslung.

»Danke«, sagte Rosie und legte sanft eine Hand auf Lenas Arm. Lena stieß ein kleines, überraschtes »Oh« aus. Rosie lächelte schwach. »Ich fühle mich wie die schlechteste Mutter auf der Welt, weil ich nicht bemerkt habe, dass der Spitzname Megan die ganze Zeit über gestört hat. Aber sie hat nie etwas zu mir gesagt …« Sie verstummte. »Eigentlich ist das keine Entschuldigung, oder? Ich schätze, wir haben uns alle dazu hinreißen lassen, sie wie einen der Jungs zu behandeln. Dank ihrer

Körpergröße hat sie immer zu ihnen gepasst, sie wirkte immer so dickhäutig und hat ihre ganze Zeit damit verbracht, mit ihnen herumzutollen.«

Lena wusste nicht, was sie sagen sollte. Sie beschloss, dass es am sichersten war, zu schweigen.

»Na, das ist eigentlich alles, was ich sagen wollte«, sagte Rosie, atmete tief ein und lächelte Lena an. »Und keine Sorge, du hast nichts ruiniert.«

Lena starrte sie an. Woher hatte sie das gewusst? »Äh, ja. Ich wollte nicht garstig sein, aber –«

Rosie hob eine Hand und unterbrach sie. »Lena, schon gut. Ich bin dir dankbar. Wirklich.«

Lena erwiderte ihr Lächeln schwach. »Okay.«

Hinter ihnen ging die Tür auf, und beide wirbelten herum. Megan stand mit entschlossener Miene auf der Stufe.

»Ich lasse euch allein«, murmelte Rosie und tätschelte Lenas Arm, bevor sie innehielt, ihre Tochter noch einmal kurz umarmte, und dann ins Haus zurückging.

Megan ging zu Lena hinüber. »Alles in Ordnung? Hat sie dir einen Tritt in den Hintern verpasst?«

Lena lachte sanft. »Nein, hat sie nicht. Und ja, es geht mir gut.« Sie starrte zu Megan hoch und versuchte, sich nicht allzu sehr auf ihre Augen zu fixieren. »Es tut mir leid«, murmelte sie.

»Nein, das muss es nicht!« Megan kam einen Schritt näher. »Was du da drinnen getan hast, das war … großartig. Danke.«

»Ich … gern geschehen.« Lena war sich Megans Nähe unmittelbar bewusst. Sie spürte die Wärme, dort wo Megans Arm ihren eigenen fast berührte. Das geriet allmählich außer Kontrolle. Sie trat einen kleinen Schritt zurück. »Wenigstens habe ich Weihnachten nicht ruiniert. Sonst würde deine Familie vielleicht *mir* einen Spitznamen verpassen. Der Grinch.«

Megan warf den Kopf zurück und lachte. »Du hast dir definitiv einen Platz in der Geschichte der Palmers verdient, das kann ich dir sagen.«

Lena grinste. Es gab schlimmere Dinge, die man im Leben erreichen konnte.

Kapitel 17

Während sie Lena zurück ins Haus begleitete, versuchte Megan, das große warme Gefühl, das sich in den letzten zwanzig Minuten in ihr ausgebreitet hatte, nicht überhand nehmen zu lassen. Dass Lena ihre gesamte Familie auf den verhassten Spitznamen angesprochen hatte, hatte sie zuerst schockiert und dann auf eine Art erfreut, die sie nicht beschreiben konnte. Sie hatte Lena umarmen wollen, aber auch gemerkt, wie Lena sich im Garten wieder ein wenig zurückgezogen und den intimen Moment aufgelöst hatte, und beschlossen, nicht darauf zu bestehen.

Sie gingen wieder in die Küche und fanden Karen, die gerade das Schokoladeneis auspackte.

»Die Jungs«, sagte sie und deutete mit dem Messer auf das Dessert. »Sie konnten nicht warten. Wenn ihr jetzt noch nichts wollt, ist das okay, ich stelle es zurück ins Kühlfach.« Karen packte zwei große Stücke Eis auf Papierteller. »Und wenn die zwei kleinen Nervensägen sich danach übergeben, bringe ich sie um.«

Megan war entzückt, als Lena neben ihr kicherte. Ihre Familie konnte etwas rau sein, daher war es gut zu wissen, dass Lena sich nicht daran störte.

»Ich gehe mal auf die Toilette«, sagte Lena und verließ schnell den Raum.

»Alles in Ordnung, Megs?« Karen hatte mit dem Messer innegehalten und sah Megan besorgt an. Ihre Schwägerin war normalerweise forsch und laut, ebenso raumgreifend in ihrer Art wie ihre Figur es war, aber ab und zu zeigte sie auch eine weichere, intuitivere Seite.

»Ja, alles gut. Keine Sorge.«

»Sie ist ein nettes Mädchen. Wie lange geht ihr schon miteinander?«

Megan starrte sie erstaunt an und wurde erneut rot. »O nein. Nein, wir sind nicht zusammen. Sie wohnt nur vorübergehend in meinem Gästezimmer, das ist alles.«

Karen hob die Brauen. »Oh. Okay.« Sie wandte sich wieder dem Dessert zu und stellte den Rest ins Eisfach zurück.

Megan sollte das Thema fallen lassen, das wusste sie. Aber sie musste einfach fragen. »Warum hast du gedacht, wir wären ein Paar?«

Karen drehte sich lächelnd wieder zu ihr. »Aus keinem besonderen Grund. Ihr wirkt einfach sehr … hm … vertraut miteinander. Ich habe angenommen –«

»Oh.«

Seltsam. Zuerst Dorothy, nun Karen. Was sahen sie nur zwischen ihnen? Und war es wirklich da?

Als Lena von der Toilette zurückkehrte, hatte Megan Schwierigkeiten, ihr in die Augen zu sehen, als befürchtete sie, Lena hätte Karens Worte mitgehört.

»Möchtest du Tee?«, fragte sie und griff nach dem Wasserkocher. Sie wusste, dass Lena nach einer Mahlzeit gerne einen Tee trank. Deshalb hatte Megan sich angewöhnt, mit der Frage zugleich schon nach dem Wasserkocher zu greifen und das Wasser aufzusetzen.

»Bitte.«

Megan drehte sich kurz zu Lena um, und das war ihr Ruin. Lena betrachtete sie mit einem Ausdruck so voller Wärme und Dankbarkeit, dass Megan der Atem stockte. Woraufhin sie sich verschluckte und husten musste. Lena ging sofort zu ihr und klopfte ihr auf den Rücken, bevor sie nach einem Glas griff und es mit Leitungswasser füllte.

»Hier«, sagte sie und reichte ihr das Glas, das Megan dankbar in eine zitternde Hand nahm. Ihr Gesicht war gerötet, teils vom Husten, teils aus Verlegenheit. Sie trank ein paar Schlucke des eiskalten Wassers.

»Danke«, brachte sie stockend heraus, sobald sie ihrer Stimme wieder traute.

Lena lächelte und legte die Hand auf Megans Rücken, um in beruhigenden, festen Kreisen darüber zu streichen, während Megan tief durchatmete.

»Oh«, sagte ihre Mutter erstaunt, die in der Tür auftauchte. »Entschuldigt, ich wollte nicht stören.«

Sofort sprang Lena wie von einer Tarantel gestochen zurück. Megan drehte sich zu ihrer Mutter um, während ihre Wangen heiß wurden. »Das hast du nicht. Es ist … ich habe mich verschluckt und habe keine Luft mehr bekommen.«

Megans Mutter blickte mit einem vielsagenden Lächeln zwischen ihnen hin und her. »Okay.« Sie kam in die Küche. »Ich wollte gerade Teewasser aufsetzen.«

»Schon erledigt«, sagte Megan schnell, drehte sich zum inzwischen brodelnd kochenden Wasser und holte Tassen aus dem Küchenschrank. »Welchen Tee wollen die anderen?«

Als Megan sich über die Schulter blickte, hatte Lena den Raum verlassen.

Ein paar Minuten später half Megan ihrer Mutter, die Teetassen ins Wohnzimmer zu tragen. Ihre beiden Neffen waren auf dem alten Sofa zusammengesunken, das eine Seite des Wintergartens einnahm, die leeren Dessertteller zu ihren Füßen. Sie starrten mit glasigen Augen auf den kleinen Fernseher, auf dem eine Zeichentrickserie lief.

Im Wohnzimmer hatten die Erwachsenen sich ebenfalls entspannt auf die Sitzgelegenheiten verteilt. Ihr Vater hatte sich den Armsessel genommen, Jimmy und Daniel saßen vor dem Fenster auf dem Boden und Karen, Callum und Lena auf dem Sofa. Lena stand auf, sobald Megan und ihre Mutter den Raum betraten, und half ihnen, die Teetassen zu verteilen, bevor sie sich neben dem Sofa auf den Boden setzte und Megans Mutter bedeutete, den freien Platz einzunehmen.

»O danke, Lena. Sehr nett«, sagte Megans Mutter und sank mit einem zufriedenen »Uff« auf das Sofa.

Megan sah sich in dem gut gefüllten Raum um und erkannte, dass der einzige freie Platz der zwischen Daniel und ihrem Vater auf dem Boden war. Daniel würde dann zwischen ihr und Lena sitzen. Ohne richtig ergründen zu können, was sie so störte, quetschte sie sich in die Lücke und zog die Knie an, bevor sie sich an die Wand lehnte und ihre Familie musterte. Zwei Gespräche waren bereits in vollem Gang, und alle außer Daniel waren daran beteiligt. Als sie sich zu ihm drehte, erkannte sie, dass er sich bereits von ihr abgewandt hatte und mit Lena plauderte. Nach all der Zeit, die sie inzwischen miteinander verbracht hatten, kannte Megan Lena gut genug, um sofort zu sehen, dass sie nicht gerade erpicht darauf war, ein Gespräch mit Daniel zu führen. Obwohl sie sich bereits selbst dafür tadelte, lauschte Megan.

»… also hab ich gedacht, du weißt schon, wenn du möchtest, könnten wir vielleicht mal am Abend etwas trinken oder auch etwas essen gehen. Was meinst du?«

Megan verschluckte sich fast erneut, und völlig unerklärliche Wut stieg in ihr hoch. Dabei … eigentlich war es gar nicht Wut. Es war vielmehr etwas anderes …

»Ähm, Daniel, das ist ein nettes Angebot. Aber nein, danke.« Megan war beeindruckt. Lena hatte ihrem Bruder im Zuge ihrer Absage nicht den Kopf abgerissen.

»Oh«, sagte Daniel verunsichert. »Ich meine, wir könnten es auch langsam angehen, es muss kein richtiges Date sein, weißt du, wenn das einfacher ist.«

»Daniel«, sagte Lena in geduldigem, aber bestimmtem Tonfall, »ich bin lesbisch.«

Zu Lenas – und Daniels – Pech erklangen ihre Worte in einem nahezu stillen Raum, da die anderen Gespräche gerade rein zufällig ins Stocken gekommen waren.

Daniel sah sich um, während er sich offensichtlich wünschte, dass der Boden sich auftun und ihn verschlingen möge, rappelte sich auf und murmelte: »Aha. Tja. Okay. Wunderbar«, bevor er in die Küche davonstolperte.

Lena ließ leicht schüttelnd den Kopf hängen.

»Na«, sagte Megans Mutter fröhlich. »Damit ist das wenigstens auch geklärt.«

Es war verlockend gewesen, Jimmy zu bitten sie nach Hause zu fahren. An diesem Tag war Lena von einer Peinlichkeit in die nächste geschlittert, und ihre Angstzustände waren immer stärker geworden. Aber seltsamerweise hatte sie gleichzeitig auch *Spaß*. Nachdem sie sich vor der Familie Palmer geoutet und nebenbei Daniels Herz gebrochen hatte, musste Lena im Garten ein paar Minuten alleine sein und tief durchatmen, um eine drohende Panikattacke zu verhindern. Sie hatte Madhu angerufen, aber nur ihre Mailbox erreicht. Als dann Megan aufgetaucht war und vorsichtig gefragt hatte, ob es ihr gutging, erzählte Lena Megan zu ihrer eigenen Überraschung offen und ehrlich, was sie gerade durchmachte.

»Es geht mir gut«, sagte sie. »Na ja, jetzt schon. Ich bekomme Panikattacken, wenn ich sehr aufgewühlt oder gestresst bin.«

»Oh. Und ich schätze, am ersten Weihnachtstag meine Familie zu besuchen fällt irgendwie in diese Kategorie, ja?« Megans Lächeln war schief und Lenas Kichern kam ganz selbstverständlich zur Antwort.

»Ja. Ja, das tut es.« Lena schüttelte den Kopf. »Mir ist kein anderer Weg eingefallen, um deinem Bruder Einhalt zu gebieten. Es tut mir leid, wenn –«

Megan hob abwehrend eine Hand. »Ach nein, er kommt schon darüber hinweg. Ja, er ist eher der Ruhige von uns, aber er hat sich über die Jahre hinweg ganz gut geschlagen, was Beziehungen betrifft. Er wird sich schnell erholen, keine Sorge.«

»Okay. Gut.«

»Also, ähm, diese Panikattacken. Wie wirst du damit fertig? Gibt es irgendetwas, das ich wissen sollte, falls du zu Hause eine bekommst?« Megan trat unruhig von einem Fuß auf den anderen und sah in ihrer Sorge ganz reizend aus. Lenas Herz begann auf eine Art zu pochen, die nichts mit Angst zu tun hatte.

»Na ja, ich habe mich mit den Jahren daran gewöhnt, selbst damit fertigzuwerden. Es gibt gewisse Atemübungen und Visualisierungstechniken, die ich benutzen kann. Ich … es ist nett von dir zu fragen, aber glaub mir, ich kann damit umgehen. Es ist nichts, worüber du dir Sorgen machen müsstest.«

Megan nickte. »Verstehe. Na gut«, sagte sie und sah zum Haus zurück, »dann lasse ich dich in Ruhe.«

Sie wandte sich zum Gehen, doch Lena hielt sie zurück, bevor ihr klar war, was sie eigentlich sagen wollte. »Megan.« Ihre Mitbewohnerin sah sie erwartungsvoll über die Schulter an. »Ich … ich habe einen wunderbaren Tag hier«, sagte Lena. Das war nicht ganz das, was sie hatte sagen wollen; sie hatte im letzten Moment den Mut verloren. Eigentlich hatte sie sich aufrichtig bedanken wollen. Denn Megan sorgte sich um sie, fragte nach ihrem Wohlbefinden und hatte sie an Weihnachten sogar mit zu ihrer Familie genommen. Und es schien ihr nichts auszumachen, dass Lena von einem Fettnäpfchen ins nächste trat. Aber die Worte waren ihr in der Kehle stecken geblieben, denn irgendein Teil von ihr wusste, dass sie damit vielleicht mehr preisgab, als ihr lieb war.

Megan hatte gelächelt, genickt und war ins Haus zurückgegangen.

Jetzt fand Lena sich in einem Spiel namens Monopoly wieder, zu dem sie überredet worden war. Natürlich hatte sie schon davon gehört, es aber noch nie selbst gespielt. Im Palmer-Haushalt war es offenbar ein Lieblingsspiel und eine alljährliche Weihnachtstradition, die sehr ernst genommen wurde, und um die sich jede Menge Geschichten von berühmten Siegen und immer noch diskutierten Schummeleien rankten.

Lenas Spielfigur war ein kleiner Hut, und obwohl sie die Regeln noch nicht ganz verstand, zehrte sie scheinbar zur schlecht verborgenen Unzufriedenheit ihrer Gegenspieler vom Anfängerglück. Nur Megan schien sich köstlich zu amüsieren, je mehr Miete Lena mit ihren strategisch platzierten Hotels einnahm. Der Haufen Spielgeld vor Lena wuchs immer weiter an, und obwohl sie normalerweise nicht prahlte, hatte sie großen Spaß.

»Was zum …?« Sean verzog missbilligend das Gesicht, als er sein letztes Geld vor Lena auf den Tisch knallte. »Damit bin ich raus«, knurrte er und einen Moment lang befürchtete Lena, einen weiteren Fauxpas begangen zu haben, bis sie Seans Blick auffing und er ihr zuzwinkerte. »Lena, wie ich sehe, hat deine Ausbildung als Buchhalterin dir gutgetan. Du hast nicht zufällig Lust, meine Steuererklärung für mich zu übernehmen, oder?«

Lena lachte, während sie Seans Geld nahm und zu ihrem legte. »Tut mir leid«, sagte sie. »Dafür bin ich die Falsche.«

»Verdammt, ich hatte gehofft, du könntest einen Weg finden, mir etwas von der Regierung Ihrer Majestät zurückzuholen.«

»Bist du absolut sicher, dass du das noch nie gespielt hast?«, fragte Rosie ein paar Minuten später, als auch sie ihr letztes Geld hergab. »Megan, du hast uns einen Profi mitgebracht.«

Megan hob lachend beide Hände. »Ich schwöre bei Gott, Mum, Lena hat verborgene Talente, von denen ich nichts wusste.«

Rosie und Karen schnaubten vor Lachen. Lena lächelte verlegen, als sie Megans Blick auffing und beobachtete, wie diese langsam erkannte, was sie gerade gesagt hatte und wie es klang.

Zehn Minuten später war es vorbei – Lena hatte das gesamte Spielgeld eingeheimst und den Palmer-Clan in ihrem ersten Monopolyspiel offiziell vernichtet. Lena sonnte sich in dem Lob, das aufrichtig und nicht widerwillig klang, obwohl das eigentlich gar nicht ihre Art war. Die Wärme der Palmers umhüllte sie wie eine kuschelige Decke, und sie fühlte sich so willkommen wie schon lange nicht mehr.

Dann fing Megan Jimmys Blick auf und nickte, bevor sie sich zu Lena umdrehte. »Ist es in Ordnung, wenn wir jetzt nach Hause fahren? Jimmy muss morgen früh raus, um zu den Eltern seiner Freundin zu fahren, daher will ich ihm nicht zumuten, wegen uns heute lange aufzubleiben.«

»Natürlich«, sagte Lena mit einem Nicken und erkannte jetzt, da sie von der Heimfahrt sprachen, wie müde sie tatsächlich war. Es war ein emotionaler Tag voller Höhen und Tiefen gewesen. Sie sah auf ihre Uhr – es war erst halb neun, aber sie wollte nur noch in ihr Bett kriechen. Allerdings hatte sie sich gut geschlagen, mehr als gut. Wenn sie bedachte, wie sehr dieser Tag sich von ihrem normalen Alltag unterschieden hatte, war sie sehr stolz darauf.

Nach einer ausgedehnten Reihe von Abschieden, verbunden mit mehreren Einladungen, auch an zukünftigen Familientreffen teilzunehmen, folgte Lena endlich Megan und Jimmy zum Auto.

Es war eine ruhige Fahrt durch die dunklen Straßen im Süden Londons. So spät am ersten Weihnachtstag war der Verkehr spärlich, und Jimmy brachte sie in weniger als zwanzig Minuten nach Hause. Auf der Fahrt sprachen sie nicht, alle drei waren zufrieden damit, die Welt still an sich vorbeiziehen zu lassen. Als Jimmy vor ihrem Haus hielt, stieg er aus, um sich zu verabschieden, zog Megan in eine ebenso feste Umarmung wie am Morgen, und erntete wieder dasselbe protestierende Stöhnen seiner Schwester.

Zu Lenas Überraschung umarmte er auch sie, wenn auch weitaus sanfter. »Es war schön, dass du bei uns warst«, sagte er lächelnd, als er sie losließ.

»Es … Ich hatte einen wundervollen Tag«, stammelte Lena. »Vielen Dank, dass du uns gefahren hast.«

Jimmy winkte ab. »Kein Thema. Bis dann.« Er stieg wieder ins Auto und fuhr zügig davon.

Die beiden traten ins Haus, und da sie nicht wussten, ob Dorothy zu Hause war oder nicht, schlichen sie vorsichtig die Treppe zu Megans Wohnung hinauf. Dabei gaben sich große Mühe, nicht laut zu kichern. Nachdem sie die Tür hinter sich geschlossen hatte, drehte Megan sich zu Lena um und fragte: »Tee?«

Lena schüttelte den Kopf. Sie war erschöpft. »Danke, aber nein. Ich glaube, ich gehe gleich ins Bett.«

Megans Miene verdüsterte sich eine Spur, aber dann lächelte sie. »Ja, es war ein langer Tag, wenn man bedenkt, wie früh Johnny Mathis uns geweckt hat.«

Lena grinste. »Stimmt.« Gerade wollte sie an Megan vorbei zum Badezimmer gehen, als eine sanfte Hand auf ihrer Schulter sie zurückhielt. Ein nervöses Lächeln umspielte Megans Lippen.

»Geht es dir gut?«, fragte Lena belustigt.

Ihre Mitbewohnerin schluckte sichtbar und bevor Lena reagieren konnte, beugte Megan sich mit leicht geneigtem Kopf zu ihr. Lena war nicht sicher, warum sie zurückschrak – vielleicht weil es so unerwartet kam, auf jeden Fall zuckte sie genau in dem Moment, als Megan sich vorlehnte, die beiden knallten mit den Köpfen aneinander und stießen ein erschrockenes »Uff« aus.

»Tut mir leid!«, sagte Lena und sah zu Megan hoch.

Megan rieb sich die Stirn, während sie tief errötete. »Nein, es war meine Schuld. Entschuldige.« Sie wirbelte herum, ging hastig in ihr Schlafzimmer, und ließ Lena verwirrt neben der Küche stehen.

Was war gerade passiert? Warum hatte Megan sich zu ihr …

Oh.

Lena hob den Blick zur Decke und blinzelte langsam.

Du. Riesige. Idiotin.

Bevor sie genauer darüber nachdenken konnte, ging sie zu Megans Tür und klopfte. Als keine Antwort kam, klopfte sie noch einmal und sagte: »Megan, bitte. Ich muss dir etwas sagen.«

Langsam öffnete sich die Tür und eine verlegene Megan lugte durch den Spalt.

Lena schenkte ihr ein Lächeln, in das sie so große Wärme legte, wie sie nur konnte, und schob die Tür sanft etwas weiter auf. Erfreut bemerkte sie, dass Megan nicht dagegenhielt.

»Ich habe mich noch gar nicht für den schönen Tag bedankt«, sagte Lena leise, ohne den Blick von Megan zu wenden. »Und noch einmal danke für das wunderbare Geschenk heute Morgen. Ich fühle mich immer noch schrecklich, weil ich dir nichts ...«

Endlich lächelte Megan. »Eigentlich hast du das doch«, sagte sie ebenso leise.

»Habe ich?« Lena neigte stirnrunzelnd den Kopf.

Megan nickte und zog die Tür noch weiter auf. »Ja. Hast du. Du hast Pummelchen vertrieben.«

»Oh. Das«, sagte Lena lachend. »Na ja, es war ein versehentliches Geschenk, aber ich bin froh, dass es dir gefällt.«

»Das tut es wirklich«, antwortete Megan und ihre Hand spielte mit der Tür.

Lena räusperte sich. »Ja, das war es, was ich sagen wollte.« Und bevor sie kneifen konnte, stellte sie sich auf die Zehenspitzen und küsste Megan ganz zart auf die Wange. Die Haut dort war warm und glatt, und Lena verweilte vielleicht ein wenig länger als klug war, aber *oh*, es fühlte sich so gut an. Als sie schließlich zurückwich, kam sie nicht weit, da Megan sie am Handgelenk packte, um die Bewegung zu stoppen. Lena sah fragend auf und Megans Gesicht war so dicht vor ihrem, dass sie fürchtete, sie könnte in den hellblauen Augen versinken und nie wieder daraus auftauchen.

»Ich hatte einen tollen Tag«, flüsterte Megan und drückte nun ihrerseits einen Kuss auf Lenas Wange. Ihre Lippen lagen kühl auf Lenas Haut, und auch sie ließ sie länger dort, als es für einen Gutenachtkuss zwischen Mitbewohnerinnen üblich war. Lenas Herz schlug hart gegen ihre Rippen und sie unterdrückte gerade so ein kleines Stöhnen.

Plötzlich wandelte sie auf unsicherem Boden. Vor ihr lagen Gefahr, Ungewissheit und möglicherweise Scham oder sogar Leid. Sie wich zurück und lächelte zögernd, aber die Bewegung zwang Megan, ihr Handgelenk loszulassen.

»Gute Nacht«, sagte Lena und wagte es nicht, zu Megan aufzuschauen. Dann drehte sie sich schnell um und ging in Richtung Badezimmer.

Kapitel 18

Hi Lena, ich wollte dir nur Bescheid sagen, dass ich den Tag mit Jen verbringe. Komme irgendwann heute Abend zurück. Hab einen schönen Tag.

Der Zettel am Wasserkessel ließ Lena strahlen. Megan wusste, dass Lena sich am Morgen als erstes eine Tasse Tee machte. Und zu wissen, dass Megan sich das gemerkt hatte, löste ein warmes Gefühl in ihr aus.

Es überraschte sie, wie früh Megan auf den Beinen war. Lena selbst hatte sich an diesem zweiten Weihnachtstag erlaubt, ein wenig länger im Bett zu bleiben, nachdem Dorothy sie tags zuvor so früh aufgeweckt hatte. Also brühte sie sich kurz nach zehn ihre erste Tasse Tee des Tages auf. Das widersprach zwar ihrer Routine, störte sie jedoch irgendwie überhaupt nicht.

Sie ließ den Gedanken ihren Lauf, während der Kessel laut neben ihr blubberte. Sie fühlte sich entspannt. Ruhig. Das waren seltene Gefühlszustände im Leben der Lena Shah, und ihr war klar, dass eine Menge davon mit Megan zu tun hatte und dem, was auch immer gerade zwischen ihnen geschah. Die süßen Gutenachtküsse, mit denen sie ihren ereignisreichen Weihnachtstag beendet hatten, konnte sie immer noch spüren, aber die nervöse Energie, mit der sie nach diesem Hauch von Intimität ins Bett gegangen war, schien sich über Nacht aufgelöst zu haben. Jetzt beschworen die Gedanken keinen Schrecken, sondern vielmehr Aufregung herauf. Klar, sie war nicht ganz sicher, was die Küsse bedeuteten, und die Angst, verletzt zu werden, lauerte noch im Hintergrund. Aber es war ein schönes Gefühl, diese Intimität mit einer anderen Frau teilen, eine zarte Verbindung zu schaffen, zu der sie sich nach der Erfahrung mit Chris nicht mehr fähig gefühlt hatte.

Das Wasser kochte laut blubbernd und sie goß ganz automatisch ihren Tee über. Sie hatte einen ganzen Tag allein zu Hause vor sich, und zur Abwechslung stand nicht einmal Putzen auf ihrem Plan. Stattdessen konnte sie ein Buch beenden, ein weiteres beginnen und ein paar schöne kitschige Filme ansehen. Sie schob zwei Brotscheiben in den Toaster und nahm das Glas Erdnussbutter aus dem Schrank. Sie lächelte bei dem Gedanken daran, wie Megan jedes Mal das Gesicht verzog, wenn Lena das Zeug aß.

Zu lernen, was die jeweils andere mochte oder nicht mochte, war einer der lustigsten Aspekte dabei, sich mit Megan die Wohnung zu teilen. Es war leichter und unkomplizierter, jemanden kennenzulernen, mit dem man keine romantische Beziehung führte. Es gab keinen Druck, das Richtige zu sagen oder sich zu sorgen, was die andere Person vom eigenen Geschmack in puncto Musik, Fernsehen oder Essen hielt. Da es zwischen ihnen keine Erwartungen gab, machte es Spaß, sich über alle Vorlieben und Abneigungen auszutauschen.

Während sie ihren Toast aß, fragte Lena sich, ob die neuesten Entwicklungen nun Erwartungen schüren würden. Sie kannte Megans Gefühle nicht, weshalb sie keine voreiligen Schlüsse ziehen wollte. Was sie selbst betraf, so war sie sich nicht mehr so sicher, ob da nicht doch schon Erwartungen waren. Oder zumindest Hoffnungen.

Megan fluchte, als sie die U-Bahn losfahren hörte, während sie noch mitten auf der Rolltreppe stand. Am zweiten Weihnachtstag fuhren die Bahnen weniger häufig als an einem normalen Werktag. Das bedeutete zwar nur, dass sie sechs Minuten statt zwei warten musste, aber auch diese vier Minuten erschienen ihr jetzt wertvoll.

Sie fühlte sich miserabel. Die Erkältung oder Grippe oder was auch immer es war, hatte sie wenige Stunden nach dem Mittagessen überfallen. In der einen Minute war sie noch das blühende Leben gewesen – in der nächsten hatte sie sich den pochenden Kopf gehalten und mühsam durch eine verstopfte Nase geatmet. Jen hatte sofort darauf bestanden, dass sie ihren gemeinsamen Tag abkürzten, damit Megan nach Hause fahren und sich auskurieren konnte. Megan hatte nicht protestiert.

Sie ließ sich auf eine Bank an der Haltestelle fallen, um auf die nächste U-Bahn zu warten, und fragte sich, wie sie wohl empfangen werden würde, wenn sie so früh schon wieder auf der Matte stand. Ein Drama mit Lena war das Letzte, was sie jetzt gebrauchen konnte. Allerdings war das nicht ganz fair. Abgesehen von dem Pummelchen-Vorfall und Lenas Coming-out vor den Palmers, hatten sie und Lena gestern einige einprägsame, wundervolle Momente miteinander geteilt. Der Gutenachtkuss war zwar keusch und auf die Wange gewesen, aber Megan hatte danach ein Kribbeln verspürt und eine ganze Weile nicht einschlafen können. Der ganze Tag hatte ihr einige neue Seiten an Lena gezeigt, und die hatten ihr gefallen.

Sehr. Sie musste zugeben, dass sie Lena schon eine Weile körperlich attraktiv fand, aber ihre unberechenbare, bissige Art hatte Megan davon abgehalten, über die körperliche Anziehung hinauszudenken. Aber jetzt, nach allem, was sie am ersten Weihnachtstag erlebt hatten, begann sie Lena allmählich auf eine Weise zu sehen, die sie bisher gründlich vermieden hatte.

Schließlich fuhr die U-Bahn ein, und sie konnte ihren Heimweg fortsetzen. Das Wetter war elend, als sie aus der Haltestelle trat – die Windböen und der Nieselregen bewirkten, dass sie nur noch tiefer in Selbstmitleid versank, während sie zu ihrer Wohnung zurückstapfte. Sie ging ins Haus und erklomm schnell die Stufen, während sie sich mit dem Ärmel das Regenwasser vom Gesicht wischte.

Als sie die Wohnungstür öffnete, wehten ihr sofort köstliche Düfte aus der Küche entgegen.

»Oh«, sagte Lena und drehte sich ruckartig vom Herd um. »Ich dachte, du würdest erst viel später zurückkommen.«

Megan zog ihren Mantel aus und hängte ihn planlos an einen Haken. »Ja«, sagte sie mit belegter Stimme. »Ich fühle mich nicht wohl, also haben wir es für heute gut sein lassen.«

»O nein.« Lena kam schnell zu Megan herüber und legte eine wunderbar kühle Hand auf ihre Stirn. Megan lehnte sich in die Berührung und versuchte, nicht zu stöhnen.

Lena zog mit großen Augen die Hand weg. »Oh, tut mir leid. Das … das war etwas anmaßend von mir. Entschuldige.«

Megan lächelte schwach. »Du musst dich nicht entschuldigen. Es war sehr angenehm.«

»Tja, also, wie auch immer, du glühst ja richtig. Hast du irgendetwas genommen?«, fragte Lena mit einem schüchternen Lächeln.

Megan schüttelte den Kopf und schlich zum Sofa. »Hatte nichts bei mir und Jen auch nicht.« Sie ließ sich auf das Sofa fallen und lehnte den Kopf an das Kissen.

»Okay, warte hier.«

Sie hörte, wie Lena ins Badezimmer ging und kurze Zeit später wieder herauskam. Sie drückte Megan zwei Paracetamol in die linke Hand und ein Glas Wasser in die rechte. »Nimm zwei von denen jetzt und dann wieder«, sie sah auf ihre Uhr, »um neun Uhr dreißig. Vorausgesetzt, du bist dann noch wach.«

Megan brummte etwas und warf sich die Tabletten in den Mund, bevor sie sie schnell mit einem Schluck des erfrischend kalten Wassers herunterspülte. Sie trank auch den Rest aus.

»Willst du noch mehr?«, fragte Lena leise.

»Ich hole es schon selbst«, sagte Megan und wollte aufstehen, aber eine feste Hand auf ihrer Schulter drückte sie zurück.

»Lass mich«, sagte Lena.

Megan sah zu ihr auf. Es war angenehm, so umsorgt zu werden. »Danke«, flüsterte sie.

Lena lächelte und marschierte in die Küche davon.

»Was kochst du?«, fragte Megan, als Lena mit dem zweiten Glas Wasser zurückkehrte. »Es riecht großartig, das merke ich sogar mit einer verstopften Nase.«

Lena kicherte. »Nur ein einfaches Curry. Ein wenig an das persische Rogan Josh angelehnt, mit ganz viel Gemüse. Ich hatte seit Ewigkeiten keine Zeit mehr, richtiges Curry zu machen.« Sie hielt inne und neigte den Kopf, um auf Megan herabzusehen. »Hättest du gerne etwas davon? Es könnte gut für deine Nase sein.«

Megan nickte. »Wenn du nichts dagegen hast zu teilen, sehr gerne. Keine große Portion, ich bin nicht sehr hungrig. Aber es riecht so gut, ich will es wirklich probieren.«

»Okay.« Lena lächelte. »Also, es wird in ungefähr zwanzig Minuten fertig sein. Bleib bis dahin hier sitzen und entspann dich. Willst du eine Decke oder irgendetwas anderes?«

»Weißt du, ich glaube, ich würde wirklich gern aus diesen Kleidern rauskommen.« Sie verbiss sich ein Seufzen, als sie erkannte, wie das möglicherweise klang. »Ich meine, sie fühlen sich irgendwie feucht vom Regen an und wahrscheinlich auch vom Fieber.«

Lena trat einen Schritt zurück und deutete auf Megans Zimmer. »Okay, du kümmerst dich darum und ich mache mich wieder ans Kochen.«

Während sie in ihr Zimmer schlurfte, musste Megan sich über sich selbst wundern. In letzter Zeit schien sie ständig mit Formulierungen herauszuplatzen, die völlig falsch verstanden werden konnten. Und natürlich immer dann, wenn Lena in der Nähe war. Sie schüttelte den Kopf. *Reiß dich zusammen.*

Nachdem sie eine warme Jogginghose und einen großen, weichen Kapuzenpulli angezogen hatte, kehrte sie zu ihrem Platz auf dem Sofa zurück. Während Lena in der Küche beschäftigt war, überlegte Megan, was sie tun konnte, um die Zeit totzuschlagen. Sie wusste, dass es keinen Sinn hatte, Lena Hilfe anzubieten. Ihre Mitbewohnerin hatte deutlich gemacht, dass Megans einzige Aufgabe darin bestand, sich zu schonen. Die Sorge, die Lena ihr zukommen ließ, war etwas, das sie schon lange nicht mehr gewöhnt war. Und so entdeckte sie eine weitere neue Seite an Lena. Wobei sie am Vortag schon einmal einen Vorgeschmack davon bekommen hatte, als sie von Lena verteidigt worden war. Anscheinend offenbarte Weihnachten mehrere verborgene Aspekte von Lenas Persönlichkeit. Und es waren gute Aspekte.

Der Fernseher weckte ihre Aufmerksamkeit, aber die Idee verwarf sie sofort. Der Ton würde sie verrückt machen. Es gab keine Zeitungen mehr auf dem Sofatisch – dank Lenas Ordnungsfimmel waren die schon an Heiligabend verschwunden –, und die einzige Zeitschrift, die übriggeblieben war, hatte sie bereits gelesen. Ihr Blick wanderte zur anderen Seite des Tischs und fiel auf ein Buch, das dort lag.

»Liest du das gerade?«, fragte sie und beugte sich vor, um es aufzuheben. Sie drehte es um und sah sich das Cover an.

»Das habe ich heute Morgen ausgelesen«, sagte Lena und blies dann auf einen Löffel mit Curry, bevor sie kostete. »Ja. Perfekt.« Sie hob den Blick zu Megan. »Noch zehn Minuten. Und du kannst es gerne lesen, wenn du möchtest.«

Megan stutzte. Lesen? Ein Buch? Sie hatte kein Buch mehr gelesen seit … Gott, sie konnte sich gar nicht erinnern, wie lange es her war. Als Schülerin und in ihren späten Jugendjahren hatte sie durchaus viel gelesen, aber dann hatte es sie gelangweilt, Geschichten von tapferen Männern – immer Männern – zu lesen, die die Welt retteten oder ein Verbrechen aufklärten oder Terroristen besiegten. Sie sah wieder auf das Buch in ihrer Hand hinab. Das sah nicht aus wie die, die sie früher gelesen hatte. Der Einband zeigte ein Bild von zwei Frauen, beide in OP-Kleidung.

»Ist es ein Lesbenroman?«, fragte sie, ihre Neugier war geweckt.

»Ja. Und er ist sehr gut.«

»Romantisch?«

»Na ja, irgendwie schon.« Megan sah auf; Lena wirkte verlegen. »Aber es ist dramatischer als eine normale Liebesgeschichte.«

»Und du hättest wirklich nichts dagegen, wenn ich es lese?«

Lena senkte den Blick, während sie gedankenverloren eine Haarsträhne um ihren Finger wickelte. Als sie wieder aufsah, stand eine resolute Entschlossenheit in ihrem Gesicht, die Megan noch nie gesehen hatte. »Nein, ich habe nichts dagegen. Ich würde dich nur bitten, keine Eselsohren in die Seiten zu machen, um zu markieren, wo du gerade bist. Dafür kann ich dir ein Lesezeichen leihen. Und du weißt schon, pass einfach gut darauf auf.«

»Natürlich.« Megan lächelte in sich hinein. In diesem Moment sah Lena unglaublich süß aus, wie sie sich um ihr Buch sorgte. Megan legte es wieder auf den Tisch. »Ich würde es wirklich gerne lesen. Ich habe noch nie einen Lesbenroman gelesen.«

Lenas Gesichtsausdruck war drollig; einen Moment lang fürchtete Megan, ihr könnten die Augen aus dem Kopf fallen. »Noch nie?«, fragte sie überrascht.

Megan lächelte breit. »Nein, noch nie.« Sie seufzte und ließ sich tiefer in die Sofakissen sinken. Inzwischen tat ihr ganzer Körper weh und wenn das Curry nicht so verlockend riechen würde, wäre sie schon längst in ihr Bett gekrochen. »Ich fange morgen damit an. Irgendetwas sagt mir, dass ich nicht zur Arbeit gehen werde.«

Ich kann gar nicht glauben, dass ihre Freundin sie verlassen hat! Arme Anna …

Lena kicherte. Offenbar ziemlich laut, denn ein paar Köpfe drehten sich in ihre Richtung. Sie errötete und duckte sich über ihren Schreibtisch.

Megans Textnachricht ließ sie von einem Ohr zum anderen grinsen. Megan war offensichtlich gefesselt von dem Buch, wenn sie mit der Geschichte schon so weit gekommen war. Lenas Herz machte einen Sprung vor Freude; die Vorstellung, dass Megan ein Buch mochte, das Lena selbst geliebt hatte, weckte Gefühle in ihr, die sie gar nicht beschreiben konnte. Chris hatte kein Verständnis für Lenas Liebe zum Lesen gezeigt und sie hatte sich über die sinnlosen Frauenschnulzen, wie sie sie genannt hatte, lustig gemacht. Und nun war da Megan, die nicht nur eins von Lenas Büchern las, sondern auch so mit der Geschichte mitfieberte, dass sie Lena sofort mitteilen musste, wie sehr sie sie berührt hatte.

Arme Megan. Als Lena an diesem Morgen aufgestanden war, war Megan mit bedauernder Miene aus ihrem Zimmer gestolpert, um ihr Handy zu suchen und sich krank zu melden. Lena hatte ihr das Telefon abgenommen und an ihrer Stelle mit einer Frau namens Alisha gesprochen. Dann hatte sie Megan sanft ins Bett zurückgedrängt, ihr heißen Tee mit Zitrone und Ingwer gemacht und eine Anleitung geschrieben, wie sie das Curry aufwärmen sollte, falls sie es zu Mittag essen wollte.

Megan hatte das Curry geliebt, aber am Abend davor nur eine kleine Portion geschafft, bevor sie gezwungen gewesen war, aufzugeben und ins Bett zu gehen.

Es war … nett, sich um Megan zu kümmern. Sie schätzte alles, was Lena tat, und bedankte sich übermäßig bei ihr, war als Kranke aber nicht fordernd und selbstsüchtig geworden. Es gefiel Lena, für sie da zu sein und darauf zu achten, dass es ihr gutging. Das war kein Bemuttern, es war … etwas anderes.

Sorge.

Sie starrte auf den Bildschirm vor sich, die Excel-Tabelle verschwamm vor ihrem Blick. Ja, sie sorgte sich um Megan. Sehr. Trotz all der Stimmungsschwankungen, die Lena seit ihrer ersten Begegnung gezeigt hatte, hatte Megan selten mit etwas anderem als ruhiger Freundschaft und Wärme reagiert. Es fühlte sich gut an, ja geradezu befreiend, mit jemand anderem zu diesem Daseinszustand zurückzufinden.

Mit diesem Gedanken griff sie nach einem Notizzettel, und ihre Tabelle war vergessen, als sie begann, eine Einkaufsliste für Hühnersuppe zu schreiben.

Als sie am späten Nachmittag nach Hause kam, döste Megan auf dem Sofa. Sie sah sogar noch blasser aus als sonst, und ihre Haare waren um ihr Gesicht herum leicht verfilzt. Lena ging leise zu ihr und legte eine Hand auf ihre Stirn. Megan regte sich kaum. Ihre Haut war heiß, ja, aber nicht mehr so heiß wie am Vortag. Lena entdeckte den leeren Blister Paracetamol auf dem Sofatisch und nickte. Gut, ihre Patientin hatte die Anweisungen befolgt und ihre Medizin genommen.

Nachdem sie sich auf Zehenspitzen von Megan entfernt hatte, packte Lena ihre Einkäufe aus und ging dann ins Badezimmer. Sie nahm ein Handtuch aus dem Schrank, befeuchtete es mit kaltem Wasser und kehrte damit ins Wohnzimmer zurück. Megan rührte sich, als Lena sich neben sie auf die Sofakante setzte, und schlug langsam die Augen auf.

»Oh, hey«, sagte sie heiser. »Du bist zu Hause.« Sie blinzelte ein paar Mal. »Wie war dein Tag?«

Der Drang, Megan zu küssen, überwältigte Lena beinahe. Es fühlte sich an, als wären sie ein Paar und nicht nur Mitbewohner. Diese Vorstellung brannte sich in Lenas Gehirn ein und schickte einen Funken, der tiefer ging als reine sexuelle Lust, durch ihren ganzen Körper. Sie holte tief Luft und sagte dann: »Gut. Aber was wichtiger ist, wie war deiner?«

Sie nahm das feuchte Handtuch und tupfte damit sanft Megans Gesicht ab, wischte vorsichtig am Haaransatz entlang und den Hals hinab.

»O Gott. Das fühlt sich so gut an. Danke.«

Lena lächelte und versuchte das Beben zu unterdrücken, das bei diesen leisen Worten ihren Körper durchlief. Sie rieb weiter über Megans Gesicht und Hals.

»Ich habe die meiste Zeit gelesen und geschlafen«, sagte Megan. »Jen hat am Mittag angerufen und gefragt, wie es mir geht.« Sie streckte sich ein wenig und zappelte unter der Decke. »Hat angeboten, mir Sachen zu bringen, aber ich habe gesagt, dass ich sehr gut umsorgt bin.« Ihr Blick traf auf Lenas. »Und das bin ich. Danke für alles, was du für mich tust.«

»Sehr gerne«, sagte Lena leise. »Hast du etwas gegessen?«

Megan zuckte mit den Schultern. »Nicht viel. Nur etwas Toast. Ich weiß, du hast mir Curry dagelassen, aber aus irgendeinem Grund konnte ich das nicht anrühren.«

»Das ist in Ordnung, du kannst es morgen essen. Heute gibt es Hühnersuppe. Selbstgemacht natürlich, wie sie am besten schmeckt.« Lena war von sich selbst erstaunt – ganz zu schweigen von Megan –, weil sie tatsächlich mit ihren Kochkünsten prahlte. Die beiden Frauen fingen gleichzeitig an zu lachen. »War das zu eingebildet von mir?«, fragte sie und errötete leicht.

»Nein. Steh dazu, würde ich sagen. Und«, sagte Megan und legte eine Hand auf Lenas Arm, »selbstgemachte Hühnersuppe klingt köstlich.«

Dreißig Minuten später, als die Suppe im großen Topf köchelte, drehte Lena sich um und sah, dass Megan wieder das Buch in den Händen hatte.

»Also gefällt es dir?«, fragte sie.

Megan sah auf und legte einen Finger zwischen die Seiten. »Es ist genial! Ich wünschte, ich wäre gesund, dann könnte ich schneller lesen.«

Lena war entzückt. »Das freut mich sehr.«

»Gott«, sagte Megan, »die Sachen, mit denen Anna sich herumschlagen muss. Dass sie plötzlich zwei Kinder aufnehmen muss, die ihre Eltern verloren haben. Ich könnte das nicht tun.« Sie schüttelte den Kopf.

»Ich auch nicht.«

»Willst du irgendwann Kinder?«

Lena zuckte mit den Schultern. »Ich bin nicht sicher. Ich freue mich sehr darauf, dass Madhu und Jay ein Baby haben werden, aber die Vorstellung, ein eigenes zu bekommen, ist beängstigend. Aber vielleicht liegt das eher daran, dass ich Single bin. Was ist mit dir?«

»Ich glaube, ich hätte gerne ein Kind, aber ich will es nicht austragen.« Sie schauderte und Lena kicherte. »Ich liebe es, auf Callums Kinder aufzupassen. Aber«, sagte sie kopfschüttelnd, »im Moment bin ich kein so großer Fan von ihnen, da ich ziemlich sicher bin, dass einer von den kleinen Rackern mir das hier eingebrockt hat.«

Lena lachte. »Das ist leider wahrscheinlich. Ich sollte dankbar sein, dass ich es mir aus irgendeinem Grund nicht auch eingefangen habe.«

Später aßen sie gemeinsam die Suppe und sprachen über das Buch und die Schlüsselmomente darin, die Megan bisher gelesen hatte.

»So etwas habe ich noch nie getan«, sagte Megan, als sie mit dem Essen fertig waren.

»Was?«

»Mit jemandem über ein Buch gesprochen.«

»Oh.«

»Es gefällt mir.«

»Mir auch.«

Sie lächelten sich schüchtern an.

Kapitel 19

»Was soll das heißen, es gibt eine weitere Verzögerung?« Lenas Stimme wurde immer schriller.

Mr. Patel hob abwehrend die Hände. »Miss Shah, die Deckenbalken sind komplett durch. Wir hatten gehofft, wir müssten nur die ersetzen, die im Sturm eingestürzt sind, aber das ist unmöglich. Wie wir von Anfang an vermutet haben, müssen wir das gesamte Dach abreißen und neu aufbauen.«

Lena schloss einen Moment lang die Augen. Es war nicht Mr. Patels Schuld, aber es gab sonst niemanden, an dem sie ihren Frust auslassen konnte. Als sie die Augen wieder öffnete, starrte Mr. Patel sie mit großen Augen an, der ganze Körper angespannt, als erwartete er einen Angriff. Nachdem er in den letzten Wochen bereits zwei scharfe Attacken von Lena hatte erdulden müssen, wappnete er sich nun offenbar für die dritte. Er war ein großer, hagerer Mann, der sich stark von dem klassischen Bild eines Bauarbeiters unterschied. Lena war schnell klargeworden, dass sein Bruder für die körperliche Arbeit zuständig war und Mr. Patel sich um die organisatorischen Aufgaben kümmerte. Und sich unterwürfig bei Kunden entschuldigte.

»Wie lange wird das die Arbeiten verlängern?«, fragte Lena und klang dabei wesentlich ruhiger, als sie sich innerlich fühlte.

Mr. Patel wedelte auf diese lästige Art, die Lena inzwischen verabscheute, mit den Händen. »Zwei, vielleicht drei Wochen. Es kommt darauf an, wann wir das Holz bekommen ...« Er verstummte, als Lena die Brauen hochzog, und trat einen Schritt zurück.

Es kostete sie große Mühe, ihre Reaktion auf seine Worte zu zügeln, stattdessen sagte sie durch die zusammengebissenen Zähne: »Na dann, danke, dass Sie mir Bescheid gesagt haben.« Sie drehte sich abrupt um und ging zur Haustür hinaus, wobei sie fast mit Sanjit zusammenstieß, der gerade mit einer großen, zusammengerollten Plane auf der Schulter hineinkam.

»Morgen«, sagte er mit einem breiten Lächeln.

Lena nickte nur und marschierte weiter zum Hoftor, die Reisetasche fest in der linken Hand. Während sie die Straße entlangstapfte, versuchte sie sich zu beruhigen, indem sie tief einatmete und sich mehr Zeit beim Ausatmen ließ. Ihr Puls war bei Mr. Patels Neuigkeiten deutlich schneller geworden, und sie wusste, dass ihre Aufregung über die Verzögerung zwei Gründe hatte. Erstens würde sie noch länger in einer fremden Wohnung bleiben müssen. Und das wiederum bedeutete zweitens, dass sie noch länger in der Nähe von Megan und all den verwirrenden Gefühlen bleiben musste, die deren Nähe in ihr auslöste.

Es war Samstag, der 30. Dezember, und sie war unterwegs zu Madhu, um das Wochenende um Neujahr bei ihr zu verbringen. Lena war zum Teil traurig, zum Teil froh, etwas Distanz zwischen sich und Megan zu bringen, auch wenn es nur für drei Tage war. Das, was sie am ersten Weihnachtstag und in der darauffolgenden Zeit miteinander geteilt hatten, gehörte zu den glücklichsten Momenten des letzten Jahres, doch Lena konnte ihren Hang zum Pessimismus nicht abschütteln. Megan war auf dem Weg der Besserung und Lena hatte sich nicht mehr um sie kümmern müssen. Sie vermisste es, einen so guten Grund zu haben, Megan nahe zu sein. Gleichzeitig sorgte sie sich, dass sie Gefühle für Megan zuließ, die nicht erwidert wurden oder nicht erwidert werden konnten.

Sie zog ihre Fahrkarte über den Scanner an der Schranke und fuhr mit der Rolltreppe hinab zur U-Bahn. Die Digitalanzeige informierte sie, dass sie lediglich zwei Minuten auf die Bahn in Richtung Norden nach Euston warten musste, also stellte sie die Tasche zu ihren Füßen ab und rollte ein paar Mal Kopf und Schultern, um etwas von der Anspannung zu lösen, die das Gespräch mit Mr. Patel verstärkt hatte.

Lena konnte es kaum erwarten, Madhu zu sehen. Der Besuch ihrer Schwester in London lag mehrere Wochen zurück. Sie hatten lediglich am zweiten Weihnachtstag miteinander telefoniert, und Lena freute sich nun umso mehr darauf, alles über den Fortschritt der Schwangerschaft zu hören. Abgesehen davon musste sie einfach mit Madhu über das sprechen, was und was nicht zwischen ihr und Megan gerade passierte.

Lena war keine Expertin darin, Signale zu lesen und zu erkennen, ob eine Frau Interesse an ihr hatte oder nicht. Abgesehen davon – was sie mit Megan teilte, war verwirrend genug.

Sie seufzte, denn sie wusste, dass sie selbst das größte Problem war. Zu groß war Lenas Angst, sich erneut jemandem zu öffnen. Mit ganzem Herzen ein Risiko einzugehen. Es war viel sicherer, Single zu sein, sich in ihre Bücher zurückzuziehen, wo alles immer gut ausging und die Frauen immer ihr Happy End bekamen.

Die U-Bahn sauste in die Station und sie stieg ein. Vorsichtig ging sie an einigen Leuten vorbei zu einem freien Sitz, setzte sich und stellte ihre Tasche zwischen die Füße. Sofort holte sie ihr Buch aus der Handtasche. Eine Ablenkungstherapie, das war ihr klar, aber mehr war im Moment nicht möglich.

»Mist, ich hab vergessen Limetten zu kaufen.« Megan schloss den Kühlschrank und stand auf.

»Keine Sorge, ich lasse heute Abend ein paar aus der Bar mitgehen. Carla wird nichts merken.« Jen lächelte und klopfte Megan auf den Rücken. »Entspann dich einfach.«

»Cool. Danke.«

»Kein Problem.« Jen hob den Wasserkocher hoch. »Tee?«

»Ja, warum nicht? Ich könnte eine Pause gebrauchen.«

Als Jen ihre Tassen vollgeschenkt hatte, saßen sie lässig auf dem Sofa und ließen im Hintergrund einen Musiksender im Fernsehen laufen.

»Also, bist du wirklich fit genug für morgen?«, fragte Jen nach einer Weile.

Megan zuckte mit den Schultern. »Schätze, es geht mir gut genug. Ich bin noch nicht hundertprozentig gesund, aber ich habe ja noch eine Nacht voll Schlaf, um mich zu erholen.«

»Na, du weißt ja, dass du es nicht übertreiben musst – unsere Leute brauchen es nicht, dass du jederzeit für sie bereitstehst, auch wenn Silvester ist.«

»Ich weiß. Keine Sorge, ich passe schon auf. Ich will nicht meine eigene Party verpassen, nur weil ich plötzlich einen verdammten Rückfall habe oder so. Also, was hast du gesagt, wann kannst du morgen weg?«, fragte Megan. Sie blies auf ihren Tee, bevor sie einen Schluck nahm. Er war so heiß wie erwartet.

»Ich hoffe um elf. Ich habe mit Carla abgemacht, dass ich die Mittagsschicht übernehme und den ganzen Nachmittag lang den Bestand auffülle, wenn sie mich um Punkt elf oder sogar vorher gehen lässt. Sie hat ihre Schwester dazu überredet, für ein paar Stunden zu kommen und ihnen mit dem Ansturm um Mitternacht zu helfen.«

»Cool.«

»Ja, und Carla weiß, dass sie mir dieses Jahr sehr viel zu verdanken hat und dass ich nicht leichtfertig fragen würde.«

»Es ist toll, dass du es um Mitternacht zur Party schaffst. Ich würde das neue Jahr gern mit meiner besten Freundin begrüßen.«

Sie und Jen stießen spielerisch die Fäuste aneinander.

»Also, Lena ist dieses Wochenende verreist, hm?« Jens Augen funkelten über dem Rand ihrer Tasse. »Immer noch keinen Bock auf eine deiner Partys?«

Megan schüttelte den Kopf, während sie bei dem Gedanken an Lenas Abwesenheit Trauer verspürte. Sie war am Morgen gegangen, bevor Megan aufgestanden war.

»Jep. Ich dachte, nachdem das am ersten Weihnachtstag so gut gelaufen ist, wäre sie diesmal vielleicht weniger abgeneigt. Aber ich weiß auch, dass sie ihre Schwester eine Weile nicht gesehen hat, also ist es nur sinnvoll, dass sie für das verlängerte Wochenende zu ihr fährt.«

»Ja, stimmt. Ist in der Kuss-mit-der-Mitbewohnerin-Sache eigentlich noch irgendetwas passiert?« Jen grinste und lachte, als Megan errötete.

»Weißt du, ich wünschte, ich hätte dir das nie erzählt«, murmelte Megan.

»Ja, ein großer Fehler.« Jen verzog das Gesicht, als Megan sie finster anstarrte. »Okay, okay. Entschuldige. Hör mal, willst du darüber reden? Ernsthaft, meine ich.«

Megan zuckte mit den Schultern. »Was gibt es da zu reden? Wir haben uns auf die Wange geküsst. Es bedeutet nichts.« Sie sah weg, in dem Wissen, dass diese letzte Aussage, zumindest was sie betraf, nicht der Wahrheit entsprach. Vor allem nachdem Lena sie in den letzten Tagen so umsorgt hatte.

»Hey«, sagte Jen leise und zog an Megans Arm, damit sie sich wieder zu ihr umdrehte. »Willst du, dass es etwas bedeutet?«

Megan starrte Jen an. In diesem Moment stand sie vor der Entscheidung. Sie konnte lachen und das Thema wechseln oder es mit der Wahrheit versuchen und sich Rat bei ihrer besten Freundin einholen. Jen spielte zwar den Casanova, aber Megan wusste, dass sie im Grunde dasselbe wollte wie sie selbst: die eine besondere Frau treffen, mit der sie eine Menge wundervoller Momente verbringen konnte. Im Notfall würde Jen sie unterstützen, ihr helfen und für sie da sein.

»Das will ich«, antwortete Megan und erwiderte endlich Jens Blick. »Ich habe sie wirklich gerne, Jen.«

Jen lächelte und nickte. »Ja, den Eindruck habe ich auch, aber ich wollte nichts sagen, weil ich nicht wusste, ob es dich abschrecken würde.« Sie hielt inne. »Also, was wirst du tun?«

»Ich habe keine Ahnung.« Megan rieb sich frustriert das Gesicht. »Ich meine, der Kuss an Weihnachten war süß und es war schön, wie sie sich diese Woche um mich gekümmert hat. Aber es ist nicht so, als würde sie eindeutige Signale senden, dass sie mehr will.«

Jen hob die Augenbrauen.

»Ja gut, ich sende auch keine eindeutigen Signale«, gestand Megan leise.

»Warum nicht?«

»Weil ich Angst habe.« Es war leichter zuzugeben, als sie gedacht hatte.

»Vor?«

»Dem Üblichen.« Sie stieß einen Seufzer aus. »Davor, dass ich nicht attraktiv genug für sie bin. Davor, dass jemand so Kluges wie sie kein Interesse an jemandem wie mir hat.«

Jen schüttelte längst den Kopf. »Megs, du bist eine wunderschöne Frau. Wenn wir nicht schon so lange befreundet wären, würde ich es mit dir treiben.«

»Igitt.« Megan kicherte, als Jen beleidigt wirkte. »Na gut. Danke dafür.«

»Recht so«, sagte Jen, während sie Megan einen bösen Blick zuwarf. »Aber im Ernst, du *bist* wunderschön. Außerdem bist du auch ziemlich klug und großzügig und warmherzig. Du hast eine Menge zu bieten. Und ich glaube nicht, dass Lena nicht in deiner Liga ist, falls du das denkst. Außerdem habe ich den Eindruck, dass sie ziemlich interessiert ist. Ich habe ein paar Mal beobachtet, wie sie dich angeschaut hat, und mich dabei gefragt, ob sie mehr als Freundschaft im Sinn hat.«

»Wirklich?« Bei dem Gedanken machte Megans Herz einen Satz.

»Wirklich. Also solltest du meiner bescheidenen Meinung nach den ersten Schritt machen und sie auf ein Date einladen.«

Megan schluckte. »Auf ein Date einladen?«.

Jen nickte. »Jep. Lad. Sie. Ein.« Sie schlug Megan leicht auf den Arm. »Du bist eine große Butch, du schaffst das schon.«

Megan vergrub das Gesicht in den Händen.

»Mehr?«, fragte Madhu und schob den Teller mit Huhn in Lenas Richtung.

»Nein, ich bin satt«, sagte Lena und stöhnte, als sie sich auf ihrem Stuhl zurücklehnte und leicht an der Lehne hinabsank.

»Ich nehme es«, sagte Jay und griff mit strahlendem Gesicht nach dem Teller.

Madhu rollte mit den Augen, aber dann lächelte sie und warf ihrem Mann einen Luftkuss zu.

Lena beobachtete die beiden zufrieden. Sie liebte es zu sehen, was für eine wunderschöne Beziehung ihre Schwester und Jay teilten, obwohl sie auch einen Hauch von Neid verspürte, weil sie selbst noch keine Partnerin gefunden hatte.

»Geht's dir gut?«, fragte Madhu. Es war, als hätte sie bei Lena einen sechsten Sinn; als könnte sie jederzeit ihre Gedanken lesen.

»Mehr oder weniger«, sagte sie. Das war so ehrlich, wie sie sein konnte. Sie hatte sich auf der Bahnfahrt geschworen, zumindest den Versuch zu unternehmen, offen mit ihrer Schwester zu reden. Kein »Gut« mehr, wenn sie es nicht meinte.

Madhus Augenbrauen schossen in die Höhe. »Mehr oder weniger? Nicht gut?« Sie grinste und Lena lachte.

»Ich weiß, dass ich damit nicht mehr davonkomme. Jedenfalls nicht bei dir.«

»Wollt ihr zwei etwas Schwesternzeit?«, fragte Jay. »Mein Freund, das restliche Huhn, und ich können euch gerne allein lassen.«

Lena tätschelte seine Hand. »Iss ruhig auf. Dann entführe ich deine Frau für etwas Zeit unter Schwestern.«

Er nickte und stopfte sich einen weiteren Bissen in den Mund.

Zehn Minuten später saßen Lena und Madhu gemütlich auf dem Sofa, während Jay in der Küche beim Abwasch zu hören war.

»Hast du alles, was du für das Kinderzimmer brauchst?«, fragte Lena, deren Füße ebenso wie Madhus auf dem Tisch ruhten.

»Fast. Wir brauchen noch ein Gitterbett, aber Mutter glaubt, eine unserer Cousinen hat eins, das wir vielleicht bekommen könnten.«

»Lass mich wissen, wenn daraus nichts wird, dann kaufe ich euch eins als Geschenk zur Geburt.«

Madhu riss die Augen auf. »Bist du sicher?«

Lena umarmte sie schnell. »Natürlich!«

»Danke, denn unter uns, die Cousine, die sie meint, hat in vielen Dingen einen fragwürdigen Geschmack, und mir graut davor, wie dieses Bett wohl aussieht.«

Lena lachte und es fühlte sich gut an. Sie hatte diese Woche ziemlich viel gelacht, meistens mit Megan, und auch das hatte sich sehr gut angefühlt. Bei diesem Gedanken verdüsterte sich ihr Gesicht.

»Was?«, fragte Madhu, die Hand auf Lenas Arm.

Lena seufzte. Jetzt oder nie. Nach einem tiefen Atemzug erzählte sie die ganze Geschichte des ersten Weihnachtstags, auch von den Wangenküssen, mit denen er geendet hatte. Außerdem berichtete sie, dass sie Megan während ihrer Krankheit gepflegt hatte und wie sehr sie es genossen hatte, das Buch mit Megan zu teilen.

»Okay«, sagte Madhu langsam und zog die zwei Silben in die Länge. »Wangenküsse sind nett. Das begreife ich.«

Lena nickte.

»Aber …?«, drängte Madhu.

Lena errötete und fuhr dann doch fort. »Aber ich glaube, ich will mehr«, flüsterte sie.

Madhu strahlte. »Endlich! Also, wann lädst du sie auf ein Date ein?«

»Was?«, fragte Lena entgeistert. »Sie auf ein – bist du verrückt?«

Madhu neigte den Kopf und runzelte die Stirn. »Was meinst du? Oh, warte, gibt es andere Regeln, wenn es zwei Frauen sind? Muss sie dich einladen, weil sie so etwas wie der Mann in der Beziehung ist?«

Vor Verwirrung kniff Lena fragend die Augen zusammen. »Wovon redest du? Sie ist nicht ›der Mann‹. Sie ist eine Frau. Genau wie ich.« Ihre Stimme wurde allmählich lauter, denn es machte sie wütend, wie falsch ihre Schwester Geschlecht und Identität einschätzte. Bis sie Madhu endlich anblickte und das Funkeln in ihren Augen und das Zucken ihrer Mundwinkel sah.

»Genau«, sagte Madhu leise. »Sie ist eine Frau, genau wie du. Warum wartest du also, dass *sie dich* fragt?«

Lena starrte ihre Schwester an. »Du …« Sie atmete aus. »Wie kommt es, dass du dich besser darin auskennst, wie es ist, eine lesbische Frau zu daten, als ich?«, murmelte sie.

Madhu lachte. »O Lena, das tue ich nicht. Aber ich kenne dich. Nur als du dich geoutet hast, hast du die Initiative ergriffen. Ansonsten hast du immer gewartet, bis die Dinge ihren Lauf nehmen. Gewartet, dass andere Leute die Dinge tun, die du willst. Du hast mir erzählt, dass du Chris mochtest, gleich nachdem du sie getroffen hattest, aber du wolltest sie nicht auf ein Date einladen. Sie musste dich fragen.«

»Das ist nicht …« Sie verstummte und dachte darüber nach. Tatsächlich hatte Madhu recht. Sie hatte *immer* gewartet. Ihre erste Freundin in Bolton hatte Lena eingeladen, nicht umgekehrt. Auch Chris hatte das getan. »Ich habe Angst«, flüsterte sie. »Angst davor, zurückgewiesen zu werden.«

»Ich weiß, Schwester«, sagte Madhu mit sanftem Verständnis. »Aber glaub mir, nach dem, was ich bei meinem Besuch zwischen euch beiden gesehen habe, denke ich nicht, dass sie dich zurückweisen würde.«

»Wirklich?«

Madhu grinste. »Ich habe dich nie mit Chris gesehen und habe keine lesbischen Freundinnen, aber ich erkenne trotzdem eine gute Chemie, wenn ich sie sehe. Und glaub mir, zwischen euch herrscht eine fantastische Chemie.«

»Aber sie ist so … so wunderschön und liebenswert und offen. Ich meine, überhaupt nicht wie ich. Was könnte sie in mir sehen?«

»Ach, meine Liebe«, sagte Madhu und schüttelte den Kopf. »Du hast wirklich Wahnvorstellungen, oder? Leelawati, du bist schön und klug und auch sehr fürsorglich und aufmerksam, wenn du willst. Du hast im vergangenen Jahr eine schwere Zeit durchgemacht und ich weiß, dass du dadurch ängstlich und, nun ja, verbittert geworden bist. Aber ich weiß, dass du mehr bist als das, und ich schätze, Megan kann das auch sehen, vor allem da ihr seit ein paar Wochen zusammenwohnt.«

Sie grinste. »Und hey, du kannst mir nicht erzählen, dass die Häschenschlappen das Geschenk einer guten Freundin wären. Da steckt ernsthafte Vorbereitung hinter und es zeigt, dass sie gründlich darüber nachgedacht hat, was dich glücklich machen könnte, oder?«

»Das … das stimmt. Aber …«

Unter dem intensiven Blick ihrer Schwester wurde Lena schwach. Ganz offensichtlich war ein komplettes Geständnis nötig. »Na ja, eins der großen Probleme mit Chris und mir war, wie du weißt, mein Bedürfnis nach Routine und meine Putzgewohnheiten und so. Ich bin nicht gerade eine unkomplizierte Partnerin, oder?« Selbst Lena wusste, dass ihre Stimme kläglich klang, aber sie musste Madhu zugutehalten, dass sie nicht mit ihrem üblichen Sarkasmus reagierte.

Stattdessen sagte ihre Schwester nur: »Aber von dem wenigen, das du mir erzählt hast, hat Megan sich an deine kleinen Macken gewöhnt und scheint damit kein Problem zu haben, oder? Hat es dich irgendwie von deinen Routinen abgehalten, bei ihr zu wohnen?«

»Weißt du, tatsächlich hat es das nicht«, sagte Lena nachdenklich. Wie hatte sie das nicht merken können? Megan war Lenas Bedürfnissen überaus schnell und ohne großes Getue entgegengekommen. »Sie lässt mich ich selbst sein.«

Madhu grinste amüsiert. »Was hält dich dann noch zurück?«

Lena ließ sich in das Sofa zurücksinken. Konnte sie es tun? Konnte sie tatsächlich mutig genug sein, Megan um ein richtiges Date zu bitten? Bei dem Gedanken protestierte ihr Magen, aber sie empfand auch etwas anderes.

Vorfreude.

Kapitel 20

»Megan«, rief Alisha aus ihrem Büro, als Megan daran vorbeiging. Sie wünschte Geoffrey, ihrem Kunden, noch einen schönen Tag, ehe sie in das Büro ihrer Chefin trat.

»Hey, Alisha.«

Alisha lächelte und stand auf, um Megan entgegenzugehen. »Ich wollte dir eine Neuigkeit mitteilen, bevor die Gerüchteküche sich einschaltet.«

»Ach?« Megan starrte sie an. Alisha strahlte geradezu.

»Ich habe ein neues Jobangebot bekommen. Ich gehe Ende dieser Woche.«

»Wow!«

Alisha nickte und grinste. »Ja.« Sie trat einen weiteren Schritt auf Megan zu, und sofort lief Megan ein Rinnsal Schweiß den Rücken hinab. »Also, da wir nicht länger zusammenarbeiten werden, wollte ich fragen, ob ich dich dazu überreden kann, mit mir auszugehen.«

»Was?« Megan hatte ein Klingeln in den Ohren und ihre Handflächen waren feucht. Meinte Alisha das ernst? Hatte sie es die ganze Zeit ernst gemeint, das Flirten und auch die Blicke?

Alisha lachte leise. »Nicht?« Sie trat näher. »Bist du sicher?«

Ihr Parfüm stieg in Megans Nase. Es war sexy, ja, aber dennoch hatte Alisha trotz ihrer offensichtlichen Reize nichts an sich, was Megan überzeugen konnte.

»Tut mir leid, aber ich möchte lieber nicht.«

Alisha lachte und trat dabei einen Schritt zurück, während sie einen Finger über Megans nackten Unterarm gleiten ließ. »So süß«, sagte sie. »Ich habe schon immer vermutet, dass ich etwas zu viel für dich wäre.«

Megan schenkte ihr ein verlegenes Grinsen, während ihre Wangen brannten. »Ähm, ja.«

»Aber du kommst zur Abschiedsparty, oder?« Jetzt war Alisha wieder ganz geschäftlich. Sie ging langsam rückwärts zu ihrem Schreibtisch, ihr Lächeln war zwar breit, aber die offene Sinnlichkeit war verschwunden.

Megan nickte, erleichtert über den Abstand, der jetzt zwischen ihnen lag. Das Atmen fiel ihr nicht mehr so schwer. »Ja, natürlich. Wann findet sie statt?«

»Donnerstagabend. Im Red Lion.«

Megans Gesicht verdüsterte sich. Verdammt, das war der Abend, an dem sie mit Jen zu Drinks verabredet war.

»Gibt es ein Problem?«, fragte Alisha.

Megan kratzte sich im Nacken und sagte: »Na ja, wäre es in Ordnung, wenn ich eine Freundin mitbringe? Ich habe ihr schon versprochen, dass wir an dem Abend ausgehen.«

»Natürlich«, antwortete Alisha. »Je mehr, desto besser.« Sie verzog die Lippen zu einem vielsagenden Lächeln. »Ist sie heiß?«

Der Pub war voll, als Megan kurz nach acht Uhr eintrat. Sofort entdeckte sie Alisha mit einem Glas Champagner in den schlanken Händen an der Bar. Alisha fing ihren Blick auf, entschuldigte sich von der kleinen Gruppe von Leuten, mit denen sie geplaudert hatte, und kam auf Megan zu.

»Freut mich sehr, dass du kommen konntest«, sagte sie und hauchte Megan einen Kuss auf die rechte Wange. Ihre Nähe ließ Megan immer noch unwillkürlich schaudern. »Was trinkst du?«

»Oh, du musst nicht …«

»Lass mich«, sagte Alisha und berührte kurz Megans Arm. »Ich gebe den ersten Drink aus.«

»Okay, das ist cool. Dann nehme ich bitte ein Bier.«

»Natürlich. Bin gleich …« Alisha kniff die Augen zusammen und ihr Blick wanderte über Megans Schulter. »Na«, hauchte Alisha, »was haben wir denn da?«

Megan drehte sich um und sah Jen, die durch den Raum stolzierte, wie nur sie es konnte, wenn sie für einen vergnüglichen Abend aufgelegt war. Sie war entzückt gewesen, zu Alishas Party eingeladen zu sein, da sie endlich die berüchtigte »Chefin mit den BDSM-High Heels« kennenlernen würde, für die Megan die ganze Zeit über gearbeitet hatte.

Jens Augen glänzten, und ihr typisches schiefes Grinsen stand ihr im Gesicht. Sie erreichte Megan und Alisha, gab ihrer Freundin einen kurzen Faustst0ß zur Begrüßung und richtete dann ihre volle Aufmerksamkeit auf Alisha. Megan hätte schwören können, dass zwischen den beiden Funken durch die Luft flogen. Jen und fuhr sich mit der Hand über die kurzen Haare. Alishas Blick folgte der Bewegung, und ein sinnliches Lächeln trat auf ihre Lippen.

»Hallo«, schnurrte sie.

»Hey«, antwortete Jen kühl.

Alisha trat einen Schritt näher, aber Jen zuckte nicht zurück. In diesem Moment bewunderte Megan ihre Freundin. Was zwischen Jen und Alisha gerade ablief, war unfassbar erotisch.

»Ich bin Alisha. Und du bist?«

»Jen. Eine Freundin von Megan.« Sie nickte knapp in Megans Richtung, ohne den Blick von Alisha abzuwenden.

Megan hatte sich in ihrem ganzen Leben noch nie überflüssiger gefühlt.

Alisha leckte sich die Lippen. »Kann ich dich auf einen Drink einladen, Jen, Freundin von Megan?«

Jen grinste. »Klar. Geh voran.«

Während Alisha sich umdrehte und zur Bar ging, sah Jen mit großen Augen zu Megan. »Die Chefin mit den BDSM-High Heels?«, flüsterte sie.

Megan nickte nur, immer noch benommen von dem, was sie gerade miterlebt hatte.

Jen sah zur Decke, formte mit den Lippen das Wort »Danke«, dann drehte sie sich um und folgte Alishas wippenden Hüften.

Megan atmete geräuschvoll aus und zupfte einige Male am Ausschnitt ihres T-Shirts, um die Hitze wegzufächeln, die sich in den letzten paar Minuten in ihr aufgebaut hatte.

Wie machte Jen das nur? Ihre Selbstsicherheit war verblüffend. Wenn Megan auch nur ein Zehntel davon besäße, hätte sie Lena schon längst um ein Date gebeten. Sie hatte die ganze Woche lang daran gedacht und versucht, langsam darauf hinzuarbeiten. Natürlich hatte es nicht gerade geholfen, dass Lena einige Überstunden an ihrem Arbeitsplatz verbracht und Megan sie kaum gesehen hatte. Und wenn doch, war es nie ein guter Zeitpunkt gewesen, um etwas so Monumentales zu fragen wie: »Würdest du gerne mit mir ausgehen?«

Sie beobachtete, wie Jen und Alisha miteinander lachten und so mühelos flirteten, und etwas, das hoffentlich Entschlossenheit war, ließ sie ihren Rücken ein wenig straffen. Es hatte keinen Sinn, sich noch länger in Selbstmitleid zu suhlen. Wenn sie mit Lena zusammen sein und sie wirklich kennenlernen wollte, dann musste sie wie eine selbstbewusste Frau handeln und die Initiative ergreifen.

Lena war erschöpft. Das Jahresende forderte immer seinen Tribut, aber diesmal war es besonders anstrengend gewesen. Die Zentrale hatte immer strengere Forderungen gestellt, wann sie die Ergebnisse für ihre Region abliefern mussten, und folglich hatten Lena und ihre Kollegen alle irrsinnig viele Überstunden eingelegt. An den Abenden war sie nie vor zehn Uhr nach Hause gekommen, und meistens sogar erst nach elf.

Was der Grund war, warum sie am ersten Sonntag im Januar entgegen ihres normalen Bedürfnisses nach Routine auch nach zehn Uhr noch zusammengerollt unter der Bettdecke lag. Am Tag zuvor hatte sie weitere sechs Stunden gearbeitet, und da das ihr einziger freier Tag in der Woche war, würde sie das Beste aus der Schlafenszeit machte, die er ihr bot. Sie drehte sich um, die Decke bis zur Nase hochgezogen. Es fühlte sich gut an, so kuschelig und behaglich. Wenn sie allerdings noch länger liegen blieb, würde das Frühstück sehr spät ausfallen, was sich auf das Mittagessen auswirken würde, und natürlich hatte sie gestern keine Zeit zum Putzen gehabt und …

Schon warf sie die Decke zurück und war auf den Beinen, während ihr Gehirn auf Hochtouren lief. Sie hatte nur diesen einen Tag zu Hause. Warum verschwendete sie ihn tatenlos unter der Decke?

Nachdem sie geduscht und ein schnelles Frühstück zu sich genommen hatte, krempelte Lena ihre Ärmel hoch und begann, die Wohnung aufzuräumen. Es hatte keine Spur von Megan gegeben, seit Lena aufgestanden war. Ihre Schlafzimmertür war zwar geschlossen, aber das bedeutete nicht unbedingt, dass sie zu Hause war. Da ihre Wege sich diese Woche immer nur kurz gekreuzt hatten, kannte Lena Megans aktuellen Terminplan nicht und hatte keine Ahnung, ob sie heute arbeitete.

Kurz wanderten ihre Gedanken zurück zu dem Gespräch mit Madhu, die sie geradezu aufgefordert hatte, Megan um ein Date zu bitten. Seit dem letzten Wochenende hatte sie nur ein paar Mal kurz daran gedacht. Ihre stressige Woche hatte dankenswerterweise verhindert, dass die Idee zu sehr in ihrem Kopf herumwirbelte. Aber jetzt, während sie in der stillen Wohnung methodisch Kissen zurechtrückte und begann, den Sofatisch abzuräumen, kehrte der Gedanke zurück.

Konnte sie Megan bitten, mit ihr auszugehen, und auf eine mögliche Zurückweisung vorbereitet sein? Würden die Dinge zwischen ihnen nicht schrecklich komisch werden, wenn Megan »Nein« sagte?

Sie runzelte die Stirn, während sie ein paar Ausgaben des *Evening Standard* stapelte, die auf dem Tisch verstreut lagen. Manche waren mehrere Tage alt; warum hatte Megan sie nicht –

Eine Schlagzeile erregte ihre Aufmerksamkeit und ließ sie erstarren.

Diamantenhändlerin bei frühmorgendlicher Razzia verhaftet

Unter der Schlagzeile prangte ein wahrscheinlich bei der Verhaftung aufgenommenes und daher alles andere als schmeichelhaftes Foto von Belinda.

Jene Frau, die ihr Chris weggenommen hatte.

Lena ließ sich mit der Zeitung in der Hand auf das Sofa fallen und las den kurzen Artikel in Windeseile durch. Belinda war am Freitagmorgen nach einem Tipp, dass sie mit geschmuggelten Diamanten handelte, verhaftet worden. Die Details blieben unklar, aber anscheinend war sie aus Antwerpen eingereist und hatte versucht, Diamanten als synthetische Edelsteine für Modeartikel an den Zollbehörden vorbeizuschleusen. Sie kam in Untersuchungshaft, während weiter ermittelt wird.

Lena wusste, dass es falsch war. Sie wusste, dass es unter ihrer Würde war und irgendwie unreif, aber sie konnte nicht anders. Das Lachen begann tief in ihrer Brust, stieg hoch und perlte ihr über die Lippen, bis ihr die Tränen über das Gesicht liefen und sie sich die Seiten halten musste, während ihr schallendes Gelächter ohne Ende durch den Raum hallte.

Das Karma rächt sich eben immer, Chris.

Es sollte sich nicht so befriedigend anfühlen, aber das tat es.

Nachdem sie sich wieder beruhigt hatte, räumte Lena breit grinsend das restliche Wohnzimmer auf.

Nachdem sie das Badezimmer geputzt hatte bis es glänzte, und all die Oberflächen in der Küche mit antibakteriellem Spray abgewischt hatte, entspannte Lena sich mit einer Tasse Earl Grey und ihrem Buch auf dem Sofa. Zwei Stunden lang das zu tun, was sie am liebsten tat, hatte ihr inneres Gleichgewicht wiederhergestellt, ihre Routine gerettet, soweit es möglich war. Sie fühlte sich bereit für die neue Woche.

Sie würde in den kommenden Tagen weniger zu tun haben, und zusammen mit der sauberen Wohnung schenkte ihr das eine umfassende Ruhe.

Sie war ganz in ihre Lektüre vertieft, als eine Stunde später die Wohnungstür hinter ihr aufging.

»Hey«, sagte Megan und warf die Schlüssel auf das runde Tischchen, das genau zu diesem Zweck neben der Tür stand. »Ich habe das Gefühl, als hätte ich dich seit Ewigkeiten nicht gesehen.« Lächelnd ging sie zu Lena.

Lena ließ das Buch auf ihren Schoß sinken und erwiderte das Lächeln. Es tat gut, Megan zu sehen. Richtig gut.

»Ich weiß. Auf der Arbeit war es superstressig. Jahresende.«

»Das habe ich angenommen. Im Studio war es auch irre – das ist es direkt nach Weihnachten immer. Alle wollen den Überschuss an Essen und Alkohol abarbeiten.«

»Das kann ich mir vorstellen.« Dann sah sie auf ihre eigenen Kurven hinab, das leichte Röllchen ihres Bauchs über ihrer Jeans, und runzelte die Stirn. Fand Megan, dass sie übergewichtig war? Megan selbst war groß und kräftig, aber nicht dick. Lena hatte keine Ahnung, welchen körperlichen Typ Megan mochte, aber sie bezweifelte, dass es eine Frau wie sie mit breiten Hüften und Schenkeln war …

»Alles in Ordnung?« Megans leise Stimme erklang irgendwo aus der Nähe.

Lena sah zu Megan auf, die mit einem Glas Saft in der Hand vor ihr stand. Sie sah sehr sexy aus. Lenas Mund war auf einmal trocken. Sie nickte – das war alles, was sie bei diesem Anblick fertigbekam.

»Sicher?« Megan neigte den Kopf und ein kleines Stirnrunzeln trat auf ihre attraktiven Züge.

Atme, Lena, atme.

Ihre Speicheldrüsen begannen wieder zu arbeiten und sie löste die Zunge vom Gaumen. »Es geht mir gut. Ich glaube, ich bin zum ersten Mal in dieser Woche schön entspannt. Oh, und«, sie kicherte, »ich habe etwas in der Zeitung gelesen, das mich zum Lachen gebracht hat.«

»Ach ja?« Megan setzte sich neben sie auf das Sofa. Ihre Schenkel berührten sich fast und Lena fragte sich, was passieren würde, wenn sie es wagte, ihr linkes Bein ein bisschen zur Seite zu bewegen, um damit Megans rechtes Bein zu berühren.

Ich gehe wahrscheinlich in Flammen auf.

Lena räusperte sich. »Ja. Weißt du noch, wie ich dir von meiner Ex erzählt habe und davon, dass sie mich betrogen hat?«

Megan nickte und nahm einen Schluck Saft, wobei sie den Kopf zurückneigte und ihren verlockend langen, blassen Hals entblößte.

Lena zwang sich, den Blick abzuwenden, und fuhr mit ihrer Geschichte fort. »Na ja, die Frau, mit der sie weggelaufen ist, war eine erfolgreiche Diamantenhändlerin in Hatton Garden.«

Megan pfiff anerkennend.

»Ja, aber die dumme Kuh hat es geschafft, sich wegen Schmuggels verhaften zu lassen!«

»Im Ernst? O mein Gott, das ist Karma«, rief Megan lachend.

Lena lächelte breit. »Genau das habe ich auch gedacht. Ich weiß, es ist gehässig, sich darüber zu freuen, aber ich konnte nicht anders.«

»Nein, ich würde genau dasselbe tun, keine Sorge.«

Es beruhigte Lena, dass Megan genauso dachte. Natürlich hoffte Lena, dass es Chris gutging – so gemein war sie dann auch wieder nicht –, aber es fühlte sich tatsächlich an, als hätte das Universum Chris für ihren Betrug eine Lektion verpasst. Megans Reaktion bestätigte Lenas Empfindungen.

Sie griff mit der freien Hand nach ihrem Tee, gerade als Megan ihr Glas abstellte, und ihre Hände streiften sich leicht.

Es fühlte sich an wie ein kleiner Stromstoß.

War jetzt ein guter Zeitpunkt, um mutig zu sein? Sollte sie fragen, es hinter sich bringen?

»Lena, es gibt da etwas, das ich dich fragen möchte.« Megan räusperte sich, da diese Worte etwas heiser herausgekommen waren. »Hast du etwas dagegen, wenn ich deine Lektüre unterbreche?«

Lena legte sorgfältig das Lesezeichen zwischen die Seiten und das Buch neben sich auf das Sofa. Sie hatte das Kapitel noch nicht beendet und wollte es an diesem Punkt eigentlich nicht stoppen. Doch Megans entschlossene Miene und die Körperwärme, die von ihr ausgingen, vertrieben Lenas Widerwillen augenblicklich. Sie drehte sich zu Megan um und gab ihr Bestes, Megan nicht direkt in die Augen zu starren.

Megans Gesicht war etwas gerötet und sie schluckte, bevor sie weitersprach. »Ich … ich hoffe, das ist jetzt nicht zu abwegig von mir oder macht es schwierig zwischen uns. Aber ich habe mich gefragt, ob … ob du vielleicht mal abends mit mir ausgehen würdest.«

Lena starrte sie an. Hatte sie richtig gehört? Hatte Megan sie gerade auf ein Date eingeladen? Sie öffnete den Mund, aber es wollten keine Worte herauskommen.

»Oh«, sagte Megan und schaute geknickt. »Können wir vielleicht einfach vergessen, dass ich gefragt habe?« Sie sprang schnell auf, stieß jedoch mit den Knien gegen den Sofatisch, wobei ihr Glas umfiel und violetter Saft über die Tischfläche lief. »Mist!«

»Megan, nein, warte!« Lena stand ebenfalls auf und streckte die Hand aus, um Megan am Oberarm zu packen. Die festen Muskeln raubten ihr den Atem und sie musste sich kurz sammeln, um weitersprechen zu können. »Ja! Die Antwort ist ja«, platzte sie dann heraus.

Megan drehte sich langsam zu ihr um. Ihre langen, blonden Haare sahen etwas zerzaust aus, ihr Gesicht war tiefrot und sie hatte die Augen erstaunt aufgerissen, aber für Lena sah sie absolut hinreißend aus. »Du … ja?«

Jetzt war Lena an der Reihe zu erröten, als sie knapp nickte. »Ja.«

»Das ist … wow, das ist cool.« Megan grinste so breit, dass Lena fürchtete, sie könnte sich den Kiefer ausrenken.

»Das ist es«, antwortete Lena hastig. Dann glitt ihr Blick zu der Sauerei auf dem Tisch. »Aber kann ich das jetzt bitte aufputzen?«

Kapitel 21

Sie hat Ja gesagt. O. Mein. Gott.

Megan lag auf ihrem Bett, die Hände hinter dem Kopf verschränkt, und starrte an die Decke. Seit sie endlich den Mut gefunden hatte, Lena zu fragen, und sie »Ja« gesagt hatte, war das Grinsen, das sich auf ihr Gesicht geschlichen hatte, den ganzen Abend nicht mehr verschwunden.

Ja – das allerbeste Wort auf der Welt.

Sie rutschte leicht auf ihrem Kissen herum. Das nächste Problem war natürlich zu entscheiden, wohin sie gehen sollten. Sie hatten sich auf Mittwochabend geeinigt. Megan hatte an diesem Tag eine frühere Schicht und würde bis fünf Uhr zu Hause sein, und Lena war ziemlich sicher, dass der schlimmste Teil der Arbeit zum Jahresende bis dahin erledigt sein würde und sie pünktlich um halb sechs gehen konnte. Wenn Lena sich dann frisch machte und etwas entspannte hatte, würden sie wahrscheinlich um halb acht herum losgehen können.

Was würde Lena gefallen? Offensichtlich war sie eine große Romantikerin, wenn das Buch irgendetwas aussagte. Also war ein Abendessen in einem netten Lokal wahrscheinlich die beste Wahl, oder? Es gab ein paar gehobene Restaurants im Brasserie-Stil in der High Street, die an einem kalten Mittwochabend im Januar wahrscheinlich nicht allzu voll waren. Und wie schick sollte sie sich herausputzen? Sie wollte Lena einladen und ihr das Gefühl geben, etwas Besonderes zu sein, also sollte sie wirklich aufs Ganze gehen. Blumen? Wäre das zu viel?

Sie rollte sich auf die Seite und griff nach ihrem Handy. Rat war nötig, und sie brauchte nicht lang, um durch die Liste ihrer letzten Anrufe zu scrollen und Jens Nummer zu finden.

Am Mittwoch kam Lena kurz nach sechs Uhr zur Wohnungstür herein. Megan lächelte, als sie sie sah; dank unterschiedlicher Arbeitszeiten waren sie sich seit

Sonntag wieder kaum begegnet. Lena wirkte etwas müde, aber sie erwiderte schüchtern Megans Lächeln.

»Hey«, sagte Megan und schob die zitternden Hände in ihre Hosentaschen. »Wie war dein Tag?«

Lena schlüpfte aus ihrem Mantel und hängte ihn auf. »Ganz gut. Ich glaube, wir sind zum Glück fast fertig.«

»Das ist gut.«

Schweigen breitete sich aus, und während sie einander anstarrten, fragte Megan sich, ob Lena sie ebenfalls spürte, die veränderte Atmosphäre zwischen ihnen. Das heutige Date würde ihre Beziehung verändern. Auch wenn kein weiteres folgen würde, sie waren nicht länger nur Mitbewohnerinnen, nachdem sie einmal ihre gegenseitige Anziehung und das Interesse aneinander zum Ausdruck gebracht hatten.

Lena brach das angespannte Schweigen. »Ich gehe duschen und mich umziehen. Ich will etwas Schöneres als das«, sie deutete auf ihre Bürokleidung, »bei unserem Date tragen.«

Megan nickte und lächelte sie ermutigend an. »Ich auch. Ich meine, ich habe schon geduscht, aber ich will auch noch etwas Schönes anziehen.«

Da lächelte Lena und, verdammt, wie wunderschön sie dabei aussah. Megans Herz tat einen kleinen Satz in ihrer Brust. Sie würde heute mit Lena ausgehen. Lena!

Etwa vierzig Minuten später trafen sie sich wieder im Wohnzimmer. Megan hatte sich immer wieder selbst ermahnt, Lena Komplimente für ihr Outfit zu machen, ihr die Blumen zu geben, ihr in den Mantel zu helfen – all die kleinen Gesten, die Lena hoffentlich vermitteln würden, wie besonders sie war. Und all das würde sie tun, sobald sie sich einen Moment Zeit genommen hatte, den Anblick, der sich ihr bot zu genießen.

Lena trug eine schlichte, schwarze Stoffhose mit weit geschnittenen Beinen und einer Bundfalte. Ihr seidenes Oberteil war leuchtend türkisblau und mit Silberfäden durchsetzt, die das Licht einfingen, wenn Lena sich bewegte. Es war figurbetont und schmiegte sich an jede ihrer umwerfenden Kurven. Die obersten beiden Knöpfe standen offen und entblößten ein verlockendes V brauner Haut an Lenas Brust. Ihre Haare waren zu einem schicken Knoten aufgesteckt, und als einzigen Schmuck trug sie schlichte goldene Creolen.

»Du siehst fantastisch aus«, flüsterte Megan.

Lena senkte den Kopf, und Megan beobachtete, wie eine zarte Röte sich auf ihren Wangen ausbreitete. Sie hatte Lena schon oft erröten gesehen, aber diesmal berührte der Anblick etwas tief in ihr, irgendwo weit unten.

»Danke«, murmelte Lena, bevor sie den Kopf wieder hob. »Du auch.«

Megan lächelte. »Danke.« Sie hatte keinen Anzug angezogen, aber die anthrazitgraue Hose mit der weißen Bluse und der offenen schwarzen Weste gehörte zu ihren eleganteren Outfits. Ihre Haare hatte sie zu einem schlichten Pferdeschwanz gebunden, aber ein paar Strähnen locker um ihr Gesicht fallen gelassen. Auf Jens Vorschlag hin hatte sie sich die Augen geschminkt – nicht zu auffällig, nur etwas Eyeliner und Mascara, um das Blau zu betonen.

Sie trat vor und nahm den kleinen Blumenstrauß von der Küchentheke. »Die sind für dich«, sagte sie und hielt sie Lena hin.

Lena wich zurück. »Oh«, sagte sie mit großen Augen. »Entschuldige, ich kann sie nicht nehmen. Ich bin allergisch gegen die meisten Blumen.«

Megans Magen zog sich zusammen. *Mist.* Schnell legte sie die Blumen wieder zurück auf die Theke. »Tut mir leid, ich –«

»Nein, schon gut! Du hast es nicht gewusst.« Lena lächelte. »Ich freue mich über die schöne Geste.«

Ein paar Minuten später verließen sie die Wohnung und Megan gab die Blumen schnell bei einer überraschten Dorothy ab. Nachdem Megan ihrer Nachbarin umständlich die Situation erklärt hatte, schenkte Dorothy ihr ein glückliches Lächeln.

»Gott segne dich, Kind. Ich hoffe, ihr habt einen schönen Abend.«

»Danke«, sagte Megan, während sie unruhig von einem Fuß auf den anderen trat. »Werden wir.«

Die Brasserie, die sie gewählt hatte, war gemütlich, aber nicht zu intim. Megan wollte, dass sie in Ruhe reden konnten, aber gleichzeitig hatte sie nicht das romantischste Lokal in der Straße nehmen wollen, um ihnen beiden nicht zu viel Druck zu machen. Auf dem Weg zum Restaurant plauderten sie ein wenig über die Arbeit, und obwohl das Gespräch anfänglich ein wenig verhalten war, beschloss Megan, ihre Nervosität beiseitezuschieben, nachdem sie sich gesetzt hatten. Der Tisch war klein und mit einem schlichten, weißen Tischtuch bedeckt. Bei den Düften, die aus der Küche wehten, lief ihnen das Wasser im Mund zusammen. Im Hintergrund waren die Gespräche der wenigen anderen Gäste, die sich für eine

Mahlzeit im Restaurant in den kalten Abend hinausgewagt hatten, wie ein leises Summen zu hören.

Megan rieb sich die Hände, um ihnen wieder etwas Leben einzuhauchen. »Ich kann gar nicht glauben, dass ich meine Handschuhe vergessen habe«, sagte sie mit einem reumütigen Grinsen.

Lena lächelte. »Wir hätten zurückgehen können.«

»Nein, schon gut. Ich bin ein großes Mädchen.«

Lena wirkte unbehaglich bei dieser Aussage.

»Hey«, sagte Megan sanft, »ich mache mich damit nicht selbst herunter, falls du das gedacht hast. Das ist nicht die Rückkehr von Pummelchen.« Erleichterung durchflutete sie, als Lena mit den Augen rollte und ebenfalls ein Lächeln zeigte.

»Okay. Verstanden. Ich schätze, nach dem Vorfall bin ich noch etwas empfindlich. Ich fühle mich immer noch schuldig, weil ich deinen Vater so angefahren habe.«

»Das musst du nicht, ehrlich. Er hat es total locker genommen, wie er gesagt hat.«

»Na gut, ich glaube dir.«

Sie nahmen ihre Speisekarten auf und blätterten sie eine Weile schweigend durch.

»Was reizt dich?«, fragte Megan und sah über den Rand ihrer Karte zu der hinreißenden Frau, die ihr gegenübersaß. Im gedämpften Licht des Restaurants sah Lena noch schöner aus, wenn das überhaupt möglich war.

»Das Huhn, denke ich«, murmelte Lena und biss sich nachdenklich auf die Unterlippe. Diese unbewusste Geste wirkte auf Megan so erotisch, dass ein Kribbeln durch ihren gesamten Körper schoss.

Megan räusperte sich. »Äh, ja, daran hatte ich auch gedacht. Aber ich glaube, ich nehme das Lamm.«

Sie gaben bei der Kellnerin ihre Bestellungen auf und nippten an ihrem Wasser. Megan hatte ein alkoholisches Getränk abgelehnt, da sie bei klarem Verstand bleiben wollte, obwohl der Wein sie vielleicht entspannt hätte. Aber da Lena überhaupt keinen Alkohol trank, hätte Megan es nicht richtig gefunden, allein zu trinken.

»Also«, sagte Lena. »Wie war deine Silvesterparty? Ich habe dich nicht einmal lange genug gesehen, um danach zu fragen.«

Megan kicherte. »Ich weiß, die letzten zwei Wochen waren so verrückt. Na ja, eigentlich war sie toll.«

Sie berichtete Lena in einigen Details von dem Spaß, den sie gehabt hatten, und im Gegenzug erzählte Lena ihr alles über ihren Trip in die Heimat, um Madhu zu besuchen.

Als das Essen kam, sah Megan, wie Lenas Blick zum Lamm auf ihrem Teller wanderte.

»Würdest du gerne davon probieren?«, fragte Megan. »Bevor ich anfange?«

Lena errötete. »Danke, das würde ich sehr gerne.«

Megan war fasziniert von Lenas Konzentration, als sie das Gericht kostete. Lena war ziemlich vernarrt in Essen und eine exzellente Köchin und liebte es offensichtlich, neue Geschmackskombinationen zu erkunden. Es war seltsam erotisch, sie dabei zu beobachten, wie sie den Bissen im Mund herumrollte, um alle Nuancen zu erforschen. Megan rutschte auf ihrem Stuhl herum.

»Es ist köstlich«, sagte Lena schließlich, nachdem sie geschluckt hatte. »Das Fleisch ist sehr zart und sie haben marokkanische Kräuter und Gewürze perfekt kombiniert.«

Megan konnte nur nicken; sie hätte Lena den ganzen Abend zuhören können, wie sie über Essen redete.

»Möchtest du das Huhn probieren?«, fragte Lena schließlich vorsichtig.

Megan nickte lächelnd, dann beugte sie sich hinüber, schnitt etwas von dem Fleisch ab und schob es sich mit der Gabel in den Mund. Es schmeckte wundervoll und sie stöhnte anerkennend. Lena errötete heftiger.

Beim Essen plauderten sie locker und nahmen sich Zeit. Anstatt nach der Mahlzeit ein Dessert zu bestellen, entschieden sie sich für Pfefferminztee. Keine sprach es aus, aber scheinbar wollten beide den Abend nicht enden lassen.

»Ist das … das war schön, oder?«, fragte Megan.

Lena lächelte sanft. »Das war es. Definitiv.«

»Also, wie würdest du dich damit fühlen, wenn wir es wiederholen?«

»Ich würde mich sehr gut damit fühlen.« Lenas freches Grinsen raubte Megan den Atem. Es war berauschend, Lena so entspannt zu sehen.

»Du … du hast dich so verändert, seitdem wir uns das erste Mal begegnet sind«, sagte Megan. »Jetzt, da ich dich besser kenne, sehe ich so viele heitere Seiten an dir.«

Lenas Finger spielten nervös mit dem Kragen ihrer Bluse. »Ich fühle mich bei dir sehr entspannt. Ich weiß, wir hatten nicht den besten Start, aber jetzt …« Sie wandte kurz den Blick ab. »Jetzt fühle ich mich bei dir gut aufgehoben. Ich … vertraue dir. Vertraue darauf, dass du nicht mit mir spielst.«

»Das würde ich nie tun«, sagte Megan nachdrücklich. »Ich mag es, Zeit mit dir zu verbringen, mit dir zu lachen und zu reden. Ich … ich würde wirklich gerne herausfinden, was wir daraus machen können.«

Lena sagte nichts, aber ihr Lächeln und sanftes Nicken verriet Megan alles, was sie wissen musste.

Sie tranken ihren Tee schweigend aus, aber nicht verlegen, ließen lächelnd den Blick auf der jeweils anderen ruhen und spürten die Besonderheit des Moments. Megan hatte auf beiden Armen eine Gänsehaut, als die Kellnerin die Rechnung vor ihnen auf den Tisch legte. Megan hatte Lena bereits deutlich gemacht, dass sie bezahlen würde. Immerhin hatte sie Lena um das Date geben und sie wollte sie einladen. Sie warf einen Blick auf den Betrag, bemerkte, dass das Trinkgeld bereits einbegriffen war, und griff in ihren Mantel nach der Geldbörse.

Die nicht dort war.

Sie schloss einen Moment lang die Augen, dann fuhr sie mit beiden Händen in jede Tasche, um noch einmal nachzuprüfen. Nein. Nichts. Obwohl sie wusste, dass es sinnlos war, da sie spürte, dass sie leer waren, fuhr sie auch in ihre Hosentaschen.

Nichts.

Heilige Scheiße.

»Alles in Ordnung?«, fragte Lena mit verwirrter Miene.

Megan zwang sich, ihren Blick zu erwidern. »Äh, na ja, nein. Nicht wirklich.« Sie holte die Luft. »Ich habe meine Geldbörse auf der Küchentheke vergessen. Nach dem besch – Ausrutscher mit den Blumen habe ich wohl vergessen, sie einzustecken.« Sie vergrub das Gesicht in den Händen. »Es tut mir so leid, Lena.«

Von ihrem Gegenüber kam nichts als Schweigen. Als Megan den Kopf wieder hob, starrte Lena sie finster an.

»Ich habe meine Handtasche zu Hause gelassen. Du hast so darauf bestanden zu bezahlen, dass ich auch kein Geld bei mir habe«, sagte sie in so eisigem Ton, dass das Lamm sich in Megans Magen drehte.

Dabei war alles so gut gelaufen.

»Ähm, okay. Gott, das tut mir so leid.«

Lena verschränkte die Arme vor der Brust. »Gut. Na, eine von uns wird nach Hause laufen und Geld holen müssen, oder?«

»Ich gehe.« Megan sprang auf. »Bleib du hier. Bestell noch einen Tee, wenn du möchtest. Ich kläre das mit der Kellnerin und komme zurück, so schnell ich kann, okay?«

Lena nickte und Megans Innenleben protestierte noch stärker. Typisch, dass sie es mal wieder gründlich vermasselte.

Sie ging zur Kellnerin und erzählte ihr, was los war. »Ich schwöre, ich wohne nur zehn Minuten zu Fuß von hier, also bin ich in zwanzig zurück, okay? Meine Freundin bleibt, damit Sie sehen, dass wir Sie nicht betrügen wollen. Können Sie ihr bitte noch einen Pfefferminztee bringen?«

Die Kellnerin runzelte die Stirn. »Lassen Sie mich den Manager fragen.«

Megan stöhnte. *Kommt schon, Leute, je länger das dauert, desto länger muss Lena schmoren.* Der Manager erschien und Megan wiederholte ihre traurige Geschichte. Glücklicherweise war er mit ihrem Plan einverstanden, und bald bewegte sie sich halb gehend, halb joggend die High Street entlang zu ihrer Wohnung.

Die Geldbörse lag brav und unschuldig genau dort, wo sie sie zurückgelassen hatte. Megan griff sie, stürmte ins Treppenhaus und erinnerte sich in letzter Sekunde daran, nicht die Tür hinter sich zuzuknallen. Das Letzte, was sie an diesem Abend noch brauchte, war eine Standpauke von Dorothy.

Als sie ganz außer Atem wieder das Restaurant betrat, drehten sich mehr als nur ein paar Köpfe zu ihr um. Lenas Anblick verursachte ein flaues Gefühl in ihrem Magen. Sie wirkte verlegen und wich Megans Blick aus. Kurz flackerte Ärger in Megan auf – es war ja nicht so, als hätte sie mit Absicht ihr Geld vergessen. Es war ein unglückliches Versehen gewesen, und sie hoffte, dass Lena das eher früher als später verstand.

Megan winkte der Kellnerin und reichte ihr die Kreditkarte. »Bitte«, flehte sie, »so schnell Sie können.«

Die Kellnerin nickte und bat Megan dann zum Kartenlesegerät hinüber, das auf der Bar stand.

»Hören Sie«, sagte sie leise, »Sie sollten wissen, dass Ihre Freundin so etwas wie eine Panikattacke hatte, während Sie weg waren. Jetzt scheint wieder besser zu sein, aber für eine Weile ging es ihr ziemlich schlecht.«

»O Gott.« Megan warf einen Blick zu Lena, die ihre Serviette mit den Händen zu einer Kugel zerdrückte. »Verdammt. Danke, dass Sie mir das erzählt haben.«

»Kein Problem.« Die Kellnerin riss Megans Quittung ab und gab ihr die Rechnung und die Kreditkarte zurück. »Tut mir leid, dass ich vorhin so misstrauisch war. Wir hatten schon ein paar Leute, die nach der Geschichte mit der vergessenen Geldbörse einfach verschwunden sind, ohne zu bezahlen, daher sind wir jetzt ein wenig übervorsichtig.«

»Nein, schon gut, ich verstehe das. Danke nochmal.«

Megan drehte sich um, atmete tief durch und ging zu ihrem Tisch hinüber. Lena war bereits auf den Beinen und zog ihren Mantel an.

»Fertig?«, fragte sie mit zusammengebissenen Zähnen.

»Ja«, sagte Megan. »Hör mal, es ist nicht so, als hätte ich das mit Absicht getan …«

»Ich weiß.« Lenas Ton war knapp. »Können wir bitte einfach gehen?« Ihre Worte waren so traurig, dass sie an Megans Herz zerrten.

Megan führte Lena aus dem Restaurant in die kalte Nachtluft. »Geht es dir gut? Die Kellnerin hat gesagt –«

»Es geht mir gut. Können wir bitte nach Hause gehen?« Lena klang, als würde sie gleich in Tränen ausbrechen, und Megan sehnte sich danach, einen Zauberstab zu nehmen und die letzte halbe Stunde ungeschehen machen zu können.

Sie liefen schweigend und in schnellem Tempo nach Hause, beide mit gegen die Kälte gesenkten Köpfen und in den Taschen vergrabenen Händen. Lena schob das Hoftor an der Straße auf und Megan wurde erneut das Herz schwer. Da war Dorothy, die gerade ihren Müll in eine der Tonnen warf. Sie sah auf, als Lena und Megan den Weg heraufkamen.

»Ah, guten Abend«, sagte sie höflich. »Wie war euer Essen?«

Mit bebender Stimme sagte Lena: »Hi, Dorothy«, und ging dann an ihr vorbei. »Wir hatten eine angenehme Zeit, danke.« Sie trat ins Haus.

Dorothy blinzelte verwirrt hinter den großen Brillengläsern, dann wandte sie sich mit fragend hochgezogenen Augenbrauen Megan zu.

»Es … wir …« Megan seufzte. »Ich hab es vermasselt, Dorothy.«

Dorothy bedeutete Megan, ihr ins Haus zu folgen. Sie schloss gerade die Tür hinter ihnen, als ein dumpfes Geräusch erklang. Sie sahen auf und entdeckten Lena auf Händen und Knien mitten auf der Treppe. Sie war in ihrem Versuch, möglichst schnell in die Wohnung und wahrscheinlich auch von Megan wegzukommen, mit einem Stiefel unter der Schutzplane auf der Treppe hängengeblieben und gestolpert.

»Au!«, rief sie laut und stemmte sich wieder hoch. Dann brach sie in Tränen aus. Sie sah nicht zurück, als sie die restlichen Stufen hinaufeilte.

»Du meine Güte«, sagte Dorothy.

»Ich weiß«, erwiderte Megan traurig.

»Was ist passiert, Kind?«

Seltsamerweise fühlte es sich nicht komisch an, Dorothy davon zu erzählen. Megan berichtete ihr in Kurzform, da Dorothy nun auch nicht alles wissen musste, von dem Date. Aber als sie an dem Punkt ankam, dass sie ihre Geldbörse vergessen hatte und Lena darüber verstimmt gewesen war, tätschelte Dorothy ihr nur den Arm.

»Sie wird sich schon einkriegen, keine Sorge. Lena kommt nicht gut mit dem Gefühl von Verlegenheit klar.«

»Ich wusste nicht, dass Sie sie so gut kennen.«

Dorothy zuckte mit den Schultern. »Wir stehen uns nicht nahe, das stimmt. Aber als diese Frau Lena so verletzt hat, gab es einige furchtbare Streitgespräche, und ich habe einige Dinge aufgeschnappt. Genug um zu wissen, was Chris getan hatte, und wie Lena das empfand.«

Megan starrte die ältere Frau erstaunt an. »Sie stecken voller Überraschungen, Dorothy, wissen Sie das?«

Dorothy lächelte warm. »Lass sie in Ruhe, Kind. Wenigstens eine Weile. Alles wird gut werden, glaub mir.« Und damit tätschelte sie noch einmal Megans Arm und ging in ihre Wohnung zurück.

Kapitel 22

Lena ging unruhig im Wohnzimmer vor dem Fernseher auf und ab, während ihre Gedanken rasten.

Ihre Verlegenheit darüber, dass sie im Restaurant die Beherrschung verloren hatte und dann vor Dorothy auf der Treppe gestolpert war, hatte sie ausgelaugt. In dem Moment, als sie sich auf die Bettkante in ihrem Zimmer gesetzt hatte, war ihr Blick auf die Häschenschlappen gefallen. Und plötzlich war eine traurige Megan das einzige, was sie vor ihrem inneren Auge sah. Sie hatte so verletzt und betrübt ausgesehen, als sie das Restaurant verlassen und Lena sich an ihr vorbeigeschoben hatte.

Lena wischte sich über die feuchten Augen und atmete einige Male tief durch. Megan hatte für ihr Essen gezahlt und Lena war nicht einmal höflich genug gewesen, sich bei ihr zu bedanken. Es war ein einfacher Fehler gewesen, die Geldbörse zu vergessen, und dennoch hatte Lena Megan grässlich behandelt. Sie wusste warum. In diesem Moment waren all die Erinnerungen an ihre Schulzeit wieder hochgekommen; wie man sie gehänselt und gemobbt hatte, nur weil sie anders war. Wie sie von ihren Klassenkameraden öffentlich bloßgestellt worden war. All das hatte sie wieder durchlebt, als einige der Gäste im Restaurant ihre Panikattacke bemerkt hatten.

Lena hasste es, wenn andere sie anstarrten, mit dem Finger auf sie zeigten und sich über sie lustig machten. Ihr ganzes Leben lang hatte sie unter den bösen Kommentaren von Leuten gelitten, die ihre zwanghaften Neigungen nicht für das akzeptieren konnten, was sie waren –ein Teil von Lenas Persönlichkeit, der niemandem schadete und ihr ein Gefühl der Geborgenheit in der Welt gab. In dieser Situation, als sie allein und verlegen auf Megan gewartet hatte und aufgefallen war wie ein bunter Hund, waren all diese Ängste, zum Gespött zu werden, wieder hochgekocht. Nach dem wundervollen Abend, den sie miteinander geteilt hatten, schmerzten sie sogar noch tiefer.

All diese Leute, die zugesehen hatten, wie sie den Tisch gepackt und mit ihrem Stuhl vor- und zurückgewippt war. Die Kellnerin, die auf sie zugekommen war und mit ihr sprechen wollte, bevor Lena abgewinkt hatte. Wie alle sie anstarrten. Die Gesichter mit den weit aufgerissenen Augen und …

Plötzlich hob sie den Kopf.

Die Leute hatten sie nicht angestarrt, weil sie amüsiert waren oder sich über sie lustig machten.

Sie hatten sie *besorgt* angesehen.

Einige Augenblicke lang ließ sie sich das durch den Kopf gehen. Sie war nicht ausgelacht oder lächerlich gemacht worden. Alle, die bemerkt hatten, was los gewesen war, hatten sich nur um sie gesorgt. Wahrscheinlich hatten sie nicht einmal gewusst, dass Megan gegangen war. Alles, was sie gesehen hatten, war eine junge Frau in Not gewesen, und sie hatten … sich gesorgt.

Nun hatte sie es begriffen – aber konnte sie den Schaden bereinigen, den sie der frischen Beziehung mit Megan zugefügt hatte? Bis zu dem Vorfall mit der Geldbörse und Lenas Überreaktion war der Abend etwas ganz Besonderes gewesen. Megan war aufmerksam und witzig gewesen und hatte eine Intelligenz gezeigt, die Lena immer hinter ihrer rauen Fassade vermutet hatte. Das Essen war köstlich gewesen, und als sie nach der Mahlzeit ihren Tee getrunken hatten, war Lena ganz voll vor lauter Glück. Endlich lief etwas richtig, steckte etwas ihre Welt auf eine gute Art und Weise in Brand.

Und dann hatte sie sich wie eine komplette Zicke – in Gedanken stockte sie bei dem Wort, aber es war angemessen – vor Megan aufgeführt und alles ruiniert.

Sie musste sich bei Megan entschuldigen, und zwar schnell.

Mit gesenktem Kopf starrte sie erneut auf die Schlappen und spürte einen Stich im Herzen, als sie sich daran erinnerte, wie Megan sie ihr am Weihnachtsmorgen gegeben hatte. Den Blick auf die Wohnungstür gerichtet, wünschte sie sich, dass Megan hereinkam, damit sie das in Ordnung bringen konnte.

Sie zuckte zusammen, als einen Moment später die Tür aufging, und Megan auf der Schwelle erstarrte – ihr Gesicht war wie immer ein offenes Buch, und darin stand eine quälende Mischung aus Verwirrung, Angst und Schmerz zu lesen.

Lena legte die Handflächen bittend aufeinander und holte tief Luft. »Megan, es tut mir so leid«, sagte sie.

Megans Brauen schossen erstaunt in die Höhe und sie machte ganz große Augen. Sie schloss die Tür hinter sich, ohne den Blick von Lena abzuwenden.

Als Megan nichts erwiderte, schluckte Lena und sagte: »Können wir uns bitte setzen, damit ich alles erklären kann?«

Da war nur ein kurzes Zögern, bevor Megan sagte: »Klar.« Sie streifte ihren Mantel ab, zog die Stiefel aus und ging zum Sofa.

Sie hockten sich jeweils an ein Ende und Lena hielt ihre Knie fest umklammert, als sie sagte: »Ich hatte kein Recht, wegen der Geldbörse so sauer auf dich zu werden. Ich war in Panik. Ich dachte, alle im Restaurant würden es merken und sich über uns lustig machen. Über mich. Mir ist klargeworden, dass das nicht stimmt. Ich ...«

Es war schwierig, sich Megan zu offenbaren, doch es war notwendig, wenn sie eine Chance haben wollten. »In der Schule wurde ich gemobbt, weil ich mit all meinen kleinen Routinen und Gewohnheiten anders war. Als ich ein Kind war, vielleicht bis zum Alter von zehn Jahren, hat es mir nichts ausgemacht. Aber mit der Zeit bin ich empfindlicher geworden.« Sie sah auf ihre Hände hinab. »Wenn ich mich bloßgestellt fühle oder glaube, dass Leute sich über mich lustig machen könnten, bekomme ich manchmal Panikattacken. Das ist passiert, als du weg warst, und hat die ganze Situation verschlimmert. Als du zurückgekommen bist, wollte ich nur noch weg, weil ich dachte, dass die Leute mich aus Belustigung anstarren.« Sie sah wieder auf und erwiderte Megans Blick. »Ich war so schroff zu dir, und das tut mir leid. Es ist ... es ist etwas, an dem ich arbeiten muss, das weiß ich, und es tut mir sehr leid, dass ich zugelassen habe, dass es unseren Abend ruiniert.«

Megan lächelte sanft und Lena konnte kaum in Worte fassen, welche Erleichterung sie bei diesem Anblick durchströmte.

»Schon gut«, sagte Megan. »Ich verstehe. Ich will nicht lügen, es hat wehgetan, dass du plötzlich aus der Haut gefahren bist, aber ich begreife, warum die Situation so schmerzhaft für dich war. Es tut mir leid, dass du das überhaupt durchmachen musstest, und es tut mir leid, dass ich wieder Schuld daran hatte.«

»Und deshalb bin ich so enttäuscht von mir selbst – es war nicht mehr als ein Versehen von dir. Aber ich habe mich von meiner alten Angst überwältigen lassen, und aus Reflex war ich so hässlich zu dir.«

»Schon gut«, wiederholte Megan. »Wirklich. Solange es dir gutgeht und wir noch miteinander reden, ist es in Ordnung.«

»Oh, es geht mir gut, und das tun wir!«, begeisterte Lena sich. »Definitiv.«

Megan zuckte mit den Schultern. »Dann ist es gut.« Sie stand auf. »Okay, ich gehe ins Bett.«

Sie sagte es nicht eigentlich kalt, für Lena fühlte sich aber dennoch wie eine Zurückweisung an. War Megan tiefer verletzt, als sie sich anmerken ließ? Oder hatte sie bereits beschlossen, dass Lena es nicht wert war, mehr von ihrer Energie zu verschwenden? Dieser letzte Gedanke zerrte innerlich an Lena und mobilisierte sie zu einer mutigen und beispiellosen Handlung. Sie stand ebenfalls auf, und bevor Megan gehen konnte, packte Lena sie am Arm, um sie zurückzuhalten.

»Megan«, begann sie leise. Als Megan sie ansah, sagte sie: »Würdest du vielleicht wieder mit mir ausgehen wollen? Möglicherweise schon dieses Wochenende?«

Megan war verblüfft, aber im nächsten Moment verzog sie den Mund zu einem breiten Lächeln. »Das ... das würdest du wirklich gerne tun?«

Lena nickte schüchtern. »Ja, das würde ich. Wenn du es auch möchtest. Ich hatte heute ein paar wundervolle Stunden mit dir und ich würde dich wirklich gerne wiedersehen. Also, zu einem Date, meine ich. Denn eigentlich sehe ich dich ja jeden Tag, aber –«

»Das wäre toll«, unterbrach Megan sie heiter.

Lenas Bauch krampfte sich zusammen, aber auf eine gute Art. »Ja?«

»Ja«, flüsterte Megan und nickte.

Es herrschte eine wunderbare Spannung zwischen ihnen. Lena war sich nur allzu bewusst, dass sie immer noch Megans Unterarm festhielt, sie fühlte die weiße Baumwolle unter ihren Fingern und spürte, wie kräftig der Arm unter dem Stoff war. Ihre Blicke trafen sich und ohne einen einzigen Gedanken daran, ob es richtig oder falsch war oder welche Folgen es nach sich ziehen würde, stellte Lena sich auf die Zehenspitzen und küsste Megan.

Megan erstarrte überrumpelt. So war es einen Moment lang nur Lena, die sie küsste – ihre Nasen stießen aneinander und ihre Lippen fanden nicht recht zueinander. Es fühlte sich seltsam an, einen teilnahmslosen Mund zu küssen und Lena geriet beinahe wieder in Panik. Doch bevor sie sich aufregen und sich ausmalen konnte, in welchem Desaster dieser missglückte Kuss enden könnte, erwachte Megan aus ihrer Erstarrung. Ihre Lippen passten sich – selig, sinnlich, köstlich – Lenas an und teilten sich leicht. Der Kuss verwandelte sich in etwas, das Lena so noch nie erlebt hatte. Er war langsam und sanft und zugleich von tiefer Leidenschaft durchdrungen.

Sie stöhnte und ließ sich in den Kuss sinken. Jetzt hielt sie Megans Arm fest gepackt und ihr Körper frohlockte, als Megan den anderen Arm um Lenas Taille legte und sie ein wenig dichter an sich zog. Megans Mund auf ihrem war einfach wundervoll und schien alles in sich zu vereinen, das ihr an Megan gefiel – Wärme, Aufmerksamkeit, Sexappeal.

Langsam ließ Megan sie los und verweilte dann noch ein wenig an Lenas Unterlippe, bevor sie den Kopf hob und Lena betrachtete.

»Wow«, flüsterte sie.

Lena nickte nur. Sie war in diesem Moment nicht fähig zu sprechen.

Megan räusperte sich. »Also, ähm, ich glaube, ich sage jetzt Gute Nacht, okay?« Ihre Stimme war heiser, und bei diesem Klang schmolz Lena dahin.

»Ja. Gute Nacht.« Das war alles, was sie herausbrachte. Ihr Körper und ihr Geist waren in einem köstlichen Nebel versunken, der durchaus bis zum Morgen andauern könnte.

Megan lächelte und beugte sich hinab, um ihr noch einen ganz zarten Kuss zu geben, dann drehte sie sich um und ging in ihr Zimmer.

Lena betrat ihrerseits langsam das Badezimmer, sperrte ab und stellte sich vor den Spiegelschrank. War das wirklich gerade passiert? Hatte sie, Lena Shah, gerade Megan Palmer geküsst? Sie berührte ihre Lippen mit den Fingern und ein Lächeln breitete sich auf ihrem Gesicht aus.

O ja. Das hatte sie.

Wärme erfüllte Megan, als sie Lena am nächsten Morgen blinzelnd zum Badezimmer tappen sah, und sie musste so breit lächeln, dass sie fürchtete, sich den Kiefer auszurenken. Sechs Uhr morgens war viel zu früh für Lena, um aufzustehen – für Megan war es allerdings die übliche Zeit, wenn sie eine Frühschicht hatte, da ihre ersten Kunden vor dem Arbeitsbeginn um sieben kamen. Lenas Start in den Tag um sieben Uhr hatte sich in der Zeit, die sie zusammenlebten, nicht einmal verschoben. Daher war es so amüsant wie verwirrend, sie so früh auf den Beinen zu sehen.

Lena schien nicht zu merken, dass Megan sie stumm vom Küchenbereich aus beobachtete. Als sie sich räusperte, um auf sich aufmerksam zu machen, zuckte Lena überrascht zusammen.

»Oh, entschuldige«, sagte Megan betreten. »Ich wollte mich nur bemerkbar machen.«

Sofort verwandelte Lenas erschrockener Ausdruck sich in ein warmes Lächeln, und Megan verlagerte leicht das Gewicht. Wenn Lena sie so anlächelte, vergaß sie fast ihren eigenen Namen.

»Morgen«, murmelte Lena, während ihre Hände ihr Pyjamaoberteil kneteten. Dieses Oberteil sah Megan am liebsten an ihr, denn das fliederfarbene Schottenmuster betonte ihre schöne Haut.

»Du bist früh auf«, sagte Megan.

Lena zuckte mit den Schultern und ihr Lächeln rutschte etwas schief. »Ich habe nicht gerade gut geschlafen. Schätze, irgendetwas hat mich zu sehr beschäftigt.«

Zu Megans Erstaunen zwinkerte Lena ihr verschwörerisch zu. Der Anblick schickte eine heftige Schockwelle von Megans Gehirn aus durch den ganzen Körper zu einer Stelle weiter unten. Sie nickte. »Ah ja, ich glaube, ich weiß, was du meinst.«

Lena errötete heftig und sie deutete hinter sich zum Badezimmer. »Ich muss …«

»Klar, geh ruhig.«

Megan beobachtete, wie Lena zum Badezimmer davonging, während ihr Herz fest gegen ihre Rippen pochte. Sechs Uhr morgens war viel zu früh, um sanft wachsende Erregung für eine Frau zu verspüren, mit der sie am Abend zuvor gerade den ersten Kuss ausgetauscht hatte. Aber zur Hölle, was für ein Kuss war das gewesen! Er war umso besonderer gewesen, weil er aus dem Nichts gekommen war und ihre Schuldgefühle wegen des Vorfalls mit der Geldbörse getilgt hatte. Dieser Kuss und Lenas Entschuldigung sorgten dafür, dass Megan nur noch daran denken konnte, Lena erneut zu küssen und viel mehr Zeit mit ihr zu verbringen. Und sie dabei hoffentlich noch viel öfter zu küssen.

Sie riss sich aus der Versunkenheit und widmete sich wieder dem Mittagessen, das sie vorbereitete. Gerade als sie damit fertig war, kam Lena aus dem Badezimmer. Da sie nicht sicher war, ob und wie sie sich Lena nähern sollte, beschloss Megan zu warten. Lena erinnerte sie an ein scheues Reh, dem man sich nicht zu schnell oder zu unvermittelt nähern durfte, um es nicht zu verschrecken. Umso größer war ihre Freude, als Lena zu ihr an die Küchentheke ging, die Arme um ihre Taille legte und erwartungsvoll das Gesicht hob.

O ja.

Megan neigte den Kopf und genoss ein weiteres Mal diese unglaublich weichen Lippen auf ihren. Der Kuss dauerte nicht lange an und ihre Zungen streiften sich kaum, bevor Lena sanft zurückwich.

»Ich hoffe, du hast einen guten Tag«, flüsterte Lena und dann war sie weg, marschierte zu ihrem Zimmer zurück, wahrscheinlich um weiterzuschlafen, bis um Punkt sieben Uhr ihr Wecker klingelte.

Megan blieb in der Küche zurück und fragte sich, ob ihre Beine je wieder funktionieren würden.

Lena wachte mit einem Ruck auf, als der Alarm neben ihr losging. Sie nahm ihr Handy, tippte auf das Schlummern-Symbol und ließ sich auf das Kissen zurücksinken. Das war definitiv nicht der erholsamste Schlaf ihres Lebens gewesen. Sie stöhnte und drehte sich auf den Bauch. Um sechs Uhr aufzuwachen und auf die Toilette zu müssen, war der traurige Höhepunkt gewesen, nachdem lebhafte Träume und Gedanken sie die ganze Nacht hindurch geplagt hatten.

Sie schlug die Augen auf, als die Erinnerung daran, was an diesem Morgen um fünf nach sechs passiert war, mit einem Schlag zurückkehrte.

Du meine Güte. Sie hatte Megan geküsst. Und sie hatte damit angefangen. *Schon wieder.*

Sie wand sich grinsend. Es hatte sich *richtig gut* angefühlt. Sowohl der Kuss an sich als auch der Mut, den sie aufgebracht hatte, ihn von Megan einzufordern. Megan hatte völlig fassungslos gewirkt, und Lena glaubte nicht, dass sie je zuvor diese Wirkung auf jemanden gehabt hatte. Nun ja, vielleicht auf ihre Eltern, als sie sich vor ihnen geoutet hatte, aber das war eine ganz andere Art der Fassungslosigkeit gewesen, und die wollte sie nie wieder erleben.

Sie rollte sich auf den Rücken und warf die Arme über den Kopf. Megan um sechs Uhr morgens zu küssen. Sie schmunzelte. Madhu wäre so stolz auf sie.

Mit diesem Gedanken griff sie wieder nach ihrem Handy, schaltete den Alarm aus und öffnete ihre Nachrichten-App.

Guten Morgen. Hoffe, es geht dir gut. Ich habe Megan geküsst!!!

Vermutlich schlief Madhu noch, und bei dem Gedanken an die Reaktion ihrer Schwester, wenn diese die Nachricht entdeckte, musste Lena kichern. Madhu würde ihr wahrscheinlich nicht glauben. Es zu tun und dann auch noch davon zu berichten, war geradezu untypisch für Lena. Es würde ihr Spaß machen, Madhu von dem Date zu erzählen – sie würde sogar gestehen, wie schlecht sie Megan behandelt hatte und wie sie dann ihrer Wut auf den Grund gegangen und die Sache so schnell gelöst hatte. Und vielleicht würde Madhu dann stolz auf sie sein.

Sie war seit einer Stunde bei der Arbeit, als Madhus Antwort auf ihre Nachricht auf ihrem Handydisplay erschien.

Erzähl. Mir. Alles.

Im Büro war es ruhig, aber es war trotzdem nicht der richtige Ort für Gespräche dieser Art. Lena beendete noch schnell einen Bericht, schickte die E-Mail an ihre Vorgesetzte ab und erhob sich dann von ihrem Schreibtisch. Ihre Firma war nicht besonders streng, was private Anrufe während der Arbeitszeit betraf, aber es war besser, diskret zu sein. Die Kantine war leer, und sie zog einen Stuhl ans Fenster, durch das man aus dem vierten Stock über einen tristen Innenhof sehen konnte.

»Wie? Wann? Wie hat es sich angefühlt?« Madhu übersprang die Begrüßung.

Lena lachte. »Gestern Abend, nach unserem ersten Date. Sie hat mich zum Abendessen ausgeführt.« Sie erzählte Madhu von den Geschehnissen im Restaurant, aber bevor Madhu mit ihrem Tadel anfangen konnte, unterbrach Lena sie. »Nein, ich habe mich darum gekümmert. Sofort. Na ja, ungefähr zehn Minuten, nachdem wir wieder zu Hause waren. Ich habe begriffen, warum ich so reagiert habe, habe mich bei ihr entschuldigt und dann, na ja, dann habe ich sie geküsst.«

Madhu jubelte. »O Lena, das ist in so vielerlei Hinsicht gut!«

»Ich weiß«, sagte Lena und lächelte.

»Also, wie war der Kuss?«

Lena verzog das Gesicht über die persönliche Frage, beantwortete sie aber trotzdem. »Er war … heiß«, flüsterte sie.

Madhu stieß einen entzückten Schrei aus und sagte dann: »Weißt du, ich bin so stolz auf dich, weil du dich so schnell wieder eingekriegt hast. Ich meine, natürlich wäre es besser gewesen, wenn es gar nicht erst passiert wäre, aber wenigstens weißt du, was es ausgelöst hat, und vielleicht bedeutet das, dass es nicht mehr passieren wird?«

Lena dachte kurz über die Vorstellung nach. »Vielleicht hast du recht. Ich hoffe, dass mich in Zukunft nichts mehr so aus dem Gleichgewicht bringt, aber wenn doch, erkenne ich es hoffentlich sofort und alles wird okay sein.« Plötzlich musste sie gähnen. »Oh, Verzeihung.«

»Also wart ihr lange auf?«

Lena lachte etwas kleinlaut. »Nein, ich konnte nicht aufhören an sie zu denken, als ich im Bett war, und dann hatte ich die ganze Nacht über komische Träume. Ich fühle mich ganz platt.«

Madhu lachte schallend. »Und das noch bevor du die ganze Nacht aufgeblieben bist, um Sex zu haben«, sagte sie amüsiert.

»Madhu!«, rief Lena aus, während ihre Wangen tiefrot anliefen. »Du bist unglaublich.«

»Ach, Lena«, sagte Madhu leise kichernd. »Nun sei doch nicht so.«

Lena lag lesend auf dem Sofa, als Megan an diesem Nachmittag um vier Uhr nach Hause kam, und sah ein zweites Mal hin, als sie Lena unter einer Decke ausgestreckt sah.

»Hey, alles in Ordnung? Warum bist du so früh zu Hause?«

Sie ging zum Sofa hinüber und sah auf Lena hinab, die sich selbst zu bemitleiden schien.

»Na ja, es ist mir etwas peinlich, aber ich musste nach Hause fahren, weil ich einfach zu müde war.«

Megan kicherte.

»Lach mich nicht aus«, sagte Lena in lockerem Ton. »Es ist deine Schuld.«

Megan lachte noch lauter. »Hey, ich bin mehr als gewillt, diese Schuld auf mich zu nehmen.«

»Es ist blöd, aber ich glaube, es war auch ein wenig die Erschöpfung der letzten zwei Wochen, als die Arbeit so stressig war. Meine Chefin war ziemlich nett – sie hat gelacht und gesagt, dass sie es verstehen würde. Alles, woran ich arbeite, kann bis morgen warten.«

»Aber es ist nur Müdigkeit? Du bist nicht krank?«

Lena schüttelte den Kopf und streckte eine Hand aus. Megan nahm sie, ohne nachzudenken. Es war erstaunlich, wie gut und natürlich es sich anfühlte, Lenas Hand zu halten. »Nein, es geht mir wirklich gut. Ich entspanne mich mit meinem Buch und dann wollte ich uns Nudeln zum Abendessen kochen.« Sie schaute fragend. »Oh, warte, ich habe angenommen, du wärst den Abend zu Hause, aber vielleicht hast du andere Pläne?«

Sie wollte die Hand schon zurückziehen, aber Megan hielt sie fest. »Nein, keine Pläne im eigentlichen Sinn. Ich habe meiner Mum versprochen, dass wir telefonieren, aber abgesehen davon gehöre ich ganz dir.« Jetzt war sie es, die mit großen Augen Lena ansah, als sie erkannte, wie das klingen musste. »Ich meine, ich bin –«

Lena gluckste und Megan verstummte, heftig errötend. »Ich weiß, was du gemeint hast«, sagte Lena leise lachend. »Keine Sorge.« Dann wurde ihre Miene ernst. »Ich … Na ja, tatsächlich wollte ich mit dir darüber reden.«

»Worüber?«

Lena hustete und sah weg. »Ähm, über uns. Und darüber, was wir füreinander sind oder … sein könnten. Über die Tatsache, dass wir miteinander ausgehen, aber auch zusammenwohnen. Und du weißt schon, über das Körperliche. Zwischen uns, meine ich.«

»Oh, okay.« Megan ließ Lenas Hand los und ging um das Sofa herum, bevor sie sich neben Lena auf die Kante setzte. »Na ja, ich bin glücklich mit dir auszugehen und zu sehen, wohin es führt.« Megan zuckte mit den Schultern. »Ich weiß, dass wir zusammenwohnen, aber wir sehen uns nicht gerade oft. Und wir wissen, dass wir nur vorübergehend in derselben Wohnung leben, also für mich ist das eigentlich kein großes Problem. Macht es dir Sorgen?« *Bitte lass sie nicht pausieren wollen, bis sie ausgezogen ist.*

»Ein wenig, schätze ich. Du weißt sicherlich inzwischen, dass ich es schätze, Zeit und Raum für mich zu haben. Sehr«, sagte Lena.

Megan grinste und nickte.

»Aber du hast recht, wir laufen uns gar nicht so oft über den Weg, also kommen wir sicher damit klar, solange ich noch dein Gästezimmer benutze. Aber ich will ehrlich sein, ich werde mich besser fühlen, wenn ich wieder in meiner eigenen Wohnung bin.«

Erleichterung durchströmte Megan. »Das kann ich verstehen.« Sie lächelte, als ihr noch etwas einfiel. »Wenn du schon so vorausdenkst, kann ich also annehmen, dass du ebenfalls einverstanden bist, dich weiterhin mit mir zu treffen und zu sehen, wohin es führt?«

Lena lächelte schüchtern. »Das bin ich.«

»Cool.« Megans Grinsen war breit. »Und wenn wir schon über uns reden, wollte ich erwähnen, dass ich das zwischen uns exklusiv halten möchte. Ich glaube an Monogamie.«

»Ich auch«, murmelte Lena.

»Okay, gut. Und was das Körperliche betrifft, was genau hast du damit gemeint?«

Lena schwieg für einige lange Augenblicke und Megan wartete – sie war nicht sicher, was kommen würde, wusste aber doch, dass sie geduldig sein musste. Schließlich drehte Lena sich wieder zu ihr und fummelte an dem Buch in ihren Händen herum.

»Es ist nur, ich will nichts überstürzen. Das zwischen uns, was auch immer es ist, ist sehr neu. Ich weiß, dass manche Leute sich sofort hineinstürzen würden, aber so bin ich nicht. Ich meine, ich habe unsere Küsse geliebt«, Megan nickte enthusiastisch, »aber ich bin der Typ, der für andere Dinge etwas mehr Zeit braucht. Ich schätze, das wollte ich dir sagen und fragen, ob das in Ordnung für dich ist.«

Megan rutschte tiefer auf ihren Sitz. »Das«, begann sie, streckte mutig eine Hand aus und fuhr leicht mit den Fingerspitzen über Lenas Wange, »ist mehr als in Ordnung für mich. Ich bin auch nicht der Typ, der es eilig hat, okay?«

Lenas Erleichterung war beinahe greifbar. »Okay. Gut.«

Megan strich mit den Fingerspitzen über Lenas volle Lippen. »Aber wäre noch einer von diesen Küssen zu haben?«, fragte sie leise und lächelte, als Lena ein kleines Stöhnen über die Lippen kam. Ohne auf eine direkte Antwort zu warten, denn das Stöhnen war Antwort genug, beugte sie sich hinab und küsste Lena.

Wieder verlor sie sich im Weichen, der Hitze und der reinen, unverfälschten Lust. Als Lena die Lippen öffnete, spielte Megan vorsichtig mit ihrer Zunge, und die beiden Frauen stöhnten auf. Sie küssten sich inniger und Lenas Buch fiel zu Boden, als sie die Hand hob, sich Megans Pferdeschwanz um die Finger wickelte und sie noch ein wenig näher heranzog.

Nach mehreren Minuten begann Megans Rücken gegen ihre Haltung zu protestieren und sie wich widerwillig zurück.

»Das war … genau das, was ich gebraucht habe«, sagte sie und sah Lena in die Augen. »Es ist wunderbar, dich zu küssen.«

Lena lächelte schüchtern. »Danke. Mir gefällt es auch recht gut.«

Dann kicherte sie, als Megan eine Braue hob und sagte: »*Recht gut*. Tatsächlich. Na, jetzt fühle ich mich ja besonders.« Sie hielt ihren Ton locker und neckend, in der Hoffnung, dass Lena ihren Humor verstand.

»Ach, weißt du, ich muss doch darauf achten, dass du dir nicht zu viel darauf einbildest.«, entgegnete Lena grinsend.

Megan lachte heiter.

Kapitel 23

Samstag war möglicherweise der langsamste Tag in Megans ganzem Leben. Sie war mit den Gedanken weit von der Arbeit entfernt; stattdessen drehten sie sich um eine wunderschöne Frau in Clapham, mit der Megan später am Tag mindestens vier Stunden verbringen würde.

Nach ihrem sengend heißen Kuss und ihrer Flirterei am Donnerstagabend hatten sie Nudeln gegessen, und Megan hatte wie geplant ihre Mutter angerufen. Sie hatte die neuesten Entwicklungen mit Lena nicht erwähnt, da sie das noch für sich behalten wollte. Als sie ins Wohnzimmer zurückkehrte, war Lena fast auf dem Sofa eingeschlafen, also hatten sie nur noch einen Gutenachtkuss geteilt und waren ihrer Wege gegangen.

Am Freitag hatten sie sich überhaupt nicht gesehen – Megan arbeitete spät, und als sie nach Hause kam, hatte Lena ihr eine süße Notiz hinterlassen, um zu sagen, dass sie früh ins Bett gegangen war.

Ich wollte wirklich aufbleiben und dich sehen, aber ich konnte meine Augen nicht mehr offenhalten. Tut mir leid!

Die Worte waren von einem Smiley und einer kleinen Reihe ordentlicher Kreuzchen für Küsschen begleitet gewesen. Megan hatte den ganzen Weg zum Bett gestrahlt.

Jetzt hatte sie noch einen Kundentermin hinter sich zu bringen, bevor ihr Tag zu Ende war, und sie musste sich beherrschen, um die arme Frau nicht im Eiltempo durch alle ihre Übungen zu jagen. Als schließlich der letzte Teil vorüber war, verabschiedete sie sich und rannte praktisch in die Garderobe, um ihren Kram zu holen.

Sie kam etwa um halb fünf nach Hause. Lena war nirgendwo zu sehen, als sie die Tür öffnete, aber die Wohnung war blitzsauber und das Aroma frischer Backwaren hing in der Luft. War es möglich? Megan ließ ihre Taschen neben der Tür fallen und marschierte weiter in den Küchenbereich. O Gott, es war real. Auf dem Kühlgestell ausgebreitet lagen ungefähr zwei Dutzend sündhaft verlockend aussehende Schokoladensplitter-Kekse. Es wäre unhöflich, einen zu nehmen, oder? Ohne zu fragen? Sie sah sich um.

»Lena?«, rief sie. Stille. Gerade als sie glaubte, allein in der Wohnung zu sein, und nach einem der Kekse griff …

»Ja?« Lena kam mit leicht zerzausten Haaren aus ihrem Schlafzimmer und rieb sich die Augen. »Entschuldige«, sagte sie gähnend, »ich hab ein Nickerchen gemacht.« Sie hielt inne und starrte Megan an, dann wanderte ihr Blick zu den Keksen auf dem Gestell und wieder zu Megans Gesicht. Lena grinste. »Was glauben Sie, was Sie da tun, Mrs. Palmer?«

Megan kicherte, trat langsam von den Keksen zurück und hielt die Hände hoch. »Komm schon, du kannst mir nicht übelnehmen, dass ich es wenigstens versuche. Sie riechen sooo gut, Lena.«

Lena lachte und Megan genoss den Klang einen Moment lang. Noch immer erstaunte es sie, dass Lena so lachen konnte, und dass sie es aus ihr herauskitzelte, mit dem was sie teilten. Wer hätte gedacht, dass die mürrische Frau, die sie im September kennengelernt hatte, jetzt hier in der Küche stehen und sich über Megans Versuch, einen frisch gebackenen Keks zu stehlen, amüsieren würde? Sie schüttelte den Kopf.

»Was?«, fragte Lena und neigte den Kopf zur Seite.

Anstatt zu antworten ging Megan um die Theke herum, beugte leicht den Kopf und hauchte einen flüchtigen Kuss auf Lenas Lippen.

Als sie sich danach aufrichtete, starrte Lena sie an. »Wofür war das denn?«

Megan zuckte mit den Schultern. »Einfach so. Weil ich glücklich bin. Weil mich das, was wir miteinander haben, nach allem, was passiert ist, glücklich macht.«

Lena stieß ein leises »Oh« aus, und bevor Megan Atem schöpfen konnte, griffen Lenas Hände nach den Aufschlägen ihrer Jacke und zogen sie grob hinab, damit Lenas Lippen ihre mit einem harten Kuss in Flammen setzen konnten.

»Wow«, murmelte Megan, als Lena sie freigab. »Das war …« Sie verstummte, hatte keine Ahnung, was sie sagen sollte. Lena überraschte sie weiterhin auf die unglaublichste Art und Weise. Einen kurzen Moment lang fragte sie sich, ob sie mit dieser Achterbahn der Gefühle, die Lena auslöste, klarkam. Dann verwarf sie jeden Zweifel, als Lena sie mit leuchtenden Augen anlächelte. Ja, das konnte sie.

»Die Kekse«, sagte Lena, »sind für später. Für das Kino.«

»Wirklich?«

Lena hob den Blick kurz an die Decke, bevor sie Megan wieder ansah. »Ich habe ein Problem mit dem Essen im Kino. Ich finde, es ist eine riesige Abzocke und ohnehin nicht besonders gut. Also mache ich immer einen Snack zum Mitnehmen. Und etwas mehr für den nächsten Tag, verstehst du?«

Megans Herz tat einen Satz. Wie überraschend konnte diese Frau sein – und dazu noch so niedlich?

»Du bist erstaunlich«, hauchte sie und lehnte sich für einen weiteren innigen Kuss vor. Lenas Arme legten sich um ihren Nacken und Megan hielt Lenas Hüften, zog sie sanft an sich, ohne jedoch zu weit zu gehen. Lena wollte sich Zeit lassen und Megan würde das respektieren.

Ein paar Minuten später schnappten sie beide nach Luft und lächelten einander verlegen an.

»Also, äh, ich muss duschen und mich umziehen«, sagte Megan mit kratziger Stimme. »Wieviel Zeit habe ich?«

Lena räusperte sich verlegen; insgeheim genoss Megan die Wirkung, die sie auf diese Frau hatte, die sie früher für zugeknöpft und eisig gehalten hatte.

»Der Film beginnt um sechs und wir brauchen wahrscheinlich nur zehn Minuten zu Fuß, oder?« Megan nickte. »Okay, dann bleibt genug Zeit, dass wir beide ins Bad gehen und uns fertigmachen.«

»Wunderbar.«

»Bist du sicher, dass du noch mit meiner Filmauswahl einverstanden bist?« Direkt nach der Frage nagten Lenas Zähne an ihrer Unterlippe und Megan brauchte ihre ganze Willenskraft, um sie nicht erneut in ihre Arme zu ziehen.

Hidden Figures hätte es wahrscheinlich nicht auf Megans Liste der zehn interessantesten Filme des Jahres geschafft – NASA und Mathe, im Ernst? –, aber Lena hatte sich so darauf gefreut, dass Megan es nicht fertiggebracht hatte »Nein« zu sagen.

»Definitiv. Ich bin richtig neugierig darauf.«

»Okay. Na, dann geh dich fertigmachen und ich trinke inzwischen eine Tasse Tee.«

»Natürlich tust du das«, sagte Megan und Lena lachte.

Während der letzte Werbe-Trailer endete, wurde die Beleuchtung gedämpft und der Vorhang ganz aufgezogen. Lena lehnte sich in ihrem Sitz zurück und riskierte einen Blick neben sich. Megans ganze Aufmerksamkeit schien auf die Leinwand gerichtet; ihre Hände lagen locker in ihrem Schoß und ihre gesamte Haltung strahlte Entspannung aus.

Was mehr war, als Lena von sich sagen konnte. Es gab zwei Gründe, warum sie alles andere als gelassen war: Erstens hatte sie einen Film gewählt, der mit Sicherheit außerhalb von Megans üblichen Vorlieben lag, sofern sie ihre DVD-Sammlung richtig gedeutet hatte. Lena befürchtete, dass Megan nur aus Höflichkeit gesagt hatte, dass sie sich auf den Film freue. Und zweitens wollte Lena wirklich, *wirklich* gerne Megans Hand halten, während sie ihn sich ansahen, hatte aber keine Ahnung, was Megan von Zärtlichkeiten in der Öffentlichkeit hielt.

Dass sie überhaupt darüber nachdachte, Megans Hand zu halten, wenn andere zusehen konnten, bewies, welche Fortschritte sie seit Weihnachten gemacht hatte. Anscheinend wurde sie mit jeder Minute, die sie mit Megan verbrachte, selbstsicherer. Megan gab Lena das Gefühl, etwas Besonderes zu sein, egal, was sie taten. Sie hörte aufmerksam zu, wenn Lena redete. Sie machte sich nicht über Lenas Gewohnheiten oder Routinen lustig. Sie küsste Lena, als meinte sie es ernst.

Bei diesem letzten Gedanken schauderte Lena. Um ehrlich zu sein, war es spektakulär, Megan zu küssen. Als Lena das erste Mal eine Frau geküsst hatte, war es weniger gut gewesen, aber es hatte ihr wenigstens verraten, dass sie sich zu Frauen hingezogen fühlte. In der Anfangszeit ihrer Beziehung hatte sie es genossen, Chris zu küssen, aber dann waren Chris' Küsse zu hart geworden, zu brutal, zu fordernd.

Megan zu küssen war genauso, wie sie sich die Zärtlichkeiten mit einer Frau immer vorgestellt hatte. Sowohl die körperlichen als auch die emotionalen Aspekte, die sie in ihr weckten, fühlten sich richtig an. Lenas Seele blühte auf, wenn Megans Lippen auf ihren lagen – ganz zu schweigen davon, welche Empfindungen diese Lippen an gewissen anderen Körperstellen noch auslösten …

Lena war so in Gedanken verloren, dass sie zusammenzuckte, als Megans linke Hand sanft ihre rechte nahm und ihre Finger ineinander verschränkte. Lena drehte den Kopf, um Megans Blick zu erwidern, als der Vorspann vor ihnen über die Leinwand lief.

»Ist das in Ordnung?«, flüsterte Megan und hob ihre verschränkten Hände fragend ein Stück an.

»Perfekt«, flüsterte Lena glücklich zurück.

»O mein Gott«, schwärmte Megan, als sie zwei Stunden später aus dem Kino traten. »Der Film war unglaublich!«

»Ja, oder? Wow«, teilte Lena ihre Begeisterung.

Ihre Hände waren immer noch fest verschränkt und Lena wollte nichts dazu sagen, aus Angst, dass Megan sie dann voneinander löste. Bisher war es ein wundervoller Abend gewesen – sie hatten während des Films Händchen gehalten, sich in Schlüsselmomenten gelegentlich angesehen und bei den emotionaleren Szenen beide Tränen in den Augen gehabt. Lena fühlte sich, als schwebte sie ein paar Zentimeter über dem Boden, während sie über die Clapham Street zurück zu dem mexikanischen Restaurant gingen, in dem sie für ein schnelles Abendessen nach dem Film reserviert hatten.

»Vielen Dank, dass du ihn vorgeschlagen hast. Du hattest recht, normalerweise wäre ich zu so einem Film nicht mitgekommen, aber wow, er war toll.«

»Ich bin so froh, dass er dir gefallen hat«, sagte Lena erleichtert.

Megan nickte. »Das hat er wirklich. Aber jetzt«, sagte sie mit einem Grinsen, »muss ich zugeben, dass ich am Verhungern bin!«

»Ich auch!«

Ihr Tisch war noch nicht bereit, als sie ankamen, woraufhin die alte Lena einen kleinen Anfall bekommen hätte, aber die neue Version zuckte lediglich mit den Schultern, akzeptierte die Entschuldigung der Kellnerin und zog Megan sanft etwas zur Seite, damit sie in einer ruhigen Ecke warten konnten. Die Kellnerin reichte ihnen schon einmal die Speisekarten, damit sie gleich bestellen konnten, sobald ihr Tisch frei war.

»Ist es okay, wenn ich ein Bier trinke?«, fragte Megan, als sich schließlich gesetzt hatten.

»Natürlich«, sagte Lena. »Bitte glaub nicht, dass du mit mir nicht trinken darfst. Es macht mir wirklich nichts aus.«

»Danke.« Megan lächelte. »Ich war nicht sicher, ob deine Enthaltsamkeit bedeutet, dass du eine Abneigung gegen Alkohol hast oder so.«

Lena schüttelte den Kopf. »Nein, reine Erziehung. Ich kenne viele britische Inder, die trinken. Aber selbst nachdem ich von zu Hause ausgezogen war, hatte ich keinerlei Verlangen zu experimentieren, wie es viele andere in meinem Alter getan haben.«

»So ein Gegensatz«, sagte Megan und lehnte sich auf ihrem Stuhl zurück. »Ich trinke schon, seit ich vierzehn bin. Und mein Vater hat mir meinen ersten Drink gegeben.«

Lena öffnete den Mund zu einem schockierten »Oh«.

Megan zuckte mit den Schultern. »Hey, in so einem Arbeiterviertel im Süden von London ist das normal. Und es gibt zwei Möglichkeiten. Entweder bleibst du dabei und gerätst auf einen sehr schlechten Weg, oder, wenn man von meinen Eltern aufgezogen wird, versteht man, dass Alkohol nur etwas für soziale Anlässe ist und dass es gar nicht darum geht, am späten Samstagabend mit den Freunden an einer Ecke zu stehen und sich mit billigem Bier aus dem Supermarkt zu betrinken.«

»Und jetzt? Ich meine, du veranstaltest viele Partys und …«, begann Lena vorsichtig.

Megan lächelte. »Das stimmt, aber normalerweise trinke ich dann nur ein paar Bier, vielleicht ein, zwei Tequila-Shots, wenn ich richtig in Stimmung bin. Eigentlich spiele ich lieber die Gastgeberin, kümmere mich um meine Gäste und achte darauf, dass alle zufrieden sind. Ich hatte im letzten Jahr nur zweimal einen Kater.« Sie grinste. »Aber es war beide Male ein großer.«

»Stört es dich nicht, dass ich das frage?«

»Überhaupt nicht. Das ist es doch, worum es bei Dates geht, oder? Dass man sich kennenlernt und alle wichtigen Fragen stellt.«

Lena runzelte die Stirn. Sollte sie es zugeben? »Na ja, tatsächlich sind diese zwei Dates mit dir die ersten richtigen, die ich je hatte.«

Megan hob gerade die Bierflasche an den Mund und hielt mitten in der Bewegung inne. »Was?«

Die Röte erhitzte Lenas Wangen. »Ich hatte mehr oder weniger ein Date, mit Chris. Wir haben uns auf einem Buchhaltungsseminar kennengelernt, aber …« Da sie angefangen hatte, konnte sie wirklich keinen Rückzieher mehr machen. »Äh, also, an dem Abend bin ich mit ihr nach Hause gegangen und dann … Na ja, dann waren wir zusammen und kurz darauf ist sie bei mir eingezogen.«

Megans schockierte Miene wurde weicher und sie griff über den Tisch. »Kein Wunder, dass du es diesmal langsam angehen willst«, sagte sie sanft.

Lena nickte, da sie ihrer Stimme in diesem Moment nicht traute. Megan hatte gerade die perfekten Worte gefunden – anstatt Entsetzen darüber zu zeigen, dass Lena anscheinend leicht zu kriegen war, bot sie ihr Verständnis und Unterstützung. Lena hatte schon davor gedacht, dass Megan etwas Besonderes war, aber jetzt *wusste* sie es.

»Also«, sagte Megan und zog das Wort betont in die Länge, »bist du müde?«

Sie waren vor einigen Minuten nach Hause gekommen und standen im Wohnzimmer. Es war warm in der Wohnung und noch relativ früh, noch keine zehn Uhr, und Megan wollte sich noch nicht verabschieden. Der Abend war spektakulär gut gewesen. Vom Film und dem Händchenhalten bis hin zum köstlichen Essen und der Tatsache, dass sie sich besser kennengelernt hatten – all das zusammen brachte Megan von innen heraus zum Leuchten.

Lena betrachtete Megan, und ihre Augen nahmen in dem weichen Licht der Lampen, die sie im Raum eingeschaltet hatten, ein noch tieferes Braun an. Sie blinzelte einige Male langsam und Megan war wie hypnotisiert von der Bewegung ihrer langen Wimpern. Lenas Augen waren Megans persönliches Kryptonit; wenn sie sie zu lange anstarrte, verschwand die Welt um sie herum.

»Ich habe nichts dagegen, noch eine Weile aufzubleiben«, sagte Lena leise. »Ich könnte uns einen Tee machen.«

Sie drehte sich schnell um und ging in die Küche. Megan war versucht, ihr zu folgen, aber weil Lena so nervös gewirkt hatte, ging sie stattdessen zum Sofa. Sie setzte sich und ließ mehr als genug Platz, für den Fall, dass Lena etwas Abstand brauchte. Megan hatte auf nichts anspielen wollen mit der Frage, aber Lena schien es anders aufgefasst zu haben. Sie wartete geduldig, bis Lena schließlich mit etwas, das nach Kamillentee roch, zurückkehrte. Vorsichtig stellte sie die Tasse auf dem Tisch ab und setzte sich dann mit dem größtmöglichen Abstand von Megan auf das Sofa.

Megan verkniff sich ein Lächeln und sagte dann sanft: »Ich habe auf nichts Bestimmtes angespielt mit meiner Frage, weißt du.«

Lena sah sie ertappt an.

»Ich wollte einfach nicht, dass der Abend schon endet«, fuhr Megan fort, streckte eine Hand aus und legte sie auf den leeren Platz zwischen ihnen. »Ich habe dir schon einmal gesagt, dass ich zufrieden damit bin, es langsam angehen zu lassen, und das meine ich ernst.«

Lena sah auf Megans Hand hinab, dann wieder hoch in ihr Gesicht. Sie atmete tief durch, bevor sie näher rückte und die Hand nahm.

»Es tut mir leid«, flüsterte sie. »Du bist unglaublich geduldig mit mir. Dafür bin ich dir dankbar.«

Megan zuckte mit den Schultern. »Zufälligerweise denke ich, dass du es wert bist.«

Lenas Erröten war nicht überraschend, aber ihr Satz über das Sofa war es. Als ihre Lippen auf Megans landeten, voller Wärme und sinnlicher Weichheit, stöhnte Megan und legte langsam die Arme um Lenas Schultern, um sie näher an sich zu ziehen. Ihre Position war unbequem, aber sie kamen erstaunlich gut damit zurecht. Lenas üppige Kurven schmiegten sich perfekt an Megans Körper.

Als Lena probeweise mit der Zunge zwischen Megans Lippen fuhr, öffnete diese den Mund, hungrig und gierig, und sie versanken in dem Kuss, als würde ihr Leben davon abhängen. Lena legte ihre Hände auf die Stelle, wo Megans Bluse in der Jeans steckte, und begann sie leicht zu streicheln, was köstliche Schauder durch Megans untere Körperhälfte schickte. Megan strich mit einer Hand langsam über Lenas Rücken, während sie die andere in Lenas Haare vergrub und dicke Strähnen um ihren Finger wickelte. Lena stöhnte und Megan verstärkte die Geste, während sie weiterhin mit ihrer Zunge Lenas umspielte. Es war verlockend, Lena zu verschlingen, aber sie beherrschte sich und hielt die Küsse zwar leidenschaftlich, aber immer noch zärtlich.

Lena löste die Lippen von Megan, aber nur um dann mit offenem Mund eine Reihe Küsse auf Megans Hals und ihren Nacken zu hauchen. Der Kragen von Megans Bluse behinderte sie leicht; sie schob ihn mit der Nase weg, und die feuchte Wärme ihrer Lippen auf Megans Haut an all den empfindlichen Stellen ließ diese erschaudern. Sie streckte den Hals, um Lena besseren Zugang zu bieten, und Lena kicherte.

»Gut?«, flüsterte sie.

»O ja.«

Lena fuhr fort, widmete sich der anderen Seite des Halses und arbeitete sich diesmal hoch, um unter Megans Ohr zu knabbern und zu lecken.

Die süßesten Alarmglocken begannen in Megans Körper zu schrillen. Sie löste sich sanft von Lena, die verwirrt zu ihr aufsah.

»Tut mir leid, aber … wenn wir es langsam angehen wollen, dann solltest du dich vorerst von dieser Stelle fernhalten.«

Lenas Stirnrunzeln verwandelte sich in ein träges Lächeln. »Okay«, murmelte sie. »Verstanden.« Dann legte sie ihre Lippen wieder auf Megans und sie versanken erneut in der Welt der unglaublichen Küsse.

Als sie einige Minuten später die in die Realität zurückkehrten, schnappte Megan nach Luft und Lenas Haare fielen zerzaust auf ihre Schultern. Sie sah umwerfend und unfassbar sexy aus. Megan zwang sich, ihre Hände von Lena zu nehmen und ein wenig zurückzuweichen.

»Ich glaube, wir sollten aufhören«, sagte sie noch ganz außer Atem. »Ich … Gott, das war …«

»Mhmm«, antwortete Lena mit einem langsamen Nicken und verklärtem Blick.

Megan stand vorsichtig auf, da sie das Pochen zwischen ihren Beinen nur allzu deutlich spürte, und ihr war klar, dass sie definitiv zur richtigen Zeit aufgehört hatte. Ihre Geduld war schließlich auch nicht endlos …

»Ich hatte einen fantastischen Abend, Lena.«

Lena lächelte sie an und strich sich mit den Fingern durch die Haare, um sie zu bändigen. »Ich auch. Ich … ich sehe dich morgen früh.«

»Das wirst du«, sagte Megan leise. »Gute Nacht.«

Kapitel 24

Lena konnte die lauten Stimmen hören, schon bevor sie die Wohnungstür ins Treppenhaus öffnete. Es klang nach Dorothy und einem der Patels, und ihre Theorie wurde eine Minute später bestätigt, nachdem sie abgesperrt und die ersten Stufen hinabgestiegen war.

Dorothy stand im Flur und hatte die Arme vor ihrer Brust verschränkt, was nie ein gutes Zeichen war. Der große, dünne Mr. Patel war ein paar Schritte entfernt, mit seinem Hut in einer Hand und einem Klemmbrett unter dem Arm.

»… und ich habe dieses ganze Chaos gründlich satt, Mr. Patel«, sagte Dorothy gerade. »Ich nehme an, Ihre Leute werden unseren Teppich reinigen, wenn Sie fertig sind, ja?«

»Ja, ja, natürlich, Dorothy –«

»Für Sie immer noch Mrs. Patterson, Mr. Patel«, fauchte Dorothy.

Der arme Mann, dachte Lena, während sie die Treppe hinabstieg. Dorothy sah hoch, als sie näherkam.

»Noch eine Verzögerung!«, rief sie aus, als Lena die letzte Stufe nahm. Dorothy zeigte auf Mr. Patel. »Er sagt, dass es noch zwei Wochen dauert, bis all dieses … dieses *Durcheinander* fertig ist.« Sie drückte die Handflächen in Gebetshaltung aneinander. »Herr, sage mir, wird das je enden?«, klagte sie dramatisch.

»Spätestens Mitte Februar«, warf Mr. Patel ein.

»So lange noch?«, fragte Lena entgeistert. Vor zwei Wochen war es noch Ende Januar gewesen. Jetzt hatten sie den Zeitplan um weitere zwei Wochen verlängert?

Mr. Patel neigte den Kopf. »Es tut mir sehr leid. Wir haben viele Probleme mit dem Dach. Es ist keine einfache Arbeit. Zwei meiner Männer sind auch noch krank, also sind wir unterbesetzt.« Er sah Lena an. »Es tut mir aufrichtig leid.«

Dorothy schnaubte unwirsch und öffnete den Mund, um etwas zu sagen, aber Lena sprang ein. »Mr. Patel, ich bin sicher, Sie tun, was Sie können. Danke, dass Sie uns Bescheid gesagt haben.«

Mr. Patel verstand ihre Worte als die Entlassung, die sie waren, und stieg schnell die Treppe hinauf. Lena drehte sich zu Dorothy um, die alles andere als erfreut über ihr Eingreifen wirkte. »Ich glaube wirklich nicht, dass es seine Schuld ist, Dorothy. Mitten im Winter ein neues Dach zu decken, kann kein einfacher Job sein.«

Dorothy starrte sie mit leicht zur Seite geneigtem Kopf und gerunzelter Stirn an. »Was ist denn mit dir passiert?«

Lena sah an sich herab und fuhr sich dann mit den Händen über das Gesicht, falls sie sich vielleicht irgendwie verletzt oder noch einen Teil ihres Frühstücks im Gesicht hatte.

»Nicht äußerlich, Kind«, sagte Dorothy in bissigem Ton. »Ich meine dein Verhalten. Du wirkst ...« Plötzlich verstummte sie und ein breites Lächeln breitete sich aus. »Es liegt an ihr, oder? Megan.«

Lena ließ den Mund offen stehen, und eine tiefe Röte trat auf ihre Wangen. »Was?«

Dorothy kicherte. »Gut«, murmelte sie und wandte sich ab. »Sehr gut.« Sie schloss die Tür zu ihrer Wohnung hinter sich und ließ Lena verblüfft im leeren Flur zurück.

Als sie sich schließlich gefangen hatte und daran erinnerte, dass sie zur Arbeit gehen wollte, öffnete Lena die Haustür und trat in den kalten Tag hinaus. Während sie zwischen den Baumaterialien, die zu beiden Seiten des Bürgersteigs gestapelt waren, hindurchging, dachte sie über Mr. Patels Worte nach. Noch drei oder vier Wochen waren eine lange Zeit, um in Megans Wohnung zu leben, fernab von ihrem eigenen Heim, ihren eigenen Möbeln und Habseligkeiten. Und als Eindringling in Megans Raum. Megan würde es zwar nicht so nennen, doch Lena wusste, dass sie Megans Plan, eine große Wohnung für sich zu haben, einen Strich durch die Rechnung gemacht hatte. Und jetzt, da sie miteinander ausgingen, machte es sie noch nervöser, dass sie sich die Wohnung teilten.

Mit Chris war sie ziemlich überstürzt zusammengezogen, und das hatte mit Sicherheit zu den Problemen beigetragen, die sie in ihrer Beziehung gehabt hatten. Wenn sie sich nur mehr Zeit gelassen hätten, um sich besser kennenzulernen, hätten sie wahrscheinlich früher bemerkt, wie schlecht sie zusammenpassten. Aber Lena hatte sich von Chris' Aufmerksamkeit und ihrer weit größeren Erfahrung als Lesbe überzeugen lassen, daher hatte sie sich viel zu leichtfertig erst in Chris' Arme und dann in ihr Bett fallen lassen. Sie und Megan hatten zwar noch nicht miteinander geschlafen, aber sie wohnten bereits zusammen, wenn auch nur vorübergehend. Und das jagte Lena ebenso große Angst ein wie die umgekehrte Reihenfolge.

Ein scharfer Wind attackierte sie von allen Seiten, während sie die Straße entlangging.

Diese neue Beziehung mit Megan war aufregend und fühlte sich definitiv anders an als das, was sie mit Chris geteilt hatte. Mit Megan fühlte Lena sich positiv, attraktiv und heiter – so hätte sie sich früher nie empfunden. Das wollte sie auf keinen Fall verderben. Daher machte es Lena nervös, dass ihre Wohnverhältnisse nun mit ihrer frischen Beziehung vermischt wurden – und die ging weit über Freundschaft hinaus.

Sie überquerte die Straße und betrat die U-Bahn-Station. O ja, weit über Freundschaft hinaus. Ihre Zärtlichkeiten am Samstagabend hatten Lena erregt. Danach war sie zu Bett gegangen und hatte eine ganze Weile im Dunkeln wachgelegen und die besten Momente immer wieder in Gedanken durchlebt, bevor sie erkannt hatte, dass sie überhaupt keinen Schlaf bekommen würde, wenn sie so weitermachte. Als sie sich am Sonntag gesehen hatten, war es lustig und locker gewesen, und Lena war dankbar dafür. Sie war unsicher gewesen, ob sie die ernsthafte Leidenschaft des Samstags bei Tageslicht wiederaufleben lassen könnten. Aber Megan hatte es nicht forciert, und das fühlte sich gut an.

Nachdem Megan am späten Nachmittag von der Arbeit nach Hause gekommen war, hatten sie gemeinsam gekocht. Küchenhelferin Megan hatte geduldig Lenas Anweisungen befolgt, dies zu schnippeln und das umzurühren. Nach dem Essen hatten sie sich zusammen auf das Sofa gekuschelt, um einen Film anzusehen, und Lena war so zufrieden gewesen, dass sie den ganzen Abend gelächelt hatte.

Die U-Bahn fuhr ein und sie quetschte sich zwischen die Männer und Frauen, die unter dicken Mänteln und Schals ihre Arbeitskleidung trugen.

Heute war erst Mittwoch, und es war ein perfektes Zeugnis ihrer Veränderung, dass sie sich so gar nicht auf die Arbeit freute und das Wochenende kaum abwarten konnte. Sie und Megan hatten sich aufgrund von Megans Arbeitszeiten die ganze Woche immer nur kurz gesehen. Aus diesem Grund planten sie, den Großteil des kommenden Wochenendes gemeinsam zu verbringen. Allein der Gedanke daran schickte ein Kribbeln bis in Lenas Zehen.

Ja, was sie und Megan miteinander begonnen hatten, war in vielerlei Hinsicht wundervoll, und Lena wollte vermeiden, dass es wieder aufhörte oder dass sie es vermasselte. Je schneller sie in ihre eigene Wohnung zurückkonnte, desto besser. Dann konnten sie wirklich erkunden, was sie miteinander teilten, und hatten gleichzeitig ihren eigenen Raum zum Durchatmen, wenn sie ihn brauchten.

Madhu hat ihr Baby bekommen!!! Ein Mädchen, Sunaina. Kannst du mich anrufen, wenn du das liest?

Megan fand Lenas Nachricht, als sie sich um zwei ihre Mittagspause nahm. Es war ein verrückter Donnerstagvormittag voller privater Termine mit einigen ihrer anspruchsvolleren Kunden gewesen. Das Geld, das sie einbrachten, war zwar nett, aber manchmal fragte sie sich, ob das Verhalten der Leute es wert war. Lenas Nachricht zauberte ihr jedoch zum ersten Mal an dem Tag ein ehrliches Lächeln aufs Gesicht und Megan marschierte aus dem Fitnessstudio in die schwache Wintersonne hinaus, die in den kleinen Hof vor dem Eingang schien, und drückte dabei auf das Rückrufsymbol. Sie war nicht sicher, ob Lena an ihrem Arbeitsplatz abheben konnte, aber …

»Hey! Du hast meine Nachricht bekommen?« Lenas Stimme sprühte vor Begeisterung über Madhus Neuigkeit.

»Habe ich. Das ist fantastisch.« Megan entdeckte eine leere Bank an einer Seite des Hofs und setzte sich. Das Holz unter ihrem Hintern war kalt, aber für Lena und ihre Begeisterung würde sie es ertragen.

»Ich weiß! Jay hat mich am Mittag angerufen. Davor hat er mir geschrieben, dass sie um fünf Uhr morgens ins Krankenhaus gefahren sind. Ich dachte, es würde eine Ewigkeit dauern, aber meine Schwester, die Überfliegerin, hat nur sechs Stunden in den Wehen gelegen!«

»Ich wette, das freut sie«, sagte Megan lachend.

»Ja. Mich würde es freuen.« Lena hielt inne und Megan konnte ihre Aufregung geradezu hören. »Ich kann es gar nicht glauben, ich bin Tante!«, jubelte sie, und Megans Herz machte einen Satz. Gott, diese Frau …

»Herzlichen Glückwunsch. Das ist wundervoll. Also, wann wirst du sie besuchen?«

»Ja, siehst du, das ist die Sache.« Plötzlich klang Lena viel nüchterner. »Da ich arbeiten muss, kann ich natürlich nur am Wochenende fahren.«

»Ich weiß«, sagte Megan leise. »Aber du musst fahren. Es spielt keine Rolle, dass wir Pläne hatten. Du und ich können uns jederzeit verabreden, aber es passiert nicht jeden Tag, dass du deine Nichte zum ersten Mal sehen kannst, oder?«

»Danke«, flüsterte Lena. »Megan, du bist … du bist ein großartiger Mensch.«

Megan atmete tief ein. Diese Worte waren etwas ganz Besonderes, auch weil sie von Lena kamen. »Danke.« Sie hielt inne. »Du auch.«

Es gab eine kurze Pause, dann räusperte Lena sich. »Okay, ich muss dann langsam zurück. Ich muss Fahrkarten buchen.«

»Ja, mach das. Also sehe ich dich heute Abend, wenn du von deinem Seminar kommst?«

»Ach ja, das Seminar. Nicht wirklich der Ort, wo ich heute meine Zeit verbringen will, aber ich weiß, dass ich es muss«, sagte Lena widerwillig. »Okay, wir sehen uns, wenn ich nach Hause komme. Wahrscheinlich so um halb zehn.«

»Okay, Babe.«

Megan richtete sich kerzengerade auf der Bank auf. Der Kosename war ihr einfach so herausgerutscht. Würde Lena ihn hassen? Würde sie …

»Das war sehr schön.« Lenas weiche Stimme schien Megans Ohr zu liebkosen.

»Okay«, stotterte Megan.

»Tschüss«, flüsterte Lena.

»O Madhu, sie ist *wunderschön*!« Lena sah auf das perfekte, kleine Baby hinab, das sie vorsichtig in den Armen hielt, und ihr stiegen Tränen in die Augen. »Hallo, Sunaina, ich bin deine Tante Lena.«

Das Baby blinzelte einmal, dann schloss es die Augen und schlief gleich wieder ein.

»Sie scheint sich bei dir wohl zu fühlen. Das ist gut, Chef-Babysitterin«, sagte Madhu und lächelte, als Lena große Augen machte. »Entspann dich, jetzt noch nicht. Glaub mir, ich werde noch lange nicht ohne sie irgendwohin gehen.« Madhu verlagerte ihr Gewicht ein wenig auf dem Sofa und verzog das Gesicht.

»Immer noch wund?«

»Du glaubst gar nicht wie sehr.« Madhu griff nach ihrem Tee und trank, während sie Lena über den Rand ihrer Tasse hinweg ansah.

Jay kam aus der Küche ins Zimmer. »Brauchst du irgendetwas?«, fragte er sichtlich nervös. »Etwas zu essen? Mehr Tee? Eine Decke?«

Madhu verdrehte die Augen und streckte eine Hand zu ihrem Mann aus. »Jay, hör auf. Ich bekomme noch Herzrasen von dem vielen Tee.« Sie strahlte, als er ihre Hand nahm. »Es geht mir gut, ehrlich. Ich liebe es, wie du mir hilfst, das tue ich wirklich. Aber bitte versuch dich zu entspannen.«

Er blinzelte hinter seiner Brille mit dem dicken Rand und fuhr sich mit einer Hand durch den schwarzen Haarschopf. »Okay«, sagte er. »Okay, ich versuche es.«

»Hier«, sagte Lena und rutschte auf eine Seite des Sofas. »Komm setz dich neben mich, während ich deine Tochter anschmachte.«

Jay lachte und setzte sich, wobei er liebevoll sein Kind betrachtete. »Ist sie nicht schön?« Lena hielt das Baby mit einem Arm, damit sie eine Hand auf seine Schulter legen konnte. »Das ist sie«, sagte sie. »Ich freue mich so für euch.«

»Danke«, sagten Jay und Madhu gleichzeitig.

»Und ich danke euch«, sagte Lena, »weil ihr dafür gesorgt habt, dass ich diese Zeit mit euch haben kann. Ich wollte euch keine Probleme machen.«

Madhu winkte ab. »Es gibt kein Problem. Mutter war den ganzen Freitag und heute Morgen hier. Morgen Nachmittag kommt sie mit Vater zurück und sie weiß, dass ich es ernst damit meine, dass sie wegbleiben soll, solange du da bist. Ich bin mir sicher, sie will dich ohnehin nicht sehen, so hart das auch klingt, also hat sie sich leicht überzeugen lassen.«

Lena schüttelte den Kopf. »Glaubst du, sie werden mich je so akzeptieren, wie ich bin?«, fragte sie und sah wieder auf das Baby. Es war ungemein beruhigend, Sunaina beim Schlafen zu betrachten, und das half Lena dabei, dieses Gespräch mit Madhu zu führen, ohne dass es sie gleich wieder aus der Bahn warf.

»Ich weiß nicht«, sagte Madhu leise.

»Ich glaube, auf lange Frist werden sie es«, steuerte Jay bei, und die zwei Schwestern drehten sich zu ihm. Er zuckte mit den Schultern. »Ich sehe etwas im Gesicht deiner Mutter, wenn dein Name erwähnt wird. Wut, ja, aber … Ich weiß nicht, vielleicht bilde ich es mir ein, aber ich glaube, da ist auch Bedauern.«

»Vielleicht«, sagte Madhu. »Und vielleicht kann ich es nicht sehen, weil ich wegen der ganzen Sache noch so sauer auf sie bin.«

»Stimmt«, sagte Jay. Dann stand er auf und beugte sich zu Madhu, die in dem kleinen Armsessel saß, und küsste sie zärtlich auf den Mund. »Ich fange mit dem Abendessen an«, sagte er und ging in die Küche, ohne auf eine Antwort zu warten.

»Ich bin so froh, dass ich aus Liebe geheiratet habe«, sagte Madhu leise. »Stell dir nur vor, wen ich wohl bekommen hätte, wenn ich Mutter mit all den Verkuppelungsversuchen mit Cousins zweiten Grades und Söhnen von irgendwelchen Tanten freie Hand gelassen hätte.«

Lena schauderte und Sunaina regte sich in ihren Armen. Lena summte besänftigend und beobachtete fasziniert, wie Sunaina sich gleich wieder beruhigte. »Ja«, sagte sie, als sie wieder zu Madhu aufsah. »Ich weiß genau, was du meinst.«

Madhu riss entsetzt die Augen auf. »O ja! Und du Arme musstest das alles ertragen, obwohl du keinen Mann wolltest, ganz zu schweigen von einem arrangierten Treffen mit einem von den Kerlen.«

Lena kicherte und ihre Schwester fiel ein, und bald lachten sie heftig, bemühten sich dabei aber, das Baby nicht zu wecken.

»Arme Mutter«, sagte Madhu schließlich, während sie sich die Augen wischte. »Absolut ahnungslos.«

»O wow«, hauchte Madhu beim Frühstück am nächsten Morgen und starrte Lena an. Jay war oben und fütterte Sunaina mit Milch, die Madhu zuvor abgepumpt hatte, damit die Schwestern etwas Ruhe hatten. »Das klingt alles ziemlich ernst, Lena.«

Lena lächelte und legte den Kopf schief. »Ja, ich weiß. Es ist etwas beängstigend.«

Madhu hatte ihrer Schwester gerade ausführlich davon erzählt, wie es mit Megan und ihr stand.

»Was ist beängstigend? Wieder etwas mit jemandem zu haben?«

»Ja, im Großen und Ganzen. Ich bin nicht sicher, ob ich mich schon ganz von Chris erholt habe.«

»Okay, das begreife ich. Aber es klingt, als wäre Megan überhaupt nicht wie sie. Und als ich sie getroffen habe, war sie sehr nett.«

»Oh, das ist sie«, schwärmte Lena. »Ich … Na ja, eigentlich geht es eher um mich. Um mein Vertrauen in andere.«

Madhu nickte. »Okay, das kann ich nachvollziehen. Aber Lena, lass dich nicht von deiner Angst beherrschen, hörst du? Weißt du noch, was ich vor Weihnachten dazu gesagt habe? Ich liebe diese neue Version von dir. Die Wirkung, die diese Sache mit Megan auf dich hat. Auch wenn es mit Megan nicht funktioniert, wobei ich nicht glaube, dass du dir darum Sorgen machen musst, scheint es dir gut zu tun, das Risiko eingegangen zu sein.«

»Das ist wahr. Ich weiß. Manche Gewohnheiten sind halt nur sehr schwer abzulegen«, sagte Lena betreten.

»Natürlich. Das bedeutet aber nicht, dass du es nicht versuchen solltest.«

Als sie später in der Bahn nach London saß und die vielen Fotos durchscrollte, die sie von Sunaina geschossen hatte, wanderten ihre Gedanken zu Megan, die sie in ein paar Stunden sehen würde. Diese wunderbare Zeit mit Madhu und dem Baby zu verbringen hatte sie mit so großer Freude erfüllt, dass sie es kaum erwarten konnte, etwas von diesem Gefühl mit ihrer … Freundin zu teilen.

War Megan das jetzt? Sie hatten gesagt, dass sie einander daten, und zwar ausschließlich einander, während sie sich besser kennenlernen. Aber die Küsse und das Kuscheln und der neue Kosename, der Megan vor kurzem herausgerutscht war, das alles führte dazu, dass Lena Megan ihre Freundin nennen *wollte*. Sie wollte alldem einen Namen geben, denn es fühlte sich so wichtig an. Ging es Megan genauso? Lena wagte zu glauben, dass es so war, wenn sie an ihr »Babe« dachte.

Ein Lächeln trat auf ihr Gesicht und gleichzeitig liefen herrliche Schauder über ihren Körper. Sie konnte es kaum erwarten, Megan wiederzusehen. Mit ihr über das Wochenende zu reden und ihr die Fotos von dem Baby zu zeigen. Und alles über Megans Samstagabend zu hören, den sie mit Jen in der Bar verbracht hatte, in der diese arbeitete.

Sie konnte es kaum erwarten, Megan in den Armen zu halten und sie zu küssen. Sie schauderte erneut.

Ach du meine Güte.

Bei dem Gedanken an Megans Lippen rutschte sie unruhig auf ihrem Platz herum und ihr wurde ganz heiß.

Sie wippte rastlos mit den Beinen. Warum fuhr diese Bahn denn nicht schneller?

Kapitel 25

Megan lag ausgestreckt auf dem Sofa und klickte sich mit der Fernbedienung durch die Fernsehsender, als die Wohnungstür hinter ihr aufging. Sie streckte den Kopf über die Rückenlehne des Sofas und lächelte Lena an, die zurückstrahlte, während sie ihren dicken Mantel, den Schal und die Tasche ablegte.

»Du siehst glücklich aus«, sagte Megan und stellte den Ton aus, bevor sie die Fernbedienung auf das Sofa fallen ließ.

Lena nickte lebhaft und beugte sich hinab, um die Stiefel auszuziehen. »Das bin ich. Meine Nichte ist bezaubernd. Und Madhu und Jay sind so glücklich und so … alles.« Sie richtete sich auf, das Gesicht vor Aufregung gerötet. Das stand ihr gut, sagte Megan sich, dann schluckte sie, als sie erkannte, wohin ihr Gedankengang führte. *Ruhig, Mädchen.*

Lena ging zum Sofa und Megan sah sie genauer an. Ihr Gesicht zeigte eine Entschlossenheit, die Megan noch nie gesehen hatte. Irgendwie wirkte sie größer als sonst, und sie schien von innen heraus zu leuchten. Megan konnte den Blick nicht von dieser Version von Lena abwenden.

»Geht's dir gut?«, fragte sie mit rauer Stimme, während ihr Bauch sich auf eine sehr angenehme Art zusammenzog.

»Mhmm«, murmelte Lena, und bevor Megan etwas sagen konnte, kniete sie sich über Megans ausgestreckte Beinen auf das Sofa. Dann legte sie die Hände auf ihre Schultern und lächelte sanft. Lena sah Megan tief in die Augen, als sie einen zarten Kuss auf ihre Lippen hauchte.

Megan lag wie erstarrt unter Lena, während beide kaum zu atmen wagten. Sie sehnte sich verzweifelt danach, die Arme um Lena zu legen; ihre Hände wollten sie berühren. Das Knistern zwischen ihnen war so heftig, dass sie es beinahe sehen konnte. Sie hatte sich zwar gefragt, wann Lena wohl bereit für den nächsten Schritt in ihrer Beziehung sein würde, aber jetzt, da es offenbar soweit war, konnte sie sich nicht bewegen. Lena hatte die totale Kontrolle über den Moment, und das erregte Megan stärker, als sie für möglich gehalten hätte.

»Hi«, flüsterte Lena in Richtung Megans Mund.

Megan nickte lediglich, da die Worte sie im Stich ließen. Lena küsste sie wieder, diesmal länger und mit mehr Nachdruck. Megans Lippen erwachten zum Leben und spielten mit Lenas, dann öffnete sie willig den Mund, als Lena sich ganz auf sie legte und sich von den Knien bis zur Brust an sie drückte. Gott, sie fühlte sich so gut an – wie weich sie war, ihr Gewicht, ihre Formen. Endlich erinnerte sich Megan wieder daran, wie ihre Arme funktionierten, und legte sie um Lenas Oberkörper. Lena seufzte und Megan zog sie dichter an sich, vertiefte den Kuss.

Lena bewegte die Hände, eine nach oben, um Megans Hals zu liebkosen, die andere nach unten, um … o ja, Lenas Hand legte sich ganz vorsichtig auf Megans Brust. Sie trug eine Weste über einem T-Shirt, aber Lenas Berührung, so schockierend unerwartet, setzte ihre Haut in Flammen.

»Lena«, keuchte sie zwischen zwei tiefen und innigen Zungenküssen.

»Ja?« Jetzt näherte sich Lena ihrem Hals und der Gefahrenzone unter Megans Ohr. Der Stelle, vor der Megan sie gewarnt hatte, wenn sie langsam vorgehen wollten.

»Lena, was …«

»Ich will das«, flüsterte Lena und richtete sich auf, um Megans Blick zu erwidern.

»Bist du sicher?«

Lena nickte und wartete. Megan blinzelte, als sie endlich verstand. Dann reckte sie sich hoch und verschlang Lena, wie sie es die ganze Zeit seit ihrem ersten Kuss schon hatte tun wollen. Lena stöhnte und wand sich auf ihr, ihre Hand bearbeitete Megans Brust wie verrückt.

»Schlafzimmer«, murmelte Megan und griff nach Lenas Hand. »Bitte.«

Lena sagte nichts, rollte aber zur Seite und stemmte sich von Megan hoch. Sobald sie neben dem Sofa stand, streckte sie mit einem scheuen Lächeln die Hand aus. Megan ergriff sie sanft und ließ sich von Lena hochziehen.

Sie wechselten kein Wort, während sie in Megans Zimmer gingen; sie wussten unausgesprochen, dass ein Sofa nicht ideal war, um darauf miteinander zu schlafen. Als sie in den Raum traten, ließ Megan Lenas Hand los und schaltete die Nachttischlampe ein.

»Genug?«, fragte sie und Lena nickte. Ihr Blick huschte durch das Zimmer und sie hatte die Hände vor dem Körper gefaltet. »Hast du Zweifel? Es ist in Ordnung, wenn du deine Meinung änderst«, fragte Megan vorsichtig.

Schließlich erwiderte Lena ihren Blick. »Ich bin … etwas nervös. Es ist eine Weile her und …«, sie holte tief Luft, »ich fühle mich immer unsicher, wenn ich zum ersten Mal vor jemandem nackt bin.«

»Okay«, sagte Megan sanft und ging langsam zu Lena hinüber. »Danke, dass du mir das gesagt hast.« Sie hob die Hand und strich eine lose Haarsträhne aus Lenas Gesicht zurück. »Wir können so langsam machen wie du willst. Heute muss gar nichts passieren, weißt du. Wir können uns einfach küssen und kuscheln.«

»Nein«, sagte Lena und lächelte. »Glaub mir, ich will mehr als das.«

Bei diesen Worten durchzuckte ein Funke der Lust Megans Körper und sie stöhnte leise.

Lena betrachtete sie voll Verlangen, dann war sie in Bewegung. Ihre Hände wanderten zu Megans Weste, zogen den Reißverschluss auf und schoben sie von Megans Schultern. Schnell zog sie Megan das T-Shirt aus und hakte ihren BH auf, während sie die ganze Zeit über Megans Hals küsste und leckte.

Megan stand stumm da und hatte ein Kribbeln und Gänsehaut überall am Körper, so intensiv waren Lenas Küsse und Berührungen.

Als Lena die Hände auf ihre nackten Brüste legte und sanft drückte, keuchte Megan und bog Lenas Kopf etwas nach oben, um sie zu küssen. Gleichzeitig griff sie nach den Knöpfen an Lenas Bluse, aber nachdem sie es ein paar Momente lang versucht hatte, wollten sie immer noch nicht aufgehen. Wie zum Teufel bekam sie Lena aus diesem Ding heraus? Sie unterbrach den Kuss für einen kleinen Moment, um einen Blick darauf zu werfen und zu sehen, dass die winzigen Knöpfe unter einer zusätzlichen Stofflasche verborgen lagen. Schließlich hatte sie die ersten beiden geöffnet, aber der dritte ließ sich nicht bezwingen. Peinlich berührt seufzte sie auf.

»Können wir das über deinen Kopf ziehen?«, fragte sie und mied Lenas Blick. Typisch, dass sie Lena nicht einmal ordentlich ausziehen konnte.

»Ich glaube schon«, sagte Lena, zog die Bluse hoch und warf sie auf den Boden.

Megan sah auf Lena hinab und auf ihre vollen Brüste, die in schwarzem Satin steckten und oben über die Körbchen quollen. Da war so viel, mit dem ihre Hände spielen konnten. Sie fuhr sich mit der Zunge über die plötzlich sehr trockenen Lippen und begann, die weiche Haut zu streicheln, dort, wo Lenas große Brüste in ihr Dekolleté übergingen. Lenas leises Stöhnen fachte Megans Verlangen weiter an und nun musste sie sie endlich sehen. Sie griff hinter Lenas Rücken, und während deren Händen zu Megans Brüsten zurückkehrten und leicht mit ihren Nippel spielten, ertastete Megan den Verschluss von Lenas BH.

Über die Jahre hinweg hatte Megan einige Frauen in Momenten wie diesem ihrer BHs beraubt. Bis zu diesem Zeitpunkt hatte sie noch nie einen gefunden, der ihr widerstanden hatte. Aber der Verschluss von Lenas BH schien von den Leuten designt zu sein, die Fort Knox gebaut hatten. Da war etwas … Seltsames … an den … Häkchen, sodass sie nicht … wie die anderen … zu funktionieren –

»Lena? Wie … ähm, wie geht das auf?« Sie hasste es zu fragen, aber das wurde langsam lächerlich.

Lenas Hände hielten kurz inne und sie nahm den Mund lange genug von Megans Hals, um zu murmeln: »Vier Häkchen. Mach sie einzeln auf.«

Richtig. Okay. Megan widmete sich wieder ihrer Aufgabe. Kurz darauf hatte sie drei der vier Häkchen geöffnet, aber der vierte zierte sich. Sie versuchte einen anderen Winkel mit dem Daumen, wobei sie aber vergaß, dass der Verschluss mit drei offenen Häkchen unter größerer Spannung stand, und bevor sie sich versah, schnappte der Bund mit einem lauten Schnalzen gegen Lenas Haut zurück.

»Aua!«, keuchte Lena und ihre Hände schossen auf ihren Rücken.

»O Gott, Lena, das tut mir leid«, sagte Megan beschämt.

Lena blickte zu ihr auf und Megan sah, welche Mühe es sie kostete, sich zu beherrschen und zu lächeln bevor sie sagte: »Schon gut. Ich war überrascht, das ist alles.«

»Entschuldige«, sagte Megan. »Vielleicht übernimmst du das letzte Häkchen besser selbst.«

Das tat Lena, und der BH gesellte sich zu dem wachsenden Kleiderhaufen zu ihren Füßen. Megan betrachtete mit unverblümter Bewunderung die üppigen Brüste, die jetzt entblößt vor ihr lagen. Lenas Körper war genauso, wie Megan es sich erträumt hatte: weich, kurvig, keine Knochen, die irgendwo vorstanden. Lena trug definitiv nicht Kleidergröße achtunddreißig und Megan hätte nicht glücklicher sein können, während sie sie betrachtete. Sie war nie gut darin gewesen, Dinge in Worte zu fassen, also tat sie das Nächstbeste und beugte sich herab, um die zarte Haut vor ihr mit Aufmerksamkeiten zu überschütten. Sie küsste Lenas Brüste, umkreiste die Brustwarzen mit den Lippen und genoss Lenas Keuchen und Stöhnen.

Lenas Hände lagen auf ihren Schultern, schoben leicht und Megan verstand den Wink. Sie ging vorsichtig zurück, da sie wusste, dass das Bett irgendwo hinter ihr war, und –

Mit einem lauten »Huch« fiel Megan nach hinten auf das Bett, und Lena eine Millisekunde später auf sie. Ihre Brüste stießen gegeneinander und sie verzogen das Gesicht und hielten sich die schmerzenden Stellen, wobei Lena unsicher auf Megans Oberkörper balancierte.

»O Gott, tut mir leid!«, sagte Megan. »Das Bett war näher, als ich dachte.«

Lena lächelte, aber Megan sah eine Anspannung in ihren Augen, die zuvor nicht dort gewesen war. Das lief nicht gut und half Lena ganz offensichtlich nicht, sich in dem Moment wohlzufühlen. Seufzend legte Megan vorsichtig die Arme um Lena und zog sie für einen Kuss an sich.

»Hast du dir wehgetan?«, fragte sie und versuchte, ihren Ton spielerisch zu halten Sie nickte in Richtung von Lenas Brüsten. »Soll ich sie küssen, damit es besser wird?«

Glücklicherweise spielte Lena mit. »Hm, ich glaube, das solltest du.«

Megan grinste und rutschte ein wenig tiefer, um ihr Gesicht vor die großen, braunen Brustwarzen zu bringen, die so verführerisch aussahen. Sanft nahm sie eine zwischen die Lippen und küsste sie, dann leckte sie darüber und spürte, wie sie hart wurde. Lena wand sich und stöhnte, also tat Megan dasselbe mit der anderen Brustwarze. »Besser?«, murmelte sie.

»O ja«, hauchte Lena.

Megan fuhr mit ihrer Ersten Hilfe fort und genoss die Bewegungen, mit denen Lena reagierte, und die Laute, die sie ausstieß. Sie strich mit den Händen an Lenas Hose hinab, fand den Reißverschluss an der Seite und öffnete ihn, zu ihrer Erleichterung, ohne Probleme. Lena stützte sich auf einen Arm und half Megan, die Hose über ihre Hüften zu schieben, und sie fühlte, wie Lena sie von den Füßen trat, als sie um ihre Knöchel lag. Als Lena sich wieder auf Megan legte, spürte sie die feuchte Wärme zwischen Lenas Beinen an ihrem Schenkel und ihr Atem stockte.

»O Lena«, flüsterte sie und ihre Hände wanderten bereits nach unten, ihre Finger suchten die Quelle dieser Wärme, dieser Feuchtigkeit. Ihre Hand strich über Lenas weichen Bauch und sie spürte, wie Lena ihn etwas einzog, und fragte sich, warum sie es notwendig fand. Dann wanderten ihre Gedanken weiter, als sie mit den Fingerspitzen über den Baumwollstoff von Lenas Unterwäsche fuhr.

Lena stöhnte laut und hob die Hüften der Berührung entgegen.

»Ja?«, fragte Megan, während sie sie sanft streichelte und dabei spürte, wie Lenas Klitoris unter dem Stoff anschwoll.

»Ähm, ja, aber ...« Lena klang leise und kleinlaut.

»Was?«, fragte Megan und versuchte, Lenas Blick aufzufangen, aber Lena ließ sie nicht.

»Ich … ich habe noch meine Socken an. Könnte ich … können wir bitte kurz warten, damit ich sie ausziehen kann?«

»Natürlich.« Sie nahm die Hand weg und wartete reglos, während Lena sich aufsetzte, wegdrehte und ihre Socken auszog.

»Tut mir leid«, murmelte Lena.

»Was denn?«

Lena wedelte vage mit der Hand. »Dass ich … die Dinge unterbrochen habe.« Sie sah zur Decke und dann über die Schulter zu Megan, die neben ihr auf dem Bett ausgestreckt lag. »Das ist nicht gerade romantisch, oder? Mittendrin aufzuhören und sich die Socken auszuziehen.«

Megan kicherte und streckte die Hand nach Lena aus. Als die sich nicht bewegte, setzte Megan sich auf. »Lena, das ist in Ordnung. Komm schon, es ist lustig. Und Sex soll Spaß machen, okay?« Während sie Lena so ansah, wusste Megan irgendwo tief im Inneren, dass Lena das noch nie gehört, geschweige denn erfahren hatte. Hatte Lena immer erwartet, dass alles perfekt ist? Wie der Sex in den Filmen oder den Liebesromanen? Oder hatten ihre Partnerinnen ihr diese Erwartungen eingepflanzt?

»Tut mir leid«, sagte Lena wieder mit verlorenem Blick und verschränkte schützend die Arme vor den Brüsten. Megan war nicht dumm; alles an Lenas Haltung und Tonfall sagte ihr, dass Lena ernste Zweifel bekommen hatte.

Vorsichtig streckte Megan den Arm aus und legte die Hand auf Lenas warmen Rücken. Sie verbiss sich ein Stöhnen, als sie die weiche Haut unter den Fingern spürte. »Willst du aufhören?«

»Ja. Nein.« Lena schüttelte den Kopf. »Entschuldige«, murmelte sie.

»Schon gut«, flüsterte Megan. »Kannst du mir sagen, was nicht stimmt? Liegt es daran, dass ich wieder ziemlich ungeschickt war?«

»Nein!«, sagte Lena schnell. »Na ja, vielleicht ein wenig. Tut mir leid, es ist nicht deine Schuld, wirklich nicht.« Sie atmete tief ein und drehte sich endlich zu Megan um. »Es ist hauptsächlich wegen mir. Weil ich so beschissen darin bin.«

Bevor Megan sie zurückhalten konnte, stand Lena auf und beugte sich hinab, um ihre Kleider einzusammeln, die sie an ihre nackte Brust presste.

»Es tut mir sehr leid, Megan. Ich glaube, ich brauche doch noch etwas Zeit.«

Megan konnte nichts dagegen sagen. Sie konnte Lena nicht zwingen, zu bleiben und dort weiterzumachen, wo sie aufgehört hatten – und wollte es auch nicht. Es war klar, dass Lena vorerst nicht einmal darüber reden wollte, und sie dazu zu drängen, würde auch nichts lösen. Also tat Megan das einzige, das sie tun konnte. Sie lächelte so aufrichtig wie möglich, drückte kurz Lenas Hand und sah zu, wie diese aus dem Raum ging.

Megan ließ sich mit den Armen über dem Kopf auf das Bett zurücksinken, und ihr nackter Oberkörper kühlte jetzt, da sie allein im Raum war, schnell ab. Sie sah zur Decke hoch und ging in Gedanken jeden Moment durch, der sie zu diesem Punkt geführt hatte. Megan hatte ihr Stolpern und Herumfummeln zwar amüsant und liebenswert gefunden, aber Lena offensichtlich nicht.

Dorothys Worte kamen ihr wieder in den Sinn. »*Lena kommt nicht gut mit Verlegenheit klar.*«

War das auch diesmal der Grund? Verlegenheit wegen all der dummen Dinge, die beim Ausziehen schiefgelaufen waren? Obwohl Megan sie nicht per se als falsch betrachtete. Nur als lustig und – wie sie fand – als Möglichkeit, die Nervosität in einer ansonsten angespannten Situation zu mildern. Auf Lena hatten sie offenbar die umgekehrte Wirkung gehabt.

Megan seufzte. Wenn Lena jedes Mal perfekten Sex wollte, hätten sie ein Problem.

Kapitel 26

Lena gab sich große Mühe, sich auf ihre Tabelle zu konzentrieren, scheiterte jedoch kläglich. Die Erinnerungen an den vorherigen Abend und die entsetzlichen Ereignisse, die dazu geführt hatten, dass sie aus Megans Zimmer geflohen war, wollten sie nicht loslassen. Sie musste sich irgendwie ablenken, also ging sie entschlossen in die Küche, um sich einen Tee zu machen. Aber während sie darauf wartete, dass das Wasser kochte, kehrten ihre Gedanken natürlich zum Schauplatz des Geschehens am Vorabend zurück.

Von dem Moment an, da sie nach Hause gekommen war, hatte sie Megan so sehr gewollt. Noch immer erfüllt von den Glücksgefühlen, die sie seit dem Wochenende empfand, und die durch Megans Anblick und ihre Freude, Lena zu sehen, weiter angeheizt wurden, war etwas geweckt worden, das sehr lange in Lena geschlafen hatte: echtes Verlangen. Nicht die vage, fantasiegetriebene Lust, die sie beim Lesen ihrer Bücher erlebte. Nicht das Verlangen nach einer noch gesichtslosen Frau, die Lena bezaubern und mit ihr in den Sonnenuntergang reiten würde. Nein, echtes, aufrichtiges Verlangen nach einer realen, lebendigen Frau, die Lena mit ihrem Blick dahinschmelzen ließ.

Was war im Schlafzimmer schiefgelaufen? Wohin war dieses Verlangen verschwunden? Denn das war es, gelöscht wie eine Kerzenflamme, sobald sie bemerkt hatte, dass sie noch ihre Socken trug, während Megan sie zwischen den Beinen gestreichelt hatte. Sie zappelte ein wenig, als ihre Klitoris sie daran erinnerte, wie wundervoll diese Berührungen gewesen waren.

Sie goss das heiße Wasser über den Teebeutel und rührte langsam um. Megans Zärtlichkeiten waren wundervoll gewesen. Megans Haut an ihrer zu spüren, ihr zuzuhören, als sie sich gemeinsam bewegt hatten, das alles hatte Lena erregt und bewirkt, dass sie mehr wollte. Doch das Zurückschnalzen des BHs und der Zusammenstoß auf dem Bett hatte sofort ihre Verlegenheit geweckt. Megans Blick, der auf ihrem nackten Körper geruht hatte, war auch nur schwer zu ertragen gewesen. Lena hatte nicht abschätzen können, ob Megan ihren Körper aufregend oder enttäuschend fand. Sie hatte sich fast unter der Aufmerksamkeit gewunden, ihr Fluchtinstinkt war mit jeder Sekunde angewachsen, aber für einen kurzen Moment hatten Megans Berührungen Lenas Zweifel fortgestreichelt.

Doch trotz aller Bemühungen ihrerseits, ruhig zu bleiben, hatte der Vorfall mit den Socken Lenas Stress verschlimmert. Und plötzlich hatte sie sich nur noch auf ihr Unbehagen konzentrieren können. Jetzt wusste sie, dass das dumm war – Megan hatte sie weder ausgelacht noch war sie in Verlegenheit geraten. Ganz im Gegenteil, sie hatte es mit Humor genommen und darauf hingewiesen, dass Sex Spaß machen sollte. Aber Megans Worte hatten in diesem Moment nicht die Mauer überwinden können, die sich irgendwo in Lena aufgebaut hatte.

Vielleicht hätte sie bleiben sollen. Vielleicht hätte sie sich wieder von Megan berühren lassen und versuchen sollen, zu dem zurückzukehren, was auf dem Sofa begonnen hatte. Sie schloss die Augen, erinnerte sich an das Gefühl, an Megan geschmiegt zu liegen. Oh, wie sehr sie das wieder spüren wollte. Das wollte sie wirklich.

Sie seufzte. Es lag alles an ihr, das wusste sie. Megan würde sie nicht drängen. Wenn Lena wollte, musste sie es sich nehmen. Und sie musste irgendwie verhindern, dass ihre alte Angst vor Peinlichkeiten alles ruinierte.

Neue Angst packte sie und ließ ihren Magen protestieren. Was, wenn Megan genug hatte? Was, wenn Lenas Probleme so groß waren, dass Megan beschloss, sie sei es nicht wert? Sie hatten sich an diesem Morgen gar nicht gesehen – Megan hatte einen späten Start in den Arbeitstag. Zwar hätte sie zur selben Zeit wie Lena aufstehen können, um Hallo zu sagen, wie sie es in den letzten Wochen oft getan hatte, aber sie war nicht erschienen. Wollte sie Lena vielleicht gar nicht sehen? Oder versuchte sie, nett zu sein und Lena etwas mehr Raum zu geben?

Lena ging nachdenklich in der kleinen Küche auf und ab. Sie steckte in der Zwickmühle. Sie brauchte Zeit, um sich zu sammeln, bevor sie eine körperliche Beziehung mit der Frau eingehen konnte, von der sie sich angezogen fühlte. Mehr als angezogen – Lena wusste, dass sie dabei war, sich in Megan zu verlieben. Vielleicht war das ein Teil des Problems: die Angst vor dem Kontrollverlust. Und während sie sich mit alldem herumschlug, musste sie es auch noch irgendwie schaffen, dass Megan sie nicht aufgab.

Das war alles so verworren. Und Lena kam mit Unordnung nicht klar. Was war mit ihrem sauberen, ordentlichen bescheidenen Leben geschehen? Das Leben, das sie geführt hatte, bevor das blöde Dach heruntergekommen war und ihre Welt buchstäblich auf den Kopf gestellt hatte?

Dieses langweilige Leben, sagte eine kleine Stimme – die verdächtig wie Madhu klang – in ihrem Hinterkopf. *Dieses langweilige, einsame, vorhersehbare Leben, in dem du ohne Freunde, ohne Liebe warst und von mehr geträumt hast.*

Ich weiß, dachte Lena, aber es war ein *sicheres* Leben.

Als sie an diesem Abend nach Hause kam, hatte Megan ihr einen Zettel hinterlassen, und während sie die Worte las, wurde sie von einer Welle der Erleichterung durchflutet.

Hi Lena. Ich hoffe, du hattest einen guten Tag. Tut mir leid, dass wir uns heute nicht sehen, ich komme erst zurück, wenn du schon im Bett bist. Aber vielleicht morgen Abend? Vielleicht könnten wir gemeinsam zu Abend essen? xx

Okay, das war gut. Megan hatte sie nicht aufgegeben. Noch nicht.

Megan fühlte sich diese Woche, als würde sie über rohe Eier gehen. Und für eine große Frau wie sie war das eine beachtliche Leistung. Sie hatte Lena nur am Dienstagabend gesehen, als sie zu Hause ein schlichtes Abendessen geteilt hatten, das sie gemeinsam gekocht hatten. Das war nett gewesen, aber Lena hatte offenbar nicht darüber reden wollen, was am Sonntag passiert war, und Megan hatte sie nicht drängen wollen. Es war frustrierend, aber wenigstens hatten sie einen sinnlichen – und langen – Gutenachtkuss geteilt, der Megans Nerven ein wenig beruhigt hatte. Sie machte sich Sorgen, dass Lena sich von ihr entfernte und aufgab, bevor es überhaupt angefangen hatte.

Am Donnerstagabend leistete Megan Jen in der Bar Gesellschaft.

»Also, wie läuft es mit Alisha?«, fragte Megan, während sie an ihrem kalten Pale Ale nippte.

Jens Augen wurden glasig und ein breites Lächeln trat auf ihr Gesicht. »So gut. So, *so* gut.«

»Wow.«

»Das kannst du laut sagen.« Jen nickte. »Und ich rede nicht nur vom Sex, weißt du. Der auch heiß ist. Mit einem großen H.«

»Meine Güte. So genau will ich es gar nicht wissen, Jen.«

Jen lachte und verschwand für ein, zwei Minuten, um einen Gast zu bedienen. Als sie zurückkehrte, lehnte sie sich an die Bar und starrte Megan an. »Du hast irgendein Problem, oder?«

Megan wich ihrem bohrenden Blick aus und nahm einen weiteren Schluck Bier. An dem sie beinahe erstickte, da eine Mischung aus aufwallenden Emotionen und Frustration ihr plötzlich die Kehle zuschnürte.

»Komm schon, Megs. Rede mit mir.«

Als sie Jen anschaute, sah sie sich mit deren bettelndem Welpenblick konfrontiert, den Jen über die Jahre hinweg perfektioniert hatte. Normalerweise ging es dabei jedoch um weitaus banalere Dinge, als ihr das Herz zu öffnen und alle Geheimnisse preiszugeben.

Megan atmete tief durch, dann sprach sie. In den Pausen zwischen dem langsamen Strom an Gästen, die Getränke bestellten, erzählte sie Jen alles, vom ersten Date bis hin zur abgebrochenen Intimität am Sonntagabend.

»Wow«, hauchte Jen. »Ich hatte keine Ahnung, dass das bisher so harte Arbeit war.«

»Das ist es ja«, sagte Megan, »bis Sonntag war es gar nicht so harte Arbeit. Ja, ich weiß, auf dich wirkt sie anstrengend. Aber für mich ist das einfach nur Lena. Eine Frau mit einer ganz bestimmten Denkweise, und ich weiß nicht, irgendwie verstehe ich das und kann damit umgehen. Aber am Sonntag –«

»Bist du sicher, dass sie das alles wert ist?«

»Ja«, sagte Megan ganz automatisch. Lena *war* es wert. Abgesehen davon, was am Sonntag passiert war, hatten sie so gut zusammengepasst – anders als Julie verlangte Lena nie mehr Zeit von Megan, als sie ihr geben konnte. Lena kümmerte sich auf eine völlig neue Art um Megan, die sie jedoch überhaupt nicht erdrückte. Außerdem sah Lena Megan an, als wäre sie die beste Erfindung aller Zeiten, und immer, wenn sie das tat, durchfuhr Megan ein Kribbeln, das sie atemlos und mit dem Verlangen nach mehr zurückließ. Und natürlich waren ihre Küsse traumhaft schön …

»Ja«, sagte sie erneut. »Sie ist es wert.«

Jen zuckte mit den Schultern. »Dann musst du ihr das vielleicht einmal sagen. Klar und deutlich. Nicht so, als wolltest du sie belehren, sondern um es nochmal zu betonen.« Sie hielt inne, spielte mit einem Bierdeckel. »Ich kenne dich, du redest in

Beziehungen nie viel, aber vielleicht ist sie eine, die so etwas hören muss, verstehst du?«

Megan starrte ihre Freundin an. Manchmal konnte Jen so grob sein wie Sandpapier. In anderen Momenten wie diesem zeigte sie den Schliff und die Klarheit eines Diamanten.

»Danke, Jen«, sagte Megan leise. »Du bist die Beste.«

Jen reckte das Kinn stolz in die Höhe. »Ich weiß.«

Am Freitagabend öffnete Lena die Haustür und fand sich Auge in Auge mit Dorothy wieder, die den Teppichboden vor ihrer Wohnungstür absaugte. Dorothy bemerkte sie und schaltete den Staubsauger mit dem Fuß aus, bevor sie Lenas Blick mit einem Lächeln erwiderte.

»Hallo, Kind«, sagte sie. »Du kommst gerade richtig. Lauf nur hoch und sieh nach, was Mr. Patel für dich hat.«

»Was?« Ehe Lena wirklich begreifen konnte, was Dorothy gesagt hatte, wurde sie von einer überraschend starken Hand am Unterarm gepackt und in Richtung Treppe geschoben.

»Hoch. Los, los.«

»Okay, okay«, stotterte Lena und ihre Füße bewegten sich von selbst die Treppe hinauf. Vor ihrer Wohnungstür stand Mr. Patel und schenkte ihr ein strahlendes Lächeln.

»Guten Tag, Lena«, sagte er. »Bitte folgen Sie mir. Ich habe einen Vorschlag für Sie.«

»Äh … was?«

»Vertrauen Sie mir, Lena. Kommen Sie mit«, sagte er lachend und wandte sich um. Automatisch folgte Lena ihm, während er die Stufen zu ihrer Wohnung hochstieg. Als sie den oberen Absatz erreichten, drehte sich Mr. Patel wieder zu ihr.

»Wie Sie sehen können«, sagte er und breitete die Arme aus, »sind wir größtenteils fertig. Wir konnten einige zusätzliche Männer engagieren. Und ich weiß, wie erpicht Sie darauf waren, dass das hier fertig wird, also …« Er zuckte mit den Schultern. »Da ist es.«

Lena sah sich um und ihr Herz schlug schnell, als sie den Anblick auf sich wirken ließ. Die Decke war repariert. Das Dachfenster war wieder dort, wo es hingehörte, und der Teppich im Wohnbereich war neu verlegt worden. Sie konnte nicht die ganze Küche einsehen, aber von ihrem Standpunkt aus erkannte sie immerhin, dass die Theke ersetzt worden war und makellos aussah.

»Oh«, hauchte sie und strahlte so sehr, dass ihre Wangen schmerzten. »O Mr. Patel.«

»Jaja«, sagte er milde lächelnd. »Also, die Versicherung ist heute Nachmittag vorbeigekommen und hat die Wohnung wieder für wohntauglich erklärt.« Er deutete zur Küche. »Wir haben Wasser und Strom angestellt und alles funktioniert. Nur die Farbe an den Wänden fehlt noch. Die Decke haben wir gestrichen, bevor der Teppich verlegt wurde.« Lena war so überwältigt, dass diese Informationsflut kaum zu ihr durchdrang. »Hier drinnen haben wir nur noch die Wände vor uns. Das dauert maximal zwei Tage.« Er sah Lena an. »Ich schlage vor, dass wir Ihnen morgen beim Wiedereinzug helfen und am Montag und Dienstag einfach um Ihre Möbel herumarbeiten, wenn wir die Wände streichen. Bis Mittwoch sind wir fertig.«

»Im Ernst?«, platzte Lena heraus. »Ich kann wieder einziehen?« Es war zu gut, um wahr zu sein. Nun, da sie wirklich etwas Raum für sich brauchte, um herauszufinden, was sie mit ihrem Leben – und vor allem mit Megan – anfangen sollte, hatte Mr. Patel ihr den auf einem Servierteller gereicht.

»Solange Sie nichts dagegen haben, dass wir hier drin arbeiten, während Sie außer Haus sind. Ich verspreche, dass wir alle Ihre Möbel und den neuen Teppich sehr sorgfältig abdecken werden, damit nichts mit Farbe bespritzt wird. Also?«

»Ja!«, platzte es aus Lena heraus. »Ja. Vielen Dank!«

Rückblickend war es nicht die beste Idee, die Lena je gehabt hatte, an einem Freitagabend in eine Pizzeria zu gehen. Sie hatte ihr Date mit Megan an einem Ort verbringen wollen, für den sie sich nicht extra herausputzen mussten. Doch der Lärmpegel im Restaurant war unerträglich und machte eine Unterhaltung beinahe unmöglich. Es war also fraglich, ob das noch als Date zählen konnte.

»Tut mir leid«, sagte Lena zum ungefähr fünften Mal, als sie ihre Pizzen fast aufgegessen hatten.

Megan lächelte, aber auf Lena wirkte es gezwungen. »Wie gesagt, kein Problem. Hör mal, wir sind bald fertig, dann können wir nach Hause gehen und uns ein wenig entspannen.«

Lenas Magen krampfte sich zusammen. Sie hatte Megan noch nicht von Mr. Patels Neuigkeiten erzählen können, denn diese war erst kurz nachdem Lena ihre Wohnung verlassen hatte, nach Hause gekommen. Und dann war es bereits Zeit gewesen, sich für das Date fertigzumachen. Da Lena jede Frage nur halbherzig beantwortete, musste Megan längst gemerkt haben, dass Lena mit den Gedanken ganz woanders war. Sie steckte in der Klemme. Wie sollte sie Megan von ihrem kurzfristigen Auszug am nächsten Tag erzählen, ohne den Eindruck zu erwecken, vor ihrer Mitbewohnerin fliehen zu wollen? Das war zwar teilweise der Fall, doch aus anderen Gründen, als Megan vermutlich annehmen würde.

Gut, Ehrlichkeit wäre die beste Strategie. Allerdings nicht hier, dachte Lena, während sie sich in ihrer lauten Umgebung umsah.

»Sollen wir gehen?«, platzte sie heraus.

Megan starrte sie an, aber dann wischte sie sich den Mund mit ihrer Serviette ab, warf sie auf ihren letzten Rest Pizza und nickte. »Klar«, sagte sie und winkte dem Kellner. »Können wir bitte zahlen?«

Sie gingen schweigend zurück. Lenas Pizza fühlte sich in ihrem verkrampften Magen nicht gut an, aber als sie in die Jackson Road einbogen, hatte sie sich die Worte im Kopf zurechtgelegt. Und als sie es sich schließlich auf dem Sofa gemütlich gemacht hatten, fühlte sich Lena zumindest halbwegs bereit für das Gespräch.

»Lena«, begann Megan, aber Lena hob eine Hand und bremste sie.

»Hast du etwas dagegen, wenn ich zuerst etwas sage?«, fragte sie höflich.

Megan schüttelte den Kopf, aber ihre Schultern spannten sich an und sie rutschte ein, zwei Zentimeter auf dem Sofa zurück.

Lena schluckte. »Also, äh, ich habe Neuigkeiten. Ich hatte noch keine Gelegenheit, dir davon zu erzählen, weil das alles erst vorhin passiert ist.« Wahrscheinlich redete Lena zu schnell, daher konzentrierte sie sich und versuchte, sich Zeit zu lassen. »Mr. Patel hat auf mich gewartet, als ich von der Arbeit nach Hause gekommen bin.«

»Ach?«

»Ja. Er hatte gute Neuigkeiten. Die Wohnung, also meine Wohnung, ist wieder bewohnbar. Sie ist noch nicht ganz fertig, aber fast. Also haben Mr. Patel und sein Team angeboten, mir morgen beim Wiedereinzug zu helfen. Und ich, äh, ich habe das Angebot angenommen.« Megan öffnete den Mund, um etwas zu sagen, aber Lena kam ihr zuvor. »Ich weiß, das erscheint dir vielleicht schnell. Und nach allem, was am Sonntagabend passiert ist, kommt es dir vielleicht so vor, als würde ich, na ja, weglaufen. Aber ich verspreche dir, das ist es nicht. Ich bin dir wirklich dankbar dafür, dass ich die ganze Zeit über hier wohnen durfte. Und ich weiß, dass wir uns dadurch … nahegekommen sind.«

Sie hielt inne, um Luft zu holen. »Aber mir ist klar geworden, dass ich noch etwas Zeit brauche, um mich an diese Beziehung zu gewöhnen, und auch daran, wieder … intim mit jemandem zu werden. Und ich glaube wirklich, dass es mir dabei helfen wird, in meiner eigenen Wohnung zu sein.«

Zwar hatte sie das alles nicht ganz so rausgebracht, wie sie es sich vorgenommen hatte, doch sie fand, dass es in Ordnung klang. Jedenfalls in ihren Ohren. Sie wartete ab und beobachtete Megans Reaktion.

Megan atmete langsam aus und lehnte sich richtig in das Sofa zurück. Ihr Blick driftete von Lena weg, aber Lena wartete geduldig darauf, dass Megan ihre Gedanken ordnete.

Nach ein paar spannungsvollen Minuten sah Megan zu Lena, erwiderte ihren Blick und hielt ihn einen Moment lang fest.

»Okay«, sagte Megan mit leiser Stimme. »Okay. Ich … ich freue mich für dich. Ich weiß, dass es manchmal schwierig für dich war, meine Wohnung zu teilen. Und ja«, sie hob eine Hand, als Lena sie unterbrechen wollte, »ich weiß, dass es nichts mit mir zu tun hat. Das akzeptiere ich. So sehr ich auch versuche zu akzeptieren, was du darüber gesagt hast, dass du nicht wegrennst …«

Plötzlich lehnte sie sich vor und nahm Lenas Hand. Die Berührung schickte einen Schauer durch Lenas Arm. »Bitte versprich mir, dass du mich nicht wegstoßen wirst, Lena. Du … du bist mir wichtig. Ich will mich weiterhin mit dir treffen und sehen, was wir daraus machen können. Ich … ach, ich bin beschissen darin, solche Dinge auszusprechen.«

Megan sah zur Decke, dann wieder zu Lena. »Aber ich habe dich sehr gern, Lena. Du bist wunderschön und witzig und irgendwie niedlich mit all deinen kleinen Gewohnheiten und Regeln. Du bist eine tolle Köchin und ich liebe es, deine Lektüre mit dir zu teilen und mit dir über, nun ja, alles zu reden. Ich finde, wir haben eine Menge Spaß gehabt, und ich will nicht, dass das zu Ende geht.« Sie drückte Lenas Hand ein wenig fester. »Also bitte, wenn du auch nur ansatzweise dasselbe empfindest, dann stoß mich bitte nicht weg. Okay?«

Lena nickte, während ihr Herz gegen ihre Rippen hämmerte und die Emotionen ihr die Kehle zuschnürten. »Okay«, flüsterte sie. Dann legte sie die andere Hand auf Megans. »Ich … ich empfinde dasselbe. In allen Punkten.«

Megan lächelte vorsichtig und seufzte laut. »Na, dann ist es ja gut.« Dann lehnte sie sich langsam vor und küsste Lena zärtlich. Sie wich ein paar Zentimeter zurück und sie sahen sich tief in die Augen. Lena konnte kaum atmen, so sinnlich war dieser Moment. Nun lehnte sie sich vor und erwiderte den Kuss, fester und länger, bebend, als Megans Zunge die ihre streifte. Sie küssten sich mehrere Minuten lang; langsam, sanft, ohne sich weiter zu berühren. Als sie schließlich voneinander abließen und Megan die Stirn an Lenas legte, atmete diese Megans Duft ein: ihr Shampoo, ihre Gesichtscreme und einen Hauch Parfum, das ihr vorhin vor lauter Sorge darüber, von Mr. Patels Neuigkeit zu erzählen, nicht aufgefallen war.

»Also«, sagte Megan, setzte sich langsam auf. »Lass mich wissen, wann ich dich wieder ausführen darf. Du weißt ja, wo ich wohne – klopf einfach an.«

Sie grinste, und Lena lächelte erleichtert.

Kapitel 27

Lena stand neben der Küchenzeile in ihrer Wohnung, die Hände in die Hüften gestemmt, und inspizierte ihr Reich. Alles war wieder dort, wo es sein sollte. Nun ja, fast alles – sie musste ein neues Sofa kaufen und außerdem ein Regal und Bücher, um es zu füllen, aber sie wusste, dass das etwas Zeit brauchen würde. Sie hatte schon längst das Geld von der Versicherung bekommen, aber es wäre unsinnig gewesen, einkaufen zu gehen, solange sie noch nicht gewusst hatte, wann sie wieder würde einziehen können. Vorerst mussten zwei große Kissen, die sie sich von Megan geliehen hatte, als Sitzgelegenheiten zum Lesen oder zum Fernsehen – der neue Fernseher sollte diese Woche geliefert werden – genügen. Wenigstens konnte sie in ihrem eigenen Bett, in ihrem eigenen Schlafzimmer schlafen.

Der Einzug war gut verlaufen. Mr. Patels Männer hatten offensichtlich strengste Anweisungen gehabt, *sehr* vorsichtig mit Lenas Sachen umzugehen. Manchmal lohnte es sich, einen gewissen Ruf zu haben. Jetzt hatte sie all ihre Kleider in den Schrank zurückgehängt, natürlich bereits das Badezimmer geputzt und die Küche aufgeräumt. Es war drei Uhr am Nachmittag und sie war bereit für einen Tee, bevor sie ihr Abendessen plante.

Sie verlagerte leicht das Gewicht, während kleine Falten auf ihre Stirn traten. Alles sah aufgeräumt aus und sie freute sich, zurück zu sein, aber etwas fühlte sich komisch an. Nicht ganz richtig. Es war still, und es gab niemanden sonst in der Wohnung. Sie war allein. Als sie für einen Moment die Augen schloss, erschien Megans Antlitz in ihren Gedanken. Das Bild wärmte sie. Beruhigte sie.

Wie es Megan wohl ging? Lena wusste, dass sie den ganzen Tag arbeiten würde. Sie hatte ihr einen guten Umzug gewünscht und zum Abschied gewinkt, aber es hatte keine Umarmung, keinen Kuss gegeben. Vielleicht …

Hör auf! Hör auf, immer das Schlimmste anzunehmen!

Sie konnte sich fast vorstellen, wie Madhu dastand und mit dem Finger vor ihrem Gesicht herumfuchtelte. Der Gedanke brachte sie zum Lächeln. Sie rollte einige Male mit den Schultern. *Komm schon, du kannst das. Denk an all die guten Dinge, die du mit Megan geteilt hast. Konzentriere dich nicht auf das, was falsch gelaufen ist. Megan tut das nicht, also solltest du es auch nicht tun. Du kannst dieses Beziehungs … ding bewältigen, du weißt, dass du es kannst. Okay, die erste ist nicht so gut gelaufen. Das bedeutet aber nicht, dass die nächste ebenfalls scheitern wird.*

Diese Gedanken ermutigten sie und brachten eine gewisse Ruhe zurück. Sie ging in die Küche, wobei sie erneut ihre strahlend neue Theke bewunderte, füllte den Wasserkocher und schaltete ihn ein. Gerade als sie das kochende Wasser in ihre Tasse goss, klingelte es an der Tür.

Verwirrt ging sie zur Gegensprechanlage. »Hallo?«

»Leelawati, hier ist dein Vater.« Seine Stimme war unverwechselbar und der Klang schickte eine gewaltige Schockwelle durch Lenas Körper. Der Raum verschwamm vor ihren Augen. Sie lehnte sich an die Wand, um sich abzustützen, und sog einen langen Atemzug dringend benötigter Luft ein.

»Was?«

»Leelawati.« Diesmal erklang die Stimme ihrer Mutter, schrill und durchdringend selbst durch die Gegensprechanlage. »Öffne die Tür.«

Mit zitternden Händen legte Lena den Hörer auf und drückte auf den Knopf, der die Haustür entriegelte.

Wie ein verurteilter Gefangener, der seinem Schicksal zugeführt wird, ging Lena langsam die schmale Treppe zu ihrer Wohnungstür hinab, schloss sie auf und öffnete. Sie wartete mit feuchten Handflächen und hörte, wie die schweren Schritte ihrer Eltern sich näherten. Sie versuchte, gleichmäßig zu atmen, aber das stellte sich als schwierig heraus. Warum waren sie hier? Wie hatten sie es geschafft, hierher zu kommen?

Warum zitterte sie wie Espenlaub?

Zuerst erschien ihr Vater, ihre Mutter folgte zwei Schritte hinter ihm. In den vier Jahren, seit sie sie zuletzt gesehen hatte, waren beide nicht viel gealtert. Das Haar ihres Vaters war vielleicht etwas grauer an den Schläfen, aber das war alles. Er trug einen seiner Anzüge, die Krawatte perfekt gebunden, das weiße Hemd makellos. Ihre Mutter trug wie immer einen Sari. Dieser war dunkelblau mit goldenen Akzenten. Darüber trug sie einen dicken marineblauen Mantel und zog sich gerade ein Paar Wollhandschuhe von den Fingern, während sie die letzten Stufen heraufkam.

»Leelawati«, sagte ihr Vater förmlich.

»Vater.« Das Wort klang seltsam, nicht nur weil ihr Hals wie zugeschnürt war, sondern weil es so lange her war, dass sie es tatsächlich angesprochen hatte.

»Also?« Ihre Mutter hatte die Augen zusammengekniffen, den Mund zu einem dünnen Strich zusammengepresst. Sie öffnete ihn gerade weit genug, um die Worte auszustoßen. »Gehen wir hinein?«

»Äh, ja, natürlich«, stotterte Lena und trat beiseite, damit sie vorbeigehen konnten. Irgendwo tief im Inneren war da der dumpfe Wunsch, wütend über das Eindringen zu sein, aber vorerst überschattete die Angst alles andere. Angst davor, was sie wohl sagen würden und wie sie es sagen würden. Angst davor, wie ihre Beziehung sein würde, *nachdem* sie es gesagt hatten. Lena sprach sich jedoch selbst Mut zu, indem sie sich vor Augen führte, dass dieser Besuch kaum schlimmer sein konnte, als ihre letzte Auseinandersetzung.

»Ich … ich habe mir gerade Tee gemacht«, sagte Lena. »Möchtet ihr welchen?« Tadellose Manieren war das einzige, was sie ihrer Mutter zu verdanken hatte. Man verlor nie das Gesicht, wenn man an seinen guten Manieren festhielt.

Ihre Eltern standen im Wohnbereich und sahen sich um, beide mit tiefen Falten auf der Stirn.

»Ja«, sagte ihre Mutter knapp.

»Wo sollen wir uns setzen?«, fragte ihr Vater und wirkte verblüfft.

Lena hätte fast gelacht, doch es wäre ein Fehler gewesen, diesem Drang nachzugeben. »Ich habe nur diese zwei Kissen. Ansonsten werdet ihr stehen müssen.«

Ihre Mutter gab einen verächtlichen Ton von sich. »Dann«, sagte sie, »ist es also so schlimm, wie wir dachten. Sie kann sich nicht einmal Möbel leisten.«

Lenas Vater schüttelte den Kopf. »Leelawati«, sagte er, und sie hatte ihren Namen noch nie in ihrem Leben mit solcher Enttäuschung ausgesprochen gehört. Ihr Herz tat einen Satz.

»Wartet, das stimmt nicht«, erwiderte sie. »Ich bin gerade erst wieder eingezogen. Es gab einen Sturm. Das Dach war eingestürzt und ich musste ausziehen.« Sie sprach schnell, entschlossen, ihre Seite der Geschichte darzulegen, bevor ihre Mutter Gelegenheit bekam, weiteren Sarkasmus zu verbreiten. »Ich habe jetzt das Geld von der Versicherung und kann das Sofa sehr bald ersetzen.«

»Und genau das ist der Grund, warum wir hier sind«, sagte ihr Vater und richtete seinen strengen Blick auf Lena. »Als deine Schwester uns erzählt hat, dass deine

Wohnung zerstört wäre und du kein Obdach hättest, da wussten wir, dass es Zeit ist.«

Moment mal, was? *Madhu* hatte ihnen vom Sturm erzählt? Was zum …

»Was meint ihr damit?«, fragte Lena und verschränkte die Arme vor der Brust.

»Zeit für dich, endlich Vernunft anzunehmen!«, fauchte ihre Mutter. Sie trat näher an Lena heran, die gerade so dem Drang widerstand, einen Schritt zurückzutreten. »Du hast in deinem Leben schlechte Entscheidungen getroffen, Leelawati, und das ist der Preis, den du dafür zahlst.«

Lena spürte, wie die Wut in ihr hochkam, sie fühlte sich an wie heiße Säure in ihrem Magen. »Was um alles in der Welt willst du damit sagen?« Sie starrte ihre Mutter finster an, die zurückstarrte. »Ich bin –«

»Dein Leben ist ein einziges Chaos, Leelawati! Du machst diese dumme Ankündigung, dass du eine Les – eine *dieser* Frauen bist, du verlässt dein Zuhause, wo du wunderbar umsorgt warst«, Lena schnaubte und ihre Mutter vertiefte ihr Stirnrunzeln, »und einen wunderbar guten Job bei der Gemeinde hattest.« Ihre Stimme wurde lauter. »Du hattest eine Menge Gelegenheiten, den richtigen Mann zu treffen und ein ordentliches Leben für dich selbst zu gestalten, ein anständiges Leben. Und jetzt sieh dich an«, sagte sie und deutete in den halb möblierten Raum. »Du kannst deinen Eltern nicht einmal etwas zum Sitzen anbieten.«

Sie verzog höhnisch den Mund. »Du warst heimatlos, hast dir Gefallen von Fremden erfleht, obwohl du genauso gut hättest nach Hause kommen und diesen … diesen ganzen *Unsinn* hättest aufgeben können. Du hast keinen … Partner und dein Job kann gar nicht gut bezahlt sein, wenn du dir davon nur diese winzige Wohnung leisten kannst.«

Jedes Wort traf Lena wie ein Pfeil ins Herz. Sie wusste, dass ihre Mutter ihr wehtun wollte, aber das minderte den Schmerz nicht. Lena wollte die falschen Behauptungen ihrer Mutter zurückweisen, aber als sie sich noch sammelte, um zu antworten, trat ihr Vater vor.

»Leelawati«, sagte er etwas sanfter als ihre Mutter. »Wir wollen nur das Beste für dich. Das wollten wir immer.«

Diesmal lachte Lena tatsächlich. »Ach, Vater. Nein, das wollt ihr nicht. Ihr wollt das Beste für *euch*, eure Vorstellung davon, wie eine Tochter sein soll. Ihr wollt nicht, dass ich ich selbst bin, aber *das* ist es, was das Beste für mich wäre.«

Ihre Mutter keuchte. »Immer so egoistisch. Immer.« Sie funkelte Lena an. »Wie kannst du hier stehen, wenn du weißt, was du getan hast? Du hast lange genug unseren Namen beschmutzt, uns Schande gemacht.«

Ah, jetzt kamen sie zum Kern der Sache. Lena hatte sich gefragt, ob es letztendlich darauf hinauslaufen würde. Während der bisherigen Tirade ihrer Mutter hatte sie einen kurzen Augenblick lang zu hoffen gewagt, dass ihre Rede aus aufrichtiger Sorge um Lenas Wohlbefinden heraus erwachsen war. Jetzt kannte sie die Wahrheit. Offenbar hatte es Gerede gegeben, und wenn es eines gab, das Lenas Mutter nicht tolerierte, dann war es, Klatsch und Tratsch zum Opfer zu fallen. Oh, sie konnte definitiv selbst austeilen. Aber sie hasste es, am anderen Ende zu stehen.

»Du sorgst dich überhaupt nicht um mich«, sagte Lena leise. »Bei dem hier«, sie deutete zwischen sich und ihrer Mutter hin und her, »geht es nur um dich und deine Stellung in unserer Gemeinschaft, oder?«

»Leelawati, sprich nicht so mit deiner Mutter«, warf ihr Vater ein, aber seine strengen Worte und sein Ton konnten sie nicht länger einschüchtern.

»In meinem Zuhause spreche ich mit ihr, wie ich will«, fauchte Lena. Sie starrte die beiden an und sie starrten zurück. Sie blickten sie an, als wäre sie ein exotisches Tier im Zoo, ein Wesen, das sie noch nie gesehen hatten.

Ihre Mutter verengte die Augen wütend zu Schlitzen. »Das ist deine letzte Chance, Leelawati. Komm nach Hause, wo du hingehörst, und rette dich selbst. Stell etwas von deinem Anstand wieder her. Nimm dir –«

»Nein«, verkündete Lena laut und klar.

»Leelawati«, bat ihr Vater, wobei er zum ersten Mal aufrichtig besorgt darüber wirkte, dass seine älteste Tochter ihm entglitt.

»Nein, Vater. Ich … ich kann nicht.«

»Dann haben wir unsere Zeit verschwendet«, sagte ihre Mutter kalt, drehte sich auf dem Absatz herum und ging zur Treppe.

Lenas Vater warf ihr einen letzten, beschwörenden Blick zu. Obwohl es sie schmerzte, schüttelte sie den Kopf. Seine Schultern sackten nach unten, aber auch er drehte sich um und folgte seiner Frau zur Treppe. Lena ging ihren Eltern langsam nach. Sie traten zur Wohnungstür hinaus und ins Treppenhaus.

Ihre Mutter drehte sich ein letztes Mal um, und für einen kurzen Moment, so kurz, dass Lena fast glaubte, es sich nur eingebildet zu haben, verschwand ihre harte Miene, und in ihren Augen spiegelte sich etwas anderes. Schmerz? Liebe? Lena konnte es nicht sagen, aber was auch immer es war, Wut war es keine. Dann verstrich der Moment, die Mauer war zurück, und mit ihr auch die Härte.

»Lebe wohl.« Die Worte hatten eine Endgültigkeit an sich, die Lena ins Innerste traf.

»Mutter, bitte«, sagte sie, während Tränen in ihren Augen brannten. Ihre Mutter wandte ihr den Rücken zu und ging die Treppe hinab.

Lena drehte sich zu ihrem Vater, der am oberen Absatz zögerte. »Vater?« Tränen strömten ihr über das Gesicht. Die Realität des Abschieds von ihren Eltern hatte sie schließlich eingeholt. Vielleicht war es das letzte Mal, dass sie einander sahen.

Die Augen ihres Vaters schimmerten. Er hob einen Arm und streckte ihn schon nach Lena aus, aber im nächsten Moment ließ er ihn wieder sinken, als seine Frau ein paar Stufen weiter unten ein herrisches »Komm!« rief.

Er drehte sich um und stieg schwerfällig die Stufen zu seiner Frau hinab. Ihre Eltern sahen nicht mehr zu ihr hoch, als sie die Haustür aufzogen und das Gebäude verließen. In dem leeren Hausflur klang die hinter ihnen zufallende Tür schrecklich laut.

Kapitel 28

Megan stellte einen Latte macchiato und einen Scone vor ihre Mutter. Dann stellte sie ihren eigenen Kaffee ab und ließ sich in den Armsessel ihr gegenüber fallen.

»Oh, wunderbar«, sagte diese.

Sie saßen in einem Starbucks in der Nähe von Megans Arbeitsplatz, da sie gerade eine Stunde frei hatte und ihre Mutter zum Shoppen in der Stadt war.

»Also, was hast du eingekauft?«, fragte Megan und deutete auf die drei Tüten, die neben den Füßen ihrer Mutter standen.

Die grinste und ratterte eine beeindruckende Liste an Einkäufen herunter – alle für sich selbst. »Dein Vater hat mir etwas Geld gegeben und gesagt, ich sollte mir etwas Nettes für die Ferien nächsten Monat besorgen.« Sie strahlte. »Da konnte ich ja schlecht Nein sagen.«

Megan kicherte. »Definitiv nicht.« Sie nippte an ihrem Kaffee. »Wie geht es den anderen?«

»Denen geht es allen gut«, sagte Rosie, ehe sie einen Schluck von ihrem Latte macchiato nahm. »Aber sie machen sich Sorgen um dich«, fuhr sie fort, nachdem sie das Glas abgestellt hatte.

»Sorgen? Warum?« Megan war verdutzt.

»Na ja, seit Weihnachten hat praktisch niemand etwas von dir gesehen oder gehört. Ich meine, wir zwei haben ein paar Mal geredet, aber sogar da …« Sie schürzte die Lippen. »Du warst anders. So still. Als wäre da etwas, das du mir verschweigst.« Sie lehnte sich mit gerunzelter Stirn vor und fragte: »Megs, steckst du irgendwie in Schwierigkeiten?«

»Nein! Gott, nein, Mum. Ich stecke nicht in Schwierigkeiten.« Megan lehnte sich zurück. Sie hatte geglaubt, gut versteckt zu haben, was zwischen ihr und Lena geschehen war. Doch mit ihrem distanzierten Verhalten hatte sie ihrer Mutter offenbar Sorge bereitet.

Vielleicht war es jetzt an der Zeit, sich mitzuteilen; vor allem da Lena an diesem Morgen ausgezogen war. Es hatte geschmerzt, Lena zu verabschieden und gehen zu lassen. Nur schwer hatte sie dem Drang widerstehen können, sie zu küssen – doch sie wollte sie nicht unter Druck setzen. Nun hatte Megan die Wohnung wieder für sich allein und sie freute sich kein bisschen darüber.

»Ja, okay. Es hat sich etwas getan. Ich wollte es dir bis jetzt nicht erzählen, weil ich noch nicht wusste, wie ernst es ist. Und jetzt, na ja, ich schätze, es ist ernst. Jedenfalls glaube ich, dass es das ist«, begann Megan vorsichtig.

»Verdammt nochmal, Megs, spuck es aus!«

Megan errötete. »Tut mir leid. Also gut … ich treffe mich mit Lena.«

Ihrer Mutter fiel die Kinnlade herunter.

In der nächsten halben Stunde erzählte Megan ihrer Mutter alles. Einiges davon nicht allzu detailliert – schließlich war sie immer noch ihre Mutter –, aber doch ausführlich genug, um klarzumachen, wie viel sie für Lena empfand und warum sie solche Angst hatte, sie könnte sie nun verlieren.

»Bist du in sie verliebt?«, fragte ihre Mutter direkt, nachdem Megan ihre Geschichte beendet hatte.

Megan verschluckte sich beinahe an ihrem Kaffee. »Ich weiß es nicht. Nicht ganz. Aber ich schätze, es könnte bald soweit sein.«

Ihre Mutter lehnte sich zurück und strich mit einem Finger nachdenklich über ihr Kinn, ein sicheres Zeichen dafür, dass sie nachdachte.

Megan ließ ihr Zeit.

»Sie ist eine reizende Frau«, sagte sie schließlich.

»Aber …?«, drängte Megan.

»Aber … ich mache mir Sorgen, dass sie eine zweite Julie sein könnte. Und sieh nur, wohin dich das gebracht hat.« Als Megan etwas sagen wollte, hielt ihre Mutter sie mit einer Handbewegung zurück. »Ich habe zugehört, wie du über Lena geredet und mir von der Entwicklung zwischen euch erzählt hast. Und alles, was ich herausgehört habe, ist, dass du sehr hart dafür gearbeitet hast, damit sich etwas entwickelt, und wie wenig sie dir im Gegenzug zurückgegeben hat. Ich mache mir Sorgen, dass du deinen alten Fehler wiederholst, dass du immer gibst und gibst und gibst, ohne etwas zurückzubekommen.«

Ihre Mutter lehnte sich vor und legte eine warme Hand auf Megans Knie. »Du hast ein Herz aus Gold, Liebes, und das ist wirklich nichts, was kritisiert werden darf, aber offen gesagt habe ich Angst, dass du dich ausnutzen lässt.«

»Du glaubst, dass Leute mich ausnutzen? Dass ich das zulasse?« Megans Tonfall war schroffer als geplant, aber die Worte ihrer Mutter hatten wehgetan.

»Ach, Megs, Liebes. Ich wollte dich nicht verärgern. Aber, na ja, schon. Manchmal glaube ich, du bist netter, als gut für dich ist, und manche Leute nutzen das aus. Und manchmal kannst du das selbst nicht sehen.«

Ehrlichkeit war immer das oberste Gebot im Haus der Palmers gewesen, solange Megan sich erinnern konnte. Aber diese Art von Ehrlichkeit schmerzte und musste erst einmal verdaut werden.

»Megan?« Ihre Mutter klang besorgt.

Megan wedelte vage mit einer Hand in der Luft herum. »Mir geht's … gut. Das, was du gesagt hast, tut weh. Aber ich verstehe, warum du es gesagt hast. Sie seufzte. »Ich habe zwar hart um Lena gekämpft, aber seit Weihnachten hat es sich mit ihr wirklich gleichwertiger angefühlt. Und sie hat sich so sehr verändert – ist wirklich aus ihrem Schneckenhaus herausgekommen. Je mehr sie das tut, desto leichter wird es.« Sie starrte ihre Mutter eindringlich an und hoffte, dass sie verstand.

»Okay, aber wie lange wartest du schon darauf, dass sie kommt? Du sagst, du hast Angst, dass sie dich wegstoßen wird, nachdem sie jetzt ausgezogen ist.« Sie zuckte mit den Schultern. »Wenn sie das tut, wie viel Zeit gibst du ihr, bevor du wieder diejenige bist, die die ganze Arbeit macht? Bevor du es bist, die Schluss machen muss, weil sie dir nichts zurückgibt?«

Megan ließ sich in ihrem Sessel zurücksinken. Sie hatte keine Antworten auf diese Fragen, und das nagte an ihr.

Da war ein kleiner Fleck an der Decke im Schlafzimmer, direkt über der Tür zu dem kleinen Badezimmer, der aussah, als wäre die Farbwalze der Bauarbeiter darüber geschrammt. Es war keine große Stelle und nur aus einem bestimmten Winkel zu sehen – wie diesem, wenn man flach auf dem Rücken lag und sich im Raum umblickte. Aber jetzt, da Lena ihn entdeckt hatte, konnte sie den Blick nicht mehr abwenden, und er verärgerte sie noch mehr, als sie ohnehin schon war. Ihre Eltern waren vor einer Stunde gegangen. Sie war in ihre leere Wohnung zurückgekehrt, ins Schlafzimmer gegangen und hatte sich auf das Bett fallen lassen. Ihre Energiereserven waren aufgebraucht. Immer wieder gingen ihr Bruchstücke der Tirade ihrer Mutter durch den Kopf. Ebenso Bilder ihres Vaters, so enttäuscht und resigniert.

Das Gesagte steckte wie Messer in ihrer Haut und sie konnte die Wut über diesen spontanen Besuch und die harten Worte nicht abschütteln. Ihre Schutzmauern waren gefallen und es dauerte eine Weile, bis ihre Tränen endlich versiegten.

Jetzt reichte ihre Energie nur noch, um dazuliegen und an die Decke zu starren. Sie fühlte sich zerschlagen und wund und … unsicher. Andererseits waren die Worte ihrer Mutter nichts anderes als Gift, das wehtun sollte – und sie hatten ihre Wirkung nicht verfehlt. Aber sie hasste es, dass ihre Gedanken immer wieder zu den Schlüsselmomenten zurückkehrten und die Frage in ihrem Kopf herumschwirrte, ob darin nicht ein wahrer Kern verborgen war.

Sie *war* obdachlos gewesen und sie *hatte* Trost und Hilfe von relativ fremden Leuten annehmen müssen, um eine Bleibe zu finden. Wenn sie den Schoß ihrer Familie nicht verlassen hätte, hätte sie aus einem weit größeren Pool an Ressourcen schöpfen können. Doch wenn sie diese Gedanken weiter bis zum Ursprung des Problems verfolgte, hätte sie auch gar keine Hilfe benötigt. Denn sie würde nicht in London leben und hätte diese winzige – bis dato hatte sie es vorgezogen, sie als niedlich zu bezeichnen – Wohnung mit dem fragwürdigen Dach nicht mieten müssen. Aber sie würde dann auch kein freies und selbstbestimmtes Leben führen und keine Zukunft anstreben können, die sie wahrhaftig glücklich machen würde.

Ihre Mutter hatte zwar angedeutet, dass sie keinen Partner hatte, aber dieser Teil stimmte nicht ganz, oder? Sie und Megan hatten nicht besprochen, was sie waren, ob Freundinnen oder Partnerinnen. Aber sie hatten einige Dates gehabt und fast miteinander geschlafen, also waren sie auch nicht nichts füreinander, oder?

Lena drückte ihr Gesicht in das Kissen. Ihre Mutter sollte verdammt sein, dass sie all diese Zweifel in ihr gesät hatte. Nach dem grauenvollen Sexversuch in der vorherigen Woche und Lenas eigener Unfähigkeit, nach vorne zu sehen, war sie ohnehin schon verwirrt und ängstlich gewesen. Eigentlich wollte sie sich auf ihre Gefühle konzentrieren, ihnen Raum geben zu wachsen, selbst wenn sie noch nicht zu weiterer Intimität bereit war. Jetzt waren da stattdessen noch mehr Fragen und Ängste, die in ihrem Kopf durcheinanderwirbelten. Sie könnte mit Madhu reden – doch Lena war noch zu wütend, schließlich hatte ihre Schwester sie nicht einmal vor dem plötzlichen Besuch der Eltern gewarnt. Abgesehen davon war es auch Madhu gewesen, die ihren Eltern von Lenas Situation mit der Wohnung erzählt und sie damit auf sie angesetzt hatte. Sie nahm sich vor, ihre Schwester anzurufen, sobald sie sich wieder beruhigt hatte, um sich ihre Version der ganzen Geschichte anzuhören.

Denn so, wie sie Madhu kannte, musste es eine gute Geschichte sein.

Als Megan von zu Hause ausgezogen war, hatte ihre Mutter darauf bestanden, dass sie an jedem neuen Wohnort einen Festnetzanschluss mit einem richtigen Anrufbeantworter statt einer bloßen Mailbox einrichtete.

»Ich will sicher sein, dass du uns noch kontaktieren kannst, auch wenn dein Handy keinen Akku hat, oder du es verlieren solltest. Außerdem will ich wissen, dass ich dir jederzeit eine Nachricht hinterlassen kann und ein kleines, rotes Licht dir sagen wird, dass sie da ist«, hatte ihre Mutter erklärt, als sie ihr die Schachtel mit dem Gerät gegeben hatte.

Das Gerät war überall in Gebrauch gewesen, wo Megan seitdem gewohnt hatte. Tatsächlich bekam sie nur selten Nachrichten, da ihre Familie – auch ihre Mutter – sie immer auf ihrem Handy anrief.

Als sie an diesem Abend nach sechs Uhr ihre Wohnung betrat – ihre *leere* Wohnung, wie sie missmutig bemerkte –, war das blinkende rote Licht am Anrufbeantworter das erste, was ihr auffiel. Sie zog Mantel und Schal aus, kickte ihre Sneakers von den Füßen und ging quer durch den Raum zu dem Gerät, das auf dem Fernsehtisch stand.

Sie drückte auf »Abspielen« und zuckte überrascht zusammen, als die Nachricht in den Raum schallte.

»Leelawati Shah, hör auf mich zu ignorieren! Ich weiß, du hast gesagt, ich soll diese Nummer nur in Notfällen benutzen, aber wenn das keiner ist, dann weiß ich auch nicht. Ruf mich an. Bitte.«

Megan starrte das Gerät an und versuchte herauszufinden, wer da angerufen hatte, als das Telefon selbst laut klingelte und sie vor Schreck fast einen Satz machte. Sie nahm den Hörer ab und brachte ein unsicheres »Hallo« zustande, während sie sich die Brust massierte, um ihr hämmerndes Herz zu beruhigen.

»Lena?«

»Nein, hier ist Megan. Lena –«

»Ist sie da? Sag ihr, dass ich nicht auflege, bis sie mit mir redet. Sie kann sich nicht ewig verstecken.«

»Moment mal, bist du das, Madhu?«

»O ja. Entschuldige, Megan.« Madhu klang betreten und kicherte. »Tut mir leid, ist meine Schwester da? Ich kann gar nicht glauben, dass sie mich nicht zurückruft.«

»Ähm, Madhu, ich nehme mal an, du hast seit gestern nicht mit ihr gesprochen?«

»Nein, warum?«

»Sie wohnt nicht mehr hier.« Als sie die Worte laut aussprach, gab es ein seltsames Ziehen in Megans Magen, und das war überhaupt kein gutes Gefühl.

»Was?« Madhus Stimme kletterte eine Oktave höher.

»Sie ist heute Morgen wieder in ihre eigene Wohnung gezogen. Es war mehr oder weniger eine Sache in letzter Minute mit den Bauarbeitern. Ich schätze, sie hatte noch keine Gelegenheit, dir davon zu erzählen.«

»Nein, hatte sie nicht. O nein, bedeutet das, dass sie allein mit ihnen fertigwerden musste?«

»Mit wem, den Bauarbeitern?«

»Nein, mit unseren Eltern!«

»Was?« Megan dröhnte der Kopf.

»Oh, das ist schlecht. Das ist *sehr* schlecht.«

»Madhu«, sagte Megan mit all der Geduld, die sie aufbringen konnte. »Was zum Teufel meinst du damit?«

»Ach, das ist ein Albtraum.« Madhu stöhnte. »Heute Morgen sind meine Eltern vorbeigekommen, um das Baby zu sehen und mit mir zu frühstücken und so weiter.«

»Ach ja, wie geht es dem Baby?«

»Gut, aber im Ernst, Megan, konzentrier dich.«

»Tut mir leid.«

»Also, sie sind viel früher aufgetaucht, als ich erwartet hatte. Sunaina hatte nicht gut geschlafen und ich war in der Nacht dreimal wach, um sie zu füttern oder in den Schlaf zu wiegen. Soll heißen, ich war völlig erschöpft. Dann fängt meine Mutter fünf Minuten, nachdem sie reingekommen ist, schon mit der Kritik daran an, wie ich mein Kind aufziehe. Wie auch immer, ich bin immer noch nicht sicher, wie es passiert ist, aber irgendwann hat sie so etwas gesagt wie ›Ich kann gar nicht glauben, dass meine einzige Tochter schon ihr erstes Kind hat‹.«

»Was zum …?«, entfuhr es Megan.

»Ja, ich weiß, oder? Na ja, ich habe rot gesehen, und bevor ich mich zurückhalten konnte, habe ich sie beschimpft, dass sie *zwei* Töchter hat, und wenn sie sich je die Mühe gemacht hätte, Lena eine richtige Mutter zu sein, wüsste sie, dass diese in letzter Zeit einiges durchmachen musste. Und dass Lena in ihrer schwierigen Situation die Liebe und Unterstützung ihrer Eltern gebraucht hätte. Na ja, und ich hab ihr alles erzählt: von der Situation mit dem Dach, dass sie bei dir wohnt und so weiter und so fort.«

»Oh.«

»Ja. Und dann verlangt sie plötzlich Lenas Adresse von mir. Dumm und müde wie ich war, habe ich sie ihr gegeben und gedacht, dass sie ihr vielleicht schreiben will, verstehst du? Dann steht sie auf, packt meinen Vater am Arm und sagt: ›Wir müssen nach London fahren und sie nach Hause bringen, bevor wir wegen ihr wie komplette Narren dastehen. Jetzt.‹«

»O Mist.« Megan fuhr sich mit der freien Hand durch die Haare. »Also sind sie heute hier aufgetaucht? Um mit Lena zu reden?«

»Jep. Ich habe versucht, sie aufzuhalten, aber wenn meine Mutter auf einer ihrer Missionen ist, gibt es keinen Menschen und keine Armee auf der Welt, die sie davon abhalten kann. Ich hab versucht, Lena anzurufen, aber es ist immer nur ihre Mailbox angesprungen. Also habe ich eine Nachricht hinterlassen und gehofft, dass es sie warnen würde, aber sie hat mich noch nicht zurückgerufen.«

»Du … du glaubst doch nicht, dass sie ihr wehgetan haben, oder?« Megans Herz raste wieder. Wenn diese Leute auch nur eine Hand …

»Nein, nichts dergleichen. Na ja, jedenfalls nicht körperlich. Aber glaub mir, meine Mutter kann dir mit Worten größeren Schmerz zufügen, als ein Schlag es je könnte. Nein, ich mache mir Sorgen, dass sie ihre zerbrechlichen Gefühle verletzt haben. Sie … sie hat mir erzählt, wie es zwischen euch beiden läuft, aber auch wie viel Angst ihr die Situation macht, obwohl sie so in dich vernarrt ist.«

»Das … das ist sie?« Diesmal war das Gefühl in Megans Bauch viel angenehmer.

Madhu lachte leise. »O ja. Sie war bestimmt sehr schlecht darin, es dir zu sagen, aber du hast ihr gründlich den Kopf verdreht. Und ich mache mir Sorgen, dass meine Mutter dort reingestürmt ist und Lena gesagt hat, was für eine Versagerin sie ist.« Sie schwieg für einen Moment, bevor sie fragte: »Magst du Lena so sehr, wie sie dich mag?«

»Ja, das tue ich«, antwortete Megan leise. »Ich habe … nun ja, ich hatte Schwierigkeiten, sie von manchen Dingen zu überzeugen. Als sie so übereilt in ihre Wohnung zurückgezogen ist, war ich sehr besorgt, dass sie sich vielleicht von mir entfernen würde.«

»Oh, das wird sie, zweifellos. Aber ehrlich, Megan, wenn du es weiterhin mit ihr versuchen kannst, dann wird sie endlich einsehen, dass jemand anderes erkennt, wie wertvoll sie ist. Wenn das irgendwie einen Sinn ergibt.«

»Ja, ich verstehe.« Megan kicherte. »Allerdings ist es ein ziemliches Stück Arbeit, weißt du.«

Madhu lachte schallend. »O ja, das kannst du laut sagen! Aber«, sagte sie schnell wieder ernst, »unter der abweisenden Fassade ist sie auch eine unglaublich warmherzige und liebenswerte Person. In den letzten Jahren hat sie einiges erlebt, was sie verändert hat. Aber während der letzten Wochen habe ich beobachtet, wie die alte Lena langsam zurückgekehrt ist, und das ist alles dir zu verdanken. Wenn du also bei ihr bleiben kannst, dann tu das bitte. Ich habe sie seit Ewigkeiten nicht mehr so glücklich gesehen.«

Megan atmete langsam aus. Madhus Worte waren wie Balsam auf ihre Unsicherheit, die sie seit der Kaffeepause mit ihrer Mutter verspürte. Es tat außerdem gut zu wissen, dass Lena viel mit ihrer Schwester über sie geredet hatte.

»Okay«, sagte Madhu und räusperte sich. »Zurück zur aktuellen Krise. Ich nehme also an, du hast Lena heute noch nicht gesehen? Oder jedenfalls nicht, seit meine Eltern sie überfallen haben?«

»Nein, ich bin erst nach Hause gekommen. Ich hatte gerade deine erste Nachricht angehört, als du wieder angerufen hast. Hey, eine Frage – wer ist eigentlich Leelawati?«

»Das ist Lenas Geburtsname«, sagte Madhu amüsiert. »Sie hasst ihn und hat ihn als Teenager zu Lena ändern lassen. Mutter und Vater sind die einzigen, die sie nie so nennen, aber ich tue es und ihre Kollegen auch. Ich benutze ihren vollen Namen immer nur dann, wenn ich sauer auf sie bin.«

Megan lachte. »Ja, für den Fall habe ich auch eine Auswahl an Namen für meine Brüder.«

»Megan«, sagte Madhu, plötzlich wieder ernst, »was sollen wir nur tun?«

»Soll ich nach ihr sehen und versuchen, mit ihr zu reden? Nachsehen, wie es ihr geht und ob ich sie dazu bringen kann, dich anzurufen?«

»Bitte, wenn es dir nichts ausmacht. Das wäre wundervoll. Ich weiß nicht, was ich sonst tun soll. Ich kann jetzt nicht nach London kommen, nicht mit dem Baby.«

»Nein, das verstehe ich. Lass mich zuerst sehen, was ich tun kann, bevor wir über etwas so Drastisches nachdenken, okay?«

»Danke, Megan. Du bist großartig. Lena ist eine glückliche Frau.«

Megan errötete bis unter die Haarwurzeln.

Kapitel 29

»Lena!« Auf den Ruf ihres Namens folgte heftiges Klopfen an der Wohnungstür. Es war unverkennbar Megans Stimme und Lena schmolz innerlich dahin. Aber auf keine gute Art. Sie war noch nicht bereit dafür, mit ihr zu reden. Nicht, solange sie sich nach dem Besuch ihrer Eltern noch so verletzlich fühlte.

»Lena, wenn du da drin bist, bitte lass mich wenigstens wissen, dass es dir gutgeht.«

Erneutes Klopfen, diesmal noch fester.

Lena könnte einfach still liegenbleiben und Megan glauben lassen, dass sie nicht zu Hause war. Aber das schlechte Gewissen bewirkte, dass sie sich auf die Seite rollte und aufsetzte. Im Schlafzimmer war es dunkel, da die Sonne schon vor langer Zeit untergegangen war. Sie tippte die Lampe mit Berührungssensor an, die neben ihrem Bett stand, und blinzelte, während ihre Augen sich an die neuen Lichtverhältnisse gewöhnten.

»Lena!«

Lena atmete tief durch, ging aus dem Schlafzimmer und die Treppe hinab. Sie öffnete die Tür einen Spalt und sah Megans Gesicht vor sich.

»Gott sei Dank«, sagte Megan. »Wir waren ganz krank vor Sorge.«

»Tut mir leid«, flüsterte Lena kleinlaut. Sie hatte nicht daran gedacht, dass Leute nach ihr suchen würden. Moment mal, wer war …?

»Wer ist wir?«, fragte sie direkter, als in dieser Situation wahrscheinlich klug war, aber es hatte nicht viel gebraucht, bis die unterschwellige Wut über Madhus Handlungen wieder an die Oberfläche gestiegen war.

»Deine Schwester. Ich«, blaffte Megan.

Lena zuckte zurück. So hatte Megan noch nie mit ihr geredet.

Megan seufzte und fuhr sich mit beiden Händen durch die Haare. Lena beobachtete, wie sie durch die blonden Strähnen wanderten, und fragte sich kurz, ob sie selbst je wieder ihre Finger in diese Haare vergraben würde.

»Tut mir leid, ich wollte dir nicht so ins Gesicht springen. Aber Lena, als wir herausgefunden haben, dass deine Eltern hier waren, na ja, da haben wir uns natürlich Sorgen gemacht. Und«, fuhr sie hastig fort, bevor Lena irgendetwas darauf sagen konnte, »Madhu hat dir eine Menge Nachrichten hinterlassen und du hast auf keine geantwortet. Sie war ganz außer sich.«

»Oh.« Nachrichten? Wenn sie so darüber nachdachte, hatte Lena ihr Telefon den ganzen Tag lang nicht gesehen. Moment mal ... Sie legte eine Hand über die Augen und wagte es nicht, Megan anzusehen, als sie sagte: »Mir fällt gerade ein, ich habe mein Handy heute Morgen zum Aufladen in deinem Gästezimmer liegenlassen und nach dem Umzug vergessen, es mitzunehmen.«

Megan stieß einen Laut aus, der eine Mischung aus Empörung und Belustigung ausdrückte. »Ach, Lena. Sowas Dummes passiert doch normalerweise nur *mir.*«

Lena schenkte ihr ein müdes Lächeln.

»Geht's dir wirklich gut?«, fragte Megan leise und musterte sie besorgt.

Lena nickte, obwohl sie wusste, dass es nicht überzeugend wirkte. »Das wird es.« Sie starrte Megan an. »Warte mal, wie konntest du mit Madhu sprechen?«

»Sie hat auf dem Festnetz angerufen, gerade als ich nach Hause gekommen bin. Sie macht sich solche Sorgen darüber, was deine Eltern gesagt oder getan haben.« Megan hielt inne und ihre Miene wurde noch weicher. »Und ich auch.«

Lena schloss kurz die Augen. Sie war müde und emotional aufgewühlt, und alles, was sie brauchte, war etwas Zeit für sich.

»Sagen wir mal, es war nicht lustig«, sagte sie. »Ich muss jetzt eine Weile allein sein. Über ein paar Dinge nachdenken.«

»Lena, bitte glaub nicht, dass du das allein durchstehen musst«, bat Megan. »Ich will für dich da sein. Dich unterstützen.«

Megans Worte ließen Lena zittern, aber lag das am Verlangen oder der Angst? Sie konnte es nicht sagen.

»Ich weiß, dass du das tust. Und das ist wunderbar zu wissen. Aber ich kann nicht. Nicht jetzt. Vielleicht morgen.«

Megan starrte sie mit leicht zusammengekniffenen Augen an. »Na gut. Okay. Äh, dann sehe ich dich morgen, ja?«

Lena nickte schwach. »Gute Nacht«, sagte sie und sehnte sich inzwischen verzweifelt danach, die Tür zu schließen und sich zu verkriechen, noch ein paar Tränen zu vergießen und sehr viel nachzudenken.

»Warte, ich hole dein Handy!«, rief Megan durch den sich schließenden Spalt zwischen Tür und Rahmen.

Lena hielt inne. »Ach ja. Okay. Danke.«

Megans Schritte entfernten sich über den Flur zu ihrer Wohnung und wenige Augenblicke später war sie zurück und reichte Lena sowohl ihr Handy als auch das Ladekabel durch den Spalt.

»Ruf deine Schwester an«, sagte sie sanft.

Lena erwiderte ihren Blick, und einen Moment lang wollte sie sich in Megans Arme werfen, die Welt vergessen und so tun, als existierte nichts außer ihnen beiden, eng aneinandergekuschelt. Sie widerstand diesem Drang, reckte sich aber doch, um Megan kurz auf die Lippen zu küssen.

Im Zurückweichen nahm sie das Handy entgegen und flüsterte: »Das werde ich«, bevor sie die Tür schloss.

Der Sonntagmorgen war einer dieser wunderschönen, sonnigen Wintertage, an dem der Himmel blau strahlte, keinerlei Wolken zu sehen waren und eine Kälte in der Luft lag, die in die Nase biss, wenn man hinaustrat.

Doch Megan würde nirgendwohin hinaustreten. Nach einer recht schlaflosen Nacht war sie früh aufgestanden und machte sich Rührei zum Frühstück. Etwas sagte ihr, dass sie Kraft brauchte, wenn sie sich heute mit Lena beschäftigte. Megan war mit der festen Absicht aufgewacht, Lena klarzumachen, dass es in einer Beziehung nicht darum ging, die Partnerin in solchen Situationen auf Abstand zu halten.

Sie wusste, dass Lena gestern einen emotionalen Schlag eingesteckt hatte, und wollte sie daher nicht allzu sehr drängen, musste aber doch einige Dinge zwischen ihnen klarstellen. Sie hasste es, dass Lena dieses Drama mit ihren Eltern allein durchmachen wollte. Aber sie hasste auch die Tatsache, dass Lena den Abend allein verbracht, sich möglicherweise in ihr stilles, einsames Leben zurückgezogen hatte. Lena hatte so viel mehr als das verdient.

Megan hatte Madhu versprochen, dass sie nicht aufgeben würde, aber die Worte ihrer eigenen Mutter hallten in ihrem Kopf wider. Wie lange würde sie versuchen, Lena zu überzeugen, bevor sie sie als aussichtslos aufgeben musste?

Noch einmal. Sie wusste, dass sie es noch einmal versuchen musste, sonst würde sie sich immer fragen: »Was wäre gewesen, wenn …?« Aber wenn Lena darauf nicht einging, war das vielleicht das letzte Mal.

Nachdem sie sich angemessen gestärkt hatte, warf sie einen Blick auf die Küchenuhr. Kurz nach acht. Vielleicht noch zu früh, aber sie würde auf Geräusche von oben horchen, um daraufhin in Aktion zu treten.

Sie musste nicht lange warten. Nur fünfzehn Minuten später hörte sie das Knarzen der Bodendielen über sich und wappnete sich mental, bevor sie auf den Flur hinausging.

Sie klopfte zweimal recht fest an die Tür.

»Megan?«, fragte Lena ein paar Momente später hinter der Tür.

»Ja. Kann ich bitte reinkommen?«

Lena öffnete einen Spalt, nicht weiter als am Abend zuvor.

»Hi«, sagte sie. Sie wirkte müde, hatte dunkle Ringe unter den Augen und ihre Haare waren zerzaust. Der Anblick war gleichermaßen besorgniserregend wie süß.

»Wie geht's dir? Du siehst müde aus.«

»Ich hab nicht gut geschlafen.« Sie neigte leicht den Kopf zur Seite. »Du siehst auch müde aus.«

»Ja, das bin ich. Ich hab auch nicht gut geschlafen.« Vielleicht musste sie es doch direkt aussprechen, wenn Lena nicht in den Sinn kam, was Sache war. »Ich habe mir Sorgen um dich gemacht. Darüber, wie du dich wohl fühlst, wie es dir geht.«

»Oh.«

Megan stieß einen entnervten Seufzer aus. »Lena, können wir bitte reden? Drinnen?«

Lena verzog leicht das Gesicht und Megan verfluchte ihre eigene Ungeduld. Gleichzeitig ließ der Frust über Lenas Widerwillen sie wütend werden. Megan verlor nur selten vor anderen Leuten die Fassung, erhob kaum jemals die Stimme. Aber als sie jetzt vor Lena stand und das Gefühl hatte, dass das, was auch immer sie miteinander geteilt hatten, ihnen wieder entglitt, wurde sie so wütend wie noch nie zuvor.

»Hör mal, Lena«, sagte Megan fest. »Du … bist mir wichtig. Sehr wichtig. Ich hasse es, dich so zu sehen, und ich will dich in dieser schweren Zeit unterstützen. Allerdings will ich dich auch nicht verschrecken, also gebe ich mir gerade große Mühe, das richtige Gleichgewicht zu finden.«

Lena starrte zu ihr auf. »Ich … ich versuche nicht, schwierig zu sein, versprochen. Ich bin nur so müde. Diese Woche war schwer für mich und der gestrige Tag hat mir den Rest gegeben.«

Lena machte nicht den Anschein, als würde sie Megan in die Wohnung lassen wollen, aber sie schloss auch nicht die Tür – also sprach Megan weiter.

»Okay, das verstehe ich. Vielleicht wirst du mir eines Tages erzählen, was sie gesagt haben. Aber eines solltest du wissen, Lena.« Megan richtete sich kerzengerade auf, und die Worte sprudelten ihr nur so über die Lippen. »Madhu hat mir gestern so einiges erzählt und dir ist hoffentlich klar, dass alles, was dir deine Eltern an den Kopf geworfen haben, reiner Mist ist, oder? Einfach kompletter Mist. Bitte lass dich nicht von dem beeinflussen, was sie gesagt haben. Du bist ein wundervoller Mensch, Lena, egal, was sie behaupten.«

Tränen stiegen Lena in die Augen und sie hob eine Hand zum Gesicht, um sie wegzuwischen. »Es fällt mir schwer, das zu glauben.«

Die Worte kamen so leise heraus, dass Megan sie fast nicht verstand. »Ach, Lena …«, hauchte sie. »Was kann ich tun, um dir darüber hinwegzuhelfen? Damit du siehst, wie umwerfend du bist?«

Lena blinzelte heftig, und die Knöchel der Hand, mit der sie die Tür gepackt hielt, waren weiß vor Anspannung. »Ich weiß nicht«, sagte sie kopfschüttelnd. »Bitte, kannst du mich eine Weile allein lassen? Ich brauche einfach etwas Zeit.«

»Wie lange brauchst du? Wie lange soll ich denn noch warten, Lena?« Megan bereute die Worte in dem Moment, als sie ihr über ihre Lippen gekommen waren.

Lena zuckte mit entsetzt aufgerissenen Augen zurück.

»O Gott, entschuldige«, sagte Megan. »Lena, es tut mir so leid. Ich will dich nicht so drängen, aber ich habe Angst.« Das war überraschend einfach zu gestehen. »Ich habe Angst, dich zu verlieren. Ich scheine die Einzige zu sein, die für das hier kämpft. Für uns. Und ich weiß ehrlich nicht, wie lange ich noch weitermachen soll.«

Lena streckte die Hand aus und legte sie auf Megans Arm. Es war eine kühle Berührung, aber Megan genoss sie trotzdem.

»Es tut mir leid«, sagte Lena leise. »Ich kann dich nur bitten, mir noch etwas Zeit zu geben.« Sie betrachtete Megan einige Momente lang, bevor sie die Tür schloss.

Megan hielt sie nicht auf. Sie wusste, dass es keinen Sinn hatte.

Lena glaubte nicht, dass sie sich je in ihrem Leben so miserabel gefühlt hatte. Und das Schlimmste daran war, dass sie zum größten Teil selbst Schuld daran hatte. Tief im

Inneren wusste sie das, aber sie konnte sich trotzdem nicht aus dieser Abwärtsspirale retten, um irgendetwas dagegen zu unternehmen.

Megan.

Sie hatte gebettelt, ihr geschmeichelt und sie fast bedroht, und doch hatte irgendetwas in Lena sie zurückgehalten. Das Leben war einfach, wenn man allein war, oder? Wenn man nicht an die Gefühle und Bedürfnisse eines anderen Menschen denken musste. Egal, wie wundervoll dieser Mensch war und was für ein Gefühl er einem gab. Egal, wie einsam es sich oft anfühlte, allein zu sein.

Sie saß auf den zwei Sitzkissen – Megans Kissen, wie sie sich erinnerte. Sie hatte den Rücken an den Heizkörper unter dem Fenster gelehnt, die Knie angezogen und die Arme darum geschlungen, um sich so klein zu machen, wie sie sich fühlte.

Ihre Eltern hatten mit den verletzenden Worten einen Nerv getroffen und bewirkt, dass sämtliche ihrer Unsicherheiten wieder über Lena hereinbrachen. Den ganzen Vormittag gab sie sich Mühe, sich an Megans Worten festzuhalten, aber sie fühlten sich flüchtig an und ihre wahre Tiefe blieb knapp außer Reichweite.

Geistesabwesend trank sie ihren Tee. Irgendwann sollte sie etwas anderes zu sich zu nehmen, aber der Gedanke daran, aus ihrem warmen, gemütlichen Nest aufzustehen, um zu kochen, lockte sie nicht besonders. Sie fühlte sich sicher hier auf dem Boden, in eine Ecke gekuschelt, mit der Wärme des Heizkörpers im ganzen Körper. Ihr Handy vibrierte neben ihr – eine weitere Nachricht von Madhu. Lena hatte sie wissen lassen, dass es ihr gutging, sie sich jedoch erst später melden würde.

Na, wenigstens geht's dir gut. Schieb es bitte nicht zu lange auf. Mache mir Sorgen. xx

Sie las die Nachricht und warf das Handy dann auf das Kissen neben sich. Ein Teil von ihr bemerkte, wie gut es sich anfühlte, umsorgt zu sein, sowohl von ihrer Schwester als auch ihrer Fr – Megan. Trotzdem war der größere Teil zu müde, um sich allem zu stellen. Es war weit einfacher, sich in Selbstmitleid zu suhlen und zu verstecken.

Das Klopfen an der Tür ließ sie aufstöhnen. Megan würde es doch bestimmt nicht schon wieder versuchen? Ja, sie verstand, dass Megan sich Sorgen machte, aber das wurde allmählich lächerlich. Und sie konnte nicht einmal so tun, als wäre sie nicht da, denn Megan wusste, dass sie ihre Wohnung nicht verlassen hatte.

Mit einem Laut des Protests stemmte sie sich von den Kissen hoch und stapfte die Treppe zur Tür hinab. Sie riss sie auf und fragte in dem mürrischsten Ton, den sie aufbringen konnte, »Ja?«, nur um erstaunt festzustellen, dass es Dorothy war, die vor ihr stand.

Dorothy hob eine Braue und starrte Lena über die Brille hinweg an. »Guten Tag, Lena«, sagte sie in einem Ton, der vor Sarkasmus troff. »Störe ich dich gerade?«

»Nein.« Lena schüttelte eifrig den Kopf. »Tut mir leid. Was kann ich für Sie tun?«

»Na ja, es gibt da etwas, für das ich deine Hilfe brauche, falls du einen Moment Zeit hast.«

»Natürlich.« Nachdem Lena so unhöflich zu ihr gewesen war, musste sie jetzt allem zustimmen – alles, um nicht Dorothys schlimmsten Zorn auf sich zu ziehen. »Unten in Ihrer Wohnung?«

Dorothy nickte.

»Ist es eine Spinne?«

»Diesmal nicht, nein. Aber es gibt da etwas, das mir Sorge bereitet.«

Obwohl es kryptisch klang, konnte Lena lediglich nicken, und Dorothy nach unten folgen.

Dorothy führte sie ins Wohnzimmer, einen relativ kleinen Raum an der Vorderseite des Hauses, der auf den Vorgarten hinaussah. Darin standen eine kleine, dunkelgrüne, stoffbezogene Couch und ein hölzerner Tisch, aber was den Raum dominierte, war die Orgel, mit der Dorothy die anderen Bewohnerinnen der Jackson Road Nummer 7 regelmäßig folterte. Das war erst das zweite Mal, dass Lena in diesem Raum war, und sie fühlte sich, als hätte sie eine Audienz bei der Queen, als Dorothy zum Sofa deutete und höflich sagte: »Bitte setz dich.«

Lena tat wie geheißen, hockte sich auf den Rand des Sofas und sah zu, wie Dorothy langsam vor ihr auf und ab ging.

»Du hattest gestern zwei Gäste«, begann Dorothy und Lena hätte bei dieser Bemerkung nicht schockierter sein können, wenn Dorothy angekündigt hätte, sie wäre die nächste Frau im Weltall.

»Ich … was?«

»Sie haben zuerst bei mir geklingelt, da sie offenbar nicht wussten, welche Wohnung deine ist. Als sie erklärten, wer sie waren, habe ich ihnen gesagt, wo sie klingeln sollten. Ich weiß, dass du gestern in deine Wohnung zurückgezogen bist, daher habe ich sie zu deiner statt zu Megans Wohnung geschickt.«

»Oh. Okay.«

»Ich möchte mich dafür entschuldigen.«

Lena starrte Dorothy an, die offenbar darauf wartete, dass Lena etwas sagte. *Sag etwas!*

»Ähm, danke. Aber … wofür?«

»Ich fürchte, dass es ein großer Fehler von mir war, diese … diese Leute in dieses Haus zu lassen, Gott möge mir vergeben.« Sie schloss kurz die Augen.

Lena saß mit offenem Mund da wie ein Goldfisch; sie hatte wirklich keine Ahnung, was sie sagen sollte.

Im nächsten Moment saß ihre Nachbarin neben ihr auf dem Sofa und wrang die Hände im Schoß.

»Lena, wie du weißt, glaube ich an das Wort des Herrn. Außerdem glaube ich an das Gute im Menschen, aber ich weiß auch, dass manche Menschen böse Gefühle im Herzen hegen.« Sie räusperte sich. »Fehlgeleitete Gefühle, die aus Angst und Unwissenheit entstehen. Ich habe mit vielen der Lehren gekämpft, in denen ich als Kind erzogen wurde. In den letzten Jahren habe ich mein eigenes Einverständnis mit Gott gefunden, und das funktioniert wunderbar für uns beide.« Sie blinzelte einige Male. »Manche sind vielleicht anderer Meinung. Das ist ihr gutes Recht.« Sie drehte sich leicht auf dem Sofa und sah Lena direkt an. »Deine Eltern haben dir gestern großes Leid angetan, richtig?«

Lena nickte benommen.

»Das habe ich befürchtet.« Sie hielt inne, und Lena verspürte keinerlei Verlangen, das Schweigen dieses surrealen Moments zu brechen. »Ist Megan dir nicht wichtig?«

Was zum …?

»Dorothy, das ist … Na ja, es ist privat.«

»Kind, ich habe das meiste von eurem Gespräch heute Morgen mitgehört. Der Herr möge mir vergeben, weil ich gelauscht habe, aber ich wollte gerade in die Kirche gehen. Ich habe meine Tür geöffnet und euch gehört.«

Lena schüttelte den Kopf und wollte aufstehen. Dorothy mit Spinnen zu helfen war eins, aber das hier war viel zu persönlich. Sie konnte sich jetzt nicht ausgerechnet Dorothy anvertrauen.

Schnell schoss Dorothys Hand vor und hielt Lenas Handgelenk fest. »Warte, Kind. Bitte.« Sie blickte mit ihren großen und arglosen tiefbraunen Augen zu Lena hoch.

Lena setzte sich wieder, konnte diesen Augen nicht widerstehen.

»Lena, Angst ist ein Teil des Lebens. Wie du mit dieser Angst umgehst, *das* ist die wichtige Lektion, die du lernen musst. Wie du weißt, habe ich Angst vor Spinnen. Ich könnte vielleicht lernen, mit ihnen fertigzuwerden, sie zu … töten vielleicht, aber ich könnte sie nie einfangen. Ich könnte nicht tun, was du tust, so nahe an sie herangehen.«

Sie schauderte und Lena spürte es am eigenen Körper, weil Dorothy immer noch ihr Handgelenk gepackt hielt.

»Aber ich habe gelernt, dass es einfacher ist, jemanden um Hilfe zu bitten, der das tun *kann*«, fuhr Dorothy fort. »Ich will kein Geschöpf Gottes töten, und du zum Glück auch nicht. Wenn ich eine Spinne finde, weiß ich, dass ich nicht lange Angst haben muss. Ich kann mich darauf verlassen, dass du mir hilfst und die Quelle meiner Angst entfernst.«

Sie starrte Lena eindringlich an. »Es liegt keine Schande darin, nach jemandem zu suchen, der dir hilft, dich deinen Ängsten zu stellen. Dir hilft, mit ihnen umzugehen. Vor allem, wenn dieser Jemand mehr als bereit dazu ist, weil du und dein Wohlbefinden ihm oder ihr wichtig sind.«

Lena spürte plötzlich einen riesigen Kloß in ihrer Kehle.

»Du bist Megan wichtig, Kind«, sagte Dorothy sanft. »Ich habe es selbst gesehen. Und ich glaube, sie ist dir auch wichtig. Wenn es eine so große Zuneigung zwischen zwei Menschen gibt, scheint es mir eine Schande zu sein, der Angst zu erlauben, diese Zuneigung aufzuhalten, bevor sie zu Liebe werden kann.«

Sie ließ Lenas Handgelenk los, um sanft ihre Hand zu nehmen. »Megan ist eine gute Frau. Eine sehr gute Frau. Wenn sie dir so wichtig ist, wie ich denke, dann lass dir von ihr helfen. Lass dich von ihr lieben.«

Die Tränen waren warm auf Lenas Wangen und salzig auf ihren Lippen, als sie über ihr Gesicht liefen.

»Ich habe solche Angst, Dorothy«, schniefte sie. »Ich mag sie, sehr. Es ist mehr als nur mögen.« Sie senkte den Kopf und hörte Dorothys leises Lachen.

»Ist das so schwer zuzugeben?«

Lena sah auf und lächelte schwach. »Vor Ihnen schon.«

Dorothy lachte erneut und drückte wieder Lenas Hand. »Warum sagst du es dann nicht *ihr* und lässt dich von ihr umsorgen, wie sie es sich wünscht?«

»Ist es so einfach?«, fragte Lena verwirrt. Konnte es das sein? Vergessen, was bisher geschehen war, und Megan einfach sagen, wie sie empfand, wie sehr sie Megan begehrte und mit ihr zusammen sein wollte?

Dorothy nickte weise. »Ja, Lena, manchmal ist es im Leben wirklich so einfach. Ich finde eine Spinne in meiner Wohnung und klopfe an deine Tür. Du brauchst Megans Liebe und klopfst an ihre Tür.«

Kapitel 30

Megan klickte sich rastlos durch die Fernsehprogramme.

Ein alter Film. *Klick.*

Rugby. *Klick.*

Eine Naturdoku. *Klick.*

Ein noch älterer Film.

Nichts konnte ihre Aufmerksamkeit länger als eine Nanosekunde fesseln. Mit einem leisen Schnauben schaltete sie den Fernseher aus und warf die Fernbedienung auf den Wohnzimmertisch. Die Rückseite sprang protestierend auf, zwei Batterien fielen heraus und rollten auf den Teppich.

Typisch. Sie wollte sie schon aufheben, gab aber dann auf, bevor sie sich auch nur drei Zentimeter bewegt hatte. *Ihr könnt mich mal.*

Sie schloss die Augen und ließ sich auf das Sofa zurücksinken, den einen Fuß auf den Boden gestellt, und mit dem anderen tippte sie unruhig gegen die gegenüberliegende Armlehne.

Der Tag war ein kompletter Reinfall gewesen. Sie hätte Lena ordentlich Zeit lassen sollen, um aufzuwachen und sich zu sammeln. Doch sie war in ihren Sonntagmorgen geplatzt wie ein Elefant in den Porzellanladen, und das Gemetzel war ebenso spektakulär gewesen. Vor einer Weile hatte sie dann gehört, wie Lena ihre Wohnung verlassen hatte, vermutlich um vor Megan und ihrer Aufdringlichkeit zu fliehen.

Wie dumm. Warum nur konntest du nicht einfach warten?

Sie wusste warum – denn während Lenas Angst dazu führte, dass sie zurückwich, bewirkten Megans Ängste das Gegenteil. Sie wollte sie packen und festhalten; verhindern, dass sie ihr entglitt.

Kurz dachte sie darüber nach, Jen anzurufen oder ihre Mutter, um über das Geschehene zu reden, aber mit einem Ächzen erkannte sie, dass sie dann wahrscheinlich eine ganze Menge »Ich hab's dir doch gesagt« von beiden zu hören bekommen würde. Das konnte sie nicht ertragen. Noch nicht.

Das war erbärmlich. Sie konnte deswegen nicht den ganzen Tag verschwenden. Vielleicht würde sie auch ausgehen. Einen Spaziergang machen, wenn schon nichts anderes. Schließlich war es ein wunderschöner Tag, und ein paar Stunden Tageslicht waren noch übrig. Plötzlich erkannte sie, dass sie seit drei Stunden nichts anderes tat, als auf dem Sofa zu liegen, und diese Monotonie lediglich mit Gängen auf die Toilette und endlosen Tassen Tee unterbrochen hatte. Ihr Magen knurrte, und plötzlich schien Essen eine fantastische Idee zu sein. Vielleicht ein schöner großer, saftiger Burger von dem Lokal neben der U-Bahn-Station?

Das Klopfen an ihrer Tür war nicht laut, aber da es in ihrer Wohnung so still war, hörte Megan es trotzdem. Schlagartig verschwand ihr Appetit. Ihr Instinkt sagte ihr, dass Lena vor der Tür stand, obwohl ihr Verstand das verneinte, immerhin hatte sie gehört, wie Lena ihre Wohnung verlassen hatte. Während sie ihrem Herzen befahl, sich zu beruhigen, und ihrer Atmung, gleichmäßiger zu werden, stand Megan langsam auf, ordnete ihre Kleidung und die Haare und ging zur Tür, um sich ihrem Schicksal zu stellen.

Gerade als sie die Tür erreichte, klopfte es ein weiteres Mal. Sie öffnete und da stand Lena, mit leicht geschwollenen Augen, die eine Hand noch erhoben, die andere am Saum ihres geliebten Hogwarts-Kapuzenpullis zupfend. Ihr Gesichtsausdruck zeigte eine Mischung aus Beklemmung und etwas anderem. Hoffnung vielleicht?

»Hallo«, krächzte Lena.

»Hey«, sagte Megan leise, entschlossen, es nicht zu vermasseln – was auch immer dieser Moment bedeutete. Egal, wie frustriert und unbeherrscht sie sich den ganzen Tag gefühlt hatte.

»Ich … ich würde gerne mit dir reden«, sagte Lena. Sie deutete an Megan vorbei in die Wohnung. »Kann ich reinkommen?«

»Natürlich«, sagte Megan hastig. »Bitte.« Sie trat beiseite, und als Lena vorbeiging, fing sie den Duft ihres Shampoos auf: Kokos und Limette, einer dieser Düfte, an die sie sich so sehr gewöhnt hatte, bis er nicht länger ein Teil ihrer täglichen Geruchswelt gewesen war. Sie hatte ihn vermisst.

Megan schloss die Tür hinter Lena und beobachtete, wie sie zum Sofa hinüberging. Lena drehte sich um und schien überrascht, dass Megan ihr nicht gefolgt war.

»Können wir …?« Lena zeigte auf das Sofa.

Megan setzte sich zu ihr an das andere Ende, um ihr Raum zu geben. Ihr Herz schlug heftiger, als Lena näher zu ihr rutschte, nahe genug, dass ihre Schenkel sich fast berührten. Sie spürte die Wärme von Lenas Körper und sehnte sich danach, die Hand auszustrecken und sie an sich zu ziehen. Sie musste ihre ganze Willenskraft aufwenden, um abzuwarten, was Lena zu sagen hatte.

»Es tut mir leid«, flüsterte Lena, erwiderte Megans Blick und lächelte schwach. »Es tut mir so leid, dass ich mich von dir zurückgezogen habe.«

»Das ist …«

»Sag nicht, dass es in Ordnung ist, denn das ist es wirklich nicht.« Sie seufzte. »Ich war so tief in meinen negativen Gefühlen versunken, dass ich nicht sehen konnte, was das mit dir oder Madhu angestellt hat. Ich glaube, ich habe mich so lange vor Leuten geschützt, denen es egal war, ob sie mich verletzen, dass ich völlig vergessen habe, wie ich mich Menschen gegenüber verhalten soll, denen ich *nicht* egal bin.«

Langsam, quälend langsam streckte sie eine Hand aus und legte sie auf Megans. »Und Menschen gegenüber, die mir wichtig sind. Sehr wichtig«, flüsterte sie.

Megan konnte nicht atmen. Lenas Worte hallten eine Weile in ihrem Kopf wider, bevor sie sie richtig zu fassen bekam und verarbeiten konnte.

»Lena«, sagte sie zaghaft. »Meinst du damit …?«

Lena lächelte verlegen. »Wenn du mich wiederhaben möchtest, ja. Bitte.« Sie packte Megans Hand fester. »Ich bin kein einfacher Mensch, das weiß ich. Ich verspreche, ich arbeite daran. Ich verspreche, dass ich dich nicht wieder aussperren werde.«

Sie rückte näher, und jetzt berührten sich ihre Schenkel endlich und die Hitze dieser Verbindung durchflutete Megans Körper.

»Ich verspreche, dir genauso viel zu geben, wie du mir gegeben hast. Wie du mir auch weiterhin gibst, hoffe ich. Ich weiß, wir haben noch nicht festgelegt, was genau wir aneinander und miteinander haben, aber was auch immer es ist, ich will es wirklich, *wirklich* sehr, Megan.«

Megan lächelte und griff nach Lena, legte die Hände um ihre Taille.

Lena holte kurz tief Luft und legte ihrerseits die Hände auf Megans Beine.

»Danke«, sagte Megan leise. »Dass du das alles gesagt hast. Ich … ich bin so froh, dass du willst. Dass du dir Mühe geben willst.«

»Das tue ich«, sagte Lena, während sie sich mit ihren braunen, schimmernden Augen in Megans verlor. »Du musst nicht mehr allein dafür kämpfen. Glaub mir.« Die letzten zwei Worte betonte sie besonders und ihr Ton war beschwörend.

Die dunkle Wolke, die Megan den ganzen Morgen gefolgt war, löste sich mit einem Mal auf. Sie lächelte und lehnte sich vor, denn es gab nichts mehr zu sagen. Lena hatte alles gesagt und jetzt konnten sie einfach nur zusammen sein.

Sie drückte einen sanften Kuss auf Lenas linke Wange, dann auf die rechte. Ein weiterer folgte auf Lenas Kinn und dann wanderte die Reihe an ihrem Hals hinab und wieder hinauf. Lenas Atem stockte und ihre Hände packten Megans Schenkel fester.

»Megan«, hauchte sie.

Megan wich zurück und sah sie an. »Okay? Soll ich auf –«

»O nein«, murmelte Lena. »Hör niemals auf.«

Und das war alles, was Megan wissen musste. Sie preschte voran, bedeckte Lenas Lippen mit ihren und stöhnte auf, als Lenas Mund sich öffnete und ihre Zunge begann, mit Megans zu spielen. Eine Welle heftiger Erregung schoss durch ihren Körper. Sie zog Lena so dicht an sich, wie sie konnte, und schlang die Arme um sie. Lena stöhnte, als sie sich berührten, und ihre Hände wanderten zu Megans Hüften und zerrten am Bund ihrer Jogginghose. Als Lenas Fingerspitzen unter den Stoff glitten und die weiche Haut dort streichelten, keuchte Megan, ihre Erregung steigerte sich bis an die Schmerzgrenze und sie löste sich schwer atmend von dem Kuss.

»Lena, wenn du das tust, weiß ich nicht, was ich …«

Lena lächelte, ihre Augen leuchteten. »Vielleicht will ich, dass du …«, flüsterte sie. Sie nagte an ihrer Unterlippe und ihre Nervosität darüber, dass sie etwas so Mutiges sagte, war deutlich zu sehen. Das Pochen, das zwischen Megans Beinen begonnen hatte, schickte Hitzewellen durch ihren ganzen Körper.

»Nur wenn du sicher bist. Wir können es auch langsam angehen lassen und …«

Lena legte einen Finger auf Megans Lippen. »Langsam, ja, aber ich bin definitiv sicher.« Sie wich aus Megans Armen zurück, holte tief Luft und griff nach Megans Hand.

Megan lächelte, während ihr Herz wie wild schlug. Sie ließ zu, dass Lena sie vom Sofa Richtung Schlafzimmer zog. Lena schien führen zu wollen, und Megan folgte ihr liebend gerne.

Der Raum war in das weiche Sonnenlicht des Spätnachmittags getaucht. Megan bemerkte etwas verlegen, dass das Bett nach ihrer unruhigen Nacht völlig zerwühlt war, aber als sie sich entschuldigen wollte, trat Lena ganz nahe vor sie und legte eine

Hand direkt unter den Brüsten auf Megans Bauch. Die Hitze ihrer Handfläche war köstlich und die Vorstellung, wie diese Hitze ihre Brüste bedeckte, verstärkte das Pochen zwischen Megans Beinen. Lenas Daumen strichen in kleinen Kreisen über Megans T-Shirt, während sie mit einem geheimnisvollen Lächeln zu ihr hochsah.

»Irgendwie«, murmelte sie, »wirkst du nervöser als ich.«

Megan seufzte und lachte leise. »Ja, das bin ich. Ich will das nicht vermasseln.«

Lena hob eine Hand und legte sie an Megans Wange. »Das wirst du nicht«, sagte sie. »Vertrau mir.«

Sie stellte sich auf die Zehenspitzen und küsste Megan gierig, verschlang regelrecht ihren Mund und ließ ihre Knie weich werden.

Megan drückte Lena an sich, fuhr ihr mit den Händen über den Rücken und immer wieder zu den Rundungen ihres Hinterns hinab. Das Streicheln über ihre Kurven entlockte Lena ein leises Stöhnen und ließ ihre Küsse noch gieriger werden. Dann schob Lena die Hände unter Megans T-Shirt und strich zuerst über ihren Rücken, bevor sie mutig nach vorne zu ihrem Bauch und schließlich höher wanderte und … o *Gott*, Lenas Hände hielten Megans Brüste durch den weichen Stoff ihres Sport-BHs. Megan stöhnte lustvoll auf.

Das war so berauschend. Die unerwartete Kühnheit, die komplette Wende, die sich in den letzten Stunden zwischen ihnen vollzogen hatte, alles vereinte sich zu einem schwindelerregenden Mix. Megan schwebte auf einer Wolke aus Lust und Entzücken dahin. Als Lena ihre Brüste sanft und doch fest liebkoste, sehnten ihre Nippel sich nach direkter Aufmerksamkeit – ebenso wie andere Stellen ihres Körpers.

Lenas Mund lag heiß an Megans Nacken und Hals, ihre Hände bearbeiteten ihre Brüste und ihre Fingerspitzen umkreisten durch den Stoff Megans Nippel.

»Ich will dich berühren«, sagte Lena und neigte den Kopf zurück, um Megans Blick aufzufangen. Lenas Gesicht war gerötet, ihre Augen voller Lust, ihre Atmung beschleunigt. »Können wir …?« Sie zog an Megans T-Shirt.

»O ja.« Megan packte den Saum des Shirts und riss es über ihren Kopf. Ihr Sport-BH folgte wenige Augenblicke später und sie hörte Lenas anerkennendes Stöhnen, als ihre Brüste freilagen. Lena beugte sich vor, nahm einen Nippel zwischen die Lippen und sog leicht daran, dann neckte sie ihn mit den Zähnen, bis er ganz hart wurde.

Megan keuchte und sah auf die wunderschöne Frau hinab, die mit ihrem Mund solch magischen Dinge bewirkte.

Diese neue Lena, die Mut hatte und die Führung übernahm, war *heiß*.

Lenas Hände wanderten zum Saum von Megans Jogginghose und zogen ihn herunter. Megan stolperte kurz, als sie versuchte, ihre Füße herauszuziehen, und sah schnell auf, ob Lena keine Probleme mit dem ungeschickten Manöver hatte. Das Lächeln, das Lena ihr schenkte, ließ Megans Herz höherschlagen. Lena stützte sie sanft an der Hüfte.

»Fall nicht«, sagte sie.

In diesem Moment wusste Megan, dass alles in Ordnung sein würde. Die Dämonen, die Lena in den letzten Tagen gefoltert hatten, waren offenbar verbannt worden. Eine neue Welle der Wärme für diese Frau überflutete Megan, und sie lächelte breit.

»Danke. Wir wissen ja, wie ungeschickt ich sein kann.« Sie grinste und Lena lachte, bevor sie Megan einen leichten Stoß mitten auf die Brust versetzte. Er war nicht stark genug, um Megan umzuwerfen, aber sie ließ sich trotzdem fallen. Sie fiel mit ausgestreckten Armen und leicht geöffneten Beinen auf das Bett zurück. Als Lenas Blick über ihren nackten Körper wanderte, war das Pochen wieder da.

»Du bist wunderschön«, flüsterte Lena.

»Du auch«, antwortete Megan. Sie streckte die Hände nach Lena aus. »Kann ich dich bitte sehen? Du bist so schön, ich kann es kaum erwarten, dich wieder anzuschauen.«

Lena errötete, aber sie diesmal zögerte nicht. Sie zog ihren Pulli über den Kopf und ließ ihn neben sich auf den Boden fallen, hakte ihren schlichten, weißen Baumwoll-BH langsam auf und schob ihn schüchtern über die Arme nach unten, wo er schließlich neben den Pulli fiel. In dem weichen Sonnenlicht sahen ihre Brüste umwerfend aus, rund und schwer, und beim Anblick ihrer harten Nippel konnte Megan es kaum erwarten, sie mit ihrem Mund zu liebkosen.

»O Gott«, brachte Megan trotz ihrer zugeschnürten Kehle heraus. Sie wollte diese Frau so sehr.

Lena lächelte und griff nach ihrer Pyjamahose. Als sie sie langsam herabzog, stockte Megan der Atem; Lena trug ebenfalls keine Unterwäsche und der getrimmte Fleck dunkler Haare zwischen ihren Beinen glänzte bereits feucht. Megan leckte sich unwillkürlich über die Lippen und erntete dafür ein langes Stöhnen von der nackten Lena.

»Komm her«, sagte Megan und öffnete die Arme. Lena ließ sich nicht lange bitten und drückte sich mit ihrem ganzen Körper an Megan. Die Berührung ließ sie überall schaudern. Eifrig suchte Megan Lenas Mund; Lena tat es ihr im selben Moment gleich und ihre Zähne stießen gegeneinander.

Anstatt zurückzuweichen, wie sie es vielleicht vor einer Woche getan hätte, kicherte Lena nur kurz und veränderte die Position.

Megan konnte ihr Glück kaum fassen, dass sich in ihrem ganzen Körper ausbreitete. Als Lenas Hände auf Wanderschaft gingen, keuchte sie laut auf.

Neugierig strichen Lenas Fingerspitzen an Megan Körper entlang und immer wieder zu ihren Brüsten hinauf – drückten sie sanft und umkreisten sie. Bei jeder Berührung wurde Megan feuchter, ging ihre Atmung schneller. Sie verlor sich im Stöhnen und in der Lust. Dann strichen die Hände an ihrem Oberkörper hinab und liebkosten ihre Schenkel. Eine Hand glitt zwischen Megans Beine und fuhr langsam, *so* langsam durch die Feuchtigkeit, die sie dort vorfand.

Megan bäumte sich auf, flüsterte Lenas Namen und Lena wiederholte die Geste. Mit jedem Streicheln über Megans Klitoris drückte diese ihren Kopf fester auf das Kissen, während sie sich an Lenas Rücken festklammerte.

»Lena, bitte«, flehte sie, ihr Körper stand in Flammen.

Lena gehorchte ohne zu zögern. Sie glitt mit ihrem Finger in Megan hinein, langsam und tief, bis Megan lustvoll aufstöhnte.

»Ja«, hauchte sie und wand sich in Lenas Armen, als diese einen perfekten Rhythmus anschlug: lange, träge Stöße, so wie Megan es liebte.

Lena küsste Megan auf den Hals, dann auf die Lippen, und Megan gab sich große Mühe, den Kuss zu erwidern, aber inzwischen presste Lena mit jedem Stoß ihres Fingers die Handfläche auf ihre Klitoris, und Megan musste ihren Kopf wegdrehen, um nach Atem ringen zu können.

»Sieh mich an«, sagte Lena mit heiserer Stimme. »Megan, bitte sieh mich an.«

Mit der größten Anstrengung zwang Megan die Augen auf und sah zu Lena, die sie betrachtete, während ihre Hand den Rhythmus immer weiter fortsetzte.

»Ich will das«, hauchte Lena. »Ich will dich.«

»O *Gott*. Lena.« Megan starrte in ihre Augen, in diese üppigen, braunen Tiefen, als etwas in ihr losbrach. Wenige Momente später überflutete ein gewaltiger Orgasmus ihren ganzen Körper und sie bäumte sich ein langes letztes Mal auf, und hielt mit den Händen fest Lenas Schultern gepackt.

»O ja«, raunte Lena und verweilte tief in ihr. »So schön, Megan. *So* schön.«

Tränen schimmerten in ihren Augen, aber sie lächelte. Lena bewegte die Hand immer langsamer, brachte Megan sanft auf den Boden zurück, während ihr Körper sich wieder entspannte.

»Lena«, sagte Megan mit verklärtem Blick. »Das war … unglaublich.«

Lena nickte und küsste sanft Megans Gesicht und Hals. Sie änderte ihre Position ein wenig und Megan spürte Lenas sengend heiße Feuchtigkeit an ihrem Schenkel.

»O Lena«, flüsterte Megan. »Du bist so nass.«

»Das bist du«, sagte sie leise, mit glühenden Wangen. »Was du mit mir anstellst.«

»Na, in diesem Fall«, sagte Megan grinsend, »finde ich es nur fair, dass ich etwas dagegen unternehme, du nicht?«

Lena lachte und keuchte dann auf, als Megan mit den Händen ihren Rücken hinabstrich und die Fingerspitzen beider Hände kühn in die köstliche Feuchtigkeit tauchte. Sie strich sanft vor und zurück, soweit es ging, und genoss die Laute, die Lena dabei ausstieß.

»Ich denke, du solltest dich zurücklehnen«, flüsterte sie und drängte Lena sanft auf die Seite, »und mir erlauben, dich zu berühren.«

Lena sah sie an und nickte, bevor sie sich vorsichtig von Megan rollte und neben ihr auf den Rücken legte. Ihre Hände glitten unruhig über das Laken, aber sie erwiderte Megans Blick, als Megan sich auf einen Arm gestützt vorbeugte und sie betrachtete.

»Du bist so wunderschön«, sagte Megan und fuhr mit einem Finger in Schlangenlinien zwischen Lenas Brüsten hindurch, dann zu einem Nippel, um einige Male über die harte Spitze zu streichen.

»Oh«, war alles, was Lena herausbrachte, und Megan lächelte.

Dann konnte sie nicht länger widerstehen, senkte den Kopf und schloss die Lippen um den Nippel. Er fühlte sich herrlich hart an und reagierte sofort auf ihre Lippen. Sie nahm die Brust zwischen beide Hände und genoss die üppige Fülle, die sie halten, drücken und liebkosen konnte. Lena wurde unter ihr lebendig, bewegte rastlos den Körper und lockerte ihren Griff am Laken, um so viel von Megan zu berühren, wie sie erreichen konnte.

Megan schwang vorsichtig erst ein Bein und dann das andere über Lena, um sich zwischen ihren Schenkeln zu positionieren. Sie küsste sich an Lenas warmem, weichem Körper und über ihren runden Bauch hinab, bis ihre Nase über die feuchten Härchen zwischen Lenas Beinen rieb.

Sie hob den Kopf. »Darf ich?«, fragte sie und sah zu Lena hoch.

Lena erwiderte ihren Blick und nickte kurz, wobei sie gleichzeitig aufstöhnte. Megan konnte es kaum erwarten; sie zog mit der Zunge eine langsame Spur durch Lenas Nässe. Lenas gequältes Stöhnen war die einzige Ermutigung, die sie brauchte.

Sie leckte und kostete und hielt Lenas Schenkel fest, als Lenas Orgasmus über ihr zusammenschlug und ihre atemlosen Schreie laut in dem stillen Raum widerhallten.

»Bitte«, keuchte Lena, »komm her.« Sie zog leicht an Megans Haaren, die einen letzten Kuss auf Lenas Mitte drückte, bevor sie hinaufkroch, um sich fest an Lena zu schmiegen. Lena hielt sie fest, küsste Megans Schultern, ihren Nacken, ihr Gesicht. Schließlich sah sie zu Megan auf und ihr Lächeln ließ ihr Gesicht strahlen. »Das war … großartig. *Du* bist großartig.«

Megan schüttelte den Kopf. »O nein. Das bist du. Ich weiß nicht, was heute passiert ist, aber ich bin so froh darüber.«

Lena kicherte und schloss kurz die Augen. »Dorothy ist passiert«, sagte sie und lachte, als Megan sie mit offenem Mund anstarrte.

»Bitte was?«

Lena zog Megan an sich. »Ich erzähle es dir morgen.« Sie küsste Megan langsam, verweilend. »Jetzt will ich noch etwas mehr davon«, flüsterte sie und küsste Megan wieder leidenschaftlich.

Als sie endlich wieder atmen konnte, starrte Megan auf die Frau in ihren Armen hinab. »Was auch immer du sagst. Wenn du mich so küsst, kannst du alles haben, was du willst.«

Lena hob die Augenbrauen und lächelte verschmitzt. »Alles?«, fragte sie schnurrend.

»O ja«, sagte Megan und stöhnte, als Lena erneut ihre Lippen fand und sie mit ihren Küssen um den Verstand brachte.

Kapitel 31

»Lena. Lena!«

Lena hörte ihren Namen, aber sie wollte auf keinen Fall den warmen, kuscheligen Ort verlassen, in dem sie vergraben war. Hier drinnen war es friedlich und sicher und sie fühlte sich wunderbar.

»Lena, wir haben verschlafen. Es ist schon neun Uhr!«

Schließlich öffnete Lena widerwillig die Augen und fand Megan vor sich, die besorgt auf sie herabstarrte. Die Realität holte Lena ein, und sie bedachte die Situation – es war Montagmorgen. Sie müsste schon längst bei der Arbeit sein. Gut, das könnte ein Problem werden. Allerdings war Monatsende, und wenn ihre verschwommene Erinnerung sie nicht täuschte, war ihr Kalender heute nicht gerade mit Meetings angefüllt. Und jetzt war sie hier, an Megan gekuschelt, nachdem sie sich in der wunderbaren Nacht zuvor so nahegekommen waren, und sollte wegen der Uhrzeit eigentlich in Panik ausbrechen. Und doch tat sie das nicht.

Sie verspürte einen kurzen, ängstlichen Stich dabei, ihre Chefin anzurufen und zu sagen, dass sie später kommen oder – der Gedanke erreichte sie ungebeten – heute vielleicht überhaupt nicht zur Arbeit gehen würde. Sie lächelte. Dachte sie, Lena Shah, ernsthaft darüber nach, für einen Tag zu schwänzen? Das hatte sie noch nie in ihrem Leben getan. Selbst als sie in London auf Arbeitssuche gewesen war, hatte sie sich immer nur am Ende des Tages ein paar Stunden von ihrem Job bei der Gemeinde freigenommen und Arzttermine vorgeschoben. Und dabei hatte ihr schlechtes Gewissen ihr stundenlang Magenkrämpfe eingebracht.

Jetzt begeisterte sie der Gedanke eher, als dass er sie stresste, und sie lächelte breiter.

»Ach ja?«, fragte sie, räkelte sich unter der Decke und spürte deutlich, wie Megans nackter Körper sich an ihren drückte, und genoss die vielen Empfindungen, die diese Situation in ihr weckte. Sie sah in Megans hellblaue Augen und lächelte über den Schock, den sie darin entdeckte. »Welche Schicht hast du heute?«

Megan starrte sie mit offenem Mund an. »Also, ich fange, äh, mittags an«, stotterte sie.

»Na dann.« Lena griff nach Megan und zog sie noch näher an sich. »Warum kommst du nicht her und gibst mir einen Guten-Morgen-Kuss? Und dann denke ich darüber nach, mit welcher Ausrede ich mich krankmelden werde.«

Ihr selbstbewusster Ton überraschte sie selbst, und sie lachte, als Megan den Kopf schüttelte.

»Okay, wer bist du und was hast du mit meiner Freundin angestellt?«

Lena lachte noch lauter, dann wurde sie wieder ernst und sah Megan tief in die Augen. »Megan, in diesem Moment ist meine Arbeit das, was mich am wenigsten interessiert.« Sie strich mit einer Fingerspitze über Megans Wange. »Jetzt gerade ist das hier das Wichtigste für mich, und ich will heute Morgen genau hierbleiben und dich in den Armen halten. Ich werde bei der Arbeit Bescheid geben, dass ich plötzlich in meine eigene Wohnung zurückziehen musste, was ja nicht komplett gelogen ist. Sie werden schon ohne mich auskommen, und ich habe in letzter Zeit viele Überstunden gemacht.«

Die Rechtfertigung kam ihr überraschend leicht über die Lippen, und die Erleichterung, die sie dabei empfand, auch nur einen Tag voller Arbeit und Routine und Verpflichtungen auszulassen, war überwältigend.

Megan nickte langsam. »Ja. Das stimmt wohl.« Sie zögerte und sanfte Röte überzog ihre Wangen. »Das hier ist dir im Moment am wichtigsten?«

Lena lächelte und drückte einen kurzen Kuss auf Megans Lippen. »Ja. Absolut. Sagen wir einfach, dass ich dank Dorothy gestern eine Offenbarung hatte. Und das hier«, sagte sie leise, während sie auf sie beide deutete, wie sie nackt unter Megans Decke lagen, »ist das Ergebnis davon.«

Megan kicherte. »Okay, dann bin ich jetzt offiziell ein Fan von Offenbarungen.«

»Gut.« Lena küsste sie erneut. »Also, ich hasse es, praktisch sein zu müssen, aber ich muss auf die Toilette und im Büro anrufen. Aber dann«, sagte sie und fuhr kühn mit der Zunge an Megans Hals hoch, »gehöre ich ganz dir.«

»O. Mein. Gott.« Megan stöhnte und ließ sich auf das Bett zurückfallen. »Ich glaube, du bringst mich wirklich noch um.«

Lena konnte sich nicht erinnern, je so frei gelacht zu haben, während sie nackt mit jemandem im Bett lag. Sie kroch unter der Decke hervor, wobei sie Megans Protest ignorierte und spielerisch die Hände wegschlug, die ihr nach ihr griffen.

In der Wohnung war es kalt, aber Lena machte sich nicht die Mühe, einen Morgenmantel oder auch nur ein T-Shirt anzuziehen. Splitternackt ging sie durch den Wohnbereich ins Badezimmer. Während sie sich die Hände wusch, lächelte sie sich im Spiegel über dem Waschbecken zu. Sie sah zufrieden aus. Strahlend.

Glücklich.

Es fühlte sich wunderbar an.

»Beeil dich!«, rief Megan.

»Schon gut«, rief sie heiter zurück, als sie aus dem Badezimmer trat. »Bist du immer so ungeduldig?«

»Darauf kannst du wetten!«

Lena rief im Büro an, und ihre Chefin hatte kein Problem mit ihrer Abwesenheit. Sie verlegten ein Meeting und Lena stimmte zu, dass sie am Nachmittag an einem zweiten Termin von zu Hause aus teilnahm, aber abgesehen davon freute ihre Chefin sich über die Neuigkeit, dass Lena ihre Wohnung zurückbekommen hatte, und verabschiedete sich mit einem fröhlichen »bis morgen«.

Lena atmete tief durch und ging kurz in sich. Zwar fühlte sie sich etwas unbehaglich mit der kleinen Notlüge, die sie erzählt hatte, aber sie begriff auch, dass es im Großen und Ganzen nicht das Ende der Welt bedeutete. Dann sah sie an ihrem nackten Körper hinab und erinnerte sich einen Moment lang daran, wie Megan ihr am Abend zuvor gehuldigt hatte.

Megan hatte dafür gesorgt, dass sie sich auf eine Art begehrt fühlte, von der sie bisher nur geträumt hatte. Für eine Frau, die glaubte, ihre Gefühle nicht gut verbal ausdrücken zu können, hatte Megan sich an diesem Abend selbst übertroffen. Sie hatte Lena mit Worten wie *schön* und *sexy* und *hinreißend* überschüttet, bis sie allein davon innerlich geglüht hatte, egal, wie Megan sie noch berührt hatte. Und *wie* Megan sie berührt hatte …

Mit kribbelnden Erinnerungen und begierig, sie zu wiederholen, marschierte Lena ins Schlafzimmer zurück, zufrieden mit ihrer Nacktheit, vor allem unter dem sehr aufmerksamen Blick ihrer Partnerin. Megan ließ den Blick über ihren Körper gleiten und bewegte sich leicht im Bett, als Lena zu ihr kam.

Partnerin. Das hatte so einen guten Klang. Es war ein Etikett, an das sie glücklich immer wieder dachte, während sie ins Bett zurückkroch und Megan mit einem leidenschaftlichen Kuss begrüßte. Sie wusste, das war der Beginn von etwas, das bestehen konnte.

Megan hatte nicht einmal versucht, Lena zu ändern; sie hatte Lena akzeptiert, wie sie war, mit all ihren Eigenarten und Marotten. Sie hatte in Lena ohne zu urteilen die ängstliche Person gesehen, die einfach nur etwas Ermutigung gebraucht hatte, um loszulassen und sich zu öffnen – und zu *sein*.

Im Gegenzug akzeptierte Lena, dass sie in ihrer jungen Beziehung bisher weniger gegeben hatte als genommen. Doch was sie bisher zu geben bereit gewesen war, hatte Megan gewollt und dankbar angenommen. Sorge, ohne zu erdrücken. Gemeinsam verbrachte Zeit, ohne aneinander zu kleben. Dinge, die Julie mit Megan gemacht hatte, die Lena ihrer Partnerin aber nie antun würde.

Bisher hatten sie einander genau das gegeben, was sie brauchten, trotz einiger Stolpersteine auf dem Weg, wie sie leicht belustigt zugeben konnte. Sie wusste, dass vielleicht noch weitere vor ihnen lagen, aber die Ereignisse der letzten zwei Tage hatten Lena vieles gelehrt. Nicht zuletzt auch, wie sehr sie Megan in ihrem Leben wollte – nein, *brauchte*.

Sie sah auf Megan hinab, während sie die liebevollen Hände ihrer Partnerin noch kurz zurückhielt. »Falls ich es noch nicht gesagt habe«, begann sie nervös, aber auch aufgeregt: »Du bist ein ganz besonderer Mensch für mich, Megan.«

Bei diesen Worten schmolz Megan förmlich dahin. Trotz ihrer scheinbaren Selbstsicherheit, ihrer rein körperlichen Präsenz, schien sie genauso viele Selbstzweifel zu hegen wie Lena. Das war etwas, das Lena nicht vergessen durfte – dass sie in dieser Hinsicht praktisch gleichauf waren, beide auf ihre eigene Art. Beide hatten sie Probleme damit, wie andere sie wahrnahmen, und beide hatten sie Wunden aus früheren Beziehungen zurückbehalten. Eine Nacht mit unglaublichem Sex hatte all das nicht repariert, aber es war auf jeden Fall ein überaus angenehmer Anfang gewesen.

»Du bist auch ganz besonders für mich«, flüsterte Megan. »Ich bin gerade so glücklich und freue mich so über das, was wir miteinander haben.«

»Hmhm«, murmelte Lena und liebkoste Megans weichen Hals, der schnell zu einer ihrer Lieblingsstellen wurde. »Ich auch.«

»Lena«, sagte Megan angespannt.

»Ja?«

»Berühr mich. *Bitte.*«

»Alles, was du willst.« Lena lächelte an der warmen, weichen Haut ihrer Partnerin. Sie legte sich auf Megan und die zurückgeschobene Bettdecke wickelte sich um ihre

Knie. »Aber zuerst muss ich diese Decke richten. Es wird auch nur eine Minute dauern.«

Megan lachte.

Ebenfalls im Ylva Verlag erschienen

www.ylva-verlag.de

Eine Nacht zum Verlieben

Clare Ashton

ISBN: 978-3-96324-324-0
Umfang: 182 Seiten (61.000 Wörter)

Liebe oder Reichtum? Dem Kopf oder dem Herzen folgen?

Pia und Cate kommen definitiv aus zwei unterschiedlichen Welten. Eine hoffnungslose Romantikerin und eine elegante Materialistin. Mithilfe einer verführerischen Sommernacht will Pia ihre neue Freundin verzaubern und ihr zeigen, dass ein perfektes Date nicht teuer sein muss. Ob ihr das gelingt?

So schnell mein Herz schlägt

Cheyenne Blue

ISBN: 978-3-96324-369-1
Umfang: 260 Seiten (93.000 Wörter)

Nachdem ein Kind auf ihrer Farm verletzt wird, muss Nina Pellegrini den besten Anwalt finden, um ihr Zuhause zu retten. Die Anwältin Leigh Willoughby hat keine Zeit für kleine Fälle, die kein Geld einbringen. Doch es erweist sich als schwierig, die warmherzige Nina und ihre Tochter Phoebe abzuweisen. In was hat sie sich da bloß reingeritten?

Was zwischen uns steht

KD Williamson

ISBN: 978-3-96324-405-6
Umfang: 296 Seiten (88.000 Wörter)

Kelli MacCabe ist Polizistin, knallhart im Job und sich selbst gegenüber. Als sie angeschossen wird, muss sich die zurückhaltende Chirurgin Nora Whitmore um sie kümmern. Erst gehen sich die beiden unterschiedlichen Frauen auf die Nerven, doch bald wird aus ihrer zarten Freundschaft Anziehung. Werden sie einen Weg für eine gemeinsame Zukunft finden?

Summer's End: Eine lesbische Liebesgeschichte

Harper Bliss

ISBN: 978-3-96324-365-3
Umfang: 158 Seiten (38.000 Wörter)

Nach einem Schicksalsschlag entscheidet Marianne sich, abgeschieden auf einer Insel in Thailand zu leben. Eines Tages taucht Emily als Gast in Mariannes kleinem B&B.

Schnell kommen zwischen den beiden Frauen Gefühle ins Spiel. Emily hat allerdings mit ihren eigenen Dämonen zu kämpfen. Können die beiden gemeinsam ihren Weg zurück ins Glück finden?

Über A.L. Brooks

A.L. Brooks wurde in Großbritannien geboren, hat über die Jahre aber in den entferntesten Orten wie Australien gelebt und wohnt nun in Frankfurt, Deutschland. Sie arbeitet im Finanzsystem und träumt davon, in verfrühten Ruhestand zu gehen, um die Welt bereisen, Unmengen von Büchern lesen und noch mehr schreiben zu können. Am liebsten sofort.

Bibliografische Information der Deutschen Bibliothek
Die Deutsche Bibliothek verzeichnet diese Publikation in der Deutschen Nationalbibliografie; detaillierte bibliografische Daten sind im Internet über www.dnb.de abrufbar.

1. Auflage
Taschenbuchausgabe September 2020 bei Ylva Verlag, e.Kfr.

ISBN: 978-3-96324-417-9

Dieser Titel ist auch als E-Book erschienen.

Übersetzung: Vanessa Tockner
Lektorat: Katrin Hockert
Korrektorat: Kati Krüger
Coverdesign: Streetlight Graphics

Kontakt:
Ylva Verlag, e.Kfr.
Inhaberin: Astrid Ohletz
Am Kirschgarten 2
65830 Kriftel
Tel: 06192/9615540
Fax: 06192/8076010
www.ylva-verlag.de
info@ylva-verlag.de
Amtsgericht Frankfurt am Main HRA 46713

Printed in Poland
by Amazon Fulfillment
Poland Sp. z o.o., Wrocław

93011929R00157